LE CAPTIF AU MASQUE DE FER

Jean d'Aillon

ISBN : 978-2-7024-3933-3

Conception graphique et couverture : WE-WE
Photographie : © Sélection Images

Jean d'AILLON est né en 1948 et vit à Aix-en-Provence. Docteur d'État en sciences économiques, il a fait une grande partie de sa carrière à l'université en tant qu'enseignant en histoire économique et en macroéconomie, puis dans l'administration des Finances.
Il a démissionné de l'administration des Finances en 2007 pour se consacrer à l'écriture.

DU MÊME AUTEUR

Aux éditions du Masque

Le duc d'Orante et les compagnons du soleil
Les ferrets de la reine
La conjecture de Fermat
Marius Granet et le trésor du palais comtal
Le complot des Sarmates
L'archiprêtre et la cité des Tours
Attentat à Aquae Sextiae
L'énigme du clos Mazarin
L'enlèvement de Louis XIV
L'obscure mort des ducs
Nostradamus et le dragon de Raphaël
Le mystère de la chambre bleue
La conjuration des Importants
La lettre volée
L'exécuteur de la Haute Justice
Le dernier secret de Richelieu
La vie de Louis Fronsac

Aux éditions Jean-Claude Lattès

Juliette et les Cézanne, 2010
L'homme aux rubans noirs, 2010
La guerre des amoureuses, 2009
La ville qui n'aimait pas son roi, 2009
Les ferrets de la reine, 2008
Les rapines du duc de Guise, 2008
Le captif au masque de fer, 2007
La conjecture de Fermat, 2006

www.lemasque.com

La fille du lieutenant de police

Les principaux personnages

PIERRE LA GARDE, *dit* CHIAPACAN, *oncle de Trois-Sueurs,*

JEAN LA GARDE, *dit* ESQUINETTE, *fils de* Pierre La Garde,

ROQUE LA GARDE, *dit Trois-Sueurs, ancien bas-officier huguenot, brigand de grand chemin,*

FRANÇOIS DE GRIGNAN, *lieutenant du gouverneur de Provence,*

CLAIRE PONS, *sœur du brigand Trois-Sueurs,*

NICOLAS DE LA REYNIE, *ancien lieutenant de police de Paris,*

GABRIELLE DE LA REYNIE, *fille de Nicolas de La Reynie,*

ALPHONSINE DE LONGCHAMP, *tante de Gabrielle, belle-sœur de Nicolas de La Reynie,*

JOSEPH DE NOVARIN, sieur de Longchamp, *négociant et munitionnaire de l'arsenal des galères de Marseille,*

JEAN-LOUIS HABERT DE MONTMOR DE FARGIS, *intendant général des galères à Marseille,*

JACQUES LA FLÈCHE, *capitaine aux Dragons-Dauphins,*

ASSAM ET ALI, *esclaves turcs.*

1

En ce mois de décembre de l'an de grâce 1697, la paix de Ryswick venait enfin d'être signée. Le roi Louis XIV avait finalement accepté le traité proposé par Guillaume d'Orange, roi d'Angleterre, et renoncé à toutes ses conquêtes des années précédentes. La France, épuisée par neuf années de guerre, ne conserverait que Strasbourg.

Au bord du Rhin, le campement s'étalait sur près d'une lieue. Il y avait là un bataillon du Royal-Dragon, deux compagnies du Royal-Languedoc et le régiment du Lyonnais au complet, appartenant au maréchal de Villeroy qui en était le colonel en titre. Au total, des centaines de tentes, dont les emplacements étaient délimités par de petits piquets, s'alignaient suivant l'ordre immuable des campements militaires tels que les avait définis M. de Louvois. Ces compagnies passeraient l'hiver sur place, ensuite, elles partiraient. Peut-être pour l'Espagne où l'on disait que commenceraient bientôt de nouvelles hostilités.

Avec le froid polaire qui s'était abattu sur l'Alsace depuis quelques jours, plusieurs baraques en bois avaient été construites à la hâte et commençaient à remplacer progressivement les tentes glaciales.

Dans un uniforme immaculé recouvert d'une épaisse houppelande grège, le lieutenant affecté à l'état-major du maréchal de Villeroy avançait lentement en examinant les abris de toile et les manteaux d'armes, ces épaisses pièces de tissu qui couvraient les faisceaux de fusils pour les protéger des intempéries. Chaque manteau – placé en principe à dix pas de la ligne des tentes – portait en caractères noirs le nom du régiment ainsi que le numéro de chaque compagnie.

Les tentes de l'infanterie mesuraient dix pieds sur six et leur hauteur permettait tout juste à un homme de se tenir debout. Chacune abritait huit hommes de troupe, un sergent comptant pour deux. À cette heure-ci de la journée – on était en début d'après-midi –, la plupart des soldats étaient dehors malgré le froid vif. Ils jouaient aux cartes ou aux dés, ou encore ravaudaient quelque vêtement. Certains sculptaient même des morceaux de bois qu'ils revendaient ensuite à des colporteurs.

Passant prudemment entre les tentes en tentant d'éviter les flaques de boue qui pouvaient salir ses bottes rutilantes, le lieutenant s'arrêta finalement devant l'un des bivouacs. Deux soldats fumaient près d'un feu – c'était interdit –, deux autres nettoyaient le tour de la tente où la neige s'était accumulée. Aucun n'était très propre ni même rasé. Leurs cheveux graisseux étaient emmêlés. Un cinquième, jeune, maigre, au visage émacié mais au regard vif et pénétrant, assis sur un banc de rondins, démontait le mécanisme d'un mousquet. Son compagnon, accroupi devant lui, parlait à voix basse.

— C'est vous les batteurs d'estrade de l'enseigne La Garde, celui que l'on surnomme Trois-Sueurs ? Le ton du lieutenant était glacial et méprisant.

— Je suis Roque La Garde, enseigne au régiment du Lyonnais, répliqua lentement l'homme qui nettoyait les pièces du serpentin de son mousquet.

En parlant, il leva légèrement des yeux gris vers son interlocuteur, avec une expression si malveillante qu'elle fit frissonner l'officier.

— Vous ne saluez pas les lieutenants, monsieur ? lança cependant ce dernier pour se donner une contenance.

Le nommé Trois-Sueurs posa les pièces de son arme sur une pierre plate, puis, en se dressant lentement, fit un vague geste vers son tricorne. Un mouvement qui pouvait difficilement être interprété comme un geste de déférence.

Debout, il dominait le lieutenant. Il était très large d'épaules et paraissait particulièrement robuste. Sa posture laissait transparaître l'homme violent qui ne tolérait guère les contraintes.

— Le colonel veut vous voir, avec votre oncle le brigadier Pierre La Garde. Savez-vous où il est ? précisa l'officier en levant le menton.

— Pierre est là, répondit Trois-Sueurs en désignant l'homme accroupi qui s'était relevé à son tour. Mais vous êtes sûr de ne pas vous tromper ? demanda-t-il sans dissimuler sa surprise.

Le maréchal de Villeroy – que l'on appelait dans son régiment le colonel de Villeroy – venait rarement dans son cantonnement. Il préférait rester à la cour, où il était apprécié du roi.

— Vous étiez sergent au régiment de Champagne avant d'être au Lyonnais ?

— Oui, lieutenant.

— Et votre oncle est surnommé Chiapacan ?

— En effet, lieutenant.

— Alors, c'est vous. Venez.

Trois-Sueurs enfila sur sa casaque de buffle une veste crème à parements rouges que lui tendait déjà un de ses hommes. Il se saisit ensuite de son baudrier blanc que lui faisait passer un autre de ses soldats, puis y glissa le fourreau de son épée à manche de cuivre.

Il vérifia que son oncle était correctement habillé pour se rendre chez le colonel et, ayant opiné, suivit le lieutenant. Pierre resta un instant en arrière. Lorsqu'il les rattrapa, il portait deux pèlerines qu'il avait eu la prudence d'aller chercher dans leur coffre.

Silencieux, ils longèrent les tentes pour se diriger vers l'arrière du cantonnement, là où se situait l'état-major.

— Je ne vous félicite pas pour l'état de vos hommes, remarqua finalement le lieutenant alors qu'ils marchaient plus rapidement sur un sentier rocailleux.

— Les batteurs d'estrade n'ont pas besoin d'uniformes rutilants, répliqua Trois-Sueurs lentement. Nous sommes là pour trouver l'ennemi, mesurer ses moyens et en informer l'état-major, ainsi que pour surprendre et éliminer ses espions. En règle générale, nous ne portons même pas d'uniforme pour de telles missions.

— C'est un tort, fit sèchement le lieutenant. L'uniforme fait le soldat, le soldat fait le régiment et le régiment, c'est l'honneur du colonel. Votre négligence est un outrage à notre roi.

— Vous devez avoir raison puisque vous êtes officier, rétorqua Trois-Sueurs. Mais notre souillure fait gagner les batailles et permet aux officiers tels que vous de ne pas se salir et de rester vivants.

Le lieutenant frémit à cette impertinence, mais ne répliqua pas.

— Pour vaincre un ennemi, il faut le trouver, le connaître et mesurer ses faiblesses. C'est le batteur d'estrade qui donne la victoire au roi, conclut Trois-Sueurs.

C'en était trop !

— Monsieur, vous êtes un insolent !

— Certains l'ont déjà dit, monsieur... Depuis, ils sont morts.

Le lieutenant haussa les épaules. Il était inutile de chercher la querelle. Cet homme n'était même pas noble et ne ferait plus partie du régiment d'ici une heure.

À cette époque, les armées ennemies se cherchaient parfois durant plusieurs jours avant le face-à-face, chacune cherchant à occuper le terrain le plus favorable pour la bataille, mais chacune souhaitant aussi se dissimuler le plus longtemps à son adversaire.

Les régiments étaient dispersés sur de vastes étendues et ne se regroupaient que pour l'affrontement final où ils se plaçaient alors suivant les ordres de leur état-major. Pour un général, il n'était pas rare de cacher ses meilleures troupes dans des bois afin que l'adversaire en ignore l'existence. Il était donc nécessaire de repérer et d'éliminer les espions adverses qui tentaient d'identifier les troupes.

Tous les états-majors avaient donc besoin de renseignements sur l'ennemi : de combien de régiments disposait-il ? Combien de cavaliers avait-il ? Quel était l'état des équipages, de l'artillerie, du ravitaillement ? Quel était le moral de l'armée adverse, ses desseins, ses déplacements prévus ?

Chaque camp utilisait donc des espions qu'on nommait les batteurs d'estrade. C'étaient de petits groupes de soldats très mobiles, habitués à se dissimuler, voire à se déguiser, pour se fondre dans le camp ennemi. C'étaient surtout des hommes capables de tuer en silence et sans état d'âme.

Leur tâche était particulièrement périlleuse. Ils pouvaient être tués par les batteurs d'estrade adverses, ce qui était un sort enviable comparé à celui qu'ils subissaient s'ils étaient capturés. Ils étaient alors systématiquement suppliciés avant d'être pendus.

On n'utilisait donc pour cette besogne que des gens audacieux, parlant plusieurs langues, loyaux et surtout capables de résister aux effroyables tortures qu'on leur infligerait.

Les bons batteurs d'estrade étaient à la fois rares et inestimables pour les états-majors. En contrepartie, la rude discipline militaire ne leur était pas imposée. C'étaient en général des aventuriers de haute volée qui avaient trop côtoyé la mort pour obéir facilement.

Trois-Sueurs dirigeait la principale compagnie de batteurs d'estrade du régiment du Lyonnais : une dizaine d'hommes redoutables qui était à l'origine des rares victoires du régiment de M. de Villeroy, lesquelles avaient permis au maréchal de devenir un des officiers supérieurs les plus appréciés du roi[1].

Après avoir laissé les dernières tentes derrière eux, ils longèrent les cuisines des soldats, puis les vivandiers avec leurs écuries à chevaux, leurs voitures pleines de marchandises, de bois et de fourrage et leur cantonnement de misérables cabanes.

Enfin, tout à l'arrière du camp, ils débouchèrent sur les quartiers de l'état-major. Au centre se situaient les baraquements du colonel et du lieutenant-colonel. À côté se trouvaient ceux du chirurgien et de l'aumônier. Tout autour étaient érigées les vastes tentes des officiers supérieurs qui ouvraient vers la tête du camp tandis que celles des valets et des domestiques étaient tournées vers l'arrière.

Ils s'arrêtèrent devant la plus grande des baraques, celle du colonel de Villeroy. Trois-Sueurs l'avait quelquefois rencontré au retour d'une de ses

1. François de Neufville, duc de Villeroy, subit ses principaux revers militaires à partir de 1698. Il sera gouverneur du jeune Louis XV.

patrouilles lorsque le colonel souhaitait l'interroger personnellement.

Le lieutenant murmura quelques mots au fusilier de garde qui les laissa entrer.

La pièce principale était assez petite et bien chauffée par deux poêles de porcelaine qui ronflaient bruyamment. L'arrière de la baraque était la chambre du colonel.

Cette première salle, à peine plus grande que deux ou trois tentes, contenait une table et quelques tabourets. Le maréchal de Villeroy, en perruque longue, bottes brillantes et uniforme immaculé, était assis sur une chaise tapissée.

Trois-Sueurs considéra les autres personnes présentes. Il reconnut l'aumônier, le lieutenant-colonel, M. de Pressac, et le capitaine qui commandait sa compagnie, M. de Vaugrenan. Tous trois étaient debout. Il y avait aussi un inconnu, entièrement vêtu de noir, assis sur un tabouret. L'enseigne l'examina plus attentivement : cet individu avait l'air sinistre d'un magistrat ou d'un homme de loi porteur d'une mauvaise nouvelle. Il était assis comme le colonel et devait donc occuper une position importante.

La Garde ôta son tricorne pour saluer le colonel et l'assistance. Son oncle fit de même.

— Monsieur La Garde, soupira le lieutenant-colonel, nous avons une fâcheuse information à vous transmettre. Mais auparavant, dites-nous la vérité : êtes-vous de la religion prétendument réformée ?

La question surprit Trois-Sueurs, qui hésita quelques secondes. Son colonel, le maréchal de Villeroy, connaissait parfaitement sa confession et ne la lui avait jamais reprochée. Il savait que Trois-Sueurs et Chiapacan n'assistaient que de très loin aux offices de l'aumônier, mais il fermait les yeux tant il avait besoin d'eux.

Depuis dix ans, il n'y avait plus aucun officier supérieur huguenot dans l'armée française. Les ordres de Louvois avaient été strictement exécutés. Après leur départ, ce fut le tour des bas-officiers, puis finalement des soldats. Trois-Sueurs et Chiapacan devaient être les derniers protestants de l'armée du roi.

Pourquoi me faire ce reproche maintenant ? se demanda La Garde. Il jugea qu'il n'avait cependant aucune raison de mentir.

— Oui, monsieur, répondit-il.

— Et votre oncle ?

— Moi aussi, monsieur, déclara Pierre.

— Vous savez que M. le marquis de Louvois a interdit aux huguenots toute charge d'officier au service du roi, et que ses ordonnances sont toujours en vigueur ?

— Je ne suis pas encore officier, monsieur. Je ne suis qu'enseigne.

— Ne soyez pas impertinent, La Garde, et ne jouez pas sur les mots, fit le lieutenant-colonel avec un geste d'exaspération. Il eut une grimace de lassitude et fit signe au capitaine de poursuivre.

— M. Villefer – le capitaine désigna l'homme en noir – est commissaire aux armées et intendant de justice. Il est envoyé par M. de Pontchartrain[1], notre ministre. Une dénonciation lui est parvenue vous concernant. M. le duc de Villeroy est cependant personnellement intervenu en votre faveur auprès du roi et de M. de Pontchartrain. Compte tenu des résultats appréciables que vous-même et votre compagnie avez obtenus ces dernières années, le ministre

1. Louis Phélypeaux, comte de Pontchartrain, secrétaire d'État à la Maison du roi et à la Marine, avait en charge le ministère d'État à la Guerre en 1697. Il fut ensuite contrôleur général des Finances, puis chancelier et garde des Sceaux.

accepte que vous restiez dans nos rangs si vous vous convertissez sur-le-champ. M. l'aumônier est prêt à accepter votre conversion devant nous.

— Sinon ? s'enquit Trois-Sueurs.

— Sinon, vous serez chassé de l'armée ainsi que votre oncle s'il refuse aussi. M. de Villeroy a cependant obtenu qu'il n'y ait pas d'autre sanction. Ni flagellation ni galère. Mais vous devrez partir sans uniforme, sans arme, sans monture, sans manteau et sans bottes. Par ce temps, songez que c'est la mort assurée et que nous ne le souhaitons pas.

Roque se tourna légèrement vers son oncle. Celui-ci secoua négativement la tête.

— Je suis prêt à vous rendre mon uniforme et à partir, mon capitaine, déclara l'enseigne.

— Ne faites pas la tête de mule, Trois-Sueurs ! intervint alors Villeroy dans un accès de colère qui secoua sa perruque et en se levant brusquement de sa chaise. J'ai fait ce que j'ai pu ! J'ai même expliqué au roi que j'avais besoin de vous et de vos batteurs d'estrade. Convertissez-vous ! Après tout, même M. de Turenne l'a fait !

— Mais je ne suis pas M. de Turenne, répliqua sèchement Trois-Sueurs. Je suis huguenot et je mourrai dans ma religion.

— Je le savais, grogna Villeroy entre ses dents.

Il se rassit en secouant la tête, tandis que le commissaire aux armées se levait à son tour, un méchant sourire aux lèvres.

— Messieurs, à cette heure, vous n'appartenez plus au régiment du Lyonnais. Veuillez abandonner ici votre épée. Vous passerez dans la tente de l'intendance où vous laisserez votre manteau et votre veste ainsi que vos bottes. Il vous sera remis des sabots. Vous quitterez le camp aussitôt après.

— Nous obéirons, monsieur, déclara Trois-Sueurs, livide et frissonnant, sachant que cette décision le condamnait à mort, ainsi que son oncle qui n'avait pas ouvert la bouche.

Villeroy se leva encore, considéra le commissaire avec un mépris infini et jeta :

— Vous permettez au moins que j'accole celui que je considère comme mon meilleur soldat, monsieur ?

— Faites, mais le ministre le saura, répliqua le commissaire dans un reniflement méprisant.

— Eh bien, qu'il le sache ! s'emporta le maréchal. Un Villeroy n'a pas pour précepte de jauger son estime !

Il s'approcha de Trois-Sueurs et le serra fortement dans ses bras. En même temps, le jeune homme sentit qu'il lui glissait quelques pièces dans la main[1].

Une heure plus tard, Trois-Sueurs et Pierre avançaient difficilement sur un chemin enneigé, pieds nus dans de vieux sabots de bois. Ils étaient sans manteau et sans chapeau.

— Six louis d'or de seize livres. Grâce au colonel, nous aurons au moins de quoi manger.

— Si les loups ne nous dévorent pas avant ! Eux aussi ont faim, déclara philosophiquement Pierre La Garde.

— Tu as raison, il nous faut des armes au plus vite. As-tu gardé un silex ?

— Oui.

— Nous nous arrêterons dans ce bois, nous ferons un feu et une hutte de branchages. Demain, nous aviserons.

Ils marchèrent encore un moment en silence. Leurs pieds souffraient dans les rugueux sabots de bois. Ils avaient froid. Finalement, Chiapacan reprit la parole, d'un ton peu assuré :

1. Coïncidence ? Après notre histoire, Villeroy ne connut plus que des échecs militaires !

— Tu crois que tout va bien, là-bas, chez nous ?

Trois-Sueurs y songeait, justement. Cela faisait plusieurs mois qu'ils n'avaient aucunes nouvelles de leur famille qui exploitait une petite ferme et quelques terres près d'Oraison. Le père de Trois-Sueurs avait été brigadier au régiment de Champagne. Huguenot peu pratiquant, on l'avait laissé tranquille après la révocation de l'Édit.

Roque avait quitté la maison à dix-sept ans et, recommandé à l'ancien colonel de son père, avait rejoint le régiment de Champagne comme soldat. Il était vite devenu sergent puis maréchal des logis au régiment du Lyonnais où, distingué pour son audace et apprécié pour son éducation – il savait non seulement lire et écrire mais il parlait italien et allemand –, on lui avait confié la troupe des batteurs d'estrade.

Le frère de son père, Chiapacan, l'avait accompagné, laissant à Oraison sa femme, qu'il avait du mal à supporter, ainsi que son jeune fils.

Dans les camps, on parlait beaucoup des persécutions que subissaient les huguenots, des conversions forcées, et même des dragonnades et des condamnations aux galères, mais, jusqu'à ce jour, La Garde n'avait guère été inquiet. Son père lui avait écrit que ses amis le protégeraient.

Une heure plus tard, ils étaient assis sur des pierres moussues mais glaciales. Ils tentaient vainement de se réchauffer devant un maigre feu. Ils n'avaient guère trouvé de branches sèches car les corvées de bois du camp étaient déjà passées par-là.

Ils avaient auparavant construit à la hâte une sorte de hutte sous un sapin, à partir de branches encore feuillues. Ce médiocre campement les isolerait de la neige qui tomberait certainement à nouveau dans la nuit. Au sol, ils avaient rassemblé du feuillage sec pour se coucher.

— J'ai faim, soupira Trois-Sueurs en regardant fixement le feu.

— Tais-toi ! chuchota Chiapacan en levant la tête. Quelqu'un s'approche de nous.

Il se saisit de la seule arme dont il disposait, un gros bâton qu'il avait préparé. Trois-Sueurs saisit de son côté une longue branche dont le bout incandescent était dans le feu et resta immobile.

2

— Monsieur La Garde, murmura une voix étouffée. Nous sommes tous là.

Trois-Sueurs se dressa, surpris, le brandon à la main.

— Belle-Rose ? C'est toi ?

Brusquement, une bande de six ou sept gueusards apparut : c'était sa troupe de batteurs d'estrade !

— Que faites-vous là ? Si on découvre que vous avez quitté le camp, vous serez pendus ! s'insurgea Chiapacan en se levant aussi.

— On n'allait pas vous laisser tomber, expliqua en riant celui qui se nommait Belle-Rose, un gamin édenté au visage couvert de taches de rousseur. Les copains là-bas diront qu'on est en corvée de bois. On vous a apporté quelques provisions... et des armes.

Il cligna de l'œil.

— Des armes ? Vous êtes fous ! Pour ça, ils ne vous pendront pas, ils vous flagelleront à mort quand les officiers vont s'en apercevoir !

— Vous inquiétez pas, monsieur ! On a seulement pris un fusil et un couteau. Et on est allés les voler dans la compagnie du lieutenant qui est venu vous chercher. C'est lui qui aura des ennuis, et ça lui apprendra à faire l'insolent avec vous.

En se fendant d'un grand sourire (édenté), Belle-Rose tendit le fusil et le couteau à son chef.

Trois-Sueurs les prit en tentant de cacher son émotion, tandis que deux des compagnons de Belle-Rose posaient au sol un sac de provisions ainsi que deux manteaux.

— Ceux-là, on les a achetés au commis de l'intendance qui trafique avec nous. Il y a aussi un peu de pulvérin[1] et quelques cartouches dans cette giberne, expliqua l'un des hommes qui ressemblait à un brigand.

— J'ai là les affaires qui vous appartenaient, monsieur. Enfin, seulement ce qu'on a réussi à emporter, s'excusa un troisième en déposant à son tour un sac de toile ventru.

— Et voici le plus important, fit le dernier soldat en remettant à son chef une lame de scie.

Ils étaient six, maintenant, autour de Trois-Sueurs et de Chiapacan. Des soldats en guenilles, émus, malheureux de perdre un chef qu'ils aimaient et estimaient, mais fiers aussi d'avoir pu accomplir cette dernière mission pour lui. Trois-Sueurs les considéra un instant, le cœur serré, puis à tour de rôle, il les accola.

— Rentrez maintenant, mes amis. Et emportez ce louis, je ne veux pas que vous ayez gaspillé votre solde à cause de moi. Vous le boirez à ma santé.

— Un louis d'or ? Mais vous en aurez besoin, hésita Belle Rose en prenant malgré tout avidement la pièce.

— Ne t'inquiète pas, Belle-Rose, j'en ai d'autres.

— Qu'allez-vous devenir ? s'inquiéta un des soldats.

— Nous rentrons en Provence, lui répondit Chiapacan. Chez nous.

L'homme approuva d'un mouvement de tête, puis fit signe à ses compagnons, et la petite troupe les abandonna.

1. Poudre à canon très fine qui servait à amorcer les armes à feu.

— Je vais m'occuper du fusil, assura Chiapacan en se saisissant de l'arme que Trois-Sueurs avait posée sur une pierre. Donne-moi la scie.

À cette époque, même la possession d'un simple bâton ferré était interdite sous peine de galère. Quant au port d'une arme véritable – une épée, un fusil ou un pistolet – par un vagabond, elle signifiait la mort par pendaison, au bout d'une chaîne, si on était capturé par la maréchaussée.

Ils ne pouvaient donc circuler comme ça avec un mousquet de cinq pieds de long à la main.

Chiapacan examina l'arme. C'était un de ces nouveaux fusils autrichiens avec un double mécanisme : celui du mousquet et celui de la batterie à silex. Une arme très prisée des soldats pour son efficacité. Jusqu'ici, Trois-Sueurs et ses hommes n'avaient eu que des mousquets à mèche.

Lorsqu'ils battaient la campagne à la recherche de l'ennemi, les hommes de la compagnie de Trois-Sueurs avaient pour habitude d'emporter avec eux quelques mousquets dont ils avaient scié le canon. Le fusil devenait terriblement imprécis, sauf à bout portant, mais pouvait être dissimulé sous un manteau.

Chiapacan entreprit de scier le canon, puis la crosse, pendant que Trois-Sueurs examinait les trésors que ses compagnons avaient apportés.

Il y avait un pain noir et dur, ainsi qu'un peu de lard. De quoi tenir deux jours, au plus. Heureusement, grâce au colonel de Villeroy, Trois-Sueurs avait de l'argent et ils pourraient facilement acheter du ravitaillement.

Il enfila son manteau et fouilla dans le sac contenant leurs affaires. Il en sortit deux chemises, des chausses confortables, des souliers à boucle qui remplaceraient avantageusement leurs sabots, des gants très épais, ainsi que sa bourse qui contenait encore une dizaine d'écus d'argent[1].

Il étala leur équipement devant son oncle qui sciait l'arme.

— Qu'allons-nous faire ? s'enquit ce dernier entre deux coups de scie.

— Acheter des chevaux, puis rentrer chez nous, en Provence, comme on l'a décidé. Tu reverras ton fils, ta femme, et moi ma sœur et mes parents. Ça fait près d'un an qu'on n'a pas de nouvelles d'eux.

Chiapacan s'arrêta de scier :

— Roque, sois raisonnable ! Un bon cheval vaut cent livres, et il ne nous reste que cinq louis. Nous pourrons à peine avoir une monture pour deux. Comment vivrons-nous ensuite, par ce froid ?

Fataliste, il haussa les épaules et fit :

— On n'aura qu'à manger le cheval...

— Tu oublies les dix écus dans ma bourse. En marchandant, on arrivera bien à obtenir deux chevaux, pas très bons peut-être, mais nous les ménagerons.

— Il nous faudra au moins un mois, sans doute plus, pour gagner Oraison. Nous n'avons ni papiers ni passeport. Juste un document de Villeroy précisant qu'on était soldats. Comment va-t-on vivre ? Tu veux qu'on vole en route ?

Il secoua la tête avec désespoir.

— C'est une misère de rentrer là-bas sans rien. Nous sommes partis faire fortune et nous revenons comme des gueux. Nos parts de butin durement gagnées vont aller dans la poche des officiers.

Il soupira.

— Tant d'années perdues !

1. Le louis d'or avait une valeur de seize livres et l'écu d'argent de quatre livres.

— L'argent n'est pas un problème, décida Trois-Sueurs le visage fermé. On nous a volés, tu l'as dit, donc nous deviendrons des voleurs à notre tour.

— Sur le grand chemin ?

— Oui. À deux, ce ne sera pas difficile d'attaquer malles-postes ou diligences. Et même les courriers militaires. Ils transportent parfois de grosses sommes.

Chiapacan ne répliqua pas tout de suite, sachant que s'ils agissaient ainsi, la maréchaussée serait vite sur leurs traces. Sans compter qu'ils n'étaient que deux et bien mal armés. Il poursuivit son travail de sciage en méditant.

Alors que Trois-Sueurs plaçait leurs maigres possessions dans leur hutte, Chiapacan reprit la parole :

— D'accord pour voler. Seulement, il faudra bien choisir. Je ne veux pas attaquer de pauvres gens. Il faut trouver des riches, transportant des bijoux ou de l'or, et nous cacher ensuite pendant quelque temps.

— Il va nous falloir d'autres armes, proposa Trois-Sueurs. Il n'y a qu'une grande ville où nous pourrons nous en procurer discrètement : Dijon. C'est aussi par là que passent les diligences de Paris à Lyon.

Ils mirent une semaine pour arriver à Dijon.

3

Ils avaient acheté deux montures, deux vieilles rosses efflanquées, dans un relais de poste et il leur restait à pénétrer dans l'ancienne capitale de Bourgogne sans se faire remarquer.

Comme partout en France, les étrangers à la cité devaient présenter un passeport ou un justificatif devant les portes de la ville où des exempts et des archers faisaient plus ou moins bien leur travail de contrôle en compagnie de commis chargés de percevoir l'octroi sur les marchandises.

Mais Trois-Sueurs ne s'inquiétait pas. Lui et Pierre avaient déjà joué ce jeu-là. En outre, il faisait très froid, la neige couvrait le sol et, dans de tels cas, il savait que les archers et les commis ne faisaient pas de zèle, préférant rester dans le corps de garde avec un verre de vin chaud.

Arrivé à la porte Saint-Pierre, il expliqua gravement à l'exempt qui soufflait dans ses mains sans gants ni mitaines :

— Nous arrivons de l'abbaye de Fontenay, le prieur nous envoie pour compléter l'escorte de Mgr l'évêque qui doit s'y rendre après-demain.

— C'est le prieur de Fontenay qui vous envoie ? répéta l'exempt avec un regard niais.

— Oui, vous pouvez nous accompagner à l'évêché pour vérifier. On nous y attend.

— Ça va, passez.

Trois-Sueurs savait que tout voyageur au service de l'Église était jugé honnête.

On était en milieu d'après-midi. Ils se dirigèrent vers la rue Guillaume dans laquelle se situaient les principales hôtelleries de la ville. Une fois là, ils prirent une ruelle transversale le long de laquelle plusieurs femmes vendaient leurs charmes devant des tripots.

Ils s'installèrent au cabaret du *Lièvre Cornu*, une infâme auberge refuge de canailles et de bougresses. Trois-Sueurs l'avait choisie non seulement parce que la paillasse pleine de vermine du dortoir était à peine à deux sols, mais surtout à cause du fourbisseur d'armes qui la jouxtait.

Ayant laissé leurs chevaux dans une écurie proche, ils se séparèrent. Trois-Sueurs se chargea de faire le tour des hôtelleries pour repérer les voitures qui les quitteraient le lendemain, tandis que Chiapacan se rendait chez le fourbisseur.

Là, moyennant leur dernier écu, il obtint un pistolet à rouet en bon état, de la poudre et des balles, ainsi qu'une courte épée, rouillée mais capable encore de percer un bedon. L'échange se fit discrètement, la vente d'armes étant réglementée et surveillée par la prévôté.

En revenant au cabaret, Chiapacan songea malgré tout qu'avec cet équipement misérable, ils auraient du mal à effrayer un postillon courageux, surtout si des gardes suivaient la diligence ou si elle transportait quelque officier bien armé.

Pendant ce temps, Trois-Sueurs observait et se renseignait discrètement. Il examina l'*Hôtel des Trois Pigeons*, l'*Hôtel du Louvre*, l'*Auberge du Cheval Blanc* et celle du *Grand Cerf*, mais il ne vit aucun voyageur susceptible de partir le lendemain.

En revanche, il apprit que la diligence de Paris s'arrêtait deux fois par semaine à l'*Hôtel du Louvre*. La prochaine arriverait justement le lendemain. Ils devraient donc patienter, avec tous les risques que cela présentait.

C'est en passant devant l'église Saint-Jean qu'il aperçut une jeune femme fort piquante accompagnée d'une chambrière, ou d'une dame de compagnie, toutes deux suivies d'un laquais armé d'un bâton.

Malgré sa livrée de domestique, ce laquais au cou de taureau paraissait être un ancien soldat. Il en avait le maintien, la brusquerie. Une cicatrice de balle lui avait défiguré la joue et il boitait légèrement.

Intrigué, Trois-Sueurs s'approcha du groupe.

C'est alors qu'il remarqua non la beauté et l'élégance de la jeune fille, mais la broche en or qui tenait son manteau fermé. Un bijou royal qui valait bien dans les cinq cents livres, c'est-à-dire deux bons chevaux et de quoi rentrer à Oraison avec un joli pécule !

Il les suivit un instant et les vit s'engouffrer dans une élégante hostellerie, rue du pont Arnot, le *Sauvage*.

Devant l'auberge s'ouvrait une cour pavée de gros galets. Trois-Sueurs y pénétra, l'air indifférent. Deux palefreniers nettoyaient une grande berline, alors que deux valets transportaient une malle de bois armoriée pour la fixer à l'arrière, ceci sous la surveillance de deux laquais armés de pistolets, visiblement d'anciens exempts. Leur livrée était la même que celle du garde qui accompagnait les jeunes femmes.

Un homme au visage buriné, à l'épaisse moustache comme en portaient souvent les sergents recruteurs, vêtu de la même livrée, et armé d'un solide bâton ferré, s'approcha de lui avec une expression menaçante. Levant son gourdin, il tonna :

— Que fais-tu ici, maraud ?

— Je cherche du travail, messire.

Trois-Sueurs remarqua la cuirasse de buffle bouilli sous la livrée, mais surtout la courte carabine passée en travers de l'épaule. Lui aussi devait être un ancien soldat, un bas officier peut-être.

— Sors, tu n'as rien à faire là ! Si je te revois, je te bâtonne et je te fais saisir par le prévôt. Cette voiture est celle de M. le lieutenant de police de Paris. Tu ferais mieux de disparaître si tu ne veux pas finir aux galères.

Trois-Sueurs prit un air apeuré et s'éclipsa. Un plan germait déjà dans son esprit.

Durant les deux heures qui suivirent, il parvint à obtenir beaucoup d'informations, car la jeune femme avait été remarquée par bien des commerçants. Elle se nommait Gabrielle et était la fille du célèbre Nicolas de La Reynie. Elle se rendait dans le Midi, certains disaient à Marseille.

Elle quitterait Dijon dès le lendemain.

— Attaquer la voiture d'un lieutenant de police ? Tu es fou ! s'insurgea Chiapacan. Tu viens de me le dire, ces gens en livrée sont des gardes, d'anciens soldats. Ils sont armés. Crois-tu qu'on va leur faire peur avec nos pétoires ?

Ils se trouvaient dans la salle de leur auberge, avalant une mauvaise bouillie de fèves et d'orge.

— Voici mon plan, répondit Trois-Sueurs. Nous arriverons derrière eux au galop comme la foudre. Avant qu'ils ne réagissent, et à bout portant, nous abattrons deux des gardes d'un coup de feu. Au pire, il y en aura deux autres que nous tuerons à l'arme blanche. Tu m'as trouvé une épée ?

Chiapacan opina, maussade.

— Parfait. Comprenant qu'ils sont attaqués, les postillons mettront la voiture à grand-rêne. Pendant ce temps, nous sauterons sur les montures des gardes, après avoir pris leurs armes, et nous rattraperons facilement le carrosse avec des chevaux frais. Même s'il y a encore un garde dans la voiture, ou même un second avec le cocher ou sur le cheval de tête, on en viendra à bout facilement à coups d'épée ou de pistolet, si ceux que nous avons tués en portaient.

— Et s'ils nous tirent dessus en nous voyant arriver ?

Trois-Sueurs sourit cyniquement :

— Ils n'oseront pas une fusillade. À cause de la jeune fille dans la voiture.

Chiapacan se tut un moment, mâchonnant l'infâme bouillie.

— Je ne comprends pas pourquoi tu ne veux pas attendre une occasion plus facile. On va y laisser notre peau, déclara-t-il finalement en sachant bien qu'il céderait malgré tout.

— Il y a quatre raisons. D'abord, plus nous restons ici, plus nous risquons de nous faire repérer ou d'être dénoncés. La police est bien faite et le prévôt ou le lieutenant criminel sera vite au courant de notre présence. La seconde raison est que cette jeune femme est riche. Elle est couverte d'or et doit transporter tous ses bijoux et beaucoup d'argent. En une seule attaque nous aurons des chevaux, des armes, et nous serons riches. Nous n'aurons qu'à gagner la Suisse et l'Italie pour revenir ensuite vers Oraison.

Il leva trois doigts :

— La troisième : c'est que ces gens sont tellement bien armés et nombreux qu'ils ne s'attendent pas à une telle audace de la part de brigands.

Il se tut.

— La quatrième ? demanda l'oncle.

Trois-Sueurs eut un sourire :

— La carabine du garde. Je la veux. C'est une arme à répétition. Le colonel de Villeroy avait la même, il me l'avait montrée.

— Tu veux qu'on se fasse rouer pour une carabine ? fit Chiapacan, incrédule.

— C'est une arme autrichienne. Certaines peuvent tirer jusqu'à trente coups en deux minutes avec leurs quatre canons. Celle-ci est courte, discrète. Avec elle, nous serons invincibles.

Chiapacan opina doucement du chef. Il est vrai qu'avec la surprise, le coup était jouable. Ils avaient déjà réussi de telles opérations sur des courriers ennemis.

— D'accord, fit-il. Préparons notre affaire un peu mieux. Tu es sûr qu'ils partent demain ?

— Certain.

— Et qu'ils vont dans le Midi ?

— Oui.

— Donc ils passeront par Beaune. Ils s'y arrêteront sans doute un peu pour se réchauffer, peut-être même pour voir les Hospices. Si nous partons avant eux, nous pouvons avoir un peu d'avance. Il nous en faudra. N'oublie pas que leur voiture a quatre chevaux et qu'ils changeront régulièrement de bêtes aux relais de poste. Avec nos rossinantes, on ne pourra pas les suivre et encore moins fondre sur eux comme la foudre !

— Que proposes-tu ?

— L'idéal est de les attendre le long de la Saône, avant Chalon. On pourra se dissimuler dans un bois et les voir arriver facilement. Si nos bêtes sont reposées, on les surprendra aisément.

— C'est un bon plan, convint Trois-Sueurs. Je pense qu'avec un peu de chance, ils utiliseront un de leurs gardes comme courrier pour prévenir les relais de préparer les chevaux. Ça en ferait un de moins pour nous. Il faudrait attaquer dès que ce garde n'est plus là.

Chiapacan repoussa son assiette vide et vida son verre de piquette :

— Je vais prévenir l'écurie qu'on partira demain à l'ouverture des portes.

Les portes ouvraient un peu avant six heures du matin en hiver. Il faisait encore nuit, mais c'était souvent à cette heure-là que les voyageurs partaient.

Trois-Sueurs et Chiapacan passèrent devant la cour de l'auberge du *Sauvage*. La voiture était toujours là et on préparait les chevaux à la lueur des lanternes à huile. Ils rattrapèrent quelques cavaliers qui partaient et passèrent la porte d'Ouche en même temps qu'eux.

Sur le grand chemin, ils mirent leur cheval au pas pendant deux heures, ensuite, ils trottèrent un peu. Vers neuf heures, ils entendirent un galop derrière eux. Ils étaient encore à une bonne heure de Beaune.

Ils se rangèrent sur le bas-côté tandis qu'un des gardes en livrée de Mlle de La Reynie passait au galop dans un nuage de poussière. Sans doute allait-il prévenir une prochaine auberge, ou le relais de poste, de se tenir prêt à recevoir des hôtes ou à préparer des chevaux frais.

Ils poursuivirent et furent rattrapés, non loin de Beaune, par la voiture qui les ignora. Ils la suivirent un moment et la virent entrer dans la ville.

Eux longèrent les courtines par l'extérieur.

Ils durent s'arrêter plusieurs fois pour faire reposer leurs montures, les nourrir et les abreuver. Trois-Sueurs restait anxieux. À tout moment, la voiture pouvait les rattraper et ils n'étaient pas prêts.

Finalement, il n'en fut rien. Sans doute Gabrielle de La Reynie prenait-elle une longue collation à Beaune.

Ils trouvèrent finalement l'endroit idéal pour leur attaque : au milieu de l'épaisse forêt de Gergy, que le grand chemin traversait.

À l'endroit choisi, la route était droite et déserte, les feuillages encore épais et l'heure avancée de la journée – il était environ trois heures – assombrissait le lieu.

On ne les verrait qu'au dernier instant.

Ils attendirent, laissant leurs chevaux se reposer et vérifiant leurs armes.

La nuit allait tomber et ils se demandaient si la voiture allait enfin passer quand retentit un vacarme de mousqueterie tout proche.

Ils se regardèrent, interloqués. Ce fut Chiapacan qui réagit le premier :

— C'est notre carrosse qui est attaqué par des marauds !

Trois-Sueurs venait aussi de comprendre. Il sauta en selle, se saisit de son mousquet coupé et, galopant en avant, alluma la mèche avec le briquet de l'arme. Chiapacan, derrière lui, tenait le pistolet à rouet en main.

La fusillade avait cessé. Soit les gardes étaient morts, soit les brigands de grand chemin avaient été décimés. Trois-Sueurs penchait avec inquiétude pour la première solution. Pourvu qu'ils arrivent à temps, sinon, il savait quel sort subirait Gabrielle de La Reynie.

Le chemin était enneigé mais la neige avait bien fondu, on ne les entendrait pas arriver.

Au détour de la route, en débouchant brusquement sur la voiture qui s'était arrêtée, il découvrit l'échauffourée. Deux larrons avaient ouvert la porte du carrosse et entraîné la compagne de Gabrielle à qui ils avaient déjà arraché la robe. Un autre, le chef sans doute, tenait en respect avec un pistolet celui, ou celle, qui se tenait à l'intérieur du carrosse. Un quatrième détachait les lanières de cuir qui fixaient le coffre à l'arrière et un cinquième menaçait de son fusil le postillon ainsi que le garde à côté de lui sur le siège du conducteur.

Au sol, deux gardes étaient étendus près de leur cheval ainsi qu'un autre corps, le torse ensanglanté. Sans doute un des agresseurs.

Trois-Sueurs fondit sur celui qui menaçait les occupants du carrosse. Il tira à bout portant avant que l'autre n'ait pu comprendre ou réagir. À peine le coup était-il parti qu'il avait lâché son mousquet et sorti son épée. Il abattit la lame sur la face de celui qui détachait la malle.

Le temps de faire tourner son cheval, il aperçut Chiapacan qui avait déchargé le rouet sur l'homme au fusil et qui bousculait maintenant de sa bête l'un des deux hommes tentant de violenter la dame de compagnie.

L'autre s'enfuit en courant. Trois-Sueurs remit sa bête au galop, le rattrapa et le piétina plusieurs fois sans pitié.

L'affrontement n'avait duré que quelques secondes.

Il revint lentement vers la voiture. Chiapacan avait sauté au sol et coupait la gorge du maraud blessé qui râla. La femme de chambre, la poitrine nue jusqu'à la taille, sanglotait à genoux. Trois-Sueurs l'ignora et s'approcha de la voiture. Le garde et le postillon restaient pétrifiés par le débordement de violence qui venait de se dérouler devant eux.

— Mademoiselle, il n'y a plus de risque, déclara La Garde.

Il se trouva face au canon d'une carabine.

La porte s'ouvrit et le garde au cou de taureau qui l'avait chassé de la cour de l'auberge sortit de la voiture, son fusil le tenant en joue.

— Je te connais, toi, fit-il avec un mouvement de menton.

— Singulière attitude à l'égard de celui qui vient de vous sauver la vie, ironisa Trois-Sueurs qui avait conservé son épée en main.

Une seconde personne descendit à son tour du carrosse. C'était un homme qui avait largement dépassé la soixantaine. Son visage sérieux, aux traits réguliers et volontaires légèrement creusés par la vieillesse, était illuminé par un léger rictus ironique. Cette physionomie avenante était pourtant démentie par un regard profond et inquisiteur.

Il portait une perruque de voyage et un costume de soie turquoise.

Trois-Sueurs comprit immédiatement qui il était, d'autant que son portrait était largement diffusé dans les camps par les colporteurs qui chantaient ses exploits depuis vingt ans. Ce vieillard était Nicolas de La Reynie, le lieutenant de police qui avait mis de l'ordre dans Paris, mais aussi le magistrat qui avait mené l'enquête sur les abominables crimes de la marquise de Brinvilliers, cette diablesse qui avait empoisonné son père, le lieutenant civil Antoine de Dreux d'Aubray[1], son époux, ses amants et quantité d'autres gens.

Mais surtout, Nicolas de La Reynie était le policier qui avait conduit la procédure criminelle menée secrètement dans la chambre ardente de l'Arsenal, procédure qui – disait-on – avait mis en cause Mme de Montespan, l'ancienne maîtresse du roi, mère de ses enfants. Cette blasphématrice avait accepté des messes noires sur son corps nu pour retrouver l'amour du roi. Cette criminelle avait tenté d'empoisonner Colbert, la duchesse de La Vallière,

1. Sur ce personnage, le lecteur se reportera à *L'Exécuteur de la haute justice*, aux Éditions du Masque.

et même la reine et le dauphin. Cette femme jalouse avait réussi à éliminer sa rivale, Mlle de Fontanges. Cette femme était le diable incarné.

Mais que ne disait-on pas ? Peut-être n'étaient-ce que des médisances, puisqu'il n'y avait jamais eu de procès ! En effet, contre le souhait de Nicolas de La Reynie, le roi avait fait brûler les pièces de l'instruction et dissous la chambre ardente de l'Arsenal.

— Qui êtes-vous, monsieur ? demanda le vieillard en s'adressant à Trois-Sueurs avec une voix de crécelle.

— Celui qui vous a sauvé, ça devrait vous suffire, répliqua sèchement La Garde.

— J'ai vu cet homme à Dijon, monsieur, déclara le garde, il rôdait autour de votre carrosse. Il fait certainement partie de la bande.

— Dans ce cas, je serais un drôle d'ami, ironisa Trois-Sueurs en désignant de son épée les cadavres des brigands. (Il soupira.) Mais vous me fatiguez, monsieur, donnez-moi votre arme.

Le garde grimaça un sourire carnassier devant une telle audace.

— Donnez votre arme, insista Trois-Sueurs d'un ton agacé, sinon Mlle Gabrielle de La Reynie en subira les conséquences.

Il fit une brève pause et expliqua :

— Mon camarade la tient en joue.

En effet, Chiapacan avait ramassé le pistolet d'un des agresseurs, contourné la voiture, et s'était placé à l'autre fenêtre d'où il menaçait la jeune femme. Son arme était déchargée mais personne ne le savait.

Le vieillard se retourna et comprit aussitôt.

— Jean, donnez-lui votre carabine.

— Ce sont des brigands, monsieur, protesta le garde. Mais sa voix était teintée d'inquiétude et d'irrésolution.

— Je ne sais pas qui ils sont, mais ils nous ont sauvés. Et je ne veux pas qu'on menace ma fille.

Le nommé Jean baissa lentement sa carabine. Trois-Sueurs, étonné que le drôle ait si vite cédé, tendit la main gauche pour se saisir de l'arme avec un frémissement de joie.

— Maintenant, monsieur, fit-il à Jean sur un ton d'ironie, avec votre compère qui attend là-haut je ne sais quoi – il désigna le siège où le dernier garde était toujours figé –, pouvez-vous vérifier que tous ces larrons sont morts et venir en aide à vos compagnons qui n'auraient pas encore choisi de passer à trépas ?

Jean fit un signe rageur à l'autre garde, qui sauta au sol. Le postillon descendit à son tour de son siège pour les aider.

C'est alors que Gabrielle de La Reynie fit son apparition. Elle eut un bref sourire contraint envers Trois-Sueurs en descendant de la voiture.

Elle pouvait avoir vingt-cinq ans au plus, elle était grande et bien en chair. Son visage était régulier et ses yeux en amande. Son seul petit défaut était sans doute son nez, un peu trop gros, comme celui de son père. Mais sur ses lèvres charnues, elle avait aussi la même expression ironique, à la fois perspicace et légèrement distante, accentuée par une fossette au menton. Trois-Sueurs songea que sa naissance devait être due à un second mariage, ou à un mariage tardif, car son père avait certainement soixante-dix ans bien sonnés[1].

En l'observant, il descendit de cheval après avoir accroché la précieuse carabine à sa selle. Il conserva toutefois son épée à la main.

Chiapacan le rejoignit.

---

1. Trois-Sueurs ne se trompait pas. Nicolas de La Reynie avait épousé en 1668 Gabrielle de Garibal. Gabrielle était la fille issue de ce mariage.

Trois-Sueurs lui fit signe de garder à l'œil les deux estafiers qui s'occupaient des brigands et s'avança vers Gabrielle pour lui faire une courte révérence. Elle l'ignora avec hauteur et s'éloigna vers sa dame de compagnie qui tentait, toujours en sanglotant nerveusement, de remettre de l'ordre dans sa tenue et de replacer ses seins dans son corsage déchiré.

— Vous connaissiez mon nom, monsieur... Monsieur comment ? intervint le vieillard en plissant les yeux.

— J'ignorais votre nom, monsieur, je connaissais seulement celui de mademoiselle. On me l'avait nommée à Dijon. J'y cherchais du travail et, n'ayant rien trouvé, je me rendais à Chalon quand j'ai entendu la fusillade.

— Quel genre de travail ? s'enquit l'ancien lieutenant de police avec un sourire sarcastique qui exprimait parfaitement qu'il ne croyait pas un mot de ce que lui racontait son interlocuteur.

Trois-Sueurs fit un vague geste de la main gauche.

— Je n'ai jamais vu quelqu'un se comporter avec autant d'audace et d'habileté, poursuivit La Reynie en l'examinant. Tuer cinq hommes en si peu de temps ! Même maître Guillaume[1] n'en serait pas capable ! Vous et votre compagnon n'êtes ni laboureurs ni commis aux écritures.

Trois-Sueurs opina courtoisement.

— Effectivement, monsieur. Je suis soldat. Je l'étais, tout au moins. J'étais enseigne et commandais une troupe de batteurs d'estrade. Je viens d'être chassé de l'armée.

— Qu'aviez-vous fait, monsieur ? demanda une voix féminine.

1. L'exécuteur de la haute justice à Paris.

Gabrielle s'était rapprochée, suivie de sa femme de chambre raccoutrée. C'était elle qui avait posé cette question, d'un ton presque bienveillant.

Trois-Sueurs hésitait à lui répondre. Il considéra un instant la fille de La Reynie. Elle avait le même regard pénétrant que son père. Elle l'avait ignoré jusqu'à présent, mais elle paraissait maintenant intéressée par le sort de son sauveur.

Jean aussi s'était approché. Il souhaitait savoir qui était cet homme qui l'avait mis en difficulté devant son maître.

— Je n'avais rien fait, mademoiselle, déclara finalement La Garde. Je suis simplement de la religion réformée. Je suis huguenot.

— Il y en a encore dans l'armée ? s'étonna La Reynie avec cynisme.

— Rassurez-vous, il n'y en a plus, monsieur. Mon oncle et moi étions les derniers ! rétorqua insolemment Trois-Sueurs en le saluant d'une inclinaison de tête.

— Qu'allez-vous faire ? demanda encore Gabrielle, d'un ton qui parut étonnamment chaleureux à La Garde, comme si elle s'inquiétait vraiment de son avenir.

— Vous escorter jusqu'à Chalon, puis rentrer chez nous. Notre famille nous attend.

— Vous ne cherchez plus de travail ? sourit La Reynie dans une ultime pique.

— Que de questions ! soupira Trois-Sueurs.

— Je suis lieutenant de police, s'excusa le vieillard.

— Je croyais que vous ne l'étiez plus, monsieur, ironisa à son tour Trois-Sueurs[1].

1. La Reynie avait été nommé lieutenant de police en 1667 par Colbert pour assainir Paris. Il venait d'être remplacé par Marc-René d'Argenson.

Un voile passa sur le visage du vieillard.

— Vous avez raison, monsieur. M. d'Argenson m'a remplacé à une fonction que je souhaitais pourtant conserver. Mais le roi en a décidé autrement. Sans doute désire-t-il quelqu'un de plus souple. Mais cessons cette joute. Vous nous avez sauvés. Vous manquez d'argent, je le vois. Que puis-je faire pour vous aider ?

— J'emporterai les chevaux et les armes de ces brigands, décida Trois-Sueurs. Ainsi que tout ce qu'ils possèdent.

— C'est le droit de la guerre, approuva La Reynie qui comprenait que Trois-Sueurs ne lui demandait nullement son avis.

— Je souhaite conserver cette carabine, proposa alors La Garde dans un sourire.

— Prenez-la, approuva La Reynie avec une étrange bienveillance.

Trois-Sueurs se tut un instant, puis conclut :

— C'est beaucoup et ce sera tout.

— Vous ne nous avez pas dit votre nom, monsieur, demanda alors Gabrielle d'une voix claire. Ni celle de votre oncle, d'ailleurs.

— Je me nomme Roque La Garde, mademoiselle. Et mon oncle s'appelle Pierre.

— Roque a un autre nom, mademoiselle, intervint alors Chiapacan qui s'exprimait pour la première fois. Dans le régiment, on l'appelait Trois-Sueurs.

— Trois-Sueurs ? plaisanta Gabrielle avec un petit rire cristallin qui dévoila des dents nacrées. J'ignorais qu'il y en eût tant ! Cela a-t-il un rapport avec la galanterie, monsieur le soldat ?

— Ces Trois-Sueurs-là, mademoiselle, ce sont celles que l'on a juste avant de mourir : les sueurs froides, expliqua Jean, le garde, qui considérait maintenant Trois-Sueurs avec un certain respect.

Nicolas de La Reynie opinait en silence. Il avait parfaitement jugé le personnage. Un soldat, un aventurier, un brigand sans doute. Mais, dans son genre, un gentilhomme et un homme d'honneur. Quant à Gabrielle, ayant compris quelle sorte d'individu était La Garde, elle n'avait plus envie de badiner. Une sorte de gêne s'était installée entre eux. L'ancien lieutenant de police brisa alors ce silence pénible pour demander :

— Gabrielle, ma fille, apporte-moi ma cassette.

Gabrielle fit une sorte d'œillade à Trois-Sueurs, puis se dirigea vers le carrosse pour prendre un coffret sur le siège. Elle l'apporta pendant que La Garde admirait sa prestance.

La Reynie ouvrit la cassette. Elle contenait de petits sacs de velours. Il en prit un qu'il tendit à Trois-Sueurs.

— Voici cinquante pistoles, dit-il. Je ne peux cependant réparer toutes les injustices de notre roi, et j'en suis navré.

Trois-Sueurs se saisit de la bourse. Il y eut un nouveau silence qu'il rompit en s'adressant à Jean, cette fois presque amicalement.

— Alors, nos brigands ?

— J'en ai achevé un autre qui était mourant. Deux de mes hommes sont morts.

Trois-Sueurs regarda un instant le postillon et le garde qui tiraient les corps sur le bas-côté.

— Il va faire nuit, déclara-t-il doucement. Vous devriez repartir. Je vous escorterai jusqu'à Chalon.

La Reynie hocha la tête. Tous remontèrent en voiture et, avant qu'on ne ferme la porte du carrosse, Trois-Sueurs posa un long regard sur Gabrielle. Elle s'en aperçut et le lui rendit après une brève hésitation. Mais ce regard était si triste qu'il en resta mal à l'aise.

Pendant ce temps, Chiapacan dépouillait complètement les cadavres de leurs objets de valeur.

4

Trois jours passèrent. Les deux hommes descendaient maintenant la vallée du Rhône en évitant toutefois le grand chemin et les relais de poste trop surveillés par la maréchaussée. Armés comme ils l'étaient et sans papiers, ils préféraient rester discrets. Ils avaient conservé deux chevaux des brigands qui étaient attachés en longe derrière les leurs.

Ils faisaient halte dans de petits villages uniquement pour s'approvisionner. Le reste du temps, ils dormaient à la belle étoile.

Une fois, c'était un dimanche, ils s'arrêtèrent dans un minuscule bourg pour faire ferrer le cheval de Trois-Sueurs. Le village paraissait dépeuplé. Ils firent boire leurs bêtes à la fontaine devant l'église située à côté de la forge. C'était l'heure de la messe et pourtant le lieu de culte était désert. Trois-Sueurs trouva cet abandon propice à ce qu'il voulait demander. Ils se dirigèrent vers le maréchal-ferrant qui s'activait, délaissant lui aussi l'office religieux.

— L'église est bien vide, constata Trois-Sueurs après avoir expliqué que son cheval avait besoin d'un fer.

Le forgeron haussa les épaules. Après avoir levé le pied du cheval, il choisit un fer parmi ceux accrochés contre un mur de la forge.

Chiapacan s'approcha de lui et lui présenta le méreau qu'il tenait à la main. C'était un jeton d'étain que les réformés commençaient à utiliser comme signe de reconnaissance pour éviter les espions dans leurs assemblées.

Le forgeron saisit le jeton et l'examina :

— Vous êtes de la Religion ?

Chiapacan opina du chef en précisant :

— Nous avons besoin d'éviter les dragons. Y en a-t-il plus loin ?

Le forgeron rendit le jeton à Chiapacan et reprit le fer qu'il avait posé. Il les considéra alors longuement, scrutant leurs visages pour tenter de découvrir la vérité. Il hésitait à s'engager davantage devant ces inconnus.

— D'où venez-vous ? demanda-t-il enfin.

— J'étais enseigne au régiment du Lyonnais, expliqua Trois-Sueurs. Mon oncle – il montra Chiapacan – était brigadier. On vient d'être chassés pour avoir refusé la conversion.

— Il n'y a plus de dragons par ici, annonça le forgeron en prenant son marteau. Ils ont fini par partir. Quand ils sont arrivés, ils avaient ordre de faire le plus de désordre qu'ils pouvaient. Ils sont restés dix ans ! Ils ont commis tant et tant de meurtreries, de rapines et de violences que M. de Pontchartrain s'en est finalement ému. Il a ordonné aux intendants de faire enfin preuve de mansuétude envers nous.

— Ça a été si dur ?

— Tous mes cousins sont encore aux galères, fit l'homme avec un air farouche. Moi, j'ai accepté la conversion. Je me méprise pour cette lâcheté, mais ils auraient forcé ma femme et mes enfants devant moi. Notre prédicant a été pendu là – il désigna un arbre – avec une chaîne en fer et ils nous ont obligés à le laisser plus d'un mois. Les corbeaux l'ont dévoré.

Il frappa de toutes ses forces sur son enclume :

— Que le roi et ses ministres brûlent tous en enfer ! gronda-t-il.

Puis, comme calmé par cet accès de violence, il leur demanda :

— Où allez-vous ?

— Près de Sisteron.

— Il y a eu des dragons là-bas aussi. Vous avez de la famille ?

— Oui, mais mon père m'a écrit qu'il ne risquait rien. Il a beaucoup d'amis haut placés.

— D'amis ? Vous ne savez donc pas comment ça se passe ? Que vous soyez bourgeois ou gentilhomme, ils vous déclarent que vous n'aurez ni paix ni douceur tant que vous n'aurez pas effectué une conversion sincère. Ils ont quelquefois un prêtre avec eux pour cet usage. Vous vous convertissez ? Ils se contentent de vous battre. Vous refusez ? La punition la plus douce est le fouet, puis les galères. Vous tentez de vous révolter ? Ils vous clouent à votre porte !

« En même temps, ils pillent vos biens. Pour l'ustensile[1], disent-ils. Ils prennent tout : grains, meubles, vins. Votre femme ? Ils se la partagent. Vos filles ? On les donne à la troupe. Vos enfants ? Ils vous les volent pour les mettre dans des couvents.

« Personne n'a d'ami, personne n'est protégé de leur sauvagerie.

En pleurant, il reprit son marteau et frappa sur le fer qu'il destinait au cheval de Trois-Sueurs.

Quand il eut fini de fixer le fer, Trois-Sueurs lui montra une curieuse balle de fusil, cylindrique et creuse.

---

1. Somme que les habitants devaient fournir pour financer le gîte et le couvert des soldats (les casernes n'existaient pas). En général, quatre rations composées de deux tiers d'avoine, quinze livres de foin, dix de paille. Chaque ration pouvait être remboursée cinq sols. Évidemment, les dragons, eux, prenaient beaucoup plus, y compris parfois la vie et le corps de leurs hôtes.

— Vous arriveriez à m'en fabriquer quelques douzaines ? En plomb.

Ils reprirent la route dans un silence lourd d'inquiétude.

Les deux jours suivants, on leur confirma qu'il n'y avait plus de dragons dans les villages de ce côté-ci de la vallée du Rhône. Parfois, pourtant, on leur rapportait que de petites compagnies d'une ou deux douzaines d'hommes venaient faire des réquisitions qu'ils ne payaient pas, ou mal.

— Pour l'ustensile, affirmaient-ils en se moquant après avoir battu les récalcitrants et pendu le prédicant s'ils le trouvaient.

Partout où ils passaient, ce n'était plus que peur et misère, famine et désespoir, dénuement et terreur. Et malgré cela, les pasteurs restaient actifs et les prêches nombreux.

Ils traversèrent les montagnes au nord du mont Ventoux pour rejoindre Sisteron, n'utilisant que sentiers et chemins qu'ils connaissaient bien.

C'est à Sisteron qu'ils passèrent la Durance ; Trois-Sueurs savait que, là, les ponts étaient moins surveillés. Ensuite, ils descendirent vers Oraison.

À environ une lieue d'Oraison, ils croisèrent un muletier transportant du fourrage sur une charrette bringuebalante. En les apercevant, le paysan s'arrêta en les considérant avec inquiétude ; Trois-Sueurs et Chiapacan avaient surtout l'air de brigands.

Mais ils l'ignorèrent et le saluèrent même fort poliment en le croisant. Aussitôt après, le muletier les interpella :

— Tu serais pas Pierre La Garde ?

Chiapacan arrêta sa monture et se retourna, surpris et brusquement sur ses gardes. Il considérait l'homme en plissant les yeux, cherchant à retrouver ce visage vaguement familier dans ses souvenirs.

— Serres ? Jacques Serres ? C'est toi ? demanda-t-il enfin.

— Pierre ! Tu rentres enfin au pays ! s'exclama le muletier, mais ses yeux gris ne laissaient paraître aucune joie.

Chiapacan sauta au sol et donna une forte brassée au nommé Serres, qui lâcha un instant la longe de sa mule.

— Que fais-tu là ? Tu avais un moulin ! s'enquit Chiapacan en étudiant le paysan après avoir reculé d'un pas.

Il avait devant lui un malheureux amaigri, en haillons et en sabots. Or, il se souvenait du propriétaire du moulin qu'il avait connu : un homme gras, riche et bon vivant.

Serres inspira profondément :

— Je l'avais, oui. Les dragons sont venus, il y a presque un an. Ils ont tout pris, farine, fourrage, outils. Ils n'ont rien payé et j'ai été ruiné. Il ne me reste que ma mule et ma carriole.

— Les dragons sont à Oraison ? s'inquiéta Trois-Sueurs subitement mal à l'aise.

— Une vingtaine, et pas tout le temps. En réalité, ils sont partout dans les campagnes. Ils prennent du ravitaillement, c'est l'ustensile. Pour les galères, qu'ils disent.

— Les galères ?

— Oui, ils ont un ordre de réquisition de l'intendant des galères, M. de Montmor. Mais ils ne payent rien. Ils ne volent rien aux catholiques, non plus. Ils s'attaquent seulement aux réformés comme nous. Ceux qui acceptent la conversion sont seulement pillés. Les autres sont aussi pillés, mais partent ensuite aux galères. Il paraît qu'ils sont vendus là-bas par La Flèche, qui en fait commerce.

— La Flèche ?

— C'est leur capitaine. On dit qu'il est dans tous les trafics de l'arsenal des galères.

— Et que fait le prévôt de Manosque ?

— Rien, murmura le muletier.

— Personne ne s'est plaint ? Il y a le parlement ! Le lieutenant criminel d'Aix ! L'intendant de justice ! Le lieutenant du gouverneur !

— Ceux qui ont essayé sont morts. Une fois, pourtant, il est venu un magistrat d'Aix, La Flèche a montré ses ordres et l'autre est reparti sans questionner personne.

— Tu me remets ? Je suis Roque, le fils de La Garde, dit alors Trois-Sueurs au muletier.

— Je ne t'avais pas reconnu, avoua le muletier. Un voile d'inquiétude passa sur son visage. Tu étais si jeune quand tu es parti...

— Mes parents ? Que disent-ils ? Ils ne se sont pas laissé faire tout de même ?

— Moi, je me suis converti, avoua Serres en détournant honteusement les yeux.

— Je te parle de mes parents ! tonna Trois-Sueurs en tentant de cacher son inquiétude et son désespoir tant il craignait la suite.

— Ils ont refusé de se convertir, dit tristement Jacques Serres.

Trois-Sueurs se raidit.

— Où sont-ils ? demanda-t-il d'une voix rauque.

— Ton père a voulu se battre contre les dragons... Ils l'ont pendu.

Un lourd silence s'étendit entre eux. Mort ? Son père était mort ? Trois-Sueurs ne pouvait le croire. Il murmura :

— ... Ma mère ?

Serres baissa les yeux.

— Il vaut mieux que tu ne retournes pas chez toi, marmonna-t-il.

— Mon fils ? Ma femme ? cria Pierre désespéré.

Le muletier les regarda, bouleversé :

— Ton fils, ils l'ont emmené aux galères.

— Mais Esquinette n'a que quinze ans ! Et ma femme, Toinette ?

De nouveau Serres baissa les yeux. Des larmes coulaient, non pour lui, mais pour ces deux hommes qu'il aurait préféré ne pas croiser.

— Que sont devenues ma mère et Toinette ? rugit La Garde.

— Ils les ont battues, violentées sans doute. Elles en sont mortes.

— Et personne n'a bougé ! Nos ouvriers, nos laboureurs, les domestiques...

— Certains, si... Mais ceux qui ont bougé ont été pendus. Quant aux servantes...

— Ma sœur ? Qu'est devenue ma sœur ?

— Elle est toujours là-bas.

— Blessée ? Malade ? Réponds !

— Les dragons se sont installés dans ta ferme. Ils y rassemblent le fruit de leurs rapines avant de l'envoyer à Aix ou à Marseille. Ta sœur dirige toujours la ferme, mais ils l'ont enfermée. Elle est devenue la putain de La Flèche.

Trois-Sueurs tourna son cheval pour que le muletier ne vît pas son visage.

— Viens, Pierre, nous avons un travail à faire.

Pierre sauta sur sa monture et ils partirent au galop.

La ferme des La Garde était un grand bâtiment précédé d'une cour pavée de galets de la Durance. De chaque côté de la bastide, des écuries, des étables et des granges s'alignaient perpendiculairement. Un mur fermait le dernier côté du rectangle. Ce mur était percé d'un porche voûté avec un portail de bois clouté. Au coin du porche, une vieille échauguette datant de la première guerre de religion se dressait encore, à moitié effondrée.

Trois-Sueurs et Chiapacan s'étaient placés sur une petite hauteur, non loin de là, et observaient les lieux après avoir préparé leurs armes.

Le soir de leur rencontre avec La Reynie, Trois-Sueurs avait étudié la fameuse carabine et découvert qu'elle était déchargée. C'est pour cela que le garde avait si facilement cédé : il avait dû tirer toutes ses munitions dans l'affrontement avec les brigands.

L'arme avait quatre courts canons soudés ensemble, mais l'un d'entre eux ne servait que de réserve pour les balles. Il n'y en avait plus que trois : de petits cylindres de plomb, creux. Trois-Sueurs n'avait jamais vu de tels projectiles.

Il avait alors compris pourquoi La Reynie lui avait abandonné l'arme si facilement. Le vieillard devait penser qu'il n'en comprendrait pas le maniement et qu'il serait incapable de l'utiliser.

Mais chaque jour, il avait démonté et étudié sa carabine ; il en avait finalement deviné le principe.

Les trois canons utiles pouvaient tirer jusqu'à vingt-cinq coups d'affilée. Ils étaient chargés avec les petits cylindres creux, en plomb, qu'il avait trouvés dans le quatrième canon qui servait de magasin.

Le forgeron qu'ils avaient interrogé dans le village à l'église déserte lui avait fabriqué un petit moule et, ensemble, ils avaient coulé quelques centaines de balles supplémentaires. Grâce à elles, Trois-Sueurs avait longuement pu s'entraîner avec la carabine.

Son chargement était long et minutieux. Deux des canons étaient emplis par douze cylindres de plomb. Entre chacun se plaçaient poudre et bourre. Les trois canons utilisables communiquaient par l'extrémité opposée à la lumière. Après avoir glissé un peu de poudre dans ces trous, on chargeait le dernier canon

– celui dont la mise à feu était commandée par la platine à silex – avec une unique balle.

Quand on faisait feu, ce projectile partait le premier et entraînait l'embrasement de la poudre tassée contre une seconde balle, la plus proche de la sortie du deuxième canon. Comme les balles étaient creuses, toutes celles se situant derrière étaient mises à feu successivement et partaient à sa suite, déclenchant simultanément un tir similaire à partir du dernier canon. La fusillade durait une demi-minute sans qu'il soit possible de l'interrompre et les vingt-cinq projectiles pouvaient balayer une douzaine d'hommes groupés[1].

Trois-Sueurs tenait la carabine à la main, il l'avait minutieusement préparée et avait accroché deux pistolets à sa selle. Deux autres étaient dans ses fontes et son épée était facile à sortir.

Chiapacan avait ses deux pistolets en main et deux autres aussi à la selle.

— Combien en as-tu compté ?

— Une dizaine dans la cour. Tous du régiment des Dragons-Dauphins. Il y en a aussi un sur l'échauguette qui a l'air de dormir. Il peut y en avoir d'autres à l'intérieur, mais sans doute pas beaucoup. J'ai vu passer une servante qui allait au puits et un valet de ferme qui se rendait à l'écurie.

— On va se rapprocher lentement, comme si on était des voyageurs. Tu me laisseras tirer le premier avec la carabine. Interviens seulement pour me couvrir, ou après moi, s'il reste des vivants.

Ils s'avancèrent.

En les apercevant, le dragon sur l'échauguette se redressa mais jugea inutile d'avertir ses compagnons.

1. Cette arme, datant de 1670, est visible au musée de la Tour de Londres.

Il s'agissait de voyageurs qui venaient sans doute pour abreuver leurs bêtes, car les nouveaux venus avaient deux chevaux en longe qui transportaient leurs bagages. Il se dit même qu'ils pourraient un peu les piller ; après tout, c'étaient peut-être des huguenots, des gens sans droits.

Trois-Sueurs passa le porche de la maison de ses parents. Sa carabine dissimulée sous son ample pèlerine. L'un des dragons assis sur une pierre l'interpella avec insolence après avoir posé sa longue pipe :

— Que veux-tu, drôle ?

Ils étaient sept ou huit, répartis autour de lui ou dans la cour, qui n'était pas très grande. Débraillés, sales, se croyant tout permis. Deux charrettes emplies de barriques et de quelques meubles de valeur attendaient qu'on les attelle. Certainement le fruit de leurs dernières rapines.

Impavide, Trois-Sueurs sortit l'arme de son manteau et l'enfer se déclencha.

Chiapacan gardait à l'œil l'homme sur l'échauguette. Au moment où la carabine commençait le massacre, il l'abattit d'un coup de pistolet.

Mais déjà la fusillade se terminait, elle n'avait duré que quelques secondes. Un dragon apparut alors à une fenêtre, l'air affolé. Chiapacan tira. L'homme bascula dans le vide.

Deux des soldats de la cour n'étaient pourtant que légèrement blessés. Ils se précipitaient déjà, non pour récupérer leur mousquet mais pour se mettre à l'abri. L'un, touché à la cuisse, boitait ; l'autre, couché au sol, avait un bras en sang. Trois-Sueurs avait abandonné sa carabine qui était tombée sur le flanc de sa bête, retenue par une lanière. Avec les pistolets, il abattit les fuyards à bout portant.

Ce fut alors le silence. Chiapacan restait aux aguets, pistolets aux poings, mais il ne semblait pas y avoir d'autres soldats.

Trois-Sueurs se dirigea vers la grange, pour se mettre à l'abri d'un tireur caché. Il avait saisi les deux autres pistolets de ses fontes.

Quelques dragons agonisaient au sol. Il les ignora.

Toujours le silence.

Trois-Sueurs et Chiapacan faisaient maintenant tourner leurs chevaux dans la cour, le long des murs, le regard en alerte. Au bout d'un moment, un garçon d'écurie apparut, les yeux exorbités. Il regarda l'épouvantable scène, puis Trois-Sueurs et Chiapacan qui le tenaient simultanément en joue.

— Monsieur La Garde ? fit-il, surpris, en considérant Pierre.

— Nous sommes de retour, déclara Chiapacan. Pour faire justice. Y en a-t-il d'autres ?

— Non, mais le capitaine La Flèche qui les commande va revenir. Il est allé à Oraison. Il ne va pas tarder. Il vous faut fuir.

— Fuir ? plaisanta Trois-Sueurs. Au contraire, nous allons l'attendre.

Une femme sortit, suivie d'une servante. Trois-Sueurs reconnut sa nourrice.

— Jeanne, c'est moi. Où est ma sœur ?

— Roque ? Merci, mon Dieu ! C'est le Seigneur qui vous envoie. Votre sœur est là-haut, enfermée.

Trois-Sueurs sauta au sol. Il glissa ses deux pistolets à sa ceinture. La servante avait fait quelques pas vers les blessés. Son visage était figé dans un masque d'une férocité incroyable. Elle considéra un instant les soldats qui râlaient, puis elle sourit et se saisit d'une fourche posée contre un mur.

Elle s'approcha lentement du premier et, d'un geste d'une violence inouïe, elle le cloua au sol par le cou. L'homme gargouilla. Elle attendit quelques secondes, le visage ravagé par le plaisir, puis elle arracha la fourche avant de s'avancer vers un second dragon qui, ayant vu la scène, la considérait avec des yeux hallucinés. Elle le regarda longuement et, avec un rire dément, elle planta à nouveau sa fourche.

Trois-Sueurs était resté immobile, hésitant. Pourtant, après le deuxième meurtre, il fit un pas pour l'arrêter. Le garçon d'écurie lui dit alors :

— Laissez-la, monsieur. Elle a raison, après ce qu'ils lui ont fait.

— Il faut aller chercher votre sœur, insista la nourrice en détournant les yeux pendant que la servante épinglait successivement tous les soldats. Le capitaine peut revenir.

Trois-Sueurs opina.

Sa sœur était enfermée dans l'appartement de ses parents. Seul La Flèche avait la clef, avait expliqué la nourrice. C'était au premier étage et des planches avaient été clouées sur les fenêtres. Trois-Sueurs enfonça la porte. Sa sœur était prostrée dans l'obscurité. Elle le regarda un instant, puis le reconnut et se leva en vacillant. Elle était nu-pieds dans une robe de toile rêche.

Il s'avança vers elle et elle lui tomba dans les bras.

— Nous allons repartir, dit-il à sa nourrice. Aidez-la à s'habiller et à préparer quelques vêtements pour le voyage.

— Que dirons-nous au capitaine ? s'inquiéta la femme. Avec tous ces morts...

— La vérité. Une bande de huguenots est descendue des montagnes et a fait justice. Dites-lui aussi que leur chef – que vous ne connaissez pas – reviendra pour le châtier.

Il fut interrompu par le garçon d'écurie qui arrivait tout essoufflé :

— Monsieur, M. Pierre vous dit de venir vite.

Trois-Sueurs se précipita. Dans la cour, il constata que la servante avait terminé son travail de vengeance.

Elle était désormais prostrée. Une autre femme l'avait rejointe, ainsi que deux hommes. Il reconnut deux des garçons de ferme de son père et leur fit signe.

Chiapacan était sur l'échauguette. Avec le mousquet scié, il visait quelqu'un ou quelque chose.

Trois-Sueurs s'approcha du porche, il avait ses pistolets en main. Un dragon arrivait au galop sur le chemin. Il était seul.

Chiapacan tira et l'homme s'effondra.

— Il l'a eu ! cria le garçon en sautant de joie. C'était La Flèche !

C'est alors que le dragon se releva. Sa bête était restée près de lui. Le capitaine avait la tête ensanglantée, il y porta sa main, puis s'accrochant au pommeau de la selle, sauta sur le cheval. Chiapacan tirait déjà avec un pistolet mais c'était inutile. L'autre était déjà trop loin.

— Il faut partir, tout de suite ! cria Trois-Sueurs à Chiapacan. Dans peu de temps, nous aurons une armée ici.

Les valets et les servantes s'étaient regroupés dans la cour. Ils étaient maintenant cinq ou six, apeurés.

— Vous leur direz la vérité, leur cria Trois-Sueurs. Une bande de huguenots est venue chercher Claire pour son frère. Ils sont repartis vers les montagnes.

Par des sentiers qu'eux seuls connaissaient, ils remontèrent un temps le cours de l'Asse, une petite rivière qui se jette dans la Durance. Ils trouvèrent un pont en face de la Bégude, qu'ils passèrent de nuit. Ensuite, ils descendirent vers Barjols pour gagner Trets. Une tante éloignée de la mère de Roque y tenait une auberge. Ils lui confièrent Claire qui était restée prostrée durant tout le voyage.

Avant de la quitter, ils lui dirent qu'ils devaient maintenant sauver le fils de Pierre et, pour qu'elle ne souffre plus, ils lui demandèrent d'abjurer. La tante, et son époux, bons catholiques, approuvèrent chaudement.

— Reprends le nom de notre mère, lui dit son frère. Tu seras désormais Claire Pons.

5

Ils arrivèrent à Marseille en avril. Ils s'étaient pressés car ils avaient entendu dire qu'à partir de mai, les galères prenaient la mer. Certaines étaient déjà dehors pour des manœuvres, leur avait-on même affirmé. Si Esquinette – c'était le surnom amical que Chiapacan donnait à son fils Jean – était dans une galère encore à l'amarrage, ils disposaient de moins d'un mois pour le sortir de la chiourme. Et ils n'avaient aucune idée de la façon dont ils s'y prendraient.

Ils se rendirent sur le quai aux galères dès leur arrivée. Là, l'odeur suffocante les saisit : un mélange de sueur, d'excréments et de pourriture. Une dizaine de galères étaient encore aux amarres. Sur plusieurs d'entre elles, de longues files de forçats amaigris et au regard vide transportaient à terre les gros galets qui lestaient les cales, sous la surveillance des soldats d'infanterie des galères. Deux barques avaient été tirées à terre pour être calfatées. Enfin, dans les galères qui semblaient déjà remises en état après l'hivernage, des dizaines de forçats, reconnaissables à leur bonnet rouge, refaisaient l'accastillage, transportaient des voiles et préparaient les cordages à grand renfort de cris et de menaces des officiers et des argousins.

Chiapacan examinait chaque bateau dont il pouvait s'approcher, chaque forçat qu'il pouvait distinguer, cherchant vainement à repérer un fils qu'il n'était pourtant pas sûr de reconnaître, puisqu'il l'avait quitté quatre ans plus tôt !

— Nous ne le retrouverons pas ainsi, lui déclara finalement Trois-Sueurs. Il y a plus de dix mille galériens ici et beaucoup travaillent dans l'arsenal. Il peut aussi se trouver en mer.

Il n'ajouta pas : il peut aussi être mort.

— Nous allons chercher une auberge et une écurie. Si nous le trouvons, nous le ferons évader, mais il faut déjà préparer notre fuite si nous y parvenons.

Chiapacan en convint à contrecœur. Les quais grouillaient de monde. On y croisait des marins et des portefaix – qu'on appelait ici les gagne-deniers – portant jarres, balles de tissu, caisses ou tonneaux. On y heurtait des négociants, parfois accompagnés de riches Turcs ou de marchands syriens en robes longues et turbans. Il fallait aussi éviter les poissonnières vantant la qualité de leurs coquillages et de leurs rougets qu'elles étalaient un peu partout à même le sol.

Les officiers étaient nombreux, quelquefois en compagnie d'élégantes dames. Certaines d'entre elles se promenaient en chaise à porteurs, suivies d'un laquais ou d'un esclave turc avec un parasol. Quantité d'ecclésiastiques, moines de tous ordres, prêtres ou aumôniers parcouraient aussi les quais. Sans compter les innombrables ouvriers, artisans et manœuvres qui transportaient leur matériel.

Il y avait surtout un nombre inouï d'animaux. Des chiens errants, des ânes, des mules mais aussi des moutons ou des chèvres ainsi que des poules et des canards dans leur cage. Toutes ces bêtes aboyaient, brayaient, bêlaient, caquetaient à qui mieux mieux dans un vacarme infernal.

Le port lui-même était parcouru d'un grouillement de barques, de pinasses, de pointus, de tartanes, de chaloupes qui allaient et venaient entre la rive et les flûtes hollandaises ou les goélettes commerçant avec le Levant. Plus loin, vers l'embouchure, on apercevait quelques trois-mâts ventrus de la Compagnie des Indes ou de la Compagnie de la Méditerranée.

Ils n'eurent aucun mal à se faire indiquer une auberge qui leur convenait. L'*Auberge Royale* était située rue de la Poste[1], ainsi nommée car s'y était longtemps installée la poste aux chevaux qu'on venait de déplacer à la Loge, sur le port. Les écuries et les voituriers y étaient nombreux. C'était un avantage s'ils devaient quitter rapidement la ville. Trois-Sueurs se renseigna aussi sur l'heure de fermeture des portes. Neuf heures, le soir.

Ayant ainsi assuré leurs arrières, ils revinrent sur les quais, examinant longuement les bâtiments, les entrées de l'arsenal ainsi que toute cette population mêlée qui s'activait devant la place Neuve.

Ils découvrirent les nombreuses baraques où s'exerçaient quantité de petits métiers : ravaudeurs, écrivains public, tailleurs ou peintres. Certaines proposaient même des femmes !

C'est justement auprès d'un écrivain public que Trois-Sueurs tenta de se renseigner. La baraque était tenue par un vieil homme à la peau tannée et racornie mais au regard vif et aux doigts agiles.

— On rapporte qu'il y a beaucoup de huguenots aux galères..., lui dit La Garde avec nonchalance, après s'être appuyé un instant contre la tablette extérieure de sa cabane.

L'autre leva légèrement ses bésicles pour examiner qui lui parlait ainsi.

— Il y en a, confirma-t-il.

Ils restèrent un instant ainsi, dans un silence empreint de méfiance. Trois-Sueurs se doutait bien que, compte tenu du nombre de galériens huguenots

1. Rue Sainte-Barbe.

et de leur origine sociale – la majorité d'entre eux avaient été des boutiquiers, des artisans, des bourgeois ou des marchands –, il devait bien exister une organisation d'entraide plus ou moins secrète. Mais comment la pénétrer, alors que l'affirmation de l'appartenance à leur religion était un crime ?

— Je suppose qu'il n'est pas possible de distinguer les galériens réformés des autres, suggéra Trois-Sueurs maladroitement.

— C'est pourtant possible, répliqua prudemment l'écrivain public, cette fois sans lever les yeux.

Trois-Sueurs leva les sourcils en considérant son interlocuteur avec un regard interrogatif.

— Revenez demain, déclara le bonhomme sèchement. Tôt le matin au moment où la messe est dite sur les galères.

— Et alors ?

— Alors, vous verrez ! Il se replongea dans son travail d'écriture.

Trois-Sueurs et Chiapacan, devinant qu'il n'en dirait pas plus, poursuivirent leur exploration du port en prêtant toutefois l'oreille aux bavardages autour d'eux. Ils tentaient de saisir toutes bribes d'informations qui pourraient leur être utiles, osant quelquefois des questions qui ne leur valaient que des regards hostiles.

Ils rentrèrent tard à leur auberge, à la fois découragés et inquiets. Ils comprenaient qu'avant même de trouver un moyen pour sortir Esquinette du bagne, ils allaient avoir les plus grandes difficultés à savoir seulement où il était.

S'il était encore vivant.

Le lendemain dimanche, au lever du jour, ils se rendirent sur les quais, devant les galères. Ils n'étaient pas seuls. Si l'activité était moins fiévreuse que la veille en ce jour du Seigneur, deux ou trois cents badauds attendaient. Il y avait là de nombreux magistrats, des officiers et de fort élégantes dames. Tout ce beau monde babillait et plaisantait, attendant impatiemment quelque événement plaisant.

L'oncle et le neveu s'approchèrent d'une des galères.

C'était un navire de parade dont les constructeurs et les capitaines souhaitaient faire croire qu'elle pouvait jouer un rôle militaire. En vérité, ce n'était qu'un jouet inutilisable car il portait insuffisamment de voile et sa force motrice humaine était rapidement épuisée en cas d'effort trop long. En outre, sa petite taille ne permettait pas d'y installer une artillerie puissante ou d'importantes troupes d'abordage comme en possédaient les frégates et les vaisseaux de ligne.

Ce long bateau[1] était divisé en trois parties. À la poupe se tenaient le capitaine et ses officiers. Ils vivaient dans une sorte de salon étriqué, surnommé « le carrosse », aménagé sommairement par des tentures et des auvents.

La partie centrale – le talar – était réservée à la chiourme. Les galériens aux chevilles enchaînées ramaient, mangeaient, dormaient, urinaient et déféquaient sur leur banc sans pouvoir se déplacer.

L'odeur était effroyable.

Enfin, à la proue se situaient de petites plates-formes réservées à l'artillerie, aux manœuvres des marins et à l'infanterie des galères.

En ce dimanche, le carrosse de la poupe de chaque galère avait été transformé en chapelle où, en présence du capitaine, un prêtre officiait. Les galériens obéissaient avec docilité aux ordres que

1. Cinquante-cinq mètres sur sept.

leur transmettait le comite chargé du bon déroulement de l'office.

Pourtant, au moment où celui de la galère devant laquelle se tenaient Trois-Sueurs et Chiapacan ordonna aux forçats de se lever, une dizaine restèrent assis. Aussitôt, le fouet d'un pertuisanier claqua. Ceux qui étaient restés immobiles, et qui formaient un groupe compact, baissèrent l'échine mais aucun ne bougea.

Le fouet claqua encore.

Alors la psalmodie d'un psaume, lente et lugubre, s'éleva de leur rang.

— Ça suffit ! ordonna brusquement le capitaine qui se trouvait sur son fauteuil, près du prêtre.

Il se dressa et le chant cessa.

L'aumônier termina rapidement sa messe. Aucun huguenot ne s'était levé.

— Ils ont encore gagné, protesta, courroucé, un officier des dragons à côté de Trois-Sueurs. Ce n'est pas le fouet qu'il leur faut, c'est la roue !

Trois-Sueurs et Chiapacan se regardèrent. Ils venaient de comprendre : il était facile de reconnaître les huguenots, c'étaient ceux qui refusaient de se lever durant l'office catholique.

Ils se dirigèrent alors vers les autres navires pour s'arrêter devant la *Galante*, un élégant vaisseau dont la poupe était ornée de chérubins dorés. Un capitaine en grande tenue interpellait un forçat couvert de son bonnet, comme la plupart de ses compagnons de chaîne. Le galérien devait être un porte-parole, car il l'avait fait venir devant lui.

— Lèverez-vous votre bonnet pendant le service ?

— Nous ne pouvons le faire, monsieur.

— Et pourquoi ?

— Parce que Dieu nous le défend.

— Le roi le veut ! cria le capitaine, rouge de colère.

— Il vaut mieux obéir à Dieu qu'aux hommes, répliqua fièrement le protestant.

Le capitaine fit signe à un comite d'approcher :

— Qu'ils subissent la bastonnade !

À ces mots, des pertuisaniers se jetèrent sur les galériens ayant gardé leur bonnet. Ils reçurent tous une douzaine de coups de bâton avant de perdre connaissance. Les spectateurs sur le quai, catholiques de cœur, approuvaient bruyamment.

La Garde était paralysé par ce déferlement de férocité gratuite. Il se sentit soudainement envahi par une rage folle. Chiapacan le sortit de sa fureur en le tirant par le bras :

— Regarde plutôt par là.

Il lui montra une autre galère, un peu plus loin. Des argousins emmenaient des forçats ensanglantés qui avaient été roués de coups sur ordre de leur aumônier et avec l'accord de leur capitaine.

— Où les emmènent-ils ? demanda La Garde d'une voix blanche à son voisin proche.

— Aux cachots du fort Saint-Nicolas. À six pieds sous terre. Ils auront le temps de se repentir !

Ne pouvant supporter davantage cet ignoble spectacle, et pour tenter de calmer un désarroi et une colère qui risquaient de les faire interpeller, ils se remirent à longer les poupes des vaisseaux. N'ayant aperçu aucun galérien ressemblant à Esquinette, ils quittèrent finalement le quai Saint-Jean.

Tout le reste de la journée, ils poursuivirent leur quête en se renseignant au hasard dans les cabarets ou dans les rues, auprès de portefaix ou de ces innombrables soldats infirmes qui mendiaient. Ils s'adressèrent même aux prostituées de tout âge et de toute couleur qui attendaient leurs clients dans le dédale de rues au-dessus du port.

Ils apprirent beaucoup sur le monde des galères, mais rien sur la façon dont ils pourraient trouver Esquinette.

Certes, ils pouvaient tenter de soudoyer quelque comite, mais en donnant le nom de Jean La Garde, la recherche sur quelque registre ferait apparaître qu'il venait d'Oraison. Or, le massacre commis par Trois-Sueurs et Chiapacan devait maintenant être connu. On se douterait facilement que ceux qui cherchaient ce La Garde pourraient bien être ceux qui avaient tué une dizaine de dragons...

Dans la soirée, alors qu'ils sortaient d'un cabaret, un enfant en haillons les aborda :

— Messeigneurs, on vous attend à l'*Auberge du Panier*.

— Qui nous attend ?

— Je ne sais pas, j'ai reçu un sol pour la commission.

— Où se trouve cette auberge ?

— Par là. Vous montez la butte aux Moulins par la montée des Accoules, c'est de l'autre côté. Tout le monde connaît l'*Auberge du Panier*. On vous l'indiquera.

Le gamin s'enfuit.

Quelqu'un voulait discrètement leur faire passer une information ? Sans doute des huguenots qui ne voulaient pas se faire connaître.

Ou alors, c'était un piège. Mais dans quel but ? Ils ne savaient rien et ne gênaient personne.

— Allons-y, décida Chiapacan.

Ils se dirigèrent vers l'église des Accoules. Celui qui les renseigna leur demanda s'ils s'y rendaient pour contempler le bras de saint Barthélemy ou toucher l'orteil de saint Sébastien ; deux pieuses reliques conservées dans l'église et qui faisaient des miracles.

— Un miracle nous serait bien utile, soupira Chiapacan. À ton avis, qu'est-ce qui est le plus favorable à invoquer pour obtenir la libération d'Esquinette : le bras ou l'orteil ?

— Les deux, répliqua sobrement Trois-Sueurs. L'orteil nous sera indispensable pour fuir, mais le bras soutiendra nos épées.

Sur cette conclusion, ils s'engagèrent dans la rue du Poirier, une ruelle sombre, raide et puante, enjambée par des ponts de bois et des arcades de pierre. On était en fin d'après-midi et, le ciel étant nuageux, on y voyait peu. Il n'y avait bien sûr aucune lanterne. À mi-chemin de la rue, étrangement déserte, trois hommes se dégagèrent d'une encoignure. Trois colosses aux épaules larges comme des barriques. Tous portaient de solides bâtons.

Trois-Sueurs et Chiapacan s'arrêtèrent. Avec l'instinct qui l'avait guidé quand il était batteur d'estrade, Chiapacan se retourna. Trois autres brutes se tenaient derrière eux.

Ils se placèrent immédiatement dos à dos dans un renfoncement de porte. Tous deux portaient depuis le matin leur grande pèlerine de voyage qui leur avait tenu si chaud dans la journée.

L'un des hommes s'approcha lentement. Il était maigre, avec un visage ascétique, lugubre, déformé par une cicatrice sur le front. Son nez crochu avait été cassé plusieurs fois. Ses yeux étaient sombres et tourmentés, bien que son regard soit vif et inquisiteur.

— Vous posez beaucoup de questions, déclara-t-il d'un ton menaçant quand il fut à quelques pas d'eux.

— Ce n'est pas interdit, répliqua Chiapacan.

— Ici, ça l'est. Nous n'aimons pas les espions de Montmor[1].

---

1. Jean-Louis Habert du Fargis de Montmor, intendant général des galères. Mme de Sévigné disait de lui qu'« *il était un des plus jolis*

— Nous ne sommes pas des espions, assura calmement Trois-Sueurs.

— Je ne m'attendais pas à ce que vous me l'annonciez, railla l'homme maigre en s'approchant d'un pas.

Trois-Sueurs avait remarqué que son bâton était ferré de gros clous rouillés. Il regarda alors son interlocuteur dans les yeux et y vit un éclair de haine si intense qu'il en était effrayant.

— Vous allez nous dire le nom de celui qui vous a lancé sur nous, poursuivit l'homme maigre. Vous allez nous donner tous les noms que vous connaissez. Après quoi, nous vous tuerons proprement. Sinon, ce sera aussi dur pour vous que ce que Montmor a fait subir à nos frères il y a deux ans.

— Je ne sais pas de quoi vous parlez, protesta Trois-Sueurs en essayant de dissimuler la tension de son corps. Nous sommes arrivés à Marseille hier. Nous cherchons mon cousin qui a été vendu aux galères.

En parlant, il s'était insidieusement rapproché de son interlocuteur. Brusquement, il fit un bond pour saisir l'homme à la gorge. Il le tira ensuite en arrière, vers Chiapacan. En même temps, il avait sorti un pistolet à rouet de son manteau et menaçait autant ses agresseurs que son prisonnier.

— Bougez, et il est mort, les prévint-il simplement.

— Ma mort n'a aucune importance, glapit l'homme à moitié étranglé par le bras puissant de La Garde.

---

hommes du monde, le plus honnête, le plus poli, aimant à plaire, à faire plaisir ». Né le 8 novembre 1648, Habert du Fargis avait commencé sa carrière comme conseiller au Parlement de Paris en 1675. Nommé ensuite intendant du port du Havre, il devint intendant général des galères des armées royales à Marseille. À ce poste, il devait se montrer d'une cruauté hors du commun, principalement envers les huguenots, exerçant ses fonctions de manière impitoyable.

Mais, sans chef, les cinq autres nervis ne savaient que faire.

— Écoutez-moi, insista Trois-Sueurs. Je me nomme Roque La Garde mais on m'appelle aussi Trois-Sueurs. Savez-vous pourquoi ? Je donne les trois sueurs que l'on a avant de mourir. Nous sommes huguenots comme vous, mais nous avons appris à tuer et nous ne savons plus faire que ça ! Mon oncle et moi pouvons repartir d'ici sans même une égratignure après avoir abandonné vos cadavres aux chiens.

Chiapacan avait sorti une lame d'un pied de long de son manteau et l'avait placée sur la joue de l'otage.

— Pourtant, reprit Trois-Sueurs, nous ne sommes ni vos ennemis ni des espions de Montmor. Au contraire, nous avons besoin de votre aide.

Il les considéra lentement. Les nervis écoutaient, toujours menaçants, mais visiblement perplexes.

— Nous venons d'Oraison, ajouta La Garde.

Il attendit un instant, certain qu'ils auraient entendu parler du massacre.

Le silence se fit dans la ruelle, car le doute s'était maintenant établi dans l'esprit des nervis.

Trois-Sueurs desserra son étreinte et finalement relâcha son prisonnier.

— Libres à vous de me croire. Sinon, battons-nous !

L'homme maigre s'éloigna prudemment en frottant sa gorge douloureuse. Dès qu'il fut hors de portée, il demanda :

— Que faisiez-vous à Oraison ?

— Les dragons s'étaient installés chez moi. Ils ont tué mon père. Ils ont abusé des femmes, ils ont rapiné nos biens pendant que j'étais à l'armée. Quand je suis revenu, il y a un mois, j'ai fait justice. Il me reste encore à trouver le fils de mon oncle. (Il montra Chiapacan de sa main gauche.) Il est aux galères, mais nous ignorons où.

— Paraît-il qu'il y a eu un massacre à Oraison, fit alors l'un des colosses en secouant la tête de droite à gauche. Cinquante dragons ont été tués. Ça peut pas être vous !

Trois-Sueurs sourit pour la première fois ; il savait qu'on allait le croire :

— Ils n'étaient que dix. Nous les avons surpris et nous étions bien armés. J'étais enseigne au régiment du Lyonnais, et mon oncle brigadier. Les armes et la violence sont nos seuls savoirs.

« Vous l'avez peut-être remarqué, précisa-t-il dans un mouvement de tête en direction de celui qu'il avait tenu prisonnier.

— Comment être certain que vous dites la vérité ? demanda alors ce dernier. Mais à son ton, il était clair qu'il ne les considérait plus comme des ennemis.

Chiapacan sortit le méreau d'une de ses poches et le lui tendit. Le chef s'approcha pour examiner le jeton d'étain. Il le contempla un long moment avant de lever les yeux vers Roque La Garde.

— Revenez ici demain, à la même heure, leur dit-il. Je saurai où est votre cousin.

La journée du lendemain fut longue. Par prudence, ils ne posèrent plus aucune question, étudiant simplement la ville, ses rues et ses places, faisant le tour de l'arsenal et examinant les moyens de la police et des soldats. Ils notaient mentalement où se tenaient les argousins, combien de soldats d'infanterie des galères surveillaient les entrées de l'arsenal.

Ils apprirent aussi qu'on coupait nez et oreilles à ceux qui avaient participé à une évasion, ou qui l'avaient simplement facilitée.

La rue du Poirier était plus animée que la veille. De nombreuses prostituées babillaient devant leur porte, interpellant vulgairement les hommes qui passaient devant elles. Des enfants nus jouaient dans les détritus. Des chiens et des cochons erraient.

Deux hommes attendaient à l'endroit convenu : le chef et un des nervis de la veille.

— Faisons quelques pas. Je n'ai pas de bonnes nouvelles pour vous, annonça le chef sans ménagement. Votre fils est au cachot, au fort Saint-Nicolas. Il a refusé d'ôter son bonnet.

— Son bonnet ?

— Oui. Durant la messe, les galériens doivent ôter leur bonnet. La plupart l'acceptent, même s'ils refusent de s'agenouiller. En contrepartie, leur capitaine les autorise à réciter nos psaumes à voix basse. Mais depuis quelques semaines, certains des nôtres refusent même d'ôter leur bonnet. Votre fils a été l'un des premiers. Ceux-là, ils subissent la bastonnade avant d'être enfermés au fort Saint-Nicolas[1].

— Que risque-t-il ? demanda Trois-Sueurs.

— Il est jeune et robuste. Montmor l'a payé trente livres. Il a besoin de tels galériens, aussi il ne l'abîmera pas. Pas trop. Mais, dans un mois, commencera une campagne militaire contre les barbaresques. On va prendre les plus solides pour la nage, et votre fils en sera. Les galères ne reviendront pas avant octobre. Si elles reviennent.

1. Le mouvement du bonnet se poursuivit jusqu'en 1701. Contre les huguenots réfractaires, Montmor fit preuve d'une violence inimaginable. Les bastonnades furent telles que l'opinion publique s'en émut. L'Europe entière protesta. Des mouvements de sympathie se développèrent à Marseille même, ville pourtant profondément catholique. L'insurrection gagna les galères, un aumônier se convertit au protestantisme en découvrant la ferveur des huguenots ! Le roi dut alors intervenir en interdisant que l'on maltraite ses galériens, et Montmor dut faire cesser sa répression.

— Y a-t-il un moyen de le faire sortir de son cachot ?

L'autre secoua négativement la tête en soupirant :

— Aucun, même avec tout l'or du monde.

Il restèrent ainsi un moment à marcher, silencieux.

— Ce n'est pas tout, reprit l'homme maigre. Nous avions mis en place un réseau d'assistance à nos frères. Il y a deux ans, Montmor l'a démantelé avec ses espions. Ceux qui ont été pris ont été pendus.

— C'est pour ça que vous croyiez qu'on était des espions ?

— Oui. Ils sont partout. Et j'ai appris, de source sûre, qu'ils vous ont repérés. Vous devez quitter cette ville ou vous cacher.

— Où aller ? demanda Chiapacan désespéré.

— Rue des Carmes-Déchaussés[1]. C'est un coupe-gorge où les argousins ne mettent jamais les pieds. Rendez-vous au *Vieux Carme*. Je les ai prévenus. Ils vous logeront discrètement.

Il se tut tandis qu'ils croisaient une femme transportant une jarre d'eau, puis il poursuivit :

— Mais je serais à votre place, je partirais. D'ici un an ou deux, l'affaire d'Oraison sera oubliée. Il sera alors plus facile de libérer votre parent. Aux galères, il faut être patient.

— Je ne le suis jamais, répliqua Trois-Sueurs. Merci pour votre aide. Je vais trouver un autre moyen.

Ils se saluèrent un peu froidement.

1. La rue Vacon.

Le soir même, ils s'installèrent au cabaret du *Vieux Carme*.

Ce cabaret se tenait au bout de la rue des Carmes-Déchaussés qui longeait le couvent du même nom. Effectivement, cette rue était un coupe-gorge où la police du lieutenant-criminel ne pénétrait pas. Une dizaine de bouges infâmes s'y étaient installés, fréquentés par une population mêlée de fusiliers d'infanterie des galères, d'anciens galériens, d'officiers en recherche de radasses et même de Turcs.

La rue ouvrait sur une minuscule placette où se situait justement le *Vieux Carme*. Cette placette elle-même offrait une vue partielle sur la cour intérieure de l'hôtel de l'intendant des galères : l'hôtel de Montmor.

Trois-Sueurs s'était installé près d'une fenêtre aux carreaux si épais qu'ils ne laissaient guère apercevoir l'extérieur. Malgré tout, il pouvait vaguement distinguer les carrosses et les chaises qui entraient ou sortaient de l'hôtel.

Il espérait, sans savoir comment, que cette observation lui apporterait une solution.

Chiapacan entra dans le cabaret, l'air sombre. Toute la matinée, il était allé étudier comment entrer dans le fort Saint-Nicolas. Trois-Sueurs ne l'avait pas accompagné, il savait que c'était inutile.

Chiapacan s'effondra sur un banc devant son neveu. Roque remplit son verre avec la piquette du cruchon qu'il avait demandé et le poussa vers son oncle :

— Nous allons pénétrer chez l'intendant Montmor et obtenir de force un ordre de libération de ton fils, proposa-t-il.

— Folie ! Les jardins de l'hôtel jouxtent l'arsenal. Il y a là une compagnie d'infanterie. Même avec ta carabine, tu ne les tueras pas tous. Et quand bien même tu arriverais jusqu'à ce Montmor, pour ce que j'en sais, il n'est pas homme à céder à la menace.

— Tu as mieux à proposer ? maugréa Trois-Sueurs.

Chiapacan soupira :

— J'ai fait le tour du fort Saint-Nicolas. C'était inutile, tu avais raison. Je ne sais plus que faire.

— Viens, on va aller voir la cour de l'hôtel de l'intendance, ça nous donnera peut-être des idées. J'ai vu plusieurs voitures entrer et sortir. On pourrait peut-être capturer cet intendant dans son carrosse, ou même sa femme, et l'échanger contre ton fils.

— Il n'est pas marié, répliqua sombrement Chiapacan.

Ils sortirent.

Ils traînèrent un moment devant le porche de la cour. Un fusilier en faction les considérait sans cacher sa suspicion, aussi s'éloignèrent-ils un moment jusqu'à un colporteur qui vendait des journaux et des almanachs.

Une voiture sortit de la cour, tirée par quatre chevaux. Un cocher en livrée était sur le siège avant en compagnie d'un Turc en culotte bouffante cramoisie. Sur la petite plate-forme, au-dessus de l'essieu arrière, se tenait un autre Turc avec la même culotte et un magnifique turban à aigrette. Ils aperçurent vaguement deux femmes à l'intérieur du carrosse, reconnaissables à leur coiffure haute à la Fontanges.

— M. de Montmor a eu de la plaisante compagnie, fit Trois-Sueurs au colporteur en montrant le carrosse qui s'éloignait.

— C'est sa fiancée qui s'en va.

— Il est donc fiancé ? On m'a dit qu'il avait pourtant passé la cinquantaine[1]...

1. En réalité, il était né en 1648.

— Sa promise est la nièce de M. de Longchamp, une jeunette de vingt ans. Vous l'ignoriez ?

— Absolument ! Mais nous ne sommes que de passage dans votre belle ville.

— La voiture que vous avez vue, c'était justement le carrosse de M. de Longchamp. Il y avait son épouse et sa nièce à l'intérieur.

— Et qui est ce M. de Longchamp ? demanda à son tour Chiapacan.

— Mais vous ne connaissez rien, vous ! D'où vous sortez ? Longchamp, c'est le munitionnaire de l'arsenal, il a ses bureaux et ses entrepôts à Marseille mais il est tellement riche qu'il possède un hôtel à Aix. Sa femme considère qu'on ne peut vivre que là-bas. Parce que Marseille, dit-elle, n'est qu'une ville bonne pour les galériens !

Il cracha au sol pour marquer son mépris.

— Comment savez-vous tout ça ? s'enquit Trois-Sueurs en riant.

— Tout le monde ici connaît les deux Turcs de la Longchamp, Assam et Ali.

Il se pencha en avant, comme pour leur faire une confidence :

— Les mauvaises langues, dont je ne suis pas, protesta-t-il, disent que Mme de Longchamp les a fait acheter par son mari parce qu'il est escouillé !

Les yeux pétillant de sa lourde plaisanterie, il se mit à rire avant d'ajouter :

— Vous savez, toutes les Marseillaises font pareil ! Ces Turcs sont infatigables, tant sur les galères que dans leurs lits, raconte-t-on !

— On dit tant de choses, répliqua Trois-Sueurs avec philosophie. Ainsi, M. de Longchamp, dont la femme aime particulièrement les Turcs, habite à Aix ?

— Sûr ! Dans le nouveau quartier du clos Mazarin, je crois bien.

Trois-Sueurs lui glissa un sol et lui prit un de ses journaux. Ils s'éloignèrent.

— Voilà ce qu'on va faire, proposa Roque à son oncle après avoir réfléchi un moment. Nous allons enlever la fiancée de M. de Montmor. S'il tient à elle, l'intendant acceptera facilement un échange contre Esquinette.

6

À Aix, à l'angle de la rue Saint-Lazare et de la rue Mazarine[1] se dressait un hôtel, qui, s'il n'était pas le plus beau de la rue Mazarine, était certainement le plus commode pour Joseph Novarin, son propriétaire, à cause de sa disposition en angle avec la rue Saint-Lazare.

En effet, derrière l'hôtel, et tout au long de la rue Saint-Lazare, s'étendait une vaste esplanade bordée de remises, d'écuries et d'entrepôts.

Joseph Novarin avait fait fortune comme fabriquant de savon à Marseille. Sa richesse lui avait permis d'épouser une femme non seulement plus jeune que lui, mais aussi d'une classe sociale supérieure : Alphonsine de Garibal de Rissy.

Une fois mariée, celle-ci avait eu d'autres ambitions que de rester la femme d'un savonnier. Sa famille était issue du négoce par son grand-père, courtier en banque. Son père, après avoir épousé la fille d'un avocat au parlement de Paris, avait acheté un office de receveur des tailles, puis un fief pour faire croire qu'il était anobli. Par ses parents et sa sœur, mariée elle aussi à un barbon proche du roi, Alphonsine avait intrigué pour que son époux, Joseph, obtienne la charge fort recherchée de principal munitionnaire de l'arsenal des galères.

C'était un office qu'il avait payé plusieurs centaines de milliers de livres mais qui était

1. La rue Saint-Lazare est désormais la rue Laroque.

particulièrement lucratif, car le munitionnaire avait en charge le ravitaillement de l'arsenal ainsi que la nourriture et les vêtements des galériens. Or, ces derniers recevaient bien peu sur les sommes que l'intendance des galères dépensait pour leur entretien.

Le munitionnaire pouvait aussi obtenir des ordres de réquisition sur les fournitures et les approvisionnements qu'il désirait. Il les vendait ensuite très cher à l'arsenal, n'hésitant pas à remplacer certains produits par d'autres d'une qualité inférieure. Il gagnait ainsi sur tous les tableaux, achetant souvent à bas prix de la nourriture saine et des équipements solides, pour revendre cher des fournitures avariées ou défectueuses.

Encore plus riche, Joseph Novarin s'était acheté la seigneurie de Longchamp pour se glisser dans un ordre nobiliaire auquel il n'avait pas droit. Il était devenu Joseph de Novarin, sieur de Longchamp.

L'esplanade derrière l'hôtel de Longchamp était bordée dans sa limite sud par les vieux remparts de la ville. Là, les lices qui couraient le long de l'enceinte orientale[1] rejoignaient la rue Saint-Lazare, elle-même prolongée par une courtine ruinée.

Cette esplanade n'était en réalité qu'un terrain vague triangulaire en terre battue, coupé par une petite allée de tilleuls derrière laquelle se dressait une auberge serrée contre son écurie. Dans sa partie la plus proche de l'hôtel de Longchamp s'alignaient les entrepôts, les remises, les magasins et les écuries de Joseph Novarin. Leur accès se faisait librement par la rue Saint-Lazare, qu'aucune maison ne bordait à cet endroit-là.

---

1. Approximativement le long de la rue Villars.

Autour des tilleuls et le long des remparts, toute une population laborieuse s'était installée, parfois dans des sortes de baraquements, le plus souvent sous de simples tentes de toiles multicolores soutenues par des étais de bois. Il y avait là une forge avec un maréchal-ferrant, qui était aussi charron, et qui avait fort à faire avec les voitures et les chevaux de M. de Longchamp. On y trouvait aussi des artisans et des ouvriers qui travaillaient surtout pour les hôtels du quartier Mazarin : couteliers, ferblantiers, piqueurs de meules ou encore cardeurs de chanvre.

Les mules s'abreuvaient près de l'écurie de l'auberge, et des portefaix aux pieds nus, assis par terre, jouaient aux dés en attendant que l'un des commis de M. de Longchamp les hèle pour un chargement ou un déchargement de marchandises.

Parfois une voiture découverte traversait l'esplanade, venant des lices et rejoignant la rue Cardinale. Lorsqu'une femme était à l'intérieur, chacun cessait son activité pour commenter la tenue ou les avantages de la passagère.

Plus souvent passaient par-là des pères de la Merci en robe de bure, des religieuses établies au monastère des Andrettes, rue Cardinale, ou encore quelque prêtre qui se rendait à Saint-Jean.

Trois-Sueurs et Chiapacan débouchèrent sur l'esplanade en milieu d'après-midi. Chiapacan à pied et Trois-Sueurs derrière lui avec le cheval de son compagnon en longe. Ils étaient arrivés en ville un peu plus tôt et, après s'être arrêtés dans une auberge de la rue des Augustins, ils avaient obtenu beaucoup de renseignements sur M. de Longchamp et sur son activité de munitionnaire. Les gens caquetaient d'autant plus facilement sur le négociant qu'il n'était ni aixois ni magistrat et que sa noblesse était usurpée. Quant à son épouse, elle n'était pas mieux acceptée que lui et les médisances la concernant étaient d'autant plus mesquines et graveleuses qu'il s'agissait d'une femme.

À mots couverts, on fit comprendre à Trois-Sueurs et à Chiapacan les pratiques qu'elle avait avec ses Turcs, alors même que de nombreuses Aixoises possédaient de tels esclaves sans que l'on rapporte la moindre calomnie sur leur conduite.

Les deux hommes s'étaient ensuite séparés. Chiapacan était arrivé sur l'esplanade à pied, un bâton de voyage à la main, ayant tout à fait l'aspect d'un portefaix ou d'un journalier en quête de labeur.

Ayant rapidement parcouru le site, il se dirigea sans se presser vers le charron et sa forge, sachant que dans ce genre de métier, on avait toujours besoin de bras vigoureux.

Sa venue tombait effectivement à pic pour le forgeron qui ne savait plus où donner de la tête avec toutes les voitures de Novarin qui, lui expliqua-t-il, à force de transporter de lourdes charges, avaient roues et essieux perpétuellement faussés.

Trois-Sueurs, lui, s'était rendu à l'auberge où, se faisant passer pour un acheteur d'amandes attendant une importante livraison, il prit une chambre pour quelques jours, laissant ses deux chevaux dans l'écurie proche.

Roque, couvert d'un manteau cramoisi et d'un tricorne qui lui donnait l'apparence d'un honnête bourgeois, se rendit à son tour sur la placette pour découvrir Chiapacan déjà au travail. Il lui fit un signe discret, puis remonta la rue Saint-Lazare afin d'étudier plus longuement la façade de l'hôtel de Longchamp. Apparemment le bâtiment n'avait que deux entrées, la porte principale sur la rue Mazarine – il en vit sortir une chaise à porteurs – et la porte de derrière qui ouvrait sur une petite cour pavée, laquelle donnait ensuite sur l'esplanade par un portail gardé. C'était par là que passaient les visiteurs en voiture et les cavaliers.

Le plan qu'ils avaient préparé lui apparut facilement réalisable. Il leur suffirait de guetter la sortie d'une voiture dans laquelle se trouverait la fiancée de l'intendant des galères ; il ne la connaissait pas, mais elle serait sans doute avec Mme de Longchamp. Les deux Turcs pourraient être un indice concluant de la présence de la dame.

Lui-même suivrait la voiture pour voir si elle quittait la ville. Il retrouverait alors Chiapacan qui l'attendrait à l'écurie de l'auberge en ayant préparé les chevaux. Ils n'auraient qu'à rattraper le carrosse et à en prendre le contrôle après avoir tué les deux Turcs ainsi que le cocher. Chiapacan avait prévu de conduire leurs prisonnières dans une bergerie en ruine qu'il connaissait, au milieu des bois de Cadarache, non loin de Meyrargues. Là, elles seraient enfermées dans une cave voûtée sous la bergerie et surveillées par Chiapacan.

Trois-Sueurs, lui, se rendrait à Marseille et ferait parvenir un message à l'intendant des galères : s'il voulait revoir sa fiancée, il devrait gracier le galérien Jean La Garde. Une fois Esquinette libéré, ils relâcheraient les deux femmes.

La Garde passa la fin de l'après-midi sur la placette à surveiller l'hôtel de Longchamp mais aucun carrosse ne sortit de la cour. Le lendemain, il revint se promener sur l'esplanade. Chiapacan était déjà à la forge.

Après avoir acheté un petit pain et un bol de soupe à un marchand ambulant, Roque s'installa sur une grosse pierre entre deux tilleuls. Durant la matinée, il vit arriver sur la placette plusieurs chariots de marchandises, de sacs de grains ou de grosses futailles. Deux valets les déchargeaient et les rangeaient dans les entrepôts. Lorsque les marchandises étaient trop lourdes ou les sacs trop nombreux, un intendant en habit noir allait quérir deux ou trois des portefaix pour les aider.

Les voitures repartirent toutes à vide sauf une que l'on conduisit au charron pour une réparation.

Trois-Sueurs observa aussi un palefrenier qui conduisait un cheval à ferrer et un des Turcs de Mme de Longchamp qui se rendait à l'écurie. Mais personne ne paraissait sur le point de quitter l'hôtel.

Midi sonnait aux Augustins quand Roque vit déboucher sur l'esplanade un dragon à cheval. L'homme portait l'uniforme des Dragons-Dauphins et, sous son tricorne, un bandage enserrait sa tête. Le dragon conduisit son cheval à l'écurie, puis pénétra dans la cour de l'hôtel comme s'il était un habitué des lieux.

Trois-Sueurs se leva lentement pour tenter de calmer son excitation et, d'un air nonchalant, s'approcha de l'écurie. À l'intérieur, un garçon boutonneux brossait énergiquement la monture du dragon, une jument pommelée.

— Bel animal, fit Trois-Sueurs. Je cherche un cheval à acheter. Celui-ci serait-il à vendre ?

Le garçon s'arrêta un instant pour lui faire une grimace négative.

— Non, monseigneur, c'est celui du capitaine La Flèche, que vous avez peut-être croisé. Vous trouverez de bons chevaux à vendre chez mon oncle, M. Roux, au chemin des Cordeliers[1].

— Dommage, celui-ci me plaisait bien. Mais que fait un dragon par ici ? J'ignorais qu'il y avait un régiment de Dragons-Dauphins cantonné à Aix.

— Seulement la compagnie du capitaine La Flèche. Le garçon se tut un instant, puis ne put se

1. L'actuel cours Sextius.

retenir : C'est un cousin de Mme de Longchamp, précisa-t-il avec un sourire égrillard.

— Un cousin ? répéta Trois-Sueurs avec un clin d'œil au gamin.

Il s'adressa alors à lui comme à un homme mûr :

— On m'a parlé déjà de cette Mme de Longchamp et de son penchant pour les Turcs, fit-il en riant. Ça ne lui suffit pas ? Elle a aussi besoin d'un cousin !

— Sans doute, monseigneur, mais c'est une bien belle garce et on dit que son mari est allebrené par son travail !

Trois-Sueurs lui glissa un sol avec un grand signe amical et sortit.

La Flèche ! La Flèche se présentait donc comme le cousin des Longchamp... Il se souvint alors de ce qu'avait dit le muletier, Serres : « *Les dragons ont un ordre de réquisition de l'intendant des galères, M. de Montmor.* »

Il y avait là, à l'évidence, quelque infâme trafic, quelque abominable corruption. Ces marchandises et ce ravitaillement qu'il avait vus arriver provenaient sans doute des rapines des dragons de La Flèche. Ce Longchamp et son épouse étaient au cœur de cette abominable entreprise. Ils volaient les huguenots, les maltraitaient et même les vendaient aux galères en utilisant la troupe de ce capitaine, peut-être même avec la complicité de l'intendant des galères. Trois-Sueurs se promit que si la femme Longchamp tombait entre ses mains, il la ferait parler et il se vengerait sur elle des abominables outrages que sa sœur avait subis.

Il revint en méditant s'asseoir sur sa pierre, se demandant comment modifier ses plans à partir de ce qu'il venait d'apprendre.

Il avait repris sa place depuis seulement quelques minutes quand le capitaine des dragons ressortit et monta sur son cheval pour s'éloigner par la rue Cardinale.

Trois-Sueurs le suivit à distance.

Le dragon emprunta la rue Cardinale, puis la rue Saint-Jean qu'il descendit. Il s'arrêta un instant devant l'hostellerie du *Saint-Eloy* pour parler à un inconnu avant de poursuivre jusqu'à la porte de la ville qu'il franchit. Trois-Sueurs suivait à une cinquantaine de cannes, laissant entre lui et l'officier un âne bâté de deux paniers d'osier que son ânier tirait avec une longe.

Devant la porte Saint-Jean s'étendait un grand carrefour poussiéreux, intersection de la large promenade qui serpentait le long de l'enceinte fortifiée avec la rue Saint-Jean devenue, à partir de là, le cours Sainte-Anne.

Ce cours Sainte-Anne n'était qu'une large allée de terre battue plantée de chaque côté d'une rangée d'ormeaux et de trembles. Les maisons qui la longeaient étaient éparses et clairsemées entre les vergers et les jardins. La plupart d'entre elles étaient des auberges et des hostelleries, puisque le cours n'était rien d'autre que la route d'Italie et de Toulon et que beaucoup de voyageurs passaient par-là.

Au fil des années, des cabarets et des tripots s'y étaient aussi installés en raison de la présence des soldats. En effet, en s'éloignant d'Aix, et vers la gauche, une grande esplanade était réservée à un casernement de baraques de bois et de tentes de toile où était cantonné un régiment de Suisses lorsqu'il n'était pas en campagne[1].

Les officiers fortunés ne vivaient pas dans ces sordides baraquements. Si, comme les soldats, ils fréquentaient assidûment tripots et bordels du

1. C'est sur ce site qu'en 1727, la municipalité fera construire les casernes de la ville.

cours, ils disposaient aussi de chambres à demeure dans les auberges proches où ils se répartissaient en fonction de leur richesse.

De toutes les hôtelleries de ce quartier, la plus réputée – et la plus chère – était sans conteste *Sainte-Anne et Saint-Jean*, au carrefour du cours Sainte-Anne et de la promenade circulaire qui longeait les courtines. Cette hôtellerie jouxtait par ailleurs l'académie royale d'équitation.

Sur l'enseigne de bois qui grinçait horriblement les jours de vent, on voyait une femme – sainte Anne, sans doute – embrasser un barbu fatigué, son époux Joachim. Mais pour tout le monde, ce vieillard était saint Jean, à cause de la porte du même nom toute proche.

Trois-Sueurs s'était arrêté à la porte. Il y avait là quantité de gens qui circulaient, aussi ne pouvait-on le remarquer. Il suivit des yeux le dragon qui contournait l'hôtellerie, songeant qu'il se rendait sans doute à l'académie d'équitation. Mais ce n'était pas le cas. Derrière l'auberge se situaient des écuries ainsi qu'un escalier permettant d'accéder à une étroite terrasse, tout en longueur, construite sur le toit des écuries. Cette terrasse, qui faisait corps avec l'auberge, était une sorte de galerie bordée d'une colonnade de pierre. Plusieurs des chambres de l'auberge disposaient par-là de leur entrée privative. Les clients pouvaient donc rentrer chez eux sans passer par la salle principale de l'hostellerie et recevoir ainsi de discrètes visites.

Trois-Sueurs contourna à son tour l'auberge et attendit un instant pour apercevoir le dragon entrer dans la troisième chambre. Celles-ci étaient aisément repérables car entre chaque porte se dressait un vase d'Anduze vernissé planté d'un laurier.

La Garde attendit un moment, mais comme le dragon ne ressortait pas, il se rendit dans l'auberge.

Là, négligeant les longues tables dont bien peu étaient occupées, il se dirigea vers le comptoir où officiait un gros bonhomme moustachu.

— Je suis acheteur d'amandes, et de passage à Aix, expliqua Trois-Sueurs. On m'a vanté la qualité de votre hôtellerie.

L'aubergiste l'examina rapidement. Avec son manteau cramoisi, ses bonnes manières, son tricorne de castor, il jugea que ce client était digne de sa maison.

— C'est la meilleure de la ville, monseigneur.

— J'aurais besoin d'une chambre pour quelques jours...

— Nous n'avons plus de chambre à l'intérieur, mais il m'en reste une sur la galerie extérieure.

— La galerie ?

— Oui, derrière l'hôtel. Vous pouvez l'atteindre par cet escalier, ou par un escalier extérieur au-dessus de l'écurie. Les chambres de la galerie sont plus chères, mais beaucoup plus agréables.

— Combien ?

— Vingt sols, monseigneur, proposa l'hôtelier d'une voix suave.

— Vingt sols ! s'exclama Trois-Sueurs en s'étouffant presque.

— Je comprends votre émoi, monseigneur, mais pour ce prix votre cheval aura de l'avoine à volonté, vous trouverez un pot pour les commodités et nous nous chargerons de le vider à votre place. Nous pouvons aussi vous porter le repas dans votre chambre, dont le lit de plume a un sommier de crin et des draps propres.

— Vingt sols ! C'est beaucoup !

— Vous pouvez avoir une chambre pour quatre sols au *Logis de Paris* ou au *Saint-Eloy*, rue Saint-Jean, se défendit l'aubergiste un peu sèchement.

Mais vous devrez la partager, ainsi que votre lit. Et on ne sait pas toujours avec qui.

— C'est vrai. Remarquez que ce n'est pas toujours désagréable quand on partage sa couche avec une jolie veuve[1] !

— Une jolie veuve ou un vieillard incontinent, rectifia l'hôtelier en riant.

— Vous avez raison, l'ami. Je vais prendre votre chambre. Mais quel genre de voisins aurai-je ? J'ai horreur des gêneurs.

— Je vous donne la première chambre. Juste à côté loge un couple âgé, de passage à Aix, et la suivante est occupée par un capitaine des dragons.

— Je croyais qu'il n'y avait que des Suisses à Aix, s'étonna Trois-Sueurs.

— Ce capitaine dirige une compagnie qui s'active surtout dans la région de Sisteron et de Manosque. Mais il a de la famille ici.

Il se pencha en avant :

— Si je peux vous donner un conseil, évitez-le. C'est un homme fort irascible, qui a déjà quelques duels à son actif.

— Ai-je l'air d'être homme à me battre ? le rassura Trois-Sueurs en écartant les mains avec un franc sourire. Mais cet officier a-t-il des raisons d'être si irascible ?

— Certainement, monseigneur. Sa compagnie a été décimée par une troupe de huguenots rebelles. Ce fut, paraît-il, un carnage dont il fut le seul rescapé. Ne le dites pas, mais il doit passer en jugement pour s'expliquer.

---

1. Une ordonnance de police du 6 novembre 1778 enjoignit – enfin ! – aux hôteliers de loger les personnes de sexes différents dans des chambres différentes. Auparavant, hommes et femmes pouvaient partager le même lit sans même se connaître ! On devine aisément les abus que cela entraînait.

Trois-Sueurs hocha la tête d'un air entendu et remit trois louis d'avance à l'aubergiste.

Une servante babillarde le conduisit à sa chambre. Comme elle était surprise qu'il n'eût pas de bagage, il lui expliqua qu'ils étaient chez des amis qui l'hébergeaient provisoirement.

Après son départ, il sortit par la galerie. En bas, non loin de l'entrée de l'écurie, il aperçut avec surprise Assam et Ali, les deux Turcs de Mme de Longchamp. Que faisaient-ils là ?

Habituellement, ils portaient la chaise de la femme du munitionnaire. Cela signifiait-il qu'elle était à l'hôtellerie ?

Il hésita à rester un moment pour en savoir plus, mais il jugea qu'il risquait de se faire remarquer s'il traînait trop longtemps. Certes, les Turcs ne le connaissaient pas, mais il avait constaté qu'ils circulaient quelquefois sur l'esplanade derrière l'hôtel de Longchamp. S'ils le repéraient ici après l'avoir vu là-bas, ils pourraient parfaitement signaler sa présence.

Finalement, il sortit discrètement par l'escalier intérieur et revint vers l'hôtel de Longchamp en se disant que La Flèche devait gagner beaucoup d'argent avec ses rapines pour payer une chambre vingt sols la nuit.

7

Le soir même, il retrouva Chiapacan et lui fit un compte rendu de ce qu'il avait appris.

— Qu'est-ce que ça change pour nous ? lui demanda Chiapacan en avalant goulûment une soupe aux lardons.

— Je ne sais trop. Pour l'instant, ne modifions rien. Il n'empêche, j'aimerais bien savoir si c'était Mme de Longchamp que les Turcs ont conduite à *Sainte-Anne et Saint-Jean* et si elle se trouvait avec ce dragon. Et toi, qu'as-tu découvert ?

— Tous les lundis, Longchamp part à Marseille et rentre seulement le samedi. Il revient quelquefois en semaine s'il reçoit beaucoup de marchandises ou s'il doit assister à quelque dîner avec sa femme. Sur son épouse et l'autre femme, je ne sais rien, mais en début d'après-midi j'ai vu partir une voiture avec un homme à l'intérieur. Je n'ai pu l'identifier. Quant à la chaise, je l'ai effectivement vue descendre la rue Saint-Lazare avec les Turcs comme porteurs. J'ignore qui était dedans.

— Nous sommes jeudi, calcula Trois-Sueurs, continuons notre surveillance jusqu'à la fin de la semaine. La chance nous sourira peut-être.

— Mais nous n'avons plus beaucoup de temps, remarqua Chiapacan avec pessimisme.

Le vendredi après-midi, la chaise passa à nouveau dans la rue Saint-Lazare. Trois-Sueurs la suivit d'assez loin.

Comme il s'en doutait, elle se rendit directement à *Sainte-Anne et Saint-Jean*.

Lui-même se dirigea vers l'académie d'équitation. De là, il aperçut vaguement une femme en manteau vert et coiffe à la Fontanges monter rapidement sur la galerie pour entrer dans la troisième chambre.

Il se rendit alors à l'auberge et, passant par l'escalier intérieur, déboucha sur la terrasse. Là, il s'attarda un instant, s'accoudant à la balustrade comme quelqu'un qui avait du temps à perdre. Quand il fut certain qu'il n'intéressait personne, il s'approcha de la porte de la chambre du capitaine La Flèche.

Les râles, les soupirs et les cris qu'il entendit ne prêtaient pas à confusion. Quelle que soit la femme qui était là, c'était la maîtresse de La Flèche.

Se pouvait-il que ce soit la fiancée de l'intendant Montmor ? Ce serait inespéré ! Il lui fallait savoir.

Il regagna sa chambre et laissa la porte entrouverte.

Une demi-heure plus tard, il entendit des bruits venant d'une chambre proche. Quelques mots indistincts échangés. Un homme et une femme se quittaient. Puis il vit passer le manteau vert dans l'entrebâillement. Elle était seule. Il attendit un instant et sortit à son tour pour se placer au balcon de la terrasse. Il la vit monter dans la chaise et la distingua alors parfaitement. Elle était grande, la quarantaine passée, un port de tête majestueux et hautain. Elle portait un haut bonnet à la Fontanges mais sa coiffure était un peu déséquilibrée après les ébats qu'elle avait eus.

Cette femme était trop âgée pour être la fiancée de Montmor. Il s'agissait sans nul doute de Mme de Longchamp.

— D'accord, elle hausse la croupière avec La Flèche, fit Chiapacan en trempant son pain dans sa soupe épaisse. Mais ce n'est pas ça qui nous rendra Esquinette. Les coucheries de la famille Longchamp ne m'intéressent pas.

Il n'en dit pas plus. Au bout d'un instant, il demanda pourtant :

— Crois-tu que si on capturait seulement Mme de Longchamp, Montmor nous l'échangerait ?

Ils étaient dans un cabaret près de la cathédrale Saint-Sauveur.

— Non, soupira Trois-Sueurs. Et puis j'ai un autre dessein. Je sais bien qu'il faut d'abord tirer Esquinette des galères, mais il y a aussi des comptes à régler. Cette famille Longchamp sue le crime et le vice. Ce La Flèche et sa bande de dragons travaillent en fait pour ce munitionnaire qui ignore peut-être que sa femme le frasque. Il nous faut connaître le rôle de chacun dans cette pièce. Tu l'as dit, nous n'avons pas beaucoup de temps, peut-être faudrait-il brusquer les choses. En donnant un coup de pied dans cette fourmilière, tous ces gens vont peut-être s'écharper et la fiancée de Montmor quittera l'hôtel. Laissons donc Mme de Longchamp à ses roussines et occupons-nous un peu de son mari.

Le lendemain, M. de Longchamp revint de Marseille accompagné d'un autre homme que Trois-Sueurs ne put identifier tant le col de son manteau était remonté.

8

Le dimanche matin, Joseph Novarin et son épouse n'auraient pour rien au monde manqué la messe à Saint-Sauveur. Tous les notables et l'aristocratie d'Aix étaient présents pour l'office.

Pour les Longchamp, dont la fausse noblesse était objet de dérision, il était important qu'on les vît s'adresser familièrement à Pierre Cardin Lebret, premier président du parlement et intendant de Provence. M. de Longchamp trouvait toujours quelque information intéressante à lui communiquer de la part de l'intendant général des galères.

À cette occasion, Alphonsine de Longchamp revêtait sa robe à pretintailles incrustée de broderies d'or et de dentelles. Son cou n'arborait qu'un simple cercle d'or, mais très lourd, et si une fourrure couvrait sa poitrine, elle veillait à ce que celle-ci s'écarte souvent pour que les hommes apprécient son buste de marbre. Enfin, sa fontanges, comme on appelait ces coiffures en chignon surmontées d'un bonnet[1], était la plus haute et des épingles d'or la soutenaient.

Leur carrosse attendait sur le parvis, surveillé par les deux Turcs en costume chamarré et encadré par quatre laquais en livrée.

La messe se terminait. Alors que chacun sortait lentement, deux moines des Carmes s'approchèrent de M. de Longchamp et de son épouse. Le premier

1. Mlle de Fontanges, maîtresse du roi, morte empoisonnée, avait utilisé sa jarretière la première fois qu'elle s'était coiffée ainsi !

moine bouscula légèrement la femme en s'excusant et fit un geste pour la bénir. Le second appuya une dague dans le dos du munitionnaire et lui murmura à l'oreille, tout en lui serrant l'épaule d'une poigne d'acier :

— Suivez-nous dans le cloître et dites à votre épouse de vous attendre dehors, sinon je vous troue sur place.

Il enfonça légèrement sa lame en avant.

Novarin vacilla. La douleur fut fulgurante et il poussa un léger cri. Son épouse se retourna, alarmée :

— Qu'y a t-il mon ami ? Vous vous trouvez mal ?

— Rien, rien, bredouilla-t-il les larmes aux yeux à cause de la douleur. Je... je viens juste de me souvenir que je dois me rendre dans le cloître pour y rencontrer quelques minutes Mgr de Cosnac[1].

— Vous ne m'en aviez pas parlé... fit-elle, dubitative.

En même temps, elle essayait d'écarter un moine qui la gênait pour parler à son époux.

— J'avais oublié, ma mie. Attendez-moi dehors, je vous en prie, je ne serai pas long. Vous aurez ainsi le temps de parler à nos amis.

L'argument toucha Mme de Longchamp qui n'insista pas. Effectivement, elle pourrait ainsi se faire admirer par quelque président à mortier ou même - pourquoi pas ? - par le procureur général Rabasse, dont on murmurait qu'il n'était pas indifférent à sa beauté.

Le seigneur de Longchamp, ayant toujours la dague du moine dans le dos, se retourna comme on le lui commandait pour remonter la travée.

Nos moines, qui étaient évidemment Trois-Sueurs et Chiapacan, découvrirent qu'ils n'étaient

1. L'archevêque d'Aix.

pas seuls dans le cloître. Deux prêtres et quelques magistrats discutaient avec animation d'une prochaine exécution prévue sur la place des Prêcheurs. Les juges ne paraissaient pas d'accord sur les modalités d'un supplice : devait-on couper les mains du condamné avant ses pieds, ou l'inverse ?

Trois-Sueurs poussa Novarin à l'opposé du groupe.

— Maintenant, nous pouvons parler, fit-il quand ils furent isolés dans un angle du cloître.

— Vous n'êtes pas des moines ! Vous savez que vous risquez la mort, après avoir eu les deux poings coupés, pour vous être habillé en religieux ? Que me voulez-vous ? demanda alors le munitionnaire avec une audace qui surprit Trois-Sueurs.

M. de Longchamp était plus petit que sa femme. Quelque peu joufflu, avec un double menton ballottant, l'ancien savonnier avait un visage encore lisse malgré son âge. Il était imberbe et portait une lourde perruque de cour sur un costume en soie verte et un manteau de laine assorti. Il arborait au côté une ridicule épée de parade à poignée de nacre.

Trois-Sueurs le considéra un bref instant. Il savait qu'il n'avait guère de temps. N'importe qui pouvait s'approcher et les interrompre pour s'adresser au munitionnaire ; alors, il serait obligé de tuer.

— Je me nomme La Garde. Il y a un an, le capitaine La Flèche s'est installé dans la ferme de mes parents, selon vos instructions, à Oraison. Il a tué mon père, violé ma mère et l'épouse de mon oncle ici présent. Il a violé ma sœur ainsi que les servantes et les femmes de notre maison. Il a pillé et tué quantité de mes gens. Tout ceci sur votre ordre, pour satisfaire votre cupidité. C'est l'heure du châtiment à moins que vous ne parveniez à vous justifier.

— C'est vous qui avez tué les hommes de La Flèche, là-bas ? s'effraya le joufflu. On les a embrochés comme des perdrix...

— C'est moi. J'aime embrocher, et vous comprendrez donc que rien ne m'arrêtera pour faire justice.

— Je n'ai jamais donné d'instruction à La Flèche pour piller ou voler. Tout ce que j'achète en tant que munitionnaire des galères se fait honnêtement. J'ai toutes les factures. Le capitaine La Flèche est là-bas pour des réquisitions, mais il les paye. Il ne commet aucune violence bien qu'il ait le droit de contraindre les huguenots à se convertir. C'est pour leur salut éternel et cela ne me regarde pas, sinon comme bon catholique.

— Qui l'a envoyé là-bas ?

— La Flèche était capitaine au régiment d'Arles de M. de Saint-Maurice avant d'être aux Dragons-Dauphins. Il est parvenu à beaucoup de conversions quand il était dans les Cévennes. Dieu lui en sera reconnaissant.

— Certainement, sauf si Dieu est huguenot. Mais pourquoi La Flèche est-il dans les Alpes, maintenant ?

— Comme munitionnaire, je dois par contrat ravitailler correctement les galères, ainsi que l'arsenal. Mais avec toute cette misère, ce froid, ces mauvaises récoltes, j'ai de plus en plus de mal à me fournir. Les paysans ne veulent plus rien vendre, alors, j'ai obtenu un ordre de réquisition. Bien que je paye toutes les marchandises réquisitionnées, il arrive que les paysans s'en prennent à mes gens. Aussi, j'ai demandé une protection de quelques dragons. Et on m'a donné le capitaine La Flèche et ses hommes.

— Je comprends qu'il protège vos rapines, ironisa Trois-Sueurs en piquant le bedon du munitionnaire, mais pourquoi s'attaquer aux huguenots ?

— Aïe ! Ça s'est fait comme ça ! Je n'y suis pour rien ! Un jour où j'étais à la table de M. de Montmor, il y a un an de ça, j'ai expliqué mes difficultés d'approvisionnement ; c'est alors que M. de Montmor m'a donné La Flèche pour protéger mes commis. Mais le capitaine était aussi connu pour ses exploits dans les Cévennes et quelqu'un a déclaré qu'il y avait beaucoup trop de réformés vers Sisteron. Cette personne a proposé : puisque La Flèche sera là-bas, il pourrait en profiter pour les convertir.

« M. de Montmor a approuvé l'idée, tant il hait les huguenots. En outre, il manque de bras pour les galères et je sais qu'il paye La Flèche trente louis par protestant. Évidemment, il s'agit uniquement d'hommes condamnés pour rébellion par le bailli de Manosque ou celui de Sisteron.

— Lors de ce dîner, qui a proposé que La Flèche convertisse mon peuple par la terreur ? demanda Trois-Sueurs.

Le munitionnaire détourna les yeux sans répondre.

— Qui ? gronda Trois-Sueurs en enfonçant la lame. Répondez ou je vous crève comme un goret.

— Aïe, arrêtez ! C'est mon épouse... déglutit-il.

— Votre épouse ? Chacun y trouve donc son compte, ironisa Trois-Sueurs. Vous pillez ces pauvres gens, et votre épouse est au mieux avec un robuste capitaine.

— Je ne vous permets pas ! s'insurgea Longchamp en se redressant sur la pointe des pieds.

— La Flèche est bien souvent chez vous, remarqua cyniquement Trois-Sueurs. Croyez-vous que ce soit uniquement pour parler de religion ? Ce serait un homme très pieux !

— C'est bien normal, le capitaine est le fils du baron de La Flèche. Le baron a épousé sur le tard la mère de mon épouse qui était veuve. Sans être vraiment parents, mon épouse et lui sont très proches.

— Tellement proches qu'elle bourdelle avec lui, ricana le moine Chiapacan dans un rire vulgaire.

— Comment osez-vous ? rugit Longchamp.

— Il a raison. Sitôt votre départ pour Marseille, le lundi, ils se retrouvent à l'auberge *Sainte-Anne et Saint-Jean*, confirma Trois-Sueurs qui n'aurait pas voulu démasquer ses batteries si tôt.

— En avez-vous la preuve ? s'offusqua Novarin.

Trois-Sueurs haussa les épaules et lui proposa :

— Si vous voulez surprendre votre femme avec lui, rejoignez-nous à *Sainte-Anne et Saint-Jean* demain après-midi.

Il y eut un silence. Novarin hésitait.

— Où et quand ? demanda-t-il finalement.

— Mardi, mercredi et jeudi dernier, c'était vers trois heures qu'ils bauduinaient. Sans doute y vient-elle aussi le lundi. J'ai une chambre dans l'auberge, la première de la terrasse. Passez me voir un peu avant, nous irons toquer à leur porte pour leur souhaiter le bonjour.

« Encore un mot : comment avez-vous obtenu cet office de munitionnaire ?

— C'est une charge que mon épouse m'a obtenue auprès de M. de Montmor. Le précédent munitionnaire était mort et elle savait que l'intendant des galères avait approché sa nièce pour l'épouser.

— M. de Montmor va épouser sa nièce ?

— Oui, celle-ci loge chez moi en ce moment. Elle doit repartir la semaine prochaine pour Paris.

C'était enfin l'information qu'ils souhaitaient obtenir. Les deux moines se regardèrent, satisfaits. Ils captureraient la jeune fiancée quand elle quitterait Aix. D'ici là, ils mettraient en présence Novarin et La Flèche. La Flèche était connu pour être irascible, avec un peu de chance, il tuerait Novarin s'il était surpris dans les bras d'Alphonsine. Ensuite, tout capitaine qu'il était, il serait roué comme un criminel et les leurs seraient vengés. Ce serait une double victoire.

— Nous allons partir, monsieur Novarin, déclara Trois-Sueurs. Je vous accompagne jusqu'à l'entrée de l'église. Mon ami prend l'autre sortie et je vais ensuite le rejoindre. Il a un pistolet sous sa robe et il n'a jamais raté sa cible. Vous quitterez le cloître après notre départ. Si vous tentez de demander de l'aide, vous êtes mort.

— Je ne tenterai rien, promit gravement Novarin. Je tiens à vous revoir lundi.

Joseph Novarin arriva dans la cour arrière de l'auberge *Sainte-Anne et Saint-Jean* dans son carrosse jaune tiré par deux chevaux. Parmi les voitures qui attendaient là, il remarqua aussitôt la chaise à porteurs de son épouse. Les deux Turcs étaient un peu à l'écart, assis sur de grosses pierres et fumant de longues pipes de terre. Empli d'une sourde rage, il descendit de sa voiture, ordonna au cocher de l'attendre et grimpa quatre à quatre l'escalier qui montait à la galerie. Là, il toqua discrètement à la première porte. Trois-Sueurs lui ouvrit.

Avec Chiapacan, ils se tenaient prêts au départ. Ils avaient convenu de faire entrer Novarin dans la chambre du dragon. Le reste ne les regarderait plus. Novarin était vieux et mou, La Flèche était une brute qui tuait pour le plaisir. Si Novarin le menaçait devant sa maîtresse, le capitaine le tuerait ou le blesserait gravement, cela ne faisait aucun doute.

Pour un tel crime, et malgré son appartenance à la noblesse, le dragon serait roué et on lui couperait pieds et mains sur l'échafaud. Trois-Sueurs s'en réjouissait déjà.

— Vous aviez raison, leur déclara Novarin dans un soupir. Elle est là ! Dans quelle chambre forniquent-ils ?

— Calmez-vous ! Votre femme est effectivement arrivée il y a quelques minutes.

— Conduisez-moi, elle va m'entendre !

— Me jurez-vous de garder votre sang-froid ?

Novarin opina un peu trop rapidement.

Trois-Sueurs passa devant et le conduisit à la troisième porte qu'il lui désigna. Novarin toqua.

— Passez votre chemin, cria une voix d'homme, je suis occupé.

— Un courrier du colonel, répondit Trois-Sueurs. C'est urgent, capitaine.

Chiapacan pouffa dans son dos, tandis que Novarin restait impassible, une main au fond de la poche de sa jaquette.

La porte s'entrebâilla et la figure insolente et rouge de La Flèche apparut. Il était en chausses et chemise et eut une expression de surprise, puis de contrariété, en reconnaissant le mari de la femme qu'il était en train de satisfaire.

Avec une force étonnante pour son âge, Novarin le bouscula et, tandis que Trois-Sueurs et Chiapacan riaient sous cape, le munitionnaire sortit une lame d'un pied de long de la poche de son élégante jaquette grise pour l'enfoncer dans le ventre du dragon.

La Flèche étouffa un cri, puis s'effondra mollement tandis qu'un flot de sang noir jaillissait de sa bouche.

Trois-Sueurs attrapa aussitôt Novarin par le cou et le tira en arrière pour l'empêcher de frapper à nouveau pendant que Chiapacan ouvrait complètement la porte d'un grand coup de botte pour se précipiter vers la victime. Il s'accroupit et lui souleva la tête mais visiblement il était trop tard. Le capitaine gargouillait doucement. Les yeux déjà vitreux, celui qui avait martyrisé tant de protestants agonisait dans une grande douleur.

Sur le lit, entièrement nue, sa maîtresse, Alphonsine de Garibal de Rissy était restée figée de stupeur devant l'effroyable spectacle. Chiapacan la vit ouvrir la bouche. Il comprit qu'elle allait hurler et bondit vers elle pour l'étouffer de ses mains.

Pendant ce temps, Trois-Sueurs, d'une bourrade, avait projeté Novarin à l'intérieur de la chambre et, étant entré à son tour, avait donné un coup de pied à la porte pour la fermer.

— Lâchez ma femme ! cria le mari berné qui tenait toujours sa lame ensanglantée.

Trois-Sueurs le frappa violemment pour faire tomber l'arme et l'insulta :

— Imbécile ! Vous serez roué pour ça !

Le coup de Roque La Garde arrêta la colère du munitionnaire qui parut soudain hagard. Des larmes commencèrent à couler de son visage.

Chiapacan murmura alors à Alphonsine :

— Si vous criez, je vous étouffe. Calmez-vous, ce n'est pas après vous que votre mari en a.

Elle opina nerveusement, toujours terrorisée, mais faisant comprendre ainsi qu'elle obéirait. Il desserra son étreinte.

— Putasse ! Je te ferai enfermer dans un couvent ! jura Novarin entre deux sanglots.

Il fit mine de se précipiter vers elle mais Trois-Sueurs le retint par un bras. Alphonsine avait maintenant repris son sang-froid. Elle repoussa doucement Chiapacan pour se redresser et descendre du lit, affichant son corps nu avec une totale impudeur. Elle se dirigea lentement vers le fauteuil où se trouvaient ses habits et entreprit de mettre un jupon. Malgré le péril de leur situation, Chiapacan frémit de désir, ne pouvant détourner son regard du corps plantureux qu'il venait de serrer.

— Chiapacan, nous devons partir, intervint Trois-Sueurs qui avait compris la passion qui envahissait son oncle. Monsieur, dit-il alors à Novarin, la suite ne nous regarde plus. Nous ne voulons pas être mêlés à ce meurtre. Nous allons vous laisser avec votre chère épouse pour que vous régliez ensemble vos affaires.

Novarin le considéra avec détresse. Maintenant que le cadavre de son rival traînait à ses pieds, il prenait conscience du crime qu'il venait de commettre sur un officier du roi.

— Vous ne pouvez pas m'abandonner ! geignit-il. C'est vous qui m'avez conduit ici !

— Il n'a jamais été dit que vous tueriez un officier des dragons, monsieur, lui reprocha Chiapacan qui était déjà à la porte, la main sur la poignée, évitant de regarder le corps de la femme.

— Aidez-moi, je vous en prie !

Alphonsine avait passé un jupon mais sa lourde poitrine était toujours nue. Elle s'approcha de Trois-Sueurs et intervint, suppliante :

— Aidez-nous, monsieur. Si mon époux passe en jugement, je serai déshonorée.

— Vous l'êtes déjà, madame, fit sèchement Novarin.

Trois-Sueurs regarda Chiapacan, l'air interrogatif. Les aider, c'était prendre un risque prodigieux, mais c'était aussi un moyen de s'introduire dans l'hôtel de Longchamp. Et – pourquoi pas ? – d'entrer dans les bonnes grâces de cette fameuse fiancée de l'intendant des galères. Il serait peut-être possible d'obtenir la grâce d'Esquinette d'une autre façon. Et puis, s'ils partaient maintenant, ces deux-là pourraient bien les accuser du crime !

— D'accord, nous allons vous aider, dit Trois-Sueurs. Mais nous ne pouvons agir seuls. Vous êtes venu en voiture ?

— Oui. Mon carrosse est en bas, avec le cocher qui m'attend.

— Vous allez descendre et dire à votre cocher de rentrer seul à pied. Vous lui direz que vous devez rester ici quelque temps et que vous vous ferez ramener.

Novarin opina.

— Et moi, monsieur ? demanda Alphonsine, ses bras croisés sur ses seins dans une posture lascive. Vous ne me demandez rien ?

Elle avait déjà oublié son amant et pensait à son avenir. Elle savait qu'elle n'aurait pas trop de mal à reconquérir son époux si doux et si facile à influencer. Il lui fallait encore convaincre ces deux-là, mais elle en faisait son affaire.

— Accoutrez-vous, madame, lâcha Trois-Sueurs, ensuite vous rentrerez chez vous avec votre chaise et vous nous attendrez.

Puis se tournant vers Chiapacan :

— Il faut laver ce sang, enrouler le corps dans un drap, et rassembler toutes les affaires de ce drôle. Madame, dès que vous serez vêtue, vous nous aiderez à tout préparer.

Alphonsine approuva de la tête et Chiapacan se mit au travail.

Lorsque Novarin revint, Trois-Sueurs lui expliqua ce qu'ils allaient faire.

Trois heures plus tard, Alphonsine étant partie dans sa chaise avec ses Turcs et la nuit étant tombée, Trois-Sueurs et Chiapacan descendirent le corps roulé dans un drap jusqu'à la voiture qui attendait en bas. Novarin faisait le guet. Un second voyage permit le transport des affaires du capitaine. Sa chambre resterait vide et on ne le retrouverait jamais. Si Novarin ou Alphonsine étaient interrogés, ils devraient répondre qu'ils l'avaient entendu parler d'un projet de voyage en Italie. Il serait porté déserteur et on l'oublierait.

Chiapacan et Trois-Sueurs se serrèrent sur le siège étroit du conducteur de la petite voiture.

Novarin était à l'intérieur en compagnie du cadavre. Chiapacan avait pris une lanterne et l'avait accrochée devant le carrosse. Ils prirent la route de Pertuis.

Ils mirent quatre heures en marchant lentement pour atteindre la bergerie de Meyrargues. Ils descendirent le corps de La Flèche dans la cave ruinée, puis ses affaires et ses vêtements, et recouvrirent le tout de pierres.

Le capitaine des dragons y est toujours.

Aux premières lueurs de l'aube, ils étaient de retour à Aix. Trois-Sueurs avait fait le voyage dans le carrosse et avait raconté à Novarin la vérité : le rôle que devait jouer la bergerie dans leur entreprise, l'enlèvement des deux femmes et leur échange contre Esquinette.

— Si je vous raconte tout cela, avait expliqué Trois-Sueurs, c'est que je pense que vous êtes le mieux placé pour nous aider à sortir mon cousin des galères. Nous ne disposons plus que de deux ou trois semaines pour agir. Nous vous avons sauvé la vie et évité la roue. À vous de nous rendre la pareille, d'autant que vous vous êtes enrichi sur les biens de ceux de ma religion et de ma famille.

— Je rendrai tout, promit Novarin. J'ignorais ces crimes et ces violences... En vérité, je ne voulais pas les connaître. La Flèche me faisait parvenir des approvisionnements et mon épouse s'occupait de débattre des prix avec lui. Je ne m'intéressais qu'à l'avitaillement de l'arsenal, pas à ces achats. Mais j'ai tous les torts, je le reconnais, et je consacrerai le temps qu'il faudra pour réparer.

Il resta un moment silencieux avant de reprendre :

— Maintenant, sachez que votre dessein était voué à l'échec. Effectivement, la future Mme de Montmor loge chez moi, sa mère était la sœur de mon épouse. Mais ce ne doit être qu'un mariage de convenance, Montmor est un homme d'une dureté implacable envers les galériens, surtout s'ils sont de la religion réformée. Il aurait plutôt ordonné d'écarteler votre cousin avec quatre galères pour en faire un exemple, plutôt que de le libérer, même en sachant ce qui serait arrivé à sa future femme.

— Comment faire alors ? soupira Trois-Sueurs.

— Je ne sais pas. Honnêtement, je ne vois pas comment je pourrais vous aider.

Chiapacan conduisit la voiture à l'écurie et, si le palefrenier fut étonné de voir son maître en compagnie de deux inconnus, il n'en laissa rien paraître.

Aussitôt chez lui, Novarin prit des nouvelles de son épouse : elle était dans sa chambre et n'en était pas sortie. Il fit alors préparer deux lits et une collation pour les deux hommes qui avaient besoin de repos.

Trois-Sueurs dormit une couple d'heures. Le soleil qui filtrait par les volets le réveilla. Il se leva, regarda un instant Chiapacan qui ronflait toujours et prit conscience qu'il avait faim. Il descendit voir ce qu'il trouverait aux cuisines.

C'est en entrant dans le grand salon qu'il découvrit M. de La Reynie en compagnie de sa fille Gabrielle, tous deux en train de prendre une collation matinale.

Il en resta interdit, tout comme le vieillard et la jeune femme.

9

C'est Trois-Sueurs qui, le premier, reprit la maîtrise de lui-même. Il venait de comprendre : la future épouse de l'intendant des galères de Marseille serait Gabrielle de La Reynie. Son père l'avait accompagnée pour discuter des conditions du mariage. Et sa tante était Alphonsine, la femme de M. de Longchamp.

— Mademoiselle, Monsieur de La Reynie..., fit-il en s'inclinant galamment devant eux.

Gabrielle restait interdite, considérant Trois-Sueurs comme une sorte de revenant. Son père, lui, regardait La Garde avec un mélange de suspicion et de courroux.

— Seriez-vous au service de M. de Longchamp, monsieur ? s'enquit finalement l'ancien lieutenant de police.

— Pas exactement, monsieur. Disons que je suis, en ce moment, son ami. Il m'a invité pour quelques jours.

— J'en suis fort aise, déclara alors Gabrielle sans cacher son plaisir de revoir le beau soldat qui les avait sauvés.

Son père lui fit signe de se taire ; il conservait un air grave.

— Il y a eu un épouvantable massacre de dragons, près d'Oraison, fit-il sévèrement. Le saviez-vous ?

Trois-Sueurs eut un geste vague, comme si cela ne le regardait pas.

— M. Cardin Lebret est venu me voir hier à ce sujet, avec M. de Thomassin, le président de la chambre criminelle, poursuivit La Reynie. Ils souhaitaient mes lumières en tant qu'ancien lieutenant de police. Plusieurs des dragons ont été tués avec la même arme, la même balle. Celle-ci. Ils ne comprenaient pas comment cela était possible.

Il sortit d'une poche de son habit un petit cylindre de plomb qu'il posa sur la table.

Trois-Sueurs commençait à regretter d'avoir accepté l'invitation de Novarin. La Reynie avait déjà fait le lien entre lui, la carabine et le massacre. Comment allait-il se sortir de ce piège ? Il conserva un air glacial, presque indifférent.

— Ils ont aussi été embrochés avec des fourches, poursuivit La Reynie. Sauvagement. Avez-vous une idée de la façon dont ils sont morts, monsieur ? Et de quelle arme il s'agit ?

Trois-Sueurs resta silencieux, aussi l'ancien policier continua-t-il.

— J'ai rencontré, il y a trois jours, ici même, le capitaine La Flèche qui commandait ces dragons. Il jure de se venger. Le capitaine La Flèche est un proche parent de Mme Novarin. Le saviez-vous ?

— Je le sais, monsieur, repartit enfin Trois-Sueurs. Je sais tout cela. Je sais aussi que le capitaine La Flèche est un assassin, un violeur de femmes et voleur de biens. Heureusement, Dieu l'a décidé, il ne causera plus aucun méfait sur cette terre.

— Que voulez-vous dire ? s'inquiéta La Reynie en se levant, le visage blême.

— M. de Longchamp l'a éventré hier après l'avoir surpris en train d'engrosser Mme de Longchamp dans une auberge.

Livide, Gabrielle se leva brusquement en renversant sa chaise.

— Ma tante ? bredouilla-t-elle. Avec le capitaine La Flèche ? C'est impossible !

— Votre tante est une catin, madame, fit Trois-Sueurs froidement. Je ne suis pas homme à lui faire des reproches sur ses penchants, mais elle est responsable de la mort de mes parents et des violences commises sur ma sœur et ma mère. Elle devra payer pour cela.

— Monsieur, c'en est trop ! Vous allez devoir vous expliquer, s'écria La Reynie en tapant du poing sur la table.

— J'en ai effectivement trop dit, monsieur, déclara alors Trois-Sueurs, maintenant calmé.

Il se tut un instant avant de préciser :

— Peut-être faudrait-il que la justice passe, comme vous le souhaitez.

— Elle passera, monsieur, lui assura fermement La Reynie.

Trois-Sueurs le regarda dans les yeux. Il entrevoyait l'ombre d'une solution :

— On dit, monsieur, que vous avez été choisi par le roi pour instruire certaines affaires qui ne pouvaient être rendues publiques. Il s'agissait de crimes si graves qu'ils ne devaient être jugés que dans le secret d'une chambre ardente.

La Reynie opina doucement.

— Si je devais être jugé, beaucoup seraient mis en cause : M. Novarin, son épouse, M. de Montmor, peut-être,... vous-même seriez atteint...

— Moi ? s'offusqua La Reynie.

— Ne m'avez-vous pas remis une certaine carabine ?

Il montra le plomb sur la table.

— Je connais votre réputation d'intégrité, d'honnêteté, poursuivit Trois-Sueurs conciliant. Je vous propose d'ouvrir ici une sorte de chambre ardente. Soyez-en le juge et que mademoiselle votre fille en soit le procureur. Je m'en remettrai à votre jugement. Vous aurez aussi M. de Longchamp à juger. Faites-le chercher, ainsi que mon oncle. Et demandez à son épouse d'être aussi présente. Tous les faits vous seront ainsi présentés, sans mensonge et sans faux-semblant.

— Un procès criminel ? s'étonna La Reynie. Ici ?

— N'en êtes-vous pas capable ? N'étiez-vous pas magistrat ?

L'ancien lieutenant de police réfléchissait. Ce diable d'homme avait peut-être raison. S'il le faisait arrêter, que sortirait-il de tout cela ? Il brûlait aussi de connaître tous les détails de cette prodigieuse affaire. Après tout, il n'était plus lieutenant de police, il pouvait agir à sa guise et les grandes affaires criminelles lui manquaient. Celle-ci serait son dernier problème. Et lui seul le connaîtrait entièrement. Le roi, qui l'avait chassé, n'en saurait jamais rien !

Oui, il désirait accepter la surprenante proposition de ce La Garde.

Il se tourna vers sa fille :

— Accepterais-tu d'être procureur ?

— Je le veux, mon père. Et elle ajouta gracieusement : Tant que M. Trois-Sueurs ne me demande pas d'être aussi son bourreau.

Moins d'une heure après, ils étaient tous réunis dans le salon. La Reynie avait fait fermer la pièce et aucun laquais ne devait s'en approcher ou les déranger.

Trois-Sueurs raconta comment lui et son oncle avaient été chassés de l'armée, passa brièvement sur leur rencontre avec La Reynie et sa fille, puis expliqua comment ils avaient fabriqué des balles pour la carabine.

Il fut bref sur l'assaut de sa maison et sur l'attitude de ses gens. Il rappela pourtant les crimes, les violences, les viols et les rapines de La Flèche et de ses hommes.

Novarin intervint à son tour. Il expliqua comment il avait obtenu son office grâce à son épouse, comment il avait eu le soutien des dragons pour ses réquisitions, mais jura qu'il ignorait tout des pillages de La Flèche, et plus encore que sa femme couchait avec lui.

Il reconnaissait l'avoir tué dans un accès de colère et de jalousie.

Alphonsine, interrogée par La Reynie, minimisa ses fautes en expliquant, entre deux sanglots, qu'elle avait dû céder aux avances du dragon qui l'avait menacée de s'en prendre à son époux si elle se refusait à lui. Ce n'était que par amour envers M. Novarin qu'elle avait dû se prostituer.

Il l'avait ainsi menacée dès sa première venue à Aix. Ensuite, c'est lui qui, sachant l'office de munitionnaire libre, l'avait forcée à pousser son époux dans la place. Lui aussi qui l'avait incitée à proposer à M. de Longchamp la protection de ses dragons et lui encore qui lui avait demandé de faire état de l'activité des huguenots dans les Alpes devant M. de Montmor afin qu'il accepte que les dragons convertissent de force les irréductibles et confisquent leurs biens.

Elle avait seulement été trop faible et, maintenant, elle se réjouissait de la mort de ce démon. Elle demandait pardon pour les crimes qu'il avait commis.

Alphonsine était-elle sincère ? Gabrielle aurait voulu la croire, mais Trois-Sueurs se souvenait trop de l'impudente attitude qu'elle avait eue lorsqu'elle s'était trouvée nue devant lui, aussi restait-il persuadé qu'elle mentait. D'ailleurs, toutes les accusations qu'elle avait proférées contre La Flèche pouvaient aussi bien lui être retournées.

Mais quoi qu'il soit, elle n'avait tué personne et La Reynie ne souhaitait pas prendre parti dans un conflit conjugal.

Il restait enfin à traiter de la libération du fils de Pierre La Garde. Trois-Sueurs expliqua froidement qu'il avait envisagé d'enlever Gabrielle. Elle l'ignorait et elle eut un étrange sourire, comme flattée de devenir une nouvelle Hélène dans cette guerre de Troie.

Chacun avait parlé et La Reynie pouvait maintenant rendre son verdict.

— Mme le procureur, qui est coupable et quelle peine souhaitez-vous ? demanda-t-il à sa fille.

— M. La Garde et son oncle n'ont fait qu'agir suivant leur morale, répondit la jeune femme. M. de Longchamp a défendu son honneur. Ils ne peuvent être coupables à mes yeux. Quant à ma tante, si elle dit vrai, c'est à son époux de la juger. Le seul coupable était certainement le capitaine La Flèche, mais il est mort. À mes yeux, cette affaire est terminée et il n'y a pas lieu de poursuivre.

La Reynie resta silencieux, visiblement insatisfait de cet avis. Les acquitter ainsi lui paraissait un déni de justice. Ils avaient tué ! Ils devaient donc payer.

En même temps, il ne pouvait évacuer de son esprit la forfaiture qu'il avait lui-même commise quand il avait accepté les ordres du roi et fermé la chambre ardente alors qu'il détenait tant de preuves de la culpabilité de Mme de Montespan.

Oui, il avait une fois déjà accepté que la justice ne soit pas rendue. Il s'entendit dire :

— Vous avez entendu le procureur ? Je pense comme elle.

Trois-Sueurs et Chiapacan se fendirent d'un sourire. Longchamp se redressa alors de sa petite taille :

— Monsieur, je désire pourtant justice contre mon épouse. Non parce qu'elle m'a trompé avec cet homme, peut-être l'a-t-elle fait pour mon bien, mais parce qu'elle m'a trahi en sachant très bien que j'achetais des biens couverts de sang et de stupre.

Alphonsine pleurait.

— Que souhaitez-vous ?

— Que vous obteniez qu'elle soit enfermée dans un couvent pour qu'elle se repente.

La Reynie regarda sa fille qui opina lentement. Si sa tante avait les cuisses si légères, elle serait aussi bien dans la cellule glaciale d'un monastère.

— C'est d'accord, j'en parlerai à M. Pierre Cardin Lebret. Avez-vous choisi le couvent ?

— Oui, fit Longchamp dans un sourire féroce : le Refuge des sœurs de la Charité.

— Non ! hurla Alphonsine, pas le Refuge !

— Madame, vous obéirez aux ordres de votre époux, laissa tomber La Reynie.

Il s'adressa alors solennellement à Trois-Sueurs :

— Monsieur, j'ai soutenu M. de Louvois dans la révocation de l'Édit de Nantes. J'étais alors un sot et je pense désormais que ce sera la plus grande faute de ce règne. À ma décharge, j'ai tenté de *faire le moins de mal possible*[1]. Pourtant, je reste empli de honte, aussi je ferai ce qui est en mon pouvoir pour sauver votre cousin.

« Il est inutile pourtant d'en appeler à M. de Montmor. Il refusera, je le sais. Mais je connais bien M. de Grignan. Il loge en ce moment au Palais Comtal, j'irai lui demander son aide dès ce matin.

1. C'est ce qu'en écrivit Saint-Simon.

10

Nicolas de La Reynie se rendit en chaise (portée par Assam et Ali) au Palais Comtal. Il n'y pénétra point par la grande entrée, mais par la porte du gouvernement, place de la Madeleine, à l'opposé de l'entrée principale du Palais, un monumental portail d'entrée à deux niveaux constitué d'une large arcade en plein cintre encadrée de colonnes toscanes flanquées de statues représentant des captifs enchaînés.

Les porteurs le laissèrent dans la première cour, devant la tour du Trésor, une placette à l'intérieur du Palais qui permettait, par un grand escalier bien gardé, d'accéder aux appartements de M. de Grignan, lequel occupait les premier et deuxième étages. Le rez-de-chaussée étant réservé au premier huissier de la cour des Comptes.

Le majordome qui le fit entrer dans l'antichambre prévint aussitôt le lieutenant du gouverneur de Provence qui se préparait à partir pour Marseille.

Nicolas de La Reynie et le comte de Grignan se connaissaient depuis longtemps – ils avaient d'ailleurs presque le même âge – aussi le comte reçut-il son visiteur immédiatement.

Les deux amis échangèrent d'abord quelques compliments et des banalités, puis le comte fit d'acerbes remarques sur la vétusté et l'étroitesse de son logement actuel. Il avait hâte, assurait-il, que les travaux commencés dans son nouvel hôtel de Marseille – qui serait le plus beau de la ville, affirmait-il –, soient terminés, pour quitter ce sordide château qui ne méritait, à ses yeux, que la démolition.

Quant à la ville elle-même, elle ne lui plaisait guère, avoua-t-il à La Reynie d'un ton désabusé :

— ... Certes, j'y ai ma cour et j'y mène grand train, mais, malgré ces belles dames d'Aix, qu'est-ce qu'on s'y ennuie !

Enfin, La Reynie put expliquer les raisons de sa venue. Il présenta son affaire ainsi : un homme – un huguenot – avait été envoyé aux galères. Il avait même été vendu par le capitaine des dragons qui s'était saisi de lui. Il n'était pourtant coupable d'aucun crime et il n'y avait eu aucun jugement, sinon un simple avis du prévôt de Manosque. Actuellement, ce jeune homme qui avait refusé d'ôter son bonnet durant la messe était enfermé au fort Saint-Nicolas.

C'était une affaire très fâcheuse, poursuivit La Reynie. La justice avait été bafouée et le capitaine des dragons qui avait vendu cet homme semblait avoir disparu de son auberge. Peut-être même avait-il déserté, car on racontait qu'il aurait trafiqué et rapiné de façon odieuse.

— Avez-vous présenté cette affaire à votre futur beau-fils, M. de Montmor ? demanda prudemment le gendre de Mme de Sévigné.

— Non, vous connaissez comme moi la haine qu'il voue aux huguenots. Je souhaitais vous en parler auparavant.

— Vous savez pourtant que je n'ai aucune autorité judiciaire ou militaire sur M. de Montmor. Je ne peux rien lui imposer.

— C'est parfaitement exact. Mais vous connaissez l'amitié qui le liait à Mme de Sévigné. Il vous écoutera. D'autant que je lui confirmerai avoir enquêté sur cette affaire et n'avoir rien à reprocher – sinon sa religion – à ce prisonnier.

Grignan médita un instant, puis déclara :

— Je souhaite personnellement que ce genre de... difficulté ne remonte pas jusqu'à mon ministre, ou même jusqu'au roi. Quantité de gens trafiquent ici autour de l'arsenal et des galériens. On en parle déjà trop. Il y a maintenant cette pénible sédition du bonnet. Si cet homme est un des meneurs, et s'il n'a pas commis de crime, je pense comme vous qu'il vaut mieux qu'il quitte la chiourme. Il ne pourrait devenir qu'un élément perturbateur. Je devais me rendre à Marseille en fin de matinée. Partons ensemble et nous verrons M. de Montmor demain.

Après le départ de l'ancien lieutenant de police, Trois-Sueurs et Chiapacan ne pouvaient qu'attendre.

Dans la soirée, Gabrielle se trouva seule avec Roque La Garde.

— Monsieur, je souhaite de tout cœur que cette affaire s'arrange.

— Et moi, je vous souhaite un heureux mariage, mademoiselle.

— Heureux ? fit-t-elle sombrement. Je connais M. de Montmor de réputation. Je ne suis pas sûre de trouver le bonheur avec un homme tel que lui. Enfin, plaisanta-t-elle, si ce n'est pas le cas, il me restera toujours les Turcs de ma tante.

— Vous vous gaussez, mademoiselle. Vous n'êtes pas de cette trempe.

Elle le considéra un instant étrangement et déclara :

— Mais je ne suis pas encore mariée, monsieur. L'êtes-vous ?

— Non, madame, je doute même de me marier un jour.

— Nous sommes donc libres d'agir suivant nos inclinations et nos convenances, n'est-il pas vrai ?

Trois-Sueurs ne répondit pas. Cette femme l'attirait mais il n'était qu'un huguenot chassé de l'armée. Un brigand, même. Et elle était la fille d'un lieutenant de police.

— Je suis votre procureur, déclara-t-elle alors dans un sourire, et vous devez m'obéir. C'est à moi de vous punir, puisque mon père ne l'a pas fait. Je vous attends ce soir, dans ma chambre, monsieur.

Elle lui prit la main :

— Croyez que je suis sincère. Il me restera ainsi au moins votre souvenir.

Jean-Louis Habert de Montmor reçut ses deux prestigieux visiteurs et écouta le comte de Grignan avec une extrême courtoisie.

— Diantre ! leur fit-il quand Grignan eut terminé. Libérer un galérien comme ça ! Il claqua des doigts. Qui plus est un homme au cachot ! Vous m'en demandez beaucoup !

— Il n'a commis aucun crime, insista La Reynie. L'affaire pourrait venir en justice et éclabousser bien du monde.

Montmor haussa les épaules, montrant ainsi qu'il s'en moquait. Mais d'un autre côté, il était embarrassé. La Reynie était son futur beau-père et un proche du roi, Grignan, le gendre d'une femme qu'il estimait beaucoup et, tout de même, le lieutenant du gouverneur de Provence. Il pouvait difficilement leur opposer un refus.

Ils étaient tous trois assis dans le bureau du lieutenant des galères. Montmor, ne sachant que décider, se leva pour faire quelques pas.

— Imaginez que cette méchante affaire soit traitée au Parlement. Vous y briguez une charge de maître des requêtes, je ne me trompe pas ? remarqua bassement François de Grignan.

Décidément, refuser cette libération était impossible, soupira l'intendant des galères. Tout se liguait contre lui ! Mais il souhaitait aussi sauver la face.

— Vous dites que le capitaine La Flèche a disparu ?

— C'est ce qui se dit à Aix.

— Il aurait abusé de son autorité pour vendre un innocent aux galères ?

— C'est exact.

— Très bien. Je présenterai l'affaire ainsi dans mon mémoire.

— Je souhaiterais porter moi-même la levée d'écrou, fit La Reynie, et repartir à Aix avec cet homme.

— Décidément, vous êtes impossible ! plaisanta Montmor agacé. Mais soit !

Il retourna à son bureau, s'assit, prit une feuille et trempa une plume neuve dans l'encrier.

— Comment se nomme notre drôle ?

— Jean La Garde, mon ami.

La plume crissa un moment. Puis Montmor jeta un peu de poudre sur la feuille et la tendit à La Reynie. En même temps, il agitait une clochette et un secrétaire entra.

— Jacques, vous ferez accompagner M. de La Reynie par l'officier d'infanterie de service. Il s'agit de l'élargissement d'un prisonnier du fort Saint-Nicolas. Que tout soit réglé ce soir. Je ne veux plus en entendre parler.

Il n'y eut pas d'autres difficultés. Le lendemain en fin de matinée, le carrosse de M. de Longchamp s'arrêta devant la cour de son hôtel d'Aix. Amaigri, fatigué, blafard et mangé par les poux après trois semaines de cachot, Esquinette en sortit. La Reynie lui avait fourni des vêtements décents et on imagine sans peine la joie de Roque et de Pierre La Garde.

Gabrielle assista aussi aux retrouvailles, mais le cœur vide de tout bonheur. Elle savait que son amant allait disparaître de sa vie, qu'elle ne le reverrait plus et qu'elle allait épouser un homme qu'elle n'aimait pas.

Quelques semaines après le départ de Trois-Sueurs qui voulait rapidement retrouver sa sœur, le seigneur de Longchamp quitta Aix définitivement.

Son épouse Alphonsine fut enfermée au Refuge des sœurs de la Charité. Elle y découvrit l'enfer sur la terre durant le temps où elle servit de jouet à sœur de la Croix et au procureur Rabasse, ce magistrat qu'elle souhaitait tant connaître ! Mais ceci est une autre histoire[1]. Son sort s'améliora plus tard, grâce à Trois-Sueurs et à l'avocat Fabry, mais elle ne fut libérée qu'en 1711, à la mort de son époux dont elle vendit l'hôtel. Elle quitta alors la Provence.

Jean-Louis Habert de Montmor fut nommé maître des requêtes en 1699. L'année suivante, le 16 janvier 1700, il épousa Gabrielle dans la chapelle de l'hôtel de La Reynie.

Jusqu'à la fin de l'année 1709, le couple mena à Marseille une vie fastueuse dans le riche hôtel de l'intendance des galères. Ensuite Montmor quitta Marseille pour se rendre à Toulon où il fut nommé, en 1710, intendant des Armées navales. Méprisé par son épouse avec qui il ne s'entendait pas et qui, chaque jour, pensait à Roque La Garde, il négligea l'administration de ses domaines. Âgé de soixante-huit ans, il démissionna de ses fonctions en avril 1716, peu avant que Gabrielle n'obtienne que soit prononcée contre lui la séparation de leurs biens, suite au désordre des affaires de celui-ci.

1. Voir : *Les Effroyables débauches de la Drouillade*, dans *L'Obscure mort des ducs*, Éditions du Masque.

Le 18 août 1718, alors que Montmor était devenu impotent tant il souffrait de la goutte, le Châtelet de Paris émit une nouvelle sentence contre l'ancien intendant des galères, le décrétant interdit de sa personne et de ses biens. Ses offices furent vendus ainsi que le mobilier de son château du Mesnil-Saint-Denis.

M. de Montmor rendit son dernier soupir, le 6 décembre 1720, âgé de soixante-douze ans, rue Sainte-Avoye, à Paris.

En 1699, le nom de Nicolas de La Reynie avait été proposé au roi pour remplacer le garde des Sceaux. On lui préféra pourtant Pontchartrain.

Plus l'ancien lieutenant de police vieillissait, plus il souhaitait s'accrocher aux affaires de l'État, espérant même être nommé au Conseil royal. En 1708, à quatre-vingt-trois ans, il dirigeait toujours trois bureaux auprès du conseil du roi ! Pontchartrain décida alors de les lui retirer de force et lui donna congé. La Reynie devait décéder l'année suivante.

D'une énergie et d'une honnêteté hors du commun, Nicolas de La Reynie restera le créateur de la police moderne et un des plus brillants administrateurs que la France ait connus.

Le captif au masque de fer

Les principaux personnages

JOACHIM D'ALENCÉ, *espion au service des Louvois,*
FRANÇOIS BLAINVILLIERS, *chargé des affaires d'État au département de la Guerre,*
MICHEL DE CHAMILLART, *Contrôleur général des finances et secrétaire d'État à la Guerre,*
GUILLAUME DUBOIS, *abbé, conseiller du duc d'Orléans,*
HONORA FOSSATI, *dit Cougourde, ancien marin corse,*
AURORE FRONSAC, *marquise de Vivonne,*
PIERRE FRONSAC, *marquis de Vivonne, ancien président à la Cour des aides,*
MARQUISE FRÉCHOT, *domestique de la princesse Palatine,*
PETIT-LOUIS, *palefrenier aux écuries du Palais-Royal,*
GUILLAUME DE FORMANOIR, *neveu du gouverneur de la Bastille,*
LAMOTHE-GUÉRIN, *gouverneur des îles Sainte-Marguerite,*
PIERRE LA GARDE, *dit* CHIAPACAN, *oncle de Trois-Sueurs,*
JEAN LA GARDE, *dit* ESQUINETTE, *fils de* Pierre La Garde,
ROQUE LA GARDE, *dit Trois-Sueurs, ancien officier huguenot et ancien brigand de grand chemin,*
JACQUES HAGUENS, *surnommé la Rose de Bordeau, homme de main, ancien galérien,*
ÉTIENNE DU JUNCA, *lieutenant du roi auprès du gouverneur de la Bastille,*
JEAN DE ROSARGES, *sergent-major à la Bastille,*

PHILIPPE, DUC D'ORLÉANS, *cousin du roi,*
ÉLISABETH CHARLOTTE D'ORLÉANS, *princesse Palatine, mère du duc d'Orléans,*
PALAMÈDE PESCARIE, *dit Aragna, ancien marin corse,*
GABRIEL MATHURIN, *ministre protestant enfermé à Sainte-Marguerite,*
MAILLART, ARPALIN, PETIT-JACQUES, *truands et hommes de main.*

1

Ce 18 mai 1706, le printemps se parait de tous ses charmes lorsque la légère voiture à deux chevaux se présenta à la grille principale du Palais-Royal. Il était deux heures de l'après-midi. Les factionnaires connaissaient bien le conducteur ainsi que les deux passagers, aussi les laissèrent-ils entrer directement dans la seconde cour intérieure du palais réservée aux officiers de la maison d'Orléans.

Aussitôt la voiture arrêtée, Trois-Sueurs et Chiapacan en sortirent, alors qu'Esquinette sautait avec agilité du siège du conducteur.

Le soleil et la vie au grand air lui avaient basané le teint et cuit les cheveux qu'il portait longs, noués en catogan sous un tricorne noir. Le jeune homme portait un habit de voyage à larges pans en serge ardoise sur sa chemise et ses culottes de toile. Il se saisit de l'épée de fer qu'il avait laissée sur le siège et la glissa dans la lanière à boucle, cousue dans un pli de sa veste. Un observateur attentif aurait pu remarquer les couteaux dissimulés dans ses bottes de buffle.

Chiapacan le rejoignit d'une démarche lourde. La cinquantaine assumée, un visage buriné et une épaisse moustache lui donnaient un air de vieux fauve. Une impression renforcée par sa stature, sa musculature étonnante, son cou de taureau et, plus encore, son justaucorps de cuir couleur feuille morte, assorti à ses bottes.

Dans leur attitude et leur expression, Esquinette et Chiapacan se ressemblaient singulièrement. Le père et le fils se saisirent des bagages attachés sur le coffre, en particulier d'une sacoche contenant des carabines dont les crosses sortaient du rabat, tandis qu'un palefrenier s'occupait de l'attelage. Ensuite, ils prirent l'escalier de service qui conduisait à leur mansarde sous les combles, un logement minuscule de deux pièces ; mais bien des officiers royaux auraient donné père et mère contre un tel privilège !

Trois-Sueurs, de son vrai nom Roque La Garde, avait échangé quelques mots avec eux avant de se diriger vers la surintendance du palais, plus exactement vers le bureau d'un des secrétaires chargés de l'administration des biens et des œuvres d'art de la famille d'Orléans. Là, dans un cabinet fort sombre, il annonça à un commis son retour de Hollande et précisa qu'il attendrait les ordres de l'abbé Dubois dans son appartement.

Son interlocuteur lui promit de transmettre son message immédiatement. L'homme de plume qu'il était craignait fort cet homme toujours vêtu de gris, au regard dur et scrutateur. Il savait que la lourde rapière qu'il portait au côté était une arme de spadassin et il connaissait les rumeurs qui circulaient sur cet ancien huguenot : un coureur d'aventure, membre un temps de l'état-major de M. de Villars, agent plus ou moins secret de Mgr d'Orléans. Un homme dur, implacable et ombrageux.

La Garde rejoignit Chiapacan et Esquinette qui avaient demandé à un domestique de leur faire monter viandes froides, pains et flacons de vin, ainsi que de l'eau chaude pour leur toilette.

Une heure plus tard – il s'était nettoyé, rasé et changé –, un valet le convoqua chez Philippe d'Orléans, au deuxième étage de l'aile nord du Palais.

Introduit dans un petit salon des appartements du duc, il y découvrit l'abbé Dubois en compagnie du Régent.

— Les Véronèse ? s'enquit fébrilement le duc sans même le saluer.

— Ils m'ont échappé, monseigneur. Quand je suis arrivé, le duc de Bracciano venait de les céder pour cinq mille écus. Je lui en ai pourtant proposé le double, mais il a refusé.

— Qui les a eus ? s'enquit sèchement Dubois, très contrarié de l'échec de son officier (La Garde était administrativement au service de l'abbé).

— Sa Majesté, monsieur l'abbé. Ils ont été achetés pour le roi par M. d'Alencé. Je suis désolé, je suis arrivé trop tard. Apparemment, Alencé avait été prévenu de la vente avant nous.

Philippe ne put dissimuler une moue de dépit. Il serra un poing.

— Alencé ! C'est la deuxième fois qu'il vous passe devant, n'est-ce pas ? Déjà, pour le Rembrandt, il avait été plus rapide que vous, rappela-t-il sévèrement.

— En effet, monseigneur. Alencé est très fort, approuva La Garde d'un ton égal. Il dispose surtout de meilleurs renseignements que nous, précisa-t-il en considérant Dubois dont les informateurs n'étaient pas aussi rapides que ceux d'Alencé.

— Mais comment fait-il ? s'insurgea le duc avec irritation.

— Joachim d'Alencé n'est pas n'importe qui, monseigneur, intervint Dubois pour se justifier. Son père était un chirurgien d'origine roturière. Enrichi, il a acheté une charge de secrétaire du roi qu'il a transmise à son fils. Cette charge, vous le savez, monseigneur, a l'avantage de conférer la noblesse dès la première génération au bout de vingt années d'exercice[1]. Ainsi anobli, Joachim d'Alencé a commencé sa

1. D'où son surnom de « savonnette à vilains », car elle transformait le vilain en noble !

carrière comme commis au secrétariat d'État des Affaires étrangères. Il aurait ensuite travaillé à la surintendance des postes avant d'entrer au service du marquis de Louvois, au département de la Guerre. Dans les années quatre-vingt, il serait devenu le principal espion de notre ministre. Il aurait alors développé de très efficaces réseaux de renseignement en Hollande et en Allemagne.

« Officiellement, et toujours sur ordre de Louvois devenu surintendant des Bâtiments, Arts et Manufactures, il était alors chargé de rechercher des ouvrages et objets d'art pour le compte du roi. Cette activité, qui n'était à l'origine qu'une couverture pour camoufler son service de renseignement, l'a rendu particulièrement talentueux dans ce domaine. Son réseau hollandais est cependant tombé dans les années quatre-vingt-dix et la plupart de ses agents ont été condamnés aux galères. J'ai entendu dire que Chamillart avait finalement obtenu leur libération. Mais d'Alencé a gardé des informateurs partout en Europe.

« C'est un homme brillant, perspicace, et surtout d'une fidélité absolue au ministre de la Guerre et au roi. C'est aussi un individu dangereux et sans scrupule pour arriver à ses fins. Il est capable de toutes sortes de menaces et même de crimes s'il les juge utiles à la grandeur du roi. Notre pauvre La Garde ne pouvait guère faire le poids contre un tel adversaire !

Trois-Sueurs resta impassible en écoutant le discours humiliant de Dubois, qui affirmait ouvertement qu'Alencé était trop fort pour lui.

Lui s'était déjà juré d'avoir sa revanche.

Orléans avait maintenant surmonté sa contrariété et sa déception. Il leva une main fataliste en soupirant :

— Tant pis, mon ami ! Vous réussirez mieux une prochaine fois. Au fait, je viens d'avoir la visite de ma mère. Elle souhaiterait vous parler. Pouvez-vous lui rendre visite dès aujourd'hui ?

— Moi ? s'étonna Trois-Sueurs qui n'avait que très rarement rencontré la princesse Palatine. Savez-vous pourquoi, monseigneur ?

— Je l'ignore. Ma mère est étrange, ces temps-ci. En vérité, sourit-il, elle a toujours été étrange, mais il s'est produit un vilain accident. Une de ses dames de compagnie a été assassinée. Depuis, elle ne sort plus et reste enfermée avec ses chats, ses chiens et son perroquet. Peut-être allez-vous résoudre son problème. En tout cas, je le souhaiterais.

— Une de ses dames de compagnie ? demanda Trois-Sueurs qui avait légèrement pâli.

— Oui, mademoiselle Charlotte Knaben, que l'on appelait ici Mlle L'Enfant. Vous la connaissiez, je crois.

Trois-Sueurs tenta de maîtriser sa surprise, puis la souffrance qui lui transperçait la poitrine. Mlle L'Enfant avait été sa maîtresse pendant quelques semaines et ils étaient restés bons amis. Pauvre Charlotte ! Une jolie Allemande, fraîche et toujours enjouée. Elle lui avait redonné goût à la vie après son long séjour dans les Cévennes.

— Qu'est-il arrivé ? murmura-t-il.

— Ma mère vous l'expliquera mieux que moi, mais, je vous l'ai dit, Mlle Knaben a été assassinée dans le cimetière Saint-Paul. Je suis personnellement intervenu auprès de M. d'Argenson pour qu'il soit particulièrement diligent dans sa recherche de l'assassin, mais le coupable n'a pas été arrêté. Sans doute un rôdeur.

2

Élisabeth Charlotte de Bavière, fille de l'électeur du Palatinat, était la seconde épouse du frère du roi, Monsieur, et la mère de Philippe d'Orléans. Elle était née à Heidelberg le 7 juillet 1652.

Incapable de mentir ou de dissimuler, son franc-parler souvent vulgaire détonnait à la cour où on l'avait surnommée Liselotte. Amateur de choucroute et de bière, elle était devenue en vieillissant ronde comme une barrique et étonnamment laide. Festonnée par la petite vérole, le nez tordu, la peau rougeasse, les joues pendantes, les dents délabrées, elle avait un physique d'ogresse. Pourtant, la plupart de ceux qui l'approchaient l'adoraient pour la justesse de ses vues, son sens critique, son ironie mordante, et surtout sa bonté.

Elle-même aimait son fils et le roi par-dessus tout, ce qui ne l'empêchait pas d'avoir de violentes aversions envers les proches des deux princes. Ainsi, elle détestait particulièrement Mme de Maintenon qu'elle appelait la *crotte de souris*. Protestante dans sa jeunesse, la princesse Palatine l'était restée dans son cœur et ne pouvait souffrir cette intolérante dévote qui avait obtenu du roi la révocation de l'Édit de Nantes. Depuis que celle-ci dirigeait la conscience et les affaires du roi, Liselotte ne se rendait plus à la cour pour ne pas rencontrer celle qu'elle appelait aussi *la vieille ordure*.

Désormais, enfermée dans ses appartements avec ses chats, ses épagneuls et son perroquet – lequel répétait sans arrêt : *Maintenon... vieille ordure !* –, Liselotte écrivait. Elle devait ainsi rédiger plus de soixante mille lettres, une chronique unique sur le règne du Roi-Soleil, montrant la face cachée des splendeurs de Versailles.

Sa correspondance était bien sûr interceptée par la surintendance des Courses, Postes et Relais de M. Claude Le Peletier, puis de son successeur, et lue dans le cabinet noir du ministre Michel de Chamillart avant d'être transmise au roi. La princesse Palatine le savait pertinemment, aussi écrivait-elle uniquement en français pour les faire tous enrager !

Trois-Sueurs fut reçu dans un grand salon d'apparat. La mère du duc était en compagnie d'une femme de chambre qui lui préparait une solide collation accompagnée de bière. Elle était assise – emboîtée serait plus juste – dans un très gros fauteuil qui contenait difficilement sa taille.

— M. La Garde, je suis bien heureuse de vous connaître enfin ! rugit-elle. J'avais peur que vous repartiez avant que je ne revienne. J'arrive en effet de Fontainebleau où mon fils m'avait traînée, et j'en suis fort aise ! Je vais enfin pouvoir chier à mon aise !

Trois-Sueurs resta un bref instant interloqué. Mais il se ressaisit vite. Il avait déjà entendu parler du langage cru de Liselotte qui déplaisait tant à Mme de Maintenon. Il se souvint aussi, le cœur serré, de ce que lui avait raconté sa maîtresse, Mlle L'Enfant, sur les expressions ordurières de la princesse : ce n'étaient que des recettes qu'elle utilisait pour jauger ou contrarier ses interlocuteurs.

— Vous êtes bien heureux d'aller chier quand vous voulez, monsieur, poursuivit-elle fort sérieusement. Moi, ça m'est impossible à Fontainebleau, où je suis obligée de garder mon étron pour le soir. Ce qui me fâche, parce que j'aime chier et je ne chie pas à mon aise quand mon cul ne porte sur rien !

« À Fontainebleau, on va dans les jardins et tout le monde nous voit chier. Il y passe des hommes, des femmes, des filles, des garçons, des abbés et des Suisses. Les Suisses font des étrons gros comme vous ! Ah ! Si on ne chiait point, je serais là-bas comme le poisson dans l'eau. Il est chagrinant que mes plaisirs soient traversés par des étrons. Je ne sache point de plus vilaine chose que de chier !

Trois-Sueurs opina du chef et répondit :

— L'univers est rempli de chieurs, madame. Lorsqu'on croit baiser une belle petite bouche avec des dents bien blanches, nous baisons un moulin à merde. Les plus délicieux biscuits, les pâtés, les tourtes, les farcis, les jambons, les perdrix, les faisans, tout ceci n'est là que pour faire de la merde mâchée[1].

La mère du duc resta un instant sans voix devant l'inconcevable repartie de La Garde. Elle aimait bien choquer ses interlocuteurs – ce n'est pas pour rien qu'on l'appelait le *paysan du Danube* – mais jusque-là, personne n'avait renchéri ainsi à ses scabreuses déclamations.

Puis, considérant longuement son visiteur, elle découvrit une once de raillerie dans son regard et la surprise fit alors place à la satisfaction.

— M. La Garde, vous êtes un homme comme je les aime ! s'exclama-t-elle joyeusement. Vous, au moins, vous ne dissimulez pas comme ces petits coqs de Versailles. Je comprends mieux pourquoi mon fils vous aime tant !

1. Ce dialogue pourrait surprendre, voire choquer. Il est pourtant la reprise fidèle d'une des lettres de la princesse Palatine à Sophie, duchesse de Hanovre. *Lettres françaises*, p.p. Dirk Van der Cruysse (Fayard, 1989), pp. 126-127.

Elle remarqua alors que sa domestique – une plantureuse femme d'une quarantaine d'années – écoutait leur conversation en souriant, tout en considérant La Garde avec un peu trop d'appétit.

— Marquise, je n'ai plus besoin de vous, lui dit-elle sèchement.

La femme de chambre s'inclina respectueusement et sortit.

La princesse plissa alors les yeux et poursuivit dès qu'ils furent seuls :

— Cette fille est un peu trop effrontée. Je n'ai pas aimé la façon dont elle vous regardait. Je me suis renseignée sur vous, M. La Garde. Je sais que vous avez tenté d'assassiner mon fils, c'est Lolotte[1] qui me l'a avoué. Nous nous entendons bien toutes les deux, et je l'aime fort depuis qu'elle m'a donné une si jolie petite fille !

Trois-Sueurs opina sombrement. Il n'aimait guère qu'on lui rappelle cet épisode.

— Je m'étais trompé sur son compte, madame, s'excusa-t-il en s'inclinant.

— Mon fils est le meilleur homme de ce pays ! déclara la princesse fièrement. Il mériterait d'être roi. Certes, il aime un peu trop les femmes, mais je préfère encore ça aux mœurs de mon époux ! Savez-vous pourquoi je vous ai fait venir, monsieur ?

— Pas exactement, madame, mais j'ai appris la mort de Mlle L'Enfant. C'était une jeune femme que j'aimais fort.

— Je le sais, elle m'avait dit du bien de vous. Elle vous aimait, mon fils vous aime aussi, et je veux bien vous aimer à mon tour. En outre, vous êtes

1. Comédienne, ancienne maîtresse du duc. Voir à ce sujet : *Les Effroyables débauches de la Drouillade*, dans *L'Obscure mort des ducs*, Le Masque.

protestant comme moi, et nous devons tous deux faire comme si nous ne l'étions pas !

— Vous savez beaucoup de choses, madame, répliqua prudemment Trois-Sueurs.

— Peut-être. Mais je ne sais pas qui a tué Mlle Knaben et je compte sur vous pour me l'apprendre...

Elle avait gardé ses paupières mi-closes et elle se tut comme si elle en avait terminé. Attendait-elle une invitation de son visiteur pour poursuivre ? Mais Trois-Sueurs n'ouvrit pas la bouche et le silence s'installa. La Garde venait de comprendre ce qu'elle voulait de lui et, en l'observant, il avait aussi pris conscience qu'elle hésitait à continuer. Comme si elle était terrorisée !

Finalement, la mère du duc déclara sans pouvoir dissimuler un soupçon d'inquiétude :

— Tout ce que je vais vous dire doit rester entre nous, monsieur. (Trois-Sueurs opina.) Pour parler franc, j'ai peur ! Ceux qui ont tué Mlle Knaben pourraient bien me faire disparaître aussi.

Cette fois, Trois-Sueurs intervint, tant cette affirmation paraissait saugrenue.

— Vous ? La mère d'un prince de sang ? Mais qui oserait ?

— Le roi ! Le roi, monsieur, et son ministre Chamillart, la marionnette de la *petite crotte* !

À cet instant, le perroquet se réveilla et se mit à jacasser bruyamment :

— *Maintenon ! Vieille ordure !*

Tous deux sourirent, tant l'intervention de l'animal venait de faire baisser la tension.

— Racontez-moi tout, demanda doucement Trois-Sueurs.

— Cela a commencé il y a environ un mois. Knaben était catholique. C'était le seul reproche que j'aurais pu lui faire, à part peut-être sa curiosité presque maladive. Elle allait à la messe à Saint-Paul. Elle y avait beaucoup d'amies et, il y a quelques mois, elle a appris qu'un détenu avait été enterré, trois ans plus tôt, dans le carré des suppliciés. Cet homme avait été enfermé à la Bastille pendant des années et personne n'avait jamais vu son visage, car il portait un masque.

— Cela arrive parfois dans les prisons du roi, madame, remarqua Trois-Sueurs. Cela n'a rien d'extraordinaire et il y a plus de cent prisonniers à la Bastille !

— Ce n'était ni un prisonnier ordinaire ni un masque ordinaire, monsieur ! Il aurait eu une fixation de fer pour qu'il ne puisse l'enlever en public. Et cet homme, cet inconnu, était emprisonné depuis trente ans ! Seul le gouverneur, M. de Saint-Mars, connaissait son visage. Il avait ce détenu sous sa garde depuis toujours ! C'est feu le marquis de Louvois, lui-même, qui le lui avait confié, et le gouverneur le traitait avec tant de respect qu'il lui portait personnellement son repas et son linge.

— Je veux bien l'admettre, fit Trois-Sueurs, perplexe. Mais après tout, il y a souvent des prisonniers de marque à la Bastille. Cependant, ce que vous me dites n'explique pas la mort de Mlle Knaben.

— Ce que je viens de vous dire, c'est ce qu'elle avait appris ces derniers jours. Elle se passionnait tellement pour ce mystérieux inconnu que je l'avais sottement autorisée à se renseigner autour de moi et à la cour. Comme une enfant, elle me racontait chaque soir ce qu'elle avait découvert.

« Un soir d'avril, le lendemain du jour où quelque porte-clefs de la Bastille lui avait rapporté ce que je viens de vous dire, que seul le gouverneur servait ce prisonnier, on est venu m'avertir. On l'avait découverte dans le charnier Saint-Paul. La gorge ouverte.

— Un maraudeur ? interrogea Trois-Sueurs d'une voix blanche. L'avait-on...

— Violée ? Non, monsieur. Apparemment, tout au moins. Un boucher l'avait simplement égorgée comme une bête.

— Comment pouvez-vous être certaine que sa mort ait un rapport avec ce prisonnier masqué ? demanda-t-il, toujours ému.

— À cause de la visite que j'ai eue ensuite.

— Une visite ?

— En effet. Quelques jours plus tard, M. de Chamillart est venu au palais pour travailler avec mon fils. Avant de partir, il est passé me rendre une visite de courtoisie. J'étais surprise. Il est la créature de la vieille ordure et je ne l'apprécie guère. D'autant qu'il saisit et lit toutes les lettres que j'envoie à Sophie, ma cousine. Entre parenthèses, je ne me cache pas d'y écrire tout le mal que je pense de lui et de la *petite crotte* ! Pourtant, il a insisté pour rester un instant avec moi.

« — Madame, m'a-t-il déclaré suavement, dès que nous fûmes seuls, j'ai appris le malheur qui est arrivé à Mlle L'Enfant.

« Il est resté silencieux un instant, cherchant ses mots comme s'il était embarrassé par ce qu'il allait me dire. Je m'attendais à des condoléances et j'en fus pour mes frais.

« — J'ai cru apprendre que Mlle L'Enfant avait été trop curieuse, ajouta-t-il finalement.

« — Que voulez-vous dire, monsieur ? lui demandai-je, fort offusquée par une telle remarque.

« — J'ignore, madame, répondit-il, si elle agissait de sa propre initiative, mais elle posait trop de questions. Des questions... qu'il ne fallait pas poser. Si ces interrogations venaient de vous, oubliez-les.

« — Vous voulez dire qu'elle est morte parce qu'elle s'intéressait à cet homme au masque de fer ?

« Sa voix se fit brusquement cassante et son regard devint effrayant :

« — Il ne faut plus en parler, madame, je vous en conjure ! Cet homme... c'est le *secret de l'État*. Un secret mortel pour ceux qui s'y intéressent.

« — Est-ce une menace, monsieur ? ai-je demandé, interloquée.

« — Non, madame. Un avertissement. Personne, je dis bien, personne, quel que soit son rang dans l'État, ne pourrait se croire à l'abri s'il tentait de percer ce secret. L'emprisonnement au fond d'un cachot, ou d'un couvent, serait le sort le plus enviable qu'il ou elle puisse connaître. Je vous en prie, songez au sort de Mlle Knaben.

« Son ton était devenu suppliant.

« — Même moi, monsieur ? ai-je persiflé.

« — Même vous, madame... Surtout vous, madame !

« Il m'a saluée d'un regard effrayant, déterminé, mais en même temps apeuré. Il est sorti sans un mot de plus.

Elle se tut, visiblement désemparée.

— Votre récit est effectivement assez troublant, madame, murmura Trois-Sueurs ébranlé. Mais si M. de Chamillart est responsable de la mort de Mlle Knaben, il aura à en payer le prix. Je vous le jure.

Elle opina, acceptant d'avance cette décision, avant de dire :

— Je veux savoir, monsieur. Ces menaces ne me feront pas reculer. C'est ma faute si Charlotte est morte, j'aurais pu l'empêcher. Mais, maintenant, je veux la vérité !

— Vous l'aurez, madame. Et je la vengerai. Je vous le promets.

Il la vit se lever difficilement de son fauteuil, puis se diriger vers une desserte de marbre sur laquelle se trouvait un coffret serti.

Elle l'ouvrit et en sortit un sac de soie.

— Il y a là cinq cents louis. Prenez-les.

— Je n'en veux pas, madame. Je ferai ce que je dois faire uniquement pour Charlotte.

— Prenez-les ! ordonna-t-elle. Ce n'est pas pour vous. Vous me rendrez ce que vous n'utiliserez pas, si vous voulez, mais si vos adversaires sont ceux auxquels je pense, vous aurez besoin d'argent.

Pour ne pas la contrarier, Roque La Garde prit le sac avant de demander :

— En résumé, vous ne savez que peu de choses : ni le nom de cet homme au masque de fer, ni la date de sa mort, ni son âge. C'est cela ?

— Rien, je ne sais rien, monsieur. Vous devrez tout découvrir.

3

À la *Herse d'Or*, rue de la Pute-y-Musse[1], non loin du charnier Saint-Paul, Esquinette, son père et Trois-Sueurs s'étaient réunis dans un coin de la salle, à l'abri des oreilles indiscrètes.

Après avoir quitté la mère du duc d'Orléans, Roque La Garde avait retrouvé son oncle et son cousin pour leur raconter ce qu'il avait appris. Le meilleur moyen pour trouver l'assassin de Charlotte L'Enfant, leur avait-il dit, était d'agir comme elle l'avait fait : ils tenteraient donc eux aussi de savoir qui était ce masque de fer. Celui qui avait tué la jeune fille essayerait alors de les faire disparaître, mais eux se tiendraient prêts.

Les trois hommes se répartirent la recherche de renseignements sur le mystérieux prisonnier de la Bastille. Trois-Sueurs et Esquinette s'occuperaient de savoir qui avait été enterré dans le carré des suppliciés à Saint-Paul, alors que Chiapacan, en fréquentant les cabarets où se retrouvaient les porte-clefs de la prison, tenterait d'en savoir plus sur ce détenu masqué.

Chiapacan apprit vite que M. de Saint-Mars avait été nommé gouverneur de la Bastille en 1698. Il était arrivé à Paris accompagné d'un prisonnier masqué et d'un sergent-major nommé Rosarges. Durant toutes

1. Rue de la Pute qui y flâne ! Cette rue, qui comme son nom l'indiquait, était consacrée à la prostitution, est devenue la rue du Petit-Musc.

ces années, ce n'était pas seulement M. de Saint-Mars qui avait servi le prisonnier ; Rosarges l'avait parfois remplacé. Chiapacan avait aussi découvert que le masque de fer était le plus souvent un simple masque de velours et que le captif ne le portait qu'en dehors de sa cellule.

Trois-Sueurs et Esquinette eurent plus de difficultés à accéder au registre des sépultures de Saint-Paul. Finalement, ils pénétrèrent une nuit dans l'église et durent forcer quelques portes pour le consulter. La Garde examina l'année 1703 et y trouva plusieurs avis d'inhumation de prisonniers de la Bastille, ainsi que de quelques suppliciés en place de Grève. Pour ceux-là, les documents étaient signés d'un magistrat ou d'un sergent du Grand-Châtelet. Pour les prisonniers de la Bastille, le nom du décédé était toujours suivi d'un émargement de témoins. Dans le cas de trois d'entre eux, c'étaient des membres de leur famille. Restaient deux avis dont les témoins étaient, pour l'un, un simple geôlier et l'aumônier de la Bastille, et pour l'autre, un sergent-major et le chirurgien de la prison. Compte tenu du nom du sergent-major : Rosarges, Trois-Sueurs ne recopia que ce dernier texte :

L'an 1703, le 19 novembre, Marchialy[1], *âgé de quarante-cinq ans ou environ, est décédé dans la Bastille, duquel le corps a été inhumé dans le cimetière de Saint-Paul, sa paroisse, le 20 dudit mois, en présence de M. Rosarges, major de la Bastille, et de M. Reih, chirurgien de la Bastille, qui ont signé.*

De son côté, Chiapacan poursuivait ses interrogatoires auprès des porte-clefs. On lui confirma que, lorsqu'il se rendait à la messe, le captif était masqué et que personne ne devait lui parler sous peine de mort. Lorsqu'il se promenait, les invalides de garde

1. Ce nom, peu lisible, est parfois rapporté comme Marchioly ou Matthioli.

avaient ordre de tirer s'il s'approchait d'un autre prisonnier ou s'il tentait d'enlever son masque.

Après sa mort, lui rapporta-t-on, tout le contenu de sa chambre dans la tour de la Bertaudière avait été brûlé, aussi bien les parquets que les meubles et le linge. On avait ensuite gratté et reblanchi les murs après avoir dépavé et ôté tous les carreaux de pierre ou de faïence ! Aucun message, aucune trace du détenu ne devait visiblement subsister.

Rosarges et Reih, le sergent-major et le chirurgien, en savaient forcément plus. Nos trois amis se renseignèrent d'abord sur le chirurgien. Hélas, Reih avait quitté la prison. Quant à Rosarges, saoul du matin au soir, ils découvrirent qu'il ne sortait plus de sa chambre dans la forteresse.

Il ne restait donc que Saint-Mars. Ce dernier était toujours gouverneur mais, usé par trente années de vie dans d'abominables prisons, il était au bord du tombeau. Il ne sortait presque plus de ses appartements, marchant plié en deux en s'appuyant sur une canne, continuellement tremblant et bavant. Trois-Sueurs comprit qu'il n'avait aucune chance de l'approcher.

Mais ils apprirent aussi que, incapable d'assurer le gouvernement de la prison, Saint-Mars en confiait l'administration à deux hommes : le lieutenant du Junca, un officier réputé droit et intègre, et son propre neveu, M. de Formanoir, fils de son frère, simple jardinier, car Saint-Mars, d'origine roturière, était garde du corps avant de devenir gouverneur de Pignerol. Formanoir était une véritable fripouille dont l'un des divertissements était de violer les prisonnières qui lui étaient confiées. Il en avait d'ailleurs rendu plusieurs grosses.

Formanoir intéressait Trois-Sueurs, mais il sortait rarement de la prison. Quant à M. du Junca, que pouvait-il savoir sur le masque de fer ?

Avant de s'en prendre à eux, Trois-Sueurs décida d'examiner le cadavre de ce Marchialy, ou ce qu'il en restait au bout de trois ans. Si le visage était quelque peu conservé, il pourrait peut-être y déceler une ressemblance avec une personne croisée à la cour.

Une nuit, ils pénétrèrent tous trois dans le charnier par l'étroit passage ouvrant dans la rue Saint-Paul. Le charnier se situait à l'arrière de l'église et avait quatre entrées. Celle qu'ils avaient prise, une autre par l'église, une troisième par le passage Saint-Pierre, vers la rue Saint-Antoine, et la dernière par un porche vers la rue Beautreillis.

L'endroit avait la forme d'un grand cloître dont la partie centrale était un cimetière avec un coin réservé aux suppliciés et aux prisonniers de la Bastille.

Une simple planche au nom de Marchialy indiquait la sépulture. Ils creusèrent assez profondément avant de découvrir le linceul. Trois-Sueurs descendit dans le trou et dégagea la tête, encore couverte de quelques mèches blanches, pour découvrir que le visage du cadavre avait été défiguré avec du vitriol.

La piste s'arrêtait donc là.

Le lendemain, La Garde décida d'interroger M. du Junca, mais le lieutenant du roi auprès du gouverneur habitait dans la Bastille, ce qui compliquait énormément les choses. En effet, pour pénétrer dans la forteresse, il fallait emprunter un passage gardé, en bas de la rue Saint-Antoine, qui conduisait dans une première cour entourée de bâtiments où logeaient les gardiens. De là, une voie plus étroite amenait à un pont-levis, unique entrée de la prison.

Après le pont-levis se dressait une porte de chêne ferrée, puis une grille de poutres recouverte, elle aussi, de fer. De l'autre côté de la grille se trouvait le corps de garde. Au-delà s'étendait la cour d'honneur avec, au milieu, un formidable bâtiment de trois étages : le logement du gouverneur et de l'état-major. C'est dans ce bâtiment central que vivait M. du Junca.

Il leur était évidemment impossible d'entrer là-bas pour le surprendre et l'interroger !

Heureusement, le lieutenant du gouverneur venait régulièrement souper à la *Herse d'Or*. Sans doute les cuisines de la forteresse ne valaient-elles pas celles de la célèbre hôtellerie.

Ils décidèrent donc de l'attendre chaque soir. Le mardi 1er juin, M. du Junca se présenta à l'hôtellerie pour y souper, comme à son habitude dans un cabinet privé. Il termina son repas vers dix heures du soir et rentra à pied à la Bastille.

Trois-Sueurs, Esquinette et Chiapacan le suivirent pour le rattraper devant un porche. À trois, ils le bâillonnèrent et le traînèrent dans une courette sombre où, avec une dague appuyée sur sa gorge, ils lui firent comprendre qu'il était entièrement à leur merci.

— Je vais vous poser quelques questions, M. du Junca, déclara doucement Trois-Sueurs. Si vos réponses ne me conviennent pas, vous passerez de vie à trépas dans des circonstances particulièrement douloureuses. Tentez de crier et on vous coupe la gorge. Avez-vous bien compris ?

Junca opina et Chiapacan lui ôta son bâillon, la dague appuyée malgré tout sur le cou du lieutenant du gouverneur.

— Qui a tué Mlle Knaben dans le cimetière Saint-Paul, il y a un mois ?

— Je l'ignore, coassa l'officier à demi étouffé, mais M. de Formanoir le sait peut-être...

— Expliquez-vous...

Constatant qu'il n'avait pas l'intention d'alerter le guet, Chiapacan desserra son étreinte pour que l'officier puisse parler plus librement.

M. du Junca haleta quelques secondes afin de reprendre son souffle et son sang-froid. Il prenait confusément conscience que ses agresseurs n'étaient pas de simples truands et qu'ils n'hésiteraient pas à le tuer s'il ne parlait pas. Il décida de sauver sa vie.

— Il y a un mois, un porte-clés de la prison, nommé Fontaine, entendit une personne de qualité qui, à Saint-Paul, se renseignait sur un de nos prisonniers enseveli dans le charnier. Il en a averti M. de Saint-Mars. J'étais présent ce jour-là et le gouverneur, qui est très malade, m'est apparu complètement bouleversé, terrorisé même.

« Il m'a demandé de sortir afin de rester seul avec son neveu, M. de Formanoir. C'est plus tard que j'ai appris la mort d'une femme dans le charnier Saint-Paul. Elle se nommait, en effet, Mlle Knaben. J'ai pensé que ce pouvait être celle qui se renseignait sur ce prisonnier. Mais je n'en sais pas plus, je vous le jure.

— M. de Formanoir pourrait-il être l'assassin de Mlle Knaben ? siffla Trois-Sueurs.

Junca hésita. Même s'il n'aimait pas le neveu du gouverneur, il ne voulait pas l'accuser à tort.

— Je ne sais pas, dit-il. Peut-être sait-il qui l'a tuée.

— Vous ne paraissez guère apprécier ce M. de Formanoir…

L'officier, maintenant résigné quant à son sort, releva la tête pour déclarer :

— C'est une brute qui maltraite les prisonniers et abuse des femmes dans leur cellule avec la complicité de l'aumônier. Il détourne aussi l'argent de leur nourriture. C'est un homme violent, illettré et bestial. Son oncle lui a acheté une charge de sous-lieutenant munitionnaire qu'il déshonore.

— Donc, il aurait été capable de la tuer ?

— La tuer… je ne crois pas. Abuser d'elle, certainement… Mais la tuer, non… Par contre, il fréquente toute une racaille qui aurait fort bien pu s'en charger.

Constatant la bonne volonté du lieutenant, Trois-Sueurs poussa son avantage.

— Qui est Marchialy ?

— Je l'ignore.

— Vous mentez ! L'épée d'Esquinette s'enfonça dans les reins du Junca.

— Non ! Je vous en prie, croyez-moi ! haleta-t-il en réprimant un cri de douleur. En septembre 1698, M. de Saint-Mars est arrivé à la Bastille dont il venait d'être nommé gouverneur. Il était accompagné du major Rosarges et de l'aumônier Girault. Ce sont deux scélérats avinés du soir au matin. Avec eux, dans un carrosse fermé, se trouvait un ancien prisonnier qu'il avait eu sous sa garde à Pignerol, puis aux îles Sainte-Marguerite. Ce captif, toujours masqué, n'avait pas de nom. Il devait désormais être enfermé à la Bastille, servi et alimenté uniquement par Rosarges et par M. le gouverneur.

« Le 11 novembre 1703, après une brève indisposition, ce malheureux a enfin été délivré de sa misérable vie. Je n'ai jamais vu son visage. Il a été inhumé dans le cimetière Saint-Paul sous le nom de Marchialy. Ce n'était pas son véritable nom, car j'ai découvert que le vrai Marchialy était décédé, il y a plusieurs années, à Sainte-Marguerite.

« C'est à son sujet que cette femme, Knaben, se renseignait à Saint-Paul. Je ne sais rien d'autre. Je vous le jure !

— Il n'est pas habituel qu'un gouverneur nourrisse lui-même un prisonnier, remarqua Trois-Sueurs.

— En effet, c'était sans doute un homme de qualité.

Trois-Sueurs regarda Chiapacan. La vie de M. du Junca était entre leurs mains. Dans le personnel corrompu de la Bastille, il apparaissait plutôt comme quelqu'un d'honorable. Chiapacan fit signe qu'il fallait le laisser en vie.

Ils l'abandonnèrent après l'avoir ligoté et bâillonné.

L'officier parvint à se libérer à l'aube et se rendit aussitôt auprès de M. de Saint-Mars – qu'il fit réveiller – et à qui il narra son aventure.

À son récit, le gouverneur se mit à frissonner et à geindre. Entre deux râles, le vieillard expliqua à son lieutenant qu'il était perdu si ces gens qui l'avaient questionné découvraient la vérité. Il fallait, martela-t-il dans un sanglot, avertir immédiatement M. de Chamillart et, en cas d'absence de ce dernier, prévenir son premier commis, M. Blainvilliers.

Une heure après, du Junca se présentait rue du Coq-Héron, à l'hôtel du contrôleur général des Finances, Michel de Chamillart.

Celui-ci était à Versailles, lui déclara un secrétaire, mais son premier commis, M. Blainvilliers, chargé des affaires d'État au département de la Guerre, pouvait le recevoir.

Vous allez me demander, chère lectrice et cher lecteur, pourquoi le contrôleur général des Finances s'occupait-il aussi de la guerre, un ministère habituellement dévolu à un secrétaire d'État en titre ? Tout simplement parce que le roi en avait décidé ainsi ! Michel de Chamillart cumulait en effet les anciennes charges de Louvois et de Colbert : il était contrôleur général des Finances et secrétaire d'État à la Guerre. Il avait, de ce fait, la responsabilité de la police, du Chiffre, et des services plus ou moins secrets de l'État.

Michel de Chamillart tenait ces importantes attributions non de ses compétences – qui étaient fort médiocres, sinon insignifiantes – mais uniquement de l'amitié fidèle que lui portait Mme de Maintenon, dont il avait été le directeur de la maison de Saint-Cyr.

Quant à M. Blainvilliers, son premier commis, c'était un homme étrange. Âgé de plus de soixante ans, toujours vêtu de noir, trapu et noueux comme l'exécuteur de la haute justice, sombre comme la mort qu'il côtoyait souvent, son visage grêlé, au front puissant et aux lèvres épaisses, ressemblait étonnamment à celui de feu le marquis de Louvois. Arrogant et dur, il émanait de lui une force brutale qu'il dépensait chaque jour en salle d'armes, car Blainvilliers était un redoutable escrimeur au sabre.

Il avait commencé sa carrière fort simplement, comme valet de chambre du marquis de Louvois. Taciturne et fidèle, cet homme au cou de taureau, qui ne répugnait pas à commettre de sa main les tâches les plus immondes, avait été distingué par le marquis. Sachant lire et écrire, il avait été chargé de s'occuper des prisonniers de marque.

À cette époque, la prison était un luxe. Pour un crime, même mineur, c'était d'abord le pilori, puis le fouet ou la flétrissure, ensuite les galères et l'échafaud. Mais il était des hommes que l'on ne pouvait punir ainsi, par exemple les gentilshommes, ou encore ceux qui avaient des amis puissants. Ceux-là étaient donc emprisonnés.

Le pays disposait pour ce faire d'un certain nombre de forteresses disposant de cellules, parfois même de vastes chambres ou d'appartements, comme Pignerol, Sainte-Marguerite, le Château d'If, Vincennes ou la Bastille. Ces prisons ne devant pas être confondues avec le Grand-Châtelet, la Conciergerie ou encore le Fort-l'Évêque, rue Saint-Germain-l'Auxerrois, qui ne possédaient que des culs-de-basse-fosse ou des geôles collectives dans lesquelles les prisonniers attendaient leur jugement dans d'abominables conditions de détention.

Les détenus de qualité emprisonnés changeaient parfois de forteresse, certains décédaient, d'autres arrivaient. Il y avait donc des registres à tenir pour savoir qui était où, et pourquoi il était là (encore que bien souvent, on n'en savait rien). C'est cette administration pénitentiaire qui avait été confiée à la charge de Blainvilliers. C'est lui qui était chargé de rédiger les instructions de transfert et de sûreté des captifs.

C'est ainsi qu'il avait pris connaissance du dossier d'un prisonnier particulièrement important, toujours servi par M. de Saint-Mars, et dont le visage devait rester couvert d'un masque de fer.

À la mort de Louvois, M. de Barbezieux, son fils, lui avait succédé. Sa première lettre avait été pour Saint-Mars, à Sainte-Marguerite, et c'était Blainvilliers qui l'avait rédigée :

... Lorsque vous aurez quelque chose à me mander du prisonnier qui est sous votre garde depuis vingt ans, je vous prie d'user des mêmes précautions que vous faisiez quand vous écriviez à M. de Louvois...

En 1698, M. de Barbezieux avait proposé à Saint-Mars le gouvernement de la Bastille. Celui-ci s'y était transporté avec son prisonnier :

... Le Roi trouve bon que vous passiez des îles Sainte-Marguerite pour venir à la Bastille avec votre ancien prisonnier, prenant vos précautions pour empêcher qu'il ne soit ni vu ni connu de personne...

À la même époque, M. Blainvilliers, fort apprécié de Barbezieux, avait vu ses attributions s'étendre. Il avait été chargé de la basse police pour les affaires liées à la famille royale ou aux Grands. Bref, tout ce qu'on ne pouvait confier au lieutenant général de police, M. d'Argenson. C'est d'ailleurs Blainvilliers qui recevait les rapports de M. d'Argenson, qui les analysait et qui y apportait un complément lorsqu'il jugeait que le roi – qui recevait directement ces mêmes rapports – pouvait en avoir besoin.

Avec l'arrivée de Chamillart, personnage falot et pusillanime, le premier commis était devenu peu à peu tout-puissant. Il connaissait désormais tant de secrets d'État que personne ne pouvait le contrarier ! Quant au masque de fer, c'était quasiment devenu *son* prisonnier. C'est lui, d'ailleurs, qui s'était occupé de son inhumation après sa mort. Certes, Blainvilliers ne connaissait pas son identité, mais il appliquait toujours les instructions du marquis de Louvois et de son fils : quiconque cherchait à savoir qui était le prisonnier au masque de fer devait disparaitre.

Blainvilliers était le seul à avoir ce droit de vie ou de mort.

Dans l'hôtel de Chamillart, où il vivait, et bien qu'il ne soit officiellement que l'un des six commis qui assistaient le secrétaire d'État à la Guerre, chacun le craignait. C'est la raison pour laquelle M. du Junca lui fut rapidement amené.

Le lieutenant de la Bastille expliqua à Blainvilliers les raisons de sa visite. Il raconta qu'il avait été attaqué par trois hommes qui désiraient des renseignements au sujet d'un prisonnier d'État. Il reconnut qu'il avait parlé sous leurs menaces, mais n'avait confié que ce que tout le monde savait à la Bastille. Malgré cela, le gouverneur, M. de Saint-Mars, lui avait ordonné de rencontrer le ministre sur-le-champ pour lui répéter ce qu'il avait dit, et surtout pour qu'il décrive les gens qui l'avaient attaqué.

Le premier commis ne parut pas autrement surpris par son histoire et Junca eut l'impression qu'il connaissait parfaitement M. de Formanoir et qu'il était informé de la mort de Mlle Knaben.

Aussitôt qu'il eut terminé son récit, Blainvilliers lui expliqua que M. de Chamillart étant à Versailles, ils devaient aller le rejoindre sur-le-champ.

Il fit aussitôt préparer un carrosse.

4

Depuis 1682, la cour s'était définitivement installée à Versailles. Sept à huit mille personnes y vivaient dont trois mille s'entassaient dans les deux cents appartements et les quatre cents chambres du château.

L'image du château de Versailles reste associée aux fêtes, aux ballets ou encore aux spectacles qui s'y sont déroulés ainsi qu'à cette étiquette rigoureuse et inflexible organisée et réglée par le roi lui-même. À Versailles, la journée était uniquement ordonnée autour de la personne du roi. Se succédaient ainsi le petit lever, le grand lever, la grande entrée, la seconde entrée, la messe, le dîner, la promenade, le grand couvert du soir et la cérémonie du coucher. Quant aux fêtes, c'était toujours Louis XIV qui y tenait le premier rôle.

Mais Versailles, on l'oublie souvent, c'était aussi des bureaux où travaillait une grande partie de l'administration des quatre secrétariats d'État. C'est là aussi que se déroulaient les séances de travail et les conseils, toujours sous la direction du roi.

Car, en vérité, ce n'étaient pas les fastes, l'étiquette ou les spectacles qu'aimait Louis XIV : c'était avant tout le travail ministériel, ce métier de roi qu'il jugeait *grand, noble et délicieux*.

Ce n'est pourtant qu'à la mort du tout-puissant Louvois, en 1691, que Louis XIV, âgé déjà de cinquante-trois ans, avait choisi de s'impliquer totalement dans la direction du royaume. Ce qu'on appelait alors : la *liasse*.

Il était alors devenu son propre Premier ministre ; aussi, le fait qu'un homme aussi médiocre que Chamillart occupe à la fois les anciennes charges de Colbert et de Louvois était sans conséquence pour le souverain. Chamillart n'était en vérité qu'un exécutant qui obéissait en tout à Sa Majesté.

Ce jour-là – mardi 1er juin – était le jour du Conseil des dépêches qui réunissait les secrétaires d'État. Ce conseil avait pour rôle d'examiner les rapports des gouverneurs et des intendants provinciaux. Junca et Blainvilliers durent attendre la fin de la réunion, puis celle du repas qui suivait.

Ce n'est qu'à la fin du dîner qu'ils purent, par un billet porté par un page, attirer à eux Chamillart.

Le lieutenant de la Bastille raconta sa mésaventure et constata à quel point le ministre blêmissait en l'écoutant. Ce dernier ne posa aucune question, il donna seulement l'ordre aux deux hommes de rester près de lui. Le souverain devait se promener un moment dans les jardins avec sa famille, durant l'après-midi, leur expliqua-t-il. Ils se placeraient sur le chemin du parcours royal en souhaitant que Sa Majesté les vît.

Une heure plus tard, Louis XIV, qui remarquait tout, avisa Chamillart le visage défait, Junca qu'il avait vu une fois et dont il connaissait la charge, et Blainvilliers dont il n'ignorait rien des sombres attributions. Le visage impassible, il se tourna vers Mme de Maintenon qui l'accompagnait, ainsi que vers la duchesse de Bourgogne et ses deux filles, la princesse de Conti et la duchesse de Bourbon, pour leur déclarer :

— Mesdames, veuillez m'excuser un instant.

Il fit trois pas vers Chamillart alors que les courtisans restaient en arrière, hors de portée de sa voix.

— Vous souhaitez me parler, M. le secrétaire d'État ? demanda-t-il lentement.

— En effet, Votre Majesté. Au sujet d'un... grave événement, balbutia Chamillart en baissant le ton.

Louis posa son regard sur chacun des trois hommes, remarqua leur trouble, puis inclina la tête en signe d'adhésion et déclara :

— Veuillez m'accompagner, messieurs.

Il prit lentement le chemin du château avec Chamillart à deux pas derrière, lui-même suivi du lieutenant de la Bastille et du premier commis Blainvilliers.

Une fois suffisamment éloigné de sa famille, le roi laissa Chamillart s'approcher et l'interrogea :

— Que se passe-t-il, monsieur ?

— M. du Junca, qui est le lieutenant de M. de Saint-Mars, a été attaqué hier soir, dans la nuit, par trois inconnus. Ceux-ci voulaient savoir qui était le prisonnier de M. de Saint-Mars. *Celui que vous savez.*

Le roi, toujours impavide, se tourna vers Junca :

— Qu'avez-vous fait, monsieur ?

— Ils étaient trois, Votre Majesté. Ils avaient décidé de me faire parler. J'ai dit ce que je savais, c'est-à-dire rien. Ou plus exactement, ce que tout le monde sait à la Bastille. Ils m'ont laissé la vie.

— Vous auriez pu vous taire, remarqua sévèrement le roi.

— J'aurais pu, Majesté, et ils m'auraient tué. Mais alors personne n'aurait su que ces gens s'intéressaient à ce prisonnier. J'ai jugé qu'il était plus important de leur dire ce que tout le monde savait en espérant ainsi conserver la vie afin de prévenir M. de Saint-Mars, car je sais qu'il accorde beaucoup d'importance à ce prisonnier.

Le roi eut un regard appuyé sur l'officier, avant d'opiner lentement.

— Je vous ai mal jugé, Monsieur du Junca. Vous avez de l'esprit. Reconnaîtriez-vous vos agresseurs ?

— Peut-être, Majesté, mais il faisait nuit. Ils étaient armés et paraissaient prêts à tout. C'étaient des gens hardis qui avaient l'habitude de ce genre d'entreprise.

— Répétez-moi exactement ce qu'ils ont dit, ce qu'ils vous ont demandé, ainsi que vos réponses, ordonna le roi.

Junca s'exécuta. Il parla de Mlle Knaben et de sa mort sans que le roi l'interrompe, aussi l'officier jugea que le souverain savait qui elle était. Il parla aussi de Marchialy sans que le moindre signe d'intérêt apparaisse sur le visage ridé de Louis XIV.

Le roi écouta tout en silence, après quoi il ordonna à Chamillart :

— M. le ministre, venez avec moi dans mon cabinet avec M. Blainvilliers. M. du Junca, vous pouvez retourner auprès de M. de Saint-Mars. M. de Chamillart vous fera certainement interroger plus tard.

Face aux jardins, dans le cabinet royal gardé par une vingtaine de mousquetaires, le roi interrogea Chamillart.

— Qui était cette Mlle Knaben dont a parlé M. du Junca ? Il me semble que Madame a une dame de compagnie de ce nom...

— C'est bien elle, Majesté. Elle a été assassinée dans le cimetière Saint-Paul, il y a quelques semaines.

— Qui l'a tuée ? s'enquit Louis XIV.

Chamillart parut encore plus embarrassé. Il se tourna vers son commis Blainvilliers, cherchant une aide qu'il n'obtint pas, puis à nouveau vers le roi.

— Majesté, lorsque vous avez eu la bonté de me confier la rude tâche de secrétaire d'État à la guerre, vous m'avez aussi confié une enveloppe préparée par

M. le marquis de Barbezieux[1]. Les instructions qu'elle contenait étaient très strictes et M. Blainvilliers devait m'assister lors de toute difficulté concernant ce prisonnier, de la même façon qu'il avait déjà assisté M. de Barbezieux.

Le roi, comme à regret, opina lentement.

— Il y a un mois, Mlle Knaben a commencé à s'intéresser à... M. Marchialy. Saint-Mars l'a appris et m'a informé par l'intermédiaire de M. de Formanoir, son neveu. J'ai demandé à M. Blainvilliers de s'occuper de tout avec M. de Formanoir.

Le roi se tourna vers Blainvilliers, qui avait blêmi. Il le scruta sévèrement.

— M. de Formanoir a trouvé quelqu'un qui... a fait disparaître Mlle Knaben. C'étaient les ordres posthumes de M. Le Tellier, se justifia le commis en bafouillant.

Louis XIV s'attarda longuement sur le sinistre visage de Blainvilliers. Finalement, il soupira avant de demander :

— Messieurs, attendez-moi un instant.

Il se retourna pour se diriger vers une porte encastrée dans la tapisserie. Elle ouvrait sur son cabinet privé où nul n'avait le droit de pénétrer sous peine de mort.

Là, il ouvrit un coffre encastré dans un mur avec une clef qu'il portait au cou. Il en sortit une grosse enveloppe qu'il décacheta en se dirigeant vers son bureau. Il étala sur le meuble les papiers qu'elle contenait avant de s'asseoir dans un fauteuil.

Il resta un instant songeur devant la lettre jaunie de Richelieu. Puis il examina les documents qu'avait laissés Louvois, ainsi que ceux de son fils, Barbezieux.

---

1. Le fils cadet de Michel Le Tellier, marquis de Louvois, qui avait hérité de la charge de son père.

Enfin, il regarda longuement une enveloppe cachetée aux armes des Le Tellier.

Il demeura ainsi un long moment à méditer. En vérité, à prier. Enfin, il se leva. Il replaça tous les documents dans le coffre, ne gardant que l'enveloppe au cachet des Le Tellier.

Sa décision était prise, même si elle lui répugnait et il revint dans son premier cabinet.

— M. de Chamillart, dit-il, il y a un homme qui a servi fidèlement M. le marquis de Louvois et qui me sert désormais : M. d'Alencé. Vous le connaissez ?

Chamillart opina du chef.

— Vous lui demanderez de retrouver ces trois hommes qui ont agressé M. du Junca. Seul Alencé en est capable. Vous lui communiquerez tout ce que vous savez, vous mettrez à sa disposition tous les moyens qu'il désire. M. Blainvilliers et M. de Formanoir l'assisteront. Il n'y aura personne d'autre dans la confidence, sinon des hommes de main et les gens au service d'Alencé.

« Celui-ci sait conserver un secret et n'ignore rien de l'action clandestine. Il devra retrouver ces trois hommes, apprendre qui les dirige, puis les faire disparaître. Quand vous connaîtrez celui qui les a mis en chasse, vous me communiquerez son nom.

« Si Alencé ne pouvait retrouver ces trois individus, il y a dans cette enveloppe des noms et des informations qu'a laissées M. de Louvois. M. d'Alencé ouvrira seul cette enveloppe et surveillera les personnes nommées dans ce document. Si des inconnus tentaient de les approcher, ce pourraient bien être les curieux de M. du Junca. Si c'est le cas, il les fera saisir.

« M. Voyer d'Argenson mettra tous ses services à votre disposition.

5

Joachim d'Alencé se présenta à pied à l'hôtel de Chamillart dès le lendemain matin, le mercredi 2 juin. La veille, en soirée, un laquais lui avait porté une lettre le convoquant chez le ministre le lendemain.

Alencé, qui habitait un petit appartement de la rue Quincampoix, avec une servante, une cuisinière et un valet de chambre comme domestiques, l'avait longuement lue et relue, cherchant à deviner entre les mots ce qu'on attendait de lui.

L'espion avait soixante-seize ans. Il était entré à quarante ans au service du marquis de Louvois après avoir occupé quantité de fonctions délicates, secrètes et parfois clandestines, d'abord au service de Loménie de Brienne, secrétaire d'État aux Affaires étrangères, puis dans le cabinet noir du contrôleur général des Postes, enfin auprès du chancelier Pierre Séguier. Avec eux, il avait tout appris du métier d'agent secret.

Entre 1672 et 1684, au service de François-Michel Le Tellier, il avait été chargé des affaires de la police secrète et du contre-espionnage. Il disposait pour cette activité d'un réseau d'informateurs discrets et efficaces à tous les niveaux de la société et de la cour, ainsi que d'une équipe de sicaires et de spadassins prêts à tous les crimes pour faire régner l'ordre royal.

La surintendance des Courses, Postes et Relais était à leur entière disposition pour qu'ils aient connaissance de tous les plis pouvant les intéresser.

François-Michel Le Tellier était un individu cruel et violent, sans scrupule et sans compassion. Alencé et ses hommes savaient qu'ils pouvaient tout se permettre à son service sans se voir rien reprocher. Rien ne leur était interdit pour pénétrer les réseaux d'agents étrangers ou les sociétés de ceux qui complotaient, intriguaient, médisaient ou écrivaient des pamphlets contre le roi.

Chantage, corruption, assassinat ou débauche, Alencé avait appris à jouer de tous ces instruments pour parvenir à ses fins.

Mais si l'espion était aussi apprécié de son ministre, ce n'était pas seulement pour sa brutalité et sa fidélité, c'était aussi pour sa prodigieuse habileté, car le talent et le discernement de Joachim d'Alencé étaient étonnants. À partir de presque rien, il devinait les faiblesses de ses adversaires et parvenait facilement à les mettre à bas.

La meilleure preuve de cette habileté était la couverture qu'il avait choisie. Alencé était aussi un amateur d'art au jugement très sûr. C'était à ce titre qu'il travaillait officiellement pour Le Tellier et personne ne connaissait son activité secrète de policier et d'espion. Il utilisait et affichait publiquement son savoir et ses relations pour procurer à son ministre, qui était aussi surintendant des Bâtiments, Arts et Manufactures, d'exceptionnelles œuvres d'art.

En 1684, c'est à ce titre que Louvois l'avait envoyé en Hollande. Officiellement pour rechercher des ouvrages rares et des peintures, mais en réalité pour réorganiser les réseaux de renseignement avec la Pologne et tenter de corrompre quelques bourgmestres hollandais. La guerre contre la Hollande primait tout pour le ministre, qui voulait savoir quel était l'état des forces des Bataves et l'importance de l'aide qu'ils recevaient.

C'est pourtant là-bas qu'une grande partie des agents du maître espion avaient été arrêtés, puis condamnés aux galères. Cela avait été son plus gros échec.

Rentré en France, et désormais au service du fils de Louvois, le marquis de Barbezieux, Alencé s'était battu comme un diable pour obtenir la libération de ses agents et surtout de Jacques Haguens, surnommé la *Rose de Bordeau*, son meilleur lieutenant.

Après la mort du marquis de Barbezieux, en janvier 1701, Alencé était naturellement entré au service de Chamillart, le nouveau ministre de la Guerre. Mais il ne se chargeait plus, désormais, que de la recherche d'objets d'art pour le roi. Il était trop vieux pour mener la vie d'un espion, trop fatigué aussi, mais surtout trop écrasé et torturé par les crimes qu'il avait dû commettre pour son roi.

À soixante-seize ans, le visage parcheminé et la chevelure éclaircie et blanchie, Joachim d'Alencé se demandait avec crainte ce que lui voulait le ministre. Il ne voulait pas recommencer à tuer, tant il craignait désormais d'être damné pour l'éternité.

Joachim d'Alencé fut introduit dès son arrivée dans le grand salon du ministre. Il y avait là, autour de Chamillart, assis à sa grande table marquetée, trois hommes, dont un qu'il ne connaissait pas.

Il s'inclina devant le secrétaire d'État à la Guerre, salua d'un maigre sourire Blainvilliers, qui avait plus ou moins repris sa charge d'espion et de maître des basses œuvres, eut une inclinaison de tête pour Junca, puis resta immobile devant le dernier, un individu rougeaud, aux traits d'ivrogne, aux cheveux gras et non frisés, au pourpoint taché, aux mains velues avec des ongles noircis.

Cet inconnu, qui suait le crime, la bassesse et la cupidité, lui déplut instinctivement.

— M. d'Alencé, fit Chamillart avec soulagement, je vous sais gré d'avoir pu vous libérer pour nous rejoindre. Vous connaissez déjà M. du Junca ainsi que mon commis Blainvilliers. Peut-être ne connaissez-vous pas M. de Formanoir, qui est le neveu de M. de Saint-Mars…

— J'ai en effet la chance de ne pas connaître ce monsieur, répliqua assez insolemment Alencé.

Chamillart ignora la pique, Blainvilliers eut un sursaut de désapprobation, alors que du Junca réprimait un sourire. Formanoir, lui, n'avait pas compris le mépris de la répartie.

— M. d'Alencé, assoyez-vous donc, reprit Chamillart. Il s'agit d'une affaire très grave et vous travaillerez directement sous mes ordres. Et sous ceux de Sa Majesté, évidemment.

Il s'éclaircit la voix.

— Il y avait à la Bastille, depuis dix ans, un prisonnier dont personne ne devait connaître le visage.

Alencé opina. Comme beaucoup, il connaissait l'histoire de l'homme au masque de fer, ou tout au moins les rumeurs qui circulaient.

— Seul M. de Saint-Mars connaissait cet homme emprisonné depuis 1669 sur ordre de M. le marquis de Louvois, en réalité sur ordre de Sa Majesté.

Il se tut un instant, pour préciser :

— Quiconque aurait vu le visage de ce prisonnier l'aurait payé de sa vie. C'étaient les ordres. Moi-même j'ignore qui il était et, même après sa mort – cette personne a été ensevelie à Saint-Paul, il y a trois ans –, le secret doit demeurer inviolé.

« Or, il y quelques semaines, une femme s'est renseignée. Elle a tenté de connaître le nom de ce prisonnier.

Il eut un geste fataliste de la main.

— M. de Formanoir l'a appris et m'a prévenu, à la demande de M. de Saint-Mars. Je vous l'ai dit, toute personne qui s'intéresse à ce prisonnier doit disparaître. M. Blainvilliers y a toujours veillé dans le passé. Il a donc demandé à M. de Formanoir d'agir de même pour cette personne.

Formanoir eut un hideux sourire qui dévoila quantité de chicots pourris.

— Pourrais-je savoir qui était cette personne qui posait trop de questions ? demanda Alencé impassible.

— Vous le pouvez. Il s'agissait de Mlle Knaben, une dame de compagnie de Madame.

— La mère de Mgr le duc d'Orléans ! s'étonna Alencé en haussant les sourcils.

— Je vous l'ai dit, personne n'est à l'abri des ordres du roi. Même son neveu.

Alencé réprima un frisson. Il avait entendu parler du prisonnier masqué de la Bastille, mais il n'aurait jamais pensé que le secret le concernant puisse toucher un prince de sang, ou l'un de ses proches.

— Comment vous êtes-vous... débarrassé de Mlle Knaben ? demanda Alencé à Blainvilliers en ignorant ouvertement Formanoir.

Ce fut pourtant celui-ci qui répondit en riant :

— Je m'en serais bien occupé moi-même, car la garce était foutrement jolie, mais M. Blainvilliers a voulu que ce soit un truand. Il a même interdit qu'on touche à la fille. (Il eut une mimique de désapprobation.) Je lui ai donné rendez-vous dans le charnier en lui disant que j'étais le neveu du gouverneur. Elle s'y est rendue et l'homme que j'avais recruté et qui l'attendait lui a coupé la gorge. Ça a coûté dix écus à M. Blainvilliers. Pour ma part, je n'ai pas fait grand-chose.

Alencé baissa les yeux. Il voyait parfaitement la scène. Une jeune fille stupide qui avait ouvert la porte d'un monde qu'elle n'aurait jamais dû connaître. Sans doute avait-elle des parents, des amis, un amant. Quelle était leur vie sans elle, désormais ?

— Que voulez-vous de moi ? demanda-t-il d'un ton fatigué.

Chamillart soupira :

— D'autres s'intéressent désormais à cette affaire. Ils sont trois. M. du Junca va vous raconter.

Le lieutenant du gouverneur prit la parole et raconta sobrement comment il avait été capturé un soir par trois inconnus et ce qu'il avait avoué.

— Vous ignorez qui sont ces trois hommes ? demanda Alencé.

— Tout à fait.

— Étaient-ils masqués ?

— Pas vraiment, mais ils protégeaient leur visage avec le col de leur manteau et la nuit était noire.

— Donc, vous ne pourriez les reconnaître ?

— Je ne pense pas, monsieur.

— Quel genre d'hommes était-ce ?

— Des hommes audacieux, prêts à tout. Des hommes dangereux, ne craignant pas ce genre d'entreprise. À mon avis, ils en avaient même l'habitude. Ce n'étaient pas des truands, plutôt des militaires. Des officiers, peut-être.

— Quel âge ?

— L'un m'a paru âgé, un autre était jeune, d'après sa voix. Celui qui m'a interrogé devait avoir la trentaine.

Alencé opina. Il songea aussitôt à Roque La Garde et à ses deux comparses qu'il avait déjà rencontrés alors qu'ils recherchaient des tableaux pour des maîtres différents. Tous trois correspondaient à la sommaire description de M. du Junca, et Roque La Garde était au service du duc d'Orléans. Or le duc était le fils de Madame dont on avait tué la dame de compagnie parce qu'elle s'intéressait au masque de fer. Il ne pouvait y avoir de coïncidence.

Son expression songeuse et distante n'échappa pas au ministre.

— Vous pensez les connaître ?

— Peut-être, monsieur. Il faut que je me renseigne...

Il se tut un instant, puis questionna à nouveau Junca :

— Finalement, vous n'avez parlé que de Sainte-Marguerite...

— En effet.

— C'est donc là qu'ils vont aller. Je vais m'y rendre aussi.

Chamillart opina. Cependant, si le ministre était un homme peu compétent dans les affaires de l'État, il savait parfaitement juger les hommes et il avait deviné que si Alencé était toujours aussi perspicace, il était aussi devenu, avec l'âge, trop tendre pour certaines besognes. Il lui ordonna :

— Vous emmènerez M. de Formanoir avec vous.

— J'ai mes hommes, monsieur le ministre, répliqua sèchement Alencé.

— Ce sont mes ordres, monsieur, décida Chamillart en haussant le ton. Et M. de Formanoir vous sera utile pour les besognes répugnantes. Avec lui, vous n'aurez pas à vous salir les mains.

Formanoir sourit niaisement à l'insulte.

— Soit, concéda Alencé. Mais je ne pars pas tout de suite, j'ai besoin d'en savoir plus sur ces trois hommes, de les identifier.

— Comment allez-vous vous y prendre, monsieur ? interrogea Blainvilliers avec curiosité.

— J'ai gardé des contacts avec ceux qui travaillaient pour moi, répliqua l'ancien espion en accompagnant sa réponse d'un vague geste de la main. Mais il me faudra de l'argent, beaucoup d'argent.

Chamillart glissa la main dans un tiroir de son bureau pour en tirer un gros sac de cuir :

— Il y a là cinq cents louis en or pour vos frais et pour vous.

Alencé se saisit du sac, qui était fort lourd, et demanda :

— Maintenant, supposons que je les trouve. Que dois-je faire ?

— Les capturer, les interroger, savoir qui leur a demandé de se renseigner, puis les faire disparaître. Si cela vous gène, Formanoir s'en occupera. Il a aussi l'habitude des interrogatoires difficiles. Après tout, il vient de la Bastille et il a été à bonne école auprès du questionneur !

De nouveau, Formanoir eut son hideux sourire.

— À l'inverse, imaginons que j'échoue...

— Dans ce cas, il vous restera cette carte.

Chamillart fit glisser sur son bureau une enveloppe cachetée à la cire. Alencé se pencha et la saisit :

— Ce cachet est aux armes de M. Le Tellier, s'étonna-t-il en l'examinant.

— En effet. Seul le marquis de Louvois savait ce que contenait cette enveloppe. C'est Sa Majesté qui me l'a remise. Si vous n'arrivez pas à retrouver ou à faire parler ces trois hommes, vous briserez ce cachet. Il y a des noms à l'intérieur. Les agresseurs de M. du Junca ne doivent en aucune manière entrer en relation avec les personnes nommées dans ce document. Ces gens sont peut-être morts, sinon le plus simple sera que vous les empêchiez de parler. Peut-être ont-ils laissé des enfants. Vous les interrogerez et déterminerez s'ils ont connaissance du secret du masque de fer. Si oui, vous agirez de même. Il ne doit rester aucune trace.

On le voit, Chamillart avait interprété à sa façon les ordres de son roi.

Alencé opina lentement.

— Mais si vous arrêtez l'affaire à ces trois hommes, vous me communiquerez le nom de celui qui leur a demandé de se renseigner, et vous me rendrez l'enveloppe, le sceau non brisé, pour que je la retourne au roi.

Il se tut un instant avant de reprendre.

— Voici maintenant votre laissez-passer. C'est un ordre *pareatis*[1] que j'ai signé, vous donnant le droit d'agir à votre guise au nom du roi.

D'Alencé prit le document pour le lire. Une fois déjà, Barbezieux lui avait donné un tel document. Il approuva d'un sourire. Avec ça, il ne pouvait pas perdre cette partie.

1. Lettres de la Chancellerie permettant de mettre à exécution, dans le ressort d'un parlement, un arrêt rendu dans un autre parlement ; et plus généralement de faire exécuter une sentence hors de la juridiction où elle a été rendue.

6

Une heure plus tard, Joachim d'Alencé était rentré chez lui. Il s'installa dans un fauteuil pour réfléchir à cette nouvelle mission. Ses sentiments avaient maintenant changé. Il ne pensait plus à Chamillart et à Formanoir. Après tant d'années d'inactivité dans le renseignement, ce nouveau défi – sans doute le dernier pour lui – l'excitait. La traque allait reprendre et il retrouvait peu à peu les sensations stimulantes de sa précédente vie. Il souhaitait vivement que son adversaire soit Roque La Garde. Ils s'étaient croisés plusieurs fois lors de la recherche de tableaux pour leurs maîtres respectifs, mais ils ne s'étaient qu'à peine défiés, et Alencé sentait que le combat entre eux serait rude. Cependant, il ne doutait pas de le gagner. La Garde était jeune, certes, entreprenant et intrépide, mais il n'était pas un homme de l'ombre et il manquait gravement d'expérience à ses yeux.

Oui, cette victoire serait le couronnement de sa carrière.

Il appela son valet, un nommé Planchet.

— Tu vas te rendre à la *Herse d'Or*, lui dit-il. Tu demanderas là-bas Jacques Haguens, on le surnomme la *Rose de Bordeau*. Tu lui diras de venir me trouver sans délai. S'il n'y est pas, tu demanderas à l'aubergiste de le prévenir. S'il le trouve aujourd'hui, il gagnera un écu d'argent.

La *Herse d'Or* n'était pas très loin et Haguens s'y trouvait encore – au lit – avec l'une des créatures qui y travaillaient.

Haguens était un fidèle du maître espion et se serait fait tuer pour lui. Grand, bien découplé, avec un torse puissant musclé par dix ans de galère, brun dans sa jeunesse mais désormais les cheveux blanchis, son bras droit s'ornait d'une grosse rose rouge tatouée. La cinquantaine passée, il restait séduisant malgré une mâchoire lourde, un nez brisé et des oreilles décollées. Il était en tout cas toujours recherché des femmes et, comme il ne fréquentait que les filles publiques, on l'avait surnommé la *Rose de Bordeau*.

Le valet ayant annoncé à la porte qu'il venait de la part de M. d'Alencé, Haguens abandonna sa drôlesse et se vêtit rapidement. Il enfila ses chausses, sa culotte, son gilet de velours noir, puis il glissa deux poignards sous son long pourpoint à basque.

Dix minutes plus tard, il était chez son maître.

— Nous repartons en chasse, mon ami, lui annonça Alencé sans préambule et d'un ton guilleret.

Il lui raconta alors ce qu'allait être leur mission et lui remit un peu d'argent en lui expliquant :

— Trouve nos anciens compagnons. Tu es resté en relation avec Maillart, Arpalin et Petit-Jacques ?

— Je sais où ils logent, monsieur.

— Préparez-vous à partir pour le Midi. Que Maillart s'occupe de tout. Soyez bien équipés et choisissez des montures robustes et endurantes. Nous voyagerons sans débotter. Ah ! Nous aurons aussi avec nous un nommé Formanoir. C'est une brute et un ivrogne, mais il nous est imposé. Pendant que tu t'actives, je vais retrouver quelques-uns de mes contacts au Palais-Royal. Dès que tu auras fait le nécessaire, rejoins-moi à l'*Écu d'Orléans*, le cabaret qui se trouve derrière le palais. J'aurai peut être encore besoin de toi. Et n'oublie pas que nous aurons sans doute à partir dans la nuit. Si notre adversaire est celui auquel je pense, il a désormais au moins deux jours d'avance sur nous.

Haguens considéra son chef avec un certain embarras. Cette attitude préoccupée irrita Alencé :

— Qu'y a-t-il ?

L'ancien galérien secoua négativement la tête :

— Vous m'avez dit que nous voyagerons sans débotter. Ce ne sera pas possible, à votre âge. Il vous faut une voiture.

— Crois-tu que je sois si vieux ! gronda l'ancien espion.

— Non, monsieur, mais une voiture sera plus confortable et finalement plus rapide. Nous pourrons nous reposer à l'intérieur. À tour de rôle, Maillart, Arpalin et Petit-Jacques galoperont devant pour assurer les changements de chevaux aux relais de poste.

Alencé hésita à lancer à son compagnon une repartie cinglante, mais la *Rose de Bordeau* avait raison. Il avait tout de même soixante-seize ans !

— D'accord, trouve une voiture à quatre places, très solide et fais-y atteler six chevaux. Nous serons six, mais l'un d'entre nous sera postillon et un autre conduira le cheval de tête. Un troisième passera devant pour prévenir les relais, donc quatre places seront suffisantes pour la voiture. Organise tout ça d'ici ce soir.

Il n'avait pas besoin d'en dire plus. Haguens partit aussitôt et Alencé fit chercher une chaise à porteurs par son valet.

Une heure plus tard, il se trouvait devant le Palais-Royal.

Il n'avait pas envisagé d'y entrer, car il était trop connu. Il se dirigea donc vers un sergent des chevau-légers qui se tenait dans la première cour, tout envahie de voitures, de chevaux et d'une foule de solliciteurs, d'hommes de loi, de gardes et de domestiques.

— Bonjour, monsieur l'officier, fit-il au sergent flatté d'être pris pour un officier, je recherche un mien cousin qui est valet ici. Il se nomme Lenormand. Mais je n'ose entrer dans un tel palais. Pourriez-vous m'aider à le trouver ? Il est au service de Mgr le duc. Voici un écu d'argent. Je vous le donnerai pour le boire à ma santé si vous me le ramenez rapidement. Je vous attendrai à l'*Écu d'Orléans*.

Le soldat opina, l'œil gaillard. Il ne croyait pas un mot du discours d'Alencé car il avait une longue expérience du Palais-Royal où tous les trafics, les jeux et les débauches se pratiquaient ouvertement. La police y était d'ailleurs interdite ! Il se doutait bien que ce vieux monsieur devait avoir autre chose en tête mais, pour un écu, il aurait vendu père et mère. Il vendait sa femme – qui était peu farouche – pour moins que ça aux *roués* du duc d'Orléans pour leurs soupers fins, et même quelquefois il la cédait à l'abbé Dubois.

Alencé se dirigea ensuite vers l'*Écu d'Orléans* par la rue Montpensier. Il avait hésité sur le choix du cabaret qui lui servirait de quartier général. L'idéal aurait été le *Café du Palais-Royal*, mais il y était trop connu, aussi avait-il songé au cabaret des *Trois Pigeons*, rue Saint-Roch, là où Ravaillac avait passé la nuit avant de tuer Henri IV. Seulement cette auberge était désormais bien mal famée et il avait craint que la femme à qui il souhaitait parler hésite à s'y rendre. Il s'était donc résolu pour l'*Écu d'Orléans*, un peu plus loin. C'était un café surtout fréquenté par les domestiques du palais.

Peu de temps après, un laquais d'une soixantaine d'années, en livrée chamarrée, se présenta dans l'établissement, accompagné par le soldat. Ce dernier avisa Alencé à une table et y conduisit le domestique. Ayant reçu sa pièce, il partit sans demander plus.

— Que voulez-vous encore ? demanda sèchement le laquais à d'Alencé.

Cet homme se nommait Lenormand et avait été son espion durant dix ans, non par cupidité, mais par peur, Joachim d'Alencé possédant la preuve qu'il avait empoisonné son frère pour se saisir de son héritage.

— Juste un petit service, ricana Alencé. Assieds-toi, mon ami, tu ne crains rien avec moi. Tu vas d'abord me trouver Marquise, qui doit toujours être au service de Madame, et aussi Petit-Louis. Tu me les enverras rapidement. Ensuite – et tu auras deux écus doubles pour cela –, tu te renseigneras discrètement sur un nommé Roque La Garde, qui est au service de monseigneur. Est-il en ce moment au Palais ? Que fait-il ? Il me faut tout ça avant la nuit.

L'autre grimaça un accord, car il n'avait pas le choix. Il partit.

Alencé se fit alors servir un repas, n'ayant rien avalé depuis le matin.

Il venait de terminer sa collation quand une femme mûre entra dans le cabaret. Plusieurs regards se tournèrent vers elle. Sa taille était épaisse et son manteau dissimulait son corps, mais son visage était encore beau, bien qu'alourdi par l'âge. Sa chevelure restait lourde et brillante. Elle chercha quelqu'un des yeux et il lui fit signe. Il avait reconnu Marquise, bien qu'il ne l'ait plus vue depuis quinze ans.

Marquise Fréchot avait longtemps travaillé pour lui quand elle était plus jeune. Il lui avait ensuite trouvé une place de femme de chambre auprès de l'épouse de Monsieur, le frère du roi, à la fois pour la récompenser de ses services, mais aussi pour qu'elle soit son espionne à l'époque où Barbezieux s'inquiétait des frasques du duc d'Orléans et de ses amis. Certes, Monsieur était porté vers les hommes mais, parmi ses amis, il y avait de sacrés gaillards.

À l'époque, Marquise avait vingt ans, elle était fraîche et jolie et surtout capable, entre deux draps, de soutirer n'importe quelle information à n'importe qui.

Elle s'approcha de lui en se déhanchant outrageusement.

— Joachim ! Je te croyais mort et enterré ! s'exclama-t-elle joyeusement, les mains sur les hanches dans une posture suggestive.

— Marquise ! Je te croyais flétrie à Sainte-Pélagie[1], lui souffla-t-il plus discrètement.

Elle s'assit sans façon en face de lui, écarta son manteau et se pencha vers lui, dévoilant des seins lourds qui baillaient généreusement du corsage de sa robe de taffetas isabelle.

— Que me veux-tu, Joachim ? Je suis chère maintenant, tu sais. Beaucoup trop chère pour toi.

Il lui glissa un louis d'or qu'il avait préparé. Elle écarquilla les yeux devant la pièce. La monnaie d'or était si rare !

— Et moi je suis trop vieux pour les femmes, je ne désire qu'un renseignement.

— Vas-y, fit-elle en prenant avidement le louis.

— Mlle Knaben, parle-moi d'elle.

Marquise pâlit légèrement et son visage s'affaissa.

— Je ne sais rien, répliqua-t-elle, maussade.

— Tu ne sais rien ? ricana-t-il. Moi, au moins, je sais qui l'a tuée. Et pourquoi on lui a coupé le cou. Elle était au service de la grosse Palatine ?

Voyant son air buté, il menaça sourdement :

— Je ne plaisante pas, Marquise. Tu veux qu'il t'arrive le sort de la Knaben ? Je te l'ai dit, je connais celui qui lui a tranché la gorge. Ce ne serait pas un bon amant pour toi, tu sais. Je suis pressé...

1. La prison où l'on enfermait les prostituées. La flétrissure, marque au fer rouge, était réservée aux prostituées.

Elle frissonna. Joachim d'Alencé n'avait décidément pas changé ! C'était toujours le même maître implacable et violent. Elle leva des yeux embués de larmes pour déclarer à voix basse :

— Elle cherchait des renseignements sur un homme ayant porté un masque de fer à la Bastille. Elle en avait parlé à Madame, mais Madame se moquait d'elle. J'ai surpris une fois leur conversation.

— C'est tout ?

— Oui... et non. Madame a été malade après... Je voyais bien qu'elle avait peur. Il y a un mois, elle a reçu M. de Chamillart. Elle a pleuré pendant plusieurs jours après cette visite.

— Et maintenant ?

— Elle va mieux. On dirait qu'elle a eu de bonnes nouvelles.

— C'est tout ?

— C'est tout.

— Tu connais un nommé La Garde, un fier à bras qui travaille pour Orléans ?

— Oui, un bel homme. Il me plaît, mais je n'ai jamais réussi à le séduire, sourit-elle, heureuse de changer de sujet.

— Connaît-il ta maîtresse ?

— Non, mais elle l'a reçu, il y a quelques jours, j'étais présente. Malheureusement, Madame m'a fait sortir et je n'ai pu savoir de quoi ils parlaient.

— Et depuis ?

— Je ne l'ai plus revu. J'ignore s'il est toujours ici.

Alencé médita un instant. Il était de plus en plus certain que La Garde était son homme.

— Rentre au palais et renseigne-toi. Je veux savoir où il est en ce moment. Si tu l'apprends avant la nuit, reviens me voir. Tu auras dix louis.

Elle lui fit un clin d'œil et se leva. Debout devant lui, elle eut une hésitation, puis lui fit avec cynisme :

— Pour un louis de plus, tu peux m'avoir, Joachim !

— Je suis trop vieux pour toi, Marquise. Je te l'ai dit.

Il baissa les yeux et ne la regarda pas partir.

Il resta ensuite une bonne heure à attendre. L'après-midi s'avançait, il examinait discrètement ceux qui entraient et sortaient de la taverne. Il en connaissait encore beaucoup mais, même si on le reconnaissait, on l'ignorait tant sa réputation était effroyable.

Puis un homme ridé comme une vieille pomme, amaigri et de petite taille, se présenta. Il le reconnut, c'était Petit-Louis.

Petit-Louis le vit à son tour et s'approcha de lui. Il sentait le cheval, l'urine et le crottin. Visiblement, il était toujours palefrenier aux écuries du duc.

— M. d'Alencé, fit le palefrenier en ôtant son chapeau avec respect.

— Mon cher Petit-Louis, comment va la famille ?

— Ma femme est morte, monsieur, et mon fils est entré au service de monseigneur. Il s'est marié, il y a un mois.

— Félicitations ! Tiens, voici un louis, pour qu'il s'établisse. Assieds-toi et partage ce cruchon avec moi.

Le vieil homme s'assit et attendit.

— J'ai besoin d'une information, Petit-Louis. Tu connais un nommé La Garde, au palais ?

— Oui, monseigneur. Ses amis le nomment Trois-Sueurs.

— Trois-Sueurs ? Pourquoi ? s'étonna Alencé, qui ignorait ce sobriquet.

— On dit qu'il s'agit des trois sueurs que l'on a avant de mourir, expliqua le palefrenier avec crainte.

C'est un spadassin, monsieur, un bravo. Il est au service de monseigneur pour... certaines besognes. J'essaie de l'éviter.

— Un spadassin ?

Pour la première fois, Alencé ressentit un bref frisson d'inquiétude. Se serait-il trompé sur ce La Garde ? Un homme intrépide, certes, il l'avait vu à l'œuvre dans la recherche de tableaux pour le duc. Il avait aussi remarqué qu'il portait l'épée. Mais un spadassin ? Un bravo ? Invraisemblable !

— On raconte qu'il était officier au régiment de Champagne comme batteur d'estrade, poursuivit Petit-Louis. Il est très proche de monseigneur, et aussi de M. l'abbé Dubois. Il voyage beaucoup pour eux avec ses deux parents, Chiapacan et son fils Esquinette. Toujours armés jusqu'aux dents. Une fois, son épée est tombée du fourreau aux écuries. Il y avait encore du sang dessus.

À nouveau, Alencé ressentit un désagréable frisson qu'il prit comme un avertissement.

— Comment se fait-il que je n'en aie jamais entendu parler ?

— Il a été un temps au service du duc puis il l'a quitté, il y a trois ans, pour l'état-major de M. de Villars, dans les Cévennes. Certains murmurent qu'il est huguenot et qu'il est intervenu dans les négociations avec Cavalier[1]. Il n'est de retour ici que depuis quelques mois.

— Tiens, tiens. Intéressant. Où est-il, en ce moment ?

— Il est parti, monsieur. Il y a deux jours.

— Où ?

— Dans le Midi. Vers Hyères, je crois, ou pour l'Italie.

1. Un des chefs camisards.

— Avec ses deux amis ?

— Oui. Équipés et armés. Ils étaient pressés.

— Quand sont-ils partis exactement ?

— Je m'en souviens, car j'étais à l'écurie, je sommeillais dans un coin. C'était dans la nuit de lundi à mardi. La Garde a dit à l'un des valets :

« — Nous partons à l'aube. Que les trois meilleurs chevaux de l'écurie soient prêts et sellés vers quatre heures ! Nous aurons un long voyage.

« — De plusieurs jours ? a demandé le valet.

« — Oui, nous allons vers Hyères et l'Italie.

— Voilà tout ce que je sais.

— C'est bien. Ces deux louis sont pour toi et ton fils.

Le vieillard retourna au palais et Alencé médita un moment, à la fois soulagé et satisfait. Il n'avait pas perdu la main ! Il avait eu raison depuis le début. C'est bien ce La Garde et ses amis qui s'étaient attaqués à M. du Junca. Et ils étaient au service de la Palatine ! Pourtant, son euphorie était tempérée par l'erreur de jugement qu'il craignait d'avoir commise : il avait peut-être sous-estimé La Garde. Malgré tout, ils seraient six contre trois, ce serait certainement suffisant. Cependant, il regrettait un peu de ne pas avoir retenu plus d'hommes de main. Tant pis ! Il n'avait plus le temps d'en trouver d'autres. Il fallait les rejoindre à Sainte-Marguerite le plus vite possible, sinon ils perdraient leur trace.

C'est alors que Haguens entra accompagné d'un colosse intimidant dont l'épaisse moustache blanche séparait la face entre une mâchoire carrée et un front proéminent. L'homme, qui marchait curieusement en se dandinant comme un ours, faisait le vide autour de lui. Il portait une lourde rapière au côté, une arme pourtant interdite par la police de M. d'Argenson.

Ce fier-à-bras se nommait Arpalin. Mi-truand, mi-policier, il prêtait quelquefois main-forte aux commissaires de Voyer d'Argenson dans les affaires discrètes pour lesquelles ni la justice du parlement ni le lieutenant du guet n'avaient à être informés.

Corriger un libelliste trop insolent à coups de bâton et le rendre infirme, reprendre des documents compromettants, saisir une femme trop libre pour l'enfermer dans un couvent ou convaincre un témoin de se taire étaient ses occupations habituelles.

Il avait appris ce rude métier auprès d'Alencé.

Ce dernier se leva et s'adressa à la *Rose de Bordeau* :

— Tu as la voiture ?

— Elle sera prête à la nuit. Maillart et Petit-Jacques s'en occupent. Elle nous attend à l'écurie devant la porte Saint-Antoine.

— Parfait ! Arpalin, vérifie qu'il y ait suffisamment d'armes. Nous partirons à l'ouverture des portes demain matin. Toi, Haguens, rends-toi à la Bastille et demande à voir Guillaume de Formanoir, c'est le neveu du gouverneur. Qu'il soit à l'écurie demain avant l'aube. Préviens-le que nous ne l'attendrons pas s'il est en retard.

« Nos adversaires sont partis, il y a deux jours, pour Sainte-Marguerite. Nous tuerons nos montures mais nous arriverons là-bas presque en même temps qu'eux. Je vais rester encore un moment ici où l'on m'apportera peut-être encore quelques informations. Ensuite, on se retrouvera tous chez moi.

7

La veille, dès l'ouverture des portes de la ville, à quatre heures du matin, Trois-Sueurs, Chiapacan et Esquinette étaient en effet sortis de Paris.

En pleine nuit, aussitôt terminé l'interrogatoire de du Junca, ils étaient rentrés au Palais-Royal et, comme l'avait rapporté Petit-Louis, ils avaient demandé à l'un des palefreniers qui veillaient toute la nuit de préparer leurs montures.

Les réponses de du Junca étaient fort incomplètes. Le lieutenant du gouverneur ne savait presque rien sur le prisonnier masqué. Évidemment, s'ils avaient pu interroger Saint-Mars, les choses auraient été différentes, mais c'était impossible.

Trois-Sueurs se trouvait donc devant une alternative difficile. Soit il cherchait d'abord à venger Mlle L'Enfant. Pour ça, il lui fallait se saisir de Formanoir, l'interroger, puis le châtier. Soit il poursuivait ses recherches sur le masque de fer bien que ce ne soit pas la mission que lui avait confiée la princesse Palatine.

En rentrant au Palais-Royal, il avait suffisamment pesé le pour et le contre. Il avait décidé que Formanoir pouvait attendre. Là où il était, il le retrouverait toujours. Ils allaient se rendre aux îles Sainte-Marguerite et il tenterait d'interroger là-bas des témoins de l'époque du masque de fer ou des prisonniers qui l'auraient connu et qui pourraient se souvenir de lui.

Il fit part de sa résolution à Esquinette et Chiapacan.

— Je ne vois pas comment nous pourrions interroger des prisonniers, objecta Chiapacan en maugréant comme à son habitude. À moins de nous faire enfermer avec eux !

— Ne t'inquiète pas, lui avait répondu Trois-Sueurs. Je sais comment m'y prendre !

Après être passés par les écuries, ils étaient rentrés dans leur appartement. Là, Chiapacan et Esquinette avaient préparé les bagages et les armes alors que Trois-Sueurs avait rassemblé divers papiers, encre, plumes et cachets, puis s'était rendu auprès d'un des intendants de l'abbé Dubois, qu'il avait fait réveiller, pour lui demander d'autres documents dont il avait besoin. Il avait été fort mal reçu par le plumitif mais celui-ci savait que Trois-Sueurs avait la confiance du duc et qu'il devait obéir à ses souhaits. Et surtout, il avait deviné que Roque La Garde pouvait fort bien le rouer de coups s'il n'obéissait pas. Il s'était donc exécuté.

Plus tard dans la nuit, Trois-Sueurs était rentré chez lui pour sommeiller une couple d'heures. Son oncle et son cousin dormaient déjà.

Chevauchant à bonne allure et changeant de monture à chaque relais, ils devaient mettre cinq jours pour arriver en vue des îles Sainte-Marguerite. Le soir du 7 juin, ils s'installèrent dans le petit village de Cannes, juste en face de la forteresse.

Ils prirent place dans la seule auberge et, alors que Chiapacan descendait vers les plages pour trouver un pêcheur qui les conduirait le lendemain à la première heure sur l'île principale, Trois-Sueurs et Esquinette allèrent se promener sur la grève pour examiner la forteresse.

Dès l'an mille, des moines avaient construit, sur la plus petite des îles, une tour qui devait s'agrandir progressivement au fil des siècles pour devenir un monastère fortifié consacré à saint Honorat.

Cent cinquante ans plus tôt, lors de l'invasion de la Provence par Charles Quint, les Espagnols s'étaient emparés des îlots et avaient chassé les religieux qui y vivaient. Durant leurs deux années d'occupation, ils avaient aménagé une petite citadelle sur la plus grande des îles, Sainte-Marguerite. Pourtant, à leur tour, ils en avaient été délogés et les religieux étaient revenus.

Ensuite, Sainte-Marguerite était devenue la propriété de la famille des Guise, qui avait agrandi le fort. Elle était revenue plus tard à la Couronne et le cardinal de Richelieu y avait poursuivi les travaux défensifs pour protéger la côte. Puis, à nouveau, les Espagnols s'étaient emparés de l'île et y avaient construit de nouvelles casernes et fortifications.

Enfin, le fort, devenu Fort Royal, était retourné à la France pour devenir une prison d'État. Sa garnison était désormais surtout constituée d'invalides, en général mariés, qui vivaient à demeure sur l'îlot.

En étudiant la falaise sur laquelle se dressaient les prisons, Trois-Sueurs avait annoncé à ses compagnons qu'il s'y rendrait seul. Il ne pouvait être certain que son stratagème réussirait et son échec signifierait l'enfermement à vie ou, par une grande miséricorde du roi, son exécution immédiate. Il était inutile que Chiapacan et Esquinette risquent inutilement leur vie.

Mais ils avaient refusé.

Aussi, le lendemain, aux premières lueurs de l'aube, une barque les conduisit ensemble sur l'île. La brise leur était favorable et, durant le bref trajet, ils ne quittèrent pas des yeux l'immense fort qui se dressait devant eux, sur le piton rocheux. À mesure qu'ils s'approchaient, le pêcheur qui barrait l'embarcation leur indiquait les différentes parties de la forteresse : le bâtiment du gouverneur, avec les cellules dont on apercevait les petites ouvertures grillagées le long de la muraille face à la mer, la grande terrasse, les échauguettes et enfin les casernements.

Si son plan se déroulait sans anicroche, ils seraient de retour dans l'après-midi, songeait Trois-Sueurs avec inquiétude. Sinon, leur sort ne serait guère enviable. Ils auraient même intérêt à ne pas tomber vivants entre les mains du gouverneur. La Garde avait, à cet usage, dissimulé un pistolet dans son pourpoint.

Sous les yeux inquisiteurs d'une dizaine de soldats qui surveillaient les débarquements, leur barcasse s'échoua sur la plage, à droite du Fort Royal et à proximité d'un ponton de bois. Cet embarcadère était réservé au canot du gouverneur, leur avait déclaré le pêcheur pour justifier de ne pas s'en approcher.

Trois-Sueurs sauta le premier dans l'eau pour se diriger vers un groupe de soldats qui les observait. Tous paraissaient invalides. L'un n'avait qu'une jambe et utilisait un mousquet comme canne ; à un autre la main gauche faisait défaut. La plupart portaient des cicatrices et des balafres sur le visage.

Il manquait un bras à l'officier. Trois-Sueurs le salua et lui expliqua les raisons de sa venue : il était là pour rencontrer Gabriel Mathurin, ministre protestant emprisonné dans la forteresse. Il souhaitait déposer sa requête auprès du capitaine-gouverneur des îles Sainte-Marguerite-Honorat de Lérins.

Le soldat, un bon vivant rougeaud et moustachu, éclata d'un rire bonasse, imité par ses compagnons :

— Mais, monsieur, personne ne peut rencontrer les huguenots emprisonnés ! Je pourrais même vous faire enfermer avec eux pour votre audace. Écoutez mon conseil : repartez tout de suite, ce sera meilleur pour votre santé et pour celle de vos amis !

À cette époque, la forteresse-prison abritait six ministres huguenots rentrés clandestinement en France après la révocation de l'Édit de Nantes. Ils avaient été arrêtés à Paris lors d'un prêche interdit et étaient incarcérés à vie dans des conditions effroyables imposées par le roi.

Tenus au secret le plus strict, leur seule liberté était de chanter et de prier ensemble, ce qu'ils faisaient journellement en dépit de l'épaisseur des murs. Trois d'entre eux, épuisés par les sévices corporels et le manque de nourriture, avaient déjà perdu la raison. Seul leur chef, Gabriel Mathurin, continuait à narguer ses bourreaux. Trois-Sueurs le savait. Il avait foi en ce pasteur hors du commun et il voulait l'interroger.

— Monsieur, répliqua-t-il à l'officier, j'ai sur moi une lettre de M. de Chamillart, notre secrétaire d'État à la Guerre. Le ministre serait très mécontent si vous me refusiez le droit de rencontrer M. le capitaine-gouverneur.

L'autre haussa un sourcil, frotta sa moustache et répliqua froidement en s'inclinant légèrement.

— Dans ce cas, monsieur, puisque vous insistez... mais ce sera à vos risques et périls ! Je sais que M. le gouverneur se lève tôt mais aussi qu'il est fort querelleur le matin ! Je vais vous conduire à ses appartements dans la forteresse. Vous vous débrouillerez avec lui.

— Mes compagnons pourraient attendre ici, proposa La Garde en désignant Esquinette et Chiapacan qui l'avaient rejoint. Le pêcheur qui nous a transportés nous a dit qu'il y avait un cabaret près de votre débarcadère.

— Pourquoi pas ? (L'officier retrouva sa bonne humeur.) Il y a là-bas effectivement une gargote où ils pourront boire une infâme piquette. Mais, quant à parler d'une auberge ou d'un cabaret...

Il fit signe à l'un de ses hommes :

— Conduis-les et reste avec eux. Je suppose que le pêcheur vous attend et qu'il vous ramènera ?

— En effet, je ne serai pas long.

— Qu'il aille donc boire avec eux ! Et vous, monsieur, suivez-moi.

Ils prirent un chemin qui les conduisit à un bastion défensif devant une porte monumentale. Ils la passèrent sans s'arrêter ; l'officier faisant un signe aux quelques invalides de garde qui fumaient débonnairement de longues pipes. Ensuite ils traversèrent la place d'armes en ignorant les casernements et se dirigèrent vers le plus important des bâtiments, à l'extrémité de la forteresse. Dans l'angle de celui-ci se dressait une bâtisse surmontée d'une terrasse. C'étaient les prisons.

Ils pénétrèrent dans la demeure du gouverneur par une porte ferrée sans aucune élégance et se retrouvèrent dans une médiocre salle voûtée, meublée d'un coffre et d'un simple banc. Un soldat surgit d'un passage à leur gauche.

— Pierre, expliqua l'officier, je conduis ce monsieur au gouverneur.

L'autre hocha la tête et retourna d'où il venait. Un escalier grimpait à droite et ils l'empruntèrent. Ils montèrent deux étages jusqu'à une autre porte, fort massive. L'officier frappa plusieurs fois.

Au bout d'une longue minute, un verrou grinça et un valet édenté entrebâilla l'huis. En reconnaissant l'officier, il ouvrit la porte en grand.

Le soldat expliqua au domestique que le visiteur qui l'accompagnait souhaitait rencontrer le gouverneur. Le valet s'éclipsa et revint rapidement avec un intendant, ou un commis, qui écouta attentivement la requête cette fois formulée par Roque La Garde.

Le commis, ou l'intendant, le fit passer dans un couloir en enfilade et l'introduisit dans une seconde pièce, sorte de grand salon mal blanchi à la chaux et meublé fort sommairement. Là l'officier salua Trois-Sueurs et l'abandonna. Le commis demanda à son visiteur d'attendre, ouvrit une nouvelle porte en enfilade et disparut.

Quelques minutes plus tard, Trois-Sueurs s'étant installé à la fenêtre pour étudier la cour et le bâtiment des prisons qui faisait angle avec la résidence, le commis revint le chercher. Il le conduisit par un couloir vers une nouvelle pièce. Sans doute la dernière de la résidence.

Ils entrèrent. La salle était très grande et ses fenêtres donnaient sur la mer ainsi que sur une terrasse. Elle était meublée de plusieurs fauteuils de bois, d'un coffre, d'une grande table de sapin et d'une plus petite en acajou couverte de papiers et de documents. Les murs étaient eux aussi blanchis et la seule décoration tenait en une tapisserie tendue entre les fenêtres qui représentait une chasse au sanglier.

Lamothe-Guérin, capitaine-gouverneur des îles, attendait debout, en pourpoint et culotte rouge. Épée au côté, coiffé d'une petite perruque à boucles surmontée d'un chapeau à plumet, il salua Trois-Sueurs d'un vague geste interrogateur mêlé d'un courroux peut-être simulé. Le commis était reparti et avait refermé silencieusement la porte derrière lui.

— Qu'entends-je, monsieur, vous osez souhaiter rencontrer un de mes prisonniers au secret ?

— Monsieur le gouverneur, déclara respectueusement Roque La Garde en ôtant son tricorne, j'ai ici un ordre de M. de Chamillart m'autorisant à rencontrer Gabriel Mathurin, ministre protestant emprisonné sous votre garde.

Il tendit le document qu'il avait fait fabriquer par Esquinette à partir de diverses signatures et cachets de Chamillart empruntés à l'intendant qu'il avait rencontré avant son départ de Paris. La Garde et son cousin avaient travaillé à ce faux chaque soir dans leur auberge. Le papier et les sceaux étaient maintenant plus vrais que les originaux !

Mais Trois-Sueurs savait aussi qu'une telle lettre pouvait être insuffisante et c'est la raison pour laquelle il ne souhaitait pas que son oncle et son fils l'accompagnent. L'abbé Dubois lui avait expliqué que dans les affaires d'État, le courrier disposait parfois, en plus de la lettre qu'il transportait, d'un chiffre secret, c'est-à-dire d'un code préétabli pour assurer la véracité des ordres écrits. C'était certainement le cas pour la libération ou le transfert d'un prisonnier de marque.

La Garde avait cependant jugé vraisemblable qu'aucun chiffre ne serait nécessaire pour une simple visite sans conséquence. S'il s'était trompé, il était mort ainsi que ceux qui l'avaient accompagné.

Lamothe-Guérin se saisit du pli, brisa le cachet après l'avoir examiné et, s'approchant de la fenêtre, le lut en silence.

Quand il eut terminé, il se retourna, les lèvres pincées et le visage contrarié.

— C'est tout, monsieur ?

— Oui, monsieur.

Le gouverneur le scruta longuement, comme s'il voulait pénétrer dans son esprit.

— Vous n'avez rien d'autre à me remettre ? s'enquit-il enfin.

— Non, monsieur. M. de Chamillart m'a assuré que c'était suffisant pour une simple visite.

Lamothe-Guérin resta encore un instant hésitant, mais son expression était moins hostile.

— En effet, soupira-t-il finalement. Ce cas n'est pas prévu dans le règlement de la prison.

Il retourna plusieurs fois le document pour s'assurer de son authenticité en examinant à nouveau longuement le sceau.

— Et vous seriez M. Le Sueur ? poursuivit-il. Avez-vous votre passeport ?

La Garde disposait d'un faux passeport à ce nom qu'il utilisait pour les missions que lui confiait Dubois. Il le sortit de son pourpoint et le lui tendit.

Le gouverneur l'examina, considérant son interlocuteur après chaque ligne lue. Le passeport donnait sa taille, la couleur de ses cheveux et de ses yeux.

La description correspondait parfaitement et Lamothe-Guérin inclina la tête en signe d'accord.

— Vous devez penser que je suis trop méfiant, sourit-il enfin, mais il n'y a jamais eu de visite à aucun de mes prisonniers. Je pensais même, jusqu'à présent, qu'elles étaient interdites. Je vais vous accompagner pour assister à l'entretien.

— Ce n'est pas possible, monsieur le gouverneur. Les questions que je dois poser aux prisonniers m'ont été transmises directement par M. le ministre et doivent rester secrètes.

Une ombre passa sur les traits de Lamothe-Guérin.

— Hum... Tout ceci ne me paraît guère correspondre aux usages. J'écrirai donc au ministre... Mais dans l'immédiat, puisque je n'ai pas le choix, je vais vous faire conduire.

Il tira un cordon près de la fenêtre et le commis réapparut :

— Sébastien, conduisez ce monsieur aux prisons. Il est autorisé à rencontrer les ministres de la Religion. Vous avertirez le geôlier.

Puis, se tournant vers Trois-Sueurs, il ajouta :

— Monsieur, je conserve cette lettre, vous viendrez me voir en partant pour me signer une décharge.

Trois-Sueurs hocha la tête en silence.

Le commis le ramena vers le couloir puis, de là, le conduisit vers un escalier dérobé. Ils descendirent deux niveaux pour arriver dans une salle voûtée similaire à celle où se trouvait la porte d'entrée. Elle devait communiquer avec la précédente, car le nommé Pierre s'y trouvait avec deux autres hommes. Ils jouaient aux cartes, assis autour d'un tonneau.

— Ce monsieur a l'autorisation de M. le gouverneur pour rencontrer les protestants, leur annonça le commis alors que les trois hommes interrompaient leur partie.

— Ah ! Et qui voulez-vous voir ? fit l'un d'eux, qui portait une épaisse barbe.

— Gabriel Mathurin, peut-être d'autres ensuite.

Le gardien se leva pour se saisir d'un trousseau de clefs accroché au mur pendant qu'un de ses compagnons allumait une vénérable lampe à huile avec un briquet. Il la tendit à son collègue qui fit signe à Trois-Sueurs de le suivre. Il se dirigea vers une massive porte cloutée qui se dressait sur le côté où se situaient les prisons. La serrure grinça et on le fit entrer.

Un couloir obscur courait à droite et à gauche. Le geôlier, qui tenait la lampe, prit à droite et s'arrêta devant l'avant-dernière porte. Il tira l'énorme verrou qui gémit lugubrement. Puis il introduisit une des clefs dans la serrure, donna un tour et ouvrit la porte.

— Frappez à la porte quand vous aurez terminé, décida-t-il.

Il sortit et le laissa. Le verrou grinça. Trois-Sueurs était enfermé.

La salle était assez spacieuse et aurait presque pu être confortable si elle avait été meublée et si la fenêtre n'avait pas été barrée par un triple rang de grilles qui ôtait toute luminosité.

Sur une paillasse, dans un cadre de bois, un vieillard à la longue chevelure neigeuse était allongé. Il leva une tête étonnée en découvrant le visiteur.

— M. Mathurin ? s'enquit Trois-Sueurs en s'avançant d'un pas.

— C'est moi.

— Je suis moi-même de la religion, monsieur, fit Trois-Sueurs à voix basse, et j'ai obtenu le droit de vous parler quelques instants.

L'autre eut un sourire amusé qui dévoila sa mâchoire édentée.

— C'est encore un nouveau tour de Barbezieux ?

— Barbezieux est mort, monsieur. M. de Chamillart le remplace à son ministère. Je vous supplie de me croire. Je risque ma vie en venant ici.

— Pourquoi vous croirais-je ? persifla encore le vieillard en haussant les épaules. Tout homme qui arrive ici est forcément envoyé par nos bourreaux.

— Pas moi. J'ai fabriqué un faux document pour avoir le droit de vous rencontrer. Je viens de la part d'une dame de qualité qui, elle aussi, a conservé secrètement sa religion.

Cette fois, un mélange d'intérêt et de surprise s'afficha sur le visage du prisonnier.

— Vous paraissez capable d'inventer d'étranges histoires, monsieur. Et qui serait cette dame ?

— Mme la princesse Palatine.

Mathurin parut ébranlé. Il déclara pourtant :

— La mère du duc d'Orléans ? Je n'en crois rien !

— Acceptez au moins de m'écouter un instant...

Le ministre protestant eut une moue que Trois-Sueurs comprit comme un consentement. Il s'accroupit donc par terre, devant lui.

Il commença par résumer sa vie avant de raconter la mort de Mlle L'Enfant. Il expliqua qu'elle avait été sa maîtresse et qu'il avait juré de trouver son assassin. Puis il parla longuement du masque de fer, expliquant ce qu'il savait et comment il l'avait obtenu.

L'autre écoutait, les yeux mi-clos. Quand Trois-Sueurs eut terminé, le pasteur resta silencieux un long moment.

— Enfin, il soupira :

— Personne n'aurait pu inventer un conte aussi invraisemblable. Que voulez-vous de moi ?

— Que savez-vous sur ce masque de fer ?

— Rien, je ne sais rien. Sauf peut-être des légendes qui circulent ici, que des geôliers plus charitables que d'autres m'ont racontées.

— Dites-les-moi. Je n'ai pas beaucoup de temps. En retournant à Paris, je vous promets de tenter tout ce qui sera possible pour votre libération.

— Je ne vous demande rien. Voici deux histoires que l'on m'a racontées, mais ce ne sont peut-être que des fables.

« L'homme au masque de fer était logé dans la cellule à côté de la mienne. Mais il avait droit à de l'argenterie pour ses repas. Un jour, il écrivit quelques lignes sur un petit plat, au moyen d'un clou qu'il s'était procuré, et il parvint à le jeter à travers sa fenêtre et les triples grilles. Ça n'avait pas dû être facile ! Un pêcheur trouva ce plat sur la grève et, pensant qu'il ne pouvait provenir que de l'argenterie du château, il le rapporta au gouverneur.

« — Avez-vous lu ce qui est écrit sur ce plat ? aurait demandé M. de Saint-Mars, qui était gouverneur à cette époque.

« — Je ne sais pas lire, aurait répondu le pêcheur.

« — Quelqu'un l'a-t-il vu entre vos mains ?

« — Je l'ai trouvé à l'instant même et je l'ai apporté à Votre Excellence en le cachant sous ma veste de peur qu'on ne me prît pour un voleur.

« M. de Saint-Mars aurait réfléchi un instant, puis aurait fait signe au pêcheur de se retirer :

« — Allez, lui aurait-il dit, vous êtes bien heureux de ne pas savoir lire !

— Mais qu'y avait-il d'écrit sur le plat ? demanda Trois-Sueurs.

— Je l'ignore ! Tout le monde l'ignore !

Trois-Sueurs soupira. Si c'était la seule information qu'il obtenait, tout ce voyage aurait été inutile !

Son interlocuteur perçut son désarroi.

— Ce n'est pas tout, fit-il avec un sourire ironique. Voici une autre histoire que m'a racontée un geôlier :

« L'année suivante, un moine du monastère Saint-Honorat aperçut quelque chose de blanc qui flottait sur une plage. Pour son malheur, il récupéra l'objet. C'était une chemise très fine sur laquelle, à défaut de papier, et sans doute à l'aide d'un mélange de suie et de sang, et d'un os de poulet taillé en manière de plume, le prisonnier au masque avait écrit quelques mots.

« Il avait réussi à faire passer la chemise à travers les grilles un jour de grand vent et la chemise avait volé vers le monastère.

« Mais on raconte que ce qui était écrit sur le tissu était tellement effroyable que le moine n'en parla pas et cacha la chemise.

« Quelques jours plus tard, ayant découvert que du linge manquait chez son prisonnier, Saint-Mars fit fouiller en vain toute la forteresse. Ne trouvant rien, et extrêmement inquiet, il décida d'agir de même avec le monastère de Saint-Honorat.

« Ses hommes prirent possession de l'île et passèrent les cellules des religieux au peigne fin sans rien découvrir. Saint-Mars interrogea alors chaque moine et parvint facilement à trouver celui qui avait ramassé la chemise, d'autant qu'un autre frère l'avait vu. Mais ce dernier jura avoir laissé emporter la chemise par les vagues.

« M. de Saint-Mars lui demanda alors si quelque chose était écrit dessus.

« — Je ne sais pas lire, monseigneur, avait déclaré le moine en reconnaissant effectivement qu'un court message était tracé sur le tissu.

« Malheureusement pour lui, Saint-Mars découvrit très vite qu'il mentait. Il faisait souvent la lecture des évangiles le soir. Il le fit donc transférer dans les prisons et, le lendemain, on trouva le pauvre homme mort dans son lit. On a dit qu'il avait été étranglé.

Le huguenot se tut. Il paraissait fatigué de son long discours.

— Qu'y a-t-il de vrai dans cette histoire ? lui demanda Trois-Sueurs.

— Je ne sais pas, ce n'est peut-être qu'un conte. Je pense qu'il y a toutefois une part de vérité, car je connais le nom du moine. Il se nommait frère Capitani.

— Ces événements auraient eu lieu quand ?

— Il y a vingt-cinq ans. Trente ans, peut-être.

— Et que serait devenue la chemise ?

— Peut-être l'a-t-il vraiment laissée emporter par les vagues, peut-être l'a-t-il cachée ou détruite. Peut-être l'a-t-il remise à un proche. J'ai longtemps réfléchi à cette histoire. Si j'avais trouvé un tel message, je crois que je ne l'aurais pas détruit.

— Je pourrais me rendre au monastère, suggéra Trois-Sueurs.

— En effet. Peut-être ce moine avait-il de la famille ? Un ami... je ne sais pas.

Roque se leva pour se diriger vers la fenêtre. De ce côté-là, on n'apercevait pas l'île Saint-Honorat. Il pouvait peut-être tenter sa chance. Il observa une barque gréée en aurique qui se rapprochait, suivie par une volée de mouettes.

— Qui d'autre ici pourrait me renseigner sur ce masque de fer ? demanda-t-il.

— Personne. Et même si quelqu'un sait quelque chose, il ne vous parlerait pas. Je ne pense pas que vous apprendrez plus que ce que je vous ai dit.

La barque allait accoster au débarcadère réservé au gouverneur. Des visiteurs importants ? s'interrogea La Garde.

Il se retourna pour dire au pasteur :

— Je tenterai tout ce que je pourrai pour obtenir votre libération. Mais, le roi vivant, il n'y a guère d'espoir. Priez donc pour qu'il disparaisse rapidement.

— Je ne fais pas ce genre de vœu, sourit le pasteur.

Trois-Sueurs s'accroupit à nouveau et lui saisit les mains :

— Survivez, alors ! Je vous en prie !

Puis il se leva et se rendit à la porte. Il frappa et le porte-clefs qui était derrière lui ouvrit aussitôt.

Ils regagnèrent la pièce voûtée. Le commis était toujours là, tenant une écritoire.

— En avez-vous terminé, monsieur ? s'enquit-il.

— Oui.

— Voici une décharge que m'a écrite M. le gouverneur. Il conservera votre lettre et m'a demandé de vous faire seulement signer ce document. Il m'a dit avoir trop de travail pour vous revoir.

Il lui tendit l'écritoire.

Cela arrangeait Trois-Sueurs, qui se saisit de la tablette, trempa la plume dans l'encrier et signa.

— Pierre, ordonna le commis, raccompagnez monsieur à la porte royale.

Le nommé Pierre l'abandonna devant la porte. Trois-Sueurs sortit de la citadelle pour découvrir Chiapacan qui l'attendait, le visage blême mais inexpressif.

Ignorant les soldats qui les observaient, son oncle le prit par l'épaule et lui indiqua un sentier qui devait sans doute se diriger vers les plages. Ils le suivirent un instant en silence.

— Que se passe-t-il ? demanda Trois-Sueurs doucement.

— Joachim d'Alencé vient d'arriver en barque avec cinq traîne-savates armés jusqu'aux dents. Ils seront là d'une minute à l'autre, dès qu'ils se seront expliqués avec l'officier de garde.

Il était inutile d'en dire plus. Trois-Sueurs avait déjà compris qu'ils auraient mieux fait de tuer Junca, que celui-ci avait parlé et que Chamillart avait enquêté. Par malchance, le ministre avait choisi le seul homme de Paris assez subtil pour deviner ce que lui, La Garde, allait faire : Joachim d'Alencé, l'ancien espion de Louvois.

— Peut-on rejoindre notre barque par là ?

Il désigna le sentier.

— Oui.

Ils pressèrent le pas. En marchant, Trois-Sueurs interrogea son oncle.

— Les hommes qui sont avec d'Alencé, tu m'as dit qu'ils n'étaient que cinq ?

— Oui, mais j'ai reconnu Haguens.

— La *Rose de Bordeau* ! sourit La Garde. Celui-là est effectivement dangereux. Mais Alencé se fait vieux, il aurait dû prendre plus de monde avec lui. Comment sont les autres ?

— Des canailles certainement, mais solidement armés.

— Bien.

Ils débouchèrent sur la plage alors que le groupe comprenant d'Alencé et ses hommes s'éloignait vers la forteresse par l'autre chemin. Esquinette apparut à son tour. Il s'était caché dans des bosquets.

— Dès que j'ai reconnu Alencé, fit-il à son cousin, j'ai envoyé mon père te chercher et j'ai demandé au pêcheur de rejoindre sa barque.

Ils partirent aussitôt. Les soldats qui les observaient n'intervinrent pas. Pourquoi l'auraient-ils fait, d'ailleurs ?

— Nous retournons à la côte ? demanda le pêcheur alors que la voile se gonflait.

— Non, nous allons à Saint-Honorat. Débarquez-nous le plus près possible du monastère.

— On nous verra, remarqua Esquinette à mi-voix. Alencé nous retrouvera facilement.

— Je sais, lui répondit son cousin, mais je n'ai plus le temps de finasser. Je tiens peut-être la seule piste. Vous guetterez et si vous voyez sa barque arriver, vous me préviendrez. Je vais brusquer les choses. De toute façon, il va perdre un peu de temps à s'expliquer avec le gouverneur.

Discrètement, il fit signe à ses deux compagnons de vérifier les amorces des pistolets qu'ils avaient apportés. Dans une pochette de cuir, sous un banc de la barque, se trouvait aussi sa carabine. Il vérifia une nouvelle fois qu'elle était chargée. L'affrontement serait peut-être nécessaire mais, sur Saint-Honorat, il n'y aurait qu'eux et Alencé avec ses gens. Ils seraient trois contre six. Une partie presque égale, sans soldats pour intervenir.

Chiapacan plissa des yeux et eut un petit sourire. Il avait compris.

La brise étant favorable, ils abordèrent assez près de l'abbaye dans un concert de criaillements des mouettes. Deux novices se tenaient à l'extrémité du ponton sur lequel la barque accosta. Les moines s'avancèrent vers eux, étonnés de cette visite d'inconnus.

— Conduisez-moi à l'abbé ! ordonna Trois-Sueurs avec hargne. Je suis ici sur ordre de M. de Chamillart, ministre de la Guerre.

L'un des cisterciens, troublé par ces mots, bredouilla :

— Notre père abbé est à Grasse. Voulez-vous voir le prieur ?

— Soit, fit Trois-Sueurs. Dépêchons-nous !

Le novice le précéda. Esquinette et Chiapacan restèrent sur place.

— Si la barque d'Alencé arrive, nous devons être prêts, murmura Chiapacan à son fils. Prenons les armes et plaçons-nous là-bas. Il désigna un mur à l'écart. Nous emmènerons notre marin et le novice, qu'ils le veuillent ou non. Il nous faudra tuer Alencé et tous ses hommes quand ils débarqueront. J'utiliserai la carabine à deux coups, toi les pistolets. Ensuite, ce sera l'arme blanche. Il ne faut en aucun cas qu'ils puissent retourner à Sainte-Marguerite.

Esquinette opina, le visage grave.

Trois-Sueurs et le novice passèrent l'entrée, puis traversèrent un cloître et, par une fraîche galerie, rejoignirent une salle capitulaire. Le moine murmura quelques mots à un frère qui le fit entrer dans une seconde pièce sombre et voûtée en ogive.

Là, à une table travaillait un homme âgé. Chauve, il portait des bésicles et resta interdit en voyant entrer Trois-Sueurs.

Celui-ci fit signe au moine de sortir, puis déclara abruptement :

— Mon père, pardonnez ma brutalité, mais je suis pressé. Je suis ici sur ordre de M. de Chamillart. Il y a de ça vingt ou trente ans, un de vos moines, le père Capitani, a été conduit à Sainte-Marguerite sur ordre de M. de Saint-Mars.

— En effet, je m'en souviens, mais c'était il y a si longtemps ! J'étais cellérier à cette époque. Que se passe-t-il ?

— Je dois retrouver la famille de cet homme ainsi que ses amis et ses proches. En avait-il ?

— Je ne saurais vous dire exactement, monsieur. Je l'ai peu connu. Mais il avait en effet une sœur. Je m'en souviens bien, car elle habitait Mougins. Dans la rue des Orfèvres où l'on battait monnaie au Moyen Âge pour notre abbaye. Je m'étais rendu là-bas plusieurs fois avec lui, voir notre notaire, et je sais qu'elle venait parfois le visiter ici.

— Qui d'autre connaissait-il ?

— Personne, en tout cas à ma connaissance.

— Merci, mon père. Le ministre sera satisfait de vos réponses.

Il tourna le dos et sortit, laissant le prêtre à la fois intrigué et rassuré. Il avait deviné quel genre d'individu était son visiteur, avec cette rapière et ce visage sans expression. Un homme pour qui la vie des autres ne compte guère. Un policier peut-être, un sbire du ministre, sans doute.

8

Trois-Sueurs revint avant que la barque d'Alencé n'apparaisse.

— Nous retournons à Cannes, ordonna-t-il au marin. Pouvez-vous éviter de repasser devant Sainte-Marguerite ?

— Oui, monsieur, on fera le tour par l'est. Avec ce vent, ce sera même plus rapide.

Peut-être que d'Alencé n'a pas deviné la direction que nous avons prise, tenta de se rassurer Trois-Sueurs. Peut-être a-t-il abandonné. Mais en son for intérieur, il en doutait.

À Cannes, ils reprirent leurs chevaux, ainsi que quelques bagages qu'ils avaient laissés à l'auberge. Ils galopèrent ensuite jusqu'à Mougins.

Mougins est un petit village fortifié sur une hauteur, non loin de la mer. Le chemin qui y conduisait était bordé de nombreux moulins. Le petit bourg était ceinturé par une enceinte percée de quelques portes fortifiées. La plus fréquentée était la porte des Sarrasins qui ouvrait sur la place de l'église avec son clocher adossé aux remparts.

Quelques vieux se chauffaient là au soleil. L'arrivée de trois cavaliers armés les surprit et les inquiéta ; leur prévôt était absent.

Bien vite, pourtant, la politesse de Trois-Sueurs les rassura.

L'un des vieillards lui montra la rue des Orfèvres, où l'on battait monnaie au Moyen Âge pour l'abbaye de Lérins. C'était une venelle qui partait justement de la place où ils se trouvaient. Il lui indiqua aussi la maison d'Anne Capitani.

Ils attachèrent leurs montures à l'un des anneaux scellés dans le mur de l'église fortifiée.

— Monte là-haut, fit Trois-Sueurs à Esquinette en désignant le clocher. Si Alencé arrive, tu le verras de loin. Chiapacan, tu surveilleras la rue et tu garderas les bêtes.

Ils avaient l'habitude de ce partage des tâches et s'exécutèrent aussitôt. Trois-Sueurs se dirigea vers la petite maison que le vieillard lui avait indiquée. Une vigne poussait sur la façade.

La porte était ouverte et il entra dans une pièce minuscule, très fraîche, qui servait de cuisine. Un escalier montait à l'unique étage. Il y avait dans la cuisine une vieille femme sur un banc, une autre plus jeune – assez jolie – et un petit enfant qui jouait sur le sol en babillant.

En voyant entrer cet homme en gris, armé, botté et éperonné, les deux femmes eurent une fugitive expression d'inquiétude qui disparut quand Trois-Sueurs leur sourit. Lorsqu'il souriait ainsi, toute dureté s'effaçait de son visage. Le démon devenait un ange. Il ôta son chapeau avec respect.

— Mesdames, l'une d'entre vous est-elle la sœur du père Capitani ?

— C'est moi, dit la plus âgée. De nouveau, elle eut une expression de crainte. Et voici ma petite-fille, Marie.

— Je suis désolé de m'imposer ainsi, madame. Je me nomme Roque La Garde et je suis officier de Mgr le duc d'Orléans. Pourrais-je vous parler seule ?

La vieille hésita. Mais elle devait se douter des raisons de la venue de cet homme car elle accepta d'un mouvement de tête.

— Marie, peux-tu attendre un moment dehors ? demanda-t-elle.

— Ne vous éloignez pas, lui ordonna Trois-Sueurs. Un de mes compagnons surveille la rue. Il peut y avoir du danger. Gardez votre enfant près de vous.

La jeune fille blêmit et sortit.

— Que se passe-t-il ? demanda la vieille dans un gémissement. Laissez ma petite-fille tranquille !

— Je suis désolé de ce qui va arriver. Il s'agit de votre frère. D'autres hommes sont après moi mais, rassurez-vous, ils ne s'attaqueront ni à vous ni à votre famille. Je les empêcherai.

— Mon frère est mort, monsieur, trembla-t-elle.

— Je sais, et savez-vous pourquoi, madame ?

Elle ne répondit pas et baissa les yeux.

— Je vais donc vous dire la vérité, mais peut-être la connaissez-vous déjà. Il avait trouvé une chemise qui flottait sur l'eau. Pour son malheur, il l'a vue. Cette chemise avait été jetée par un prisonnier au secret à Sainte-Marguerite. Le gouverneur de la prison a interrogé tous les moines du monastère de Saint-Honorat et votre frère a dû reconnaître avoir vu la chemise.

« C'était un secret mortel. Personne ne devait le connaître. Le gouverneur l'a transféré à la prison et il l'a fait étrangler.

Elle resta silencieuse, mais Trois-Sueurs distingua les larmes qui coulaient sur ses rides.

— Saviez-vous tout cela, madame ?

— Oui, murmura-t-elle.

— Madame, j'ai besoin de savoir ce qui était écrit sur la chemise. Votre frère vous l'a-t-il dit ?

— Quelle importance ? Mon frère est mort, monsieur ! sanglota-t-elle.

— Les gens qui me suivent, madame, ont ordre de faire disparaître tous ceux qui connaissent cette histoire. Dites-moi ce que vous savez et je vous protégerai, ainsi que votre petite-fille. Mais je n'ai guère de temps avant qu'ils n'arrivent.

— Puis-je vous croire ? murmura-t-elle.

— Vous avez ma parole, d'ailleurs ce sont mes ennemis.

Elle soupira, mais resta silencieuse.

— Je vous en conjure, madame, le temps presse ! supplia-t-il. Ceux qui sont derrière moi seront là sous peu. Ils n'agiront pas comme moi, ils vous feront parler. Pensez à votre petite-fille !

Elle leva vers lui des yeux embués de larmes.

— Ça fait si longtemps. Quand mon frère a trouvé ce morceau de tissu, après l'avoir lu, il m'a écrit. Le cellérier qui venait régulièrement à Mougins m'a porté sa lettre. C'est la dernière que j'ai reçue.

— Que disait-il dans cette lettre ? Y avait-il ce qui était écrit sur la chemise ?

— Il y avait plus, monsieur. Venez avec moi.

Elle se leva difficilement de son escabeau et se dirigea vers l'escalier. Trois-Sueurs la suivit.

En haut, la chambre ne contenait qu'une paillasse et un coffre vermoulu. Le volet était fermé mais quelques trous dans le bois permettaient d'y voir un peu. La vieille femme souleva un coin de la paillasse et sortit un chiffon.

— Dans la lettre, il y avait la chemise. Je vous la donne mais je ne veux plus rien savoir.

Trois-Sueurs prit le tissu jauni qui sentait le moisi et s'approcha de la fenêtre. Il ouvrit le volet et déplia le tissu. Sur la chemise était écrit avec une sorte d'encre violette délavée et en grosses lettres :

Eustache Dauger.
Par pitié, sauvez-moi.

Eustache Dauger... Le prisonnier s'appelait donc ainsi ? Ce nom ne lui disait rien. Encore qu'il connaissait à la cour un Louis Dauger de Cavoye, le grand maréchal des logis du roi, l'ami de Sa Majesté. Avait-il un rapport avec le masque de fer ? C'était improbable.

Auraient-ils fait tout ce chemin pour un inconnu ? Il entendit quelqu'un courir dans la rue. Il poussa le volet et se pencha, c'était Esquinette :

— Une dizaine de cavaliers arrivent au galop, cria-t-il en apercevant son cousin à la fenêtre. Filons !

— Non, décida Trois-Sueurs. Ils sont capables du pire, ici. Nous allons les attendre et régler cette affaire une fois pour toutes. À quelle distance sont-ils ?

— Encore loin. Mais ils seront là d'ici dix minutes.

Trois-Sueurs se retourna. La vieille femme le regardait avec inquiétude.

— Je garde cette chemise, fit-il. Pouvez-vous vous cacher quelque part ? Il ne faut pas rester dans cette maison.

— Chez ma fille ? C'est un peu plus loin.

— Parfait. Emmenez votre petite-fille. Ne vous inquiétez plus. Je vais m'occuper de ceux qui viennent.

Il l'aida à descendre et ils sortirent ensemble dans la rue. Chiapacan était avec la petite-fille et avait l'enfant dans ses bras qui lui tirait la moustache. Le vieux brigand grimaçait et son fils, qui tenait les brides des trois chevaux, riait à gorge déployée.

— Emmenez votre grand-mère chez votre mère, ordonna Trois-Sueurs à Marie. Ne sortez pas pendant une heure ou deux même si vous entendez des coups de feu. Chiapacan, va attacher les chevaux à l'abri et rejoins-nous. Avec Esquinette, nous allons voir si on peut s'installer dans la tour.

Il y avait toujours les vieux sur la place qui échangeaient quelques mots, inquiets de cette agitation insolite.

— Rentrez chez vous, leur dit Trois-Sueurs en passant devant eux. Il va y avoir bataille.

Ils se dirigèrent vers la porte des Sarrasins. Au pied de la porte, une tour carrée adossée tout contre servait de prison et de cabinet de travail pour le prévôt. La porte en était ouverte et la seule cellule était vide. Un escalier en pierre montait sans doute sur le chemin de ronde ruiné. Trois-Sueurs et Esquinette grimpèrent les marches quatre à quatre. Une poterne desservait le chemin crénelé dont la plupart des merlons étaient effondrés. Le chemin de ronde surmontait encore la porte, mais ensuite n'avançait plus que de quelques toises sur la courtine. Au-delà, c'étaient les toits des maisons qu'on avait bâties sur la muraille même. Ils pourraient s'y dissimuler facilement.

On pouvait voir la mer. Le chemin qui menait à Mougins serpentait jusqu'au rivage, passant devant les moulins à huile. Trois-Sueurs distinguait maintenant les cavaliers qui avançaient au trot. Ils commençaient à gravir la route pentue qui conduisait au village. Alencé était donc allé au monastère, songea Trois-Sueurs avec un peu de dépit. Et il avait obtenu la même information que lui.

Il devina qu'il ne le lâcherait pas. Il fallait en finir une bonne fois.

Il regarda en bas des courtines. Devant, et à l'extérieur de l'enceinte, s'étalait une sorte de placette pentue avec deux fontaines et un abreuvoir. Juste en face de la porte, et à l'angle du chemin, se dressaient quelques maisons serrées les unes contre les autres, toutes adossées à un moulin. De là descendait un chemin très raide que les habitants appelaient *Roumpe Cuou*. Il n'y avait aucun autre endroit que la courtine où ils pourraient se cacher pour les surprendre. De toute façon, ils n'avaient plus le temps de finasser.

Trois-Sueurs jugea qu'Alencé et sa troupe pouvaient arriver par-là ou par la gauche, mais ils passeraient ensuite forcément par la porte Sarrasine. Ils s'arrêteraient donc devant la placette, peut-être y feraient-ils boire leurs chevaux. C'était finalement le meilleur endroit pour une embuscade.

— Je me placerai ici, derrière ce merlon encore debout. Il y a une meurtrière d'où je pourrai les surveiller, décida Trois-Sueurs. Toi – il désigna l'escalier qui montait au sommet de la tour carrée – tu t'installeras au sommet des marches. Je tirerai le premier quand ils seront devant la porte. Tu t'occuperas uniquement des fuyards. Essaie de toucher les chevaux. Ce serait bien qu'il y ait un ou deux survivants chez eux. Surtout Alencé.

— Ils se rapprochent, cousin, remarqua Esquinette.

Ils redescendirent chercher fusils et carabines. Les quelques villageois qui étaient sur la place avaient disparu.

Trois-Sueurs expliqua à Chiapacan ce qu'il avait décidé.

— Tu resteras en bas, de l'autre côté de la porte, à l'intérieur du village. Dans cet angle, tu les verras mais eux ne te verront pas puisque tu seras dans l'ombre. Aussitôt que j'aurai tiré, montre-toi et tente de prendre un ou deux survivants. J'ai besoin de les faire parler. Ton fils abattra les chevaux des fuyards, s'il y en a.

Trois-Sueurs prit la carabine de La Reynie et monta à nouveau sur le rempart. Il s'installa contre un mur tandis qu'Esquinette s'était déjà placé avec une carabine et un fusil au sommet de la tour carrée.

L'attente ne dura guère.

Le martèlement des chevaux se fit entendre, puis cessa. Ils arrivaient par la gauche.

Trois-Sueurs risqua un œil par la meurtrière. Le groupe s'était arrêté à quelques dizaines de toises de la porte, au coin du pâté de maisons. Joachim d'Alencé redoutait visiblement un piège.

Ils étaient encore trop loin, trop bien abrités. Trois-Sueurs savait que la carabine de La Reynie, imprécise, n'était redoutable qu'à très courte distance. S'il tirait maintenant, la plupart seraient certainement touchés mais en réchapperaient, et ils pourraient s'enfuir. Il fallait qu'ils s'approchent. Mais allaient-ils le faire ?

Il examina la troupe. Finalement, ils n'étaient que six. Alencé les avait sous-estimés en ne demandant pas l'aide de quelques soldats. Trois-Sueurs eut un sourire carnassier.

Alencé s'était prudemment placé à l'abri contre un arbre. Non loin de lui, Trois-Sueurs reconnut les oreilles décollées de Jacques Haguens, qu'il avait aperçu lors de leur dernière mission pour le duc. Haguens était avec Alencé quand l'espion avait réussi à acheter les Véronèse avant lui.

Un peu en avant, s'exposant dangereusement, se trouvait un individu corpulent et rougeaud, au visage couperosé d'ivrogne. Plus à l'écart, il y avait trois autres canailles toutes bien équipées et cuirassées en buffle. Il les connaissait de vue, ayant déjà croisé leur chemin. En particulier il reconnut l'épaisse moustache blanche d'Arpalin. Il jugea que c'était eux qu'il devait toucher en premier. Mais s'il tirait maintenant, à cette distance, Esquinette n'arriverait pas à abattre les chevaux des autres et Alencé pourrait s'enfuir. Son sourire s'effaça. Allaient-ils se rapprocher ?

— Qu'attendons-nous ? cria insolemment l'un des traîne-savates, un rouquin au visage grêlé par la petite vérole.

— C'est moi qui commande, Petit-Jacques, déclara Alencé d'une voix glaciale. Ce silence ne me plaît guère. La Garde pourrait bien nous surprendre.

— Ah ! vous avez peur. C'est vrai que vous n'êtes qu'un marchand de tableaux, ironisa le gros au teint d'ivrogne, et plus bien jeune ! Nous irons donc seuls ! Blainvilliers m'a dit que je commandais ici autant que vous. Vous autres – il se tourna vers les trois qui attendaient : Maillart, Arpalin, Petit-Jacques – suivez-moi !

Arpalin regarda Alencé, attendant son accord. Trois-Sueurs ne perdait rien des yeux.

Finalement, après quelques secondes d'hésitation, mais rassuré par l'absence de bruit, Alencé opina lentement du chef.

Formanoir sortit son épée et leur cria :

— Il faut trouver cette femme ! Forcez les maisons et faites parler les habitants. Le butin et les filles sont pour vous !

D'un violent coup d'éperon, il lança son cheval au galop, aussitôt suivi par les quatre autres hommes, enflammés par l'idée du pillage. Même Haguens avait perdu toute prudence à l'idée du forcement des filles. Seul Joachim d'Alencé ne bougea pas.

Alors qu'ils allaient franchir la porte, Trois-Sueurs se leva calmement et l'enfer se déclencha. La fusillade dura une demi-minute et les vingt-cinq projectiles de la carabine de La Reynie déchirèrent les chairs des cinq hommes et de leurs chevaux.

Mais à peine Alencé avait-il vu Trois-Sueurs, debout sur la courtine, qu'il avait compris et tourné son cheval. Il s'enfuyait quand la balle d'Esquinette toucha sa monture qui s'effondra.

Chiapacan sortit à son tour, deux pistolets aux mains. Sur la placette, ce n'était que sang, gémissements et hennissements des chevaux couchés et mourants. Les cinq hommes étaient tous touchés plus ou moins gravement. Haguens était coincé sous son cheval qui l'avait protégé. Son épaule était brisée et saignait d'abondance. Il avait les yeux ouverts et regardait tristement Chiapacan. Maillart et Petit-

Jacques étaient morts. Arpalin râlait de souffrance. Le dernier des blessés, le gros rougeaud, se releva sur un genou. Il avait la figure déchirée et paraissait désemparé. Il s'écroula aussitôt. Ses bas étaient rouges de sang. La mitraille lui avait déchiré le bas-ventre et les cuisses.

Chiapacan jugea qu'aucun des survivants ne pouvait saisir une arme. Il resta à les surveiller, attendant tranquillement son fils et son neveu.

Celui-ci arriva, suivi d'Esquinette. Tous deux tenaient un pistolet à silex à la main. Trois-Sueurs considéra brièvement les blessés sans avoir pour eux la moindre compassion et se dirigea vers Alencé. Ce dernier n'avait pas été meurtri dans la chute de son cheval. Il s'était relevé et attendait calmement. Il n'avait même pas tenté de prendre un pistolet ou son épée, ayant compris qu'il était arrivé au bout du chemin.

Trois-Sueurs s'arrêta à quelques pas de lui.

— Vous n'auriez pas dû me suivre, M. d'Alencé.

L'espion de Louvois grimaça un sourire mais ne répondit pas. Il sentait qu'il s'était luxé l'épaule et la douleur arrivait maintenant par vagues.

— Qui est Eustache Dauger ? demanda abruptement Trois-Sueurs.

Alencé ouvrit grand les yeux et parut surprit :

— J'ignore ce nom.

— Vous savez au moins qui est celui qui a crié : « Blainvilliers m'a dit que je commandais ici autant que vous. »

— En effet, il se nomme Guillaume de Formanoir.

— Le neveu de Saint-Mars ? Le violeur de la Bastille ?

— Je vois que vous connaissez sa réputation, M. La Garde, sourit faiblement Alencé en s'inclinant légèrement.

— Il aura du mal désormais à engrosser les prisonnières, remarqua Trois-Sueurs avec un rictus.

Alencé sourit, cette fois plus franchement.

— Ce M. Blainvilliers qui vous envoie est-il le commis de Chamillart ?

Silence.

— C'est donc bien lui. Et derrière Chamillart, qui y a-t-il ?

Silence.

— Vous allez vider vos poches devant moi, fit Trois-Sueurs.

— Et si je refuse ?

— Je fouillerai votre cadavre.

Alencé sortit quelques papiers qu'il lui tendit.

Trois-Sueurs s'approcha et s'en saisit. Il y avait le passeport de l'espion, une lettre ouverte et une seconde cachetée par un sceau rouge.

Il demanda à Esquinette qui était à deux pas :

— Surveille-le.

Il glissa le pistolet à silex qu'il tenait à la main dans son justaucorps puis ouvrit la lettre non scellée : c'était l'ordre *pareatis* signé par Chamillart donnant le droit à Joachim d'Alencé d'agir à sa guise au nom du roi.

C'était donc bien Chamillart qui était derrière tout ça. Il glissa la lettre dans une poche. Il la montrerait à Dubois et au duc. Ensuite, il retourna l'autre document plusieurs fois. Le sceau n'avait pas été brisé. Ce document était très vieux. Vingt ans, trente ans ? C'est alors qu'il reconnut le cachet des Le Tellier. Plus exactement, celui du marquis de Louvois. Il le brisa et déplia la feuille jaunie. Elle contenait ces lignes :

Connaît le secret :
Louis Fronsac, marquis de Vivonne,
Et peut-être :

Gaston de Tilly, Pierre Fronsac, fils de Louis et Aurore La Forêt.

Château de Mercy, à une lieue de Chantilly, près de l'abbaye de Royaumont

— Qui vous a remis ce papier ? demanda Trois-Sueurs à Alencé.

— Croyez-vous que je vais vous répondre ? À mon âge ? Je me flatte de ne jamais avoir trahi mon maître, sourit Alencé.

— Quel âge avez-vous M. d'Alencé ?

— Soixante-seize ans.

— J'aimerais vivre aussi vieux. Mais ce genre d'affaire n'est plus de votre âge. Savez-vous ce que contient ce papier ?

— Non, il était scellé et vous venez de l'ouvrir devant moi.

— Mais pourquoi l'aviez-vous ? Il y a des noms écrits dessus...

Trois-Sueurs médita un instant.

— Quand deviez-vous vous en servir ?

Silence.

— Je suppose que vous deviez l'ouvrir uniquement si vous ne nous retrouviez pas. Et alors, vous deviez aller voir les gens nommés dans ce papier.

Au visage d'Alencé, il sut qu'il avait vu juste.

— Que deviez-vous leur faire ? Les interroger pour me retrouver ? Je ne les connais pas... Non, c'est pour autre chose...

Il ressentit un frisson en voyant qu'Alencé baissait les yeux.

— Vous deviez les faire disparaître... comme Mlle Knaben !

Alencé opina doucement en gardant les yeux vers le sol. Pour la première fois de sa vie, il se sentait fatigué et honteux de lui-même.

Quelle confiance pouvait-il avoir dans cet homme ? songea La Garde. C'était un espion qui avait passé sa vie à mentir et à tricher. Il ne pouvait le laisser vivre, décida-t-il.

Puis il se dit que, dans son genre, Alencé avait toujours été un fidèle. Fidèle au roi, fidèle aux Le Tellier. Finalement, il n'était pas très différent de lui, qui était le féal de Philippe d'Orléans.

Quelle importance cela avait-il qu'il vive ou non ? Sauf s'il avait tué sa maîtresse...

— Connaissiez-vous Mlle Knaben ? demanda-t-il.

Alencé releva la tête.

— Non, mais je sais qu'on l'a assassinée.

— Qui ? Formanoir ?

— Formanoir a payé un truand pour qu'il la tue, mais les ordres étaient venus de plus haut.

La douleur dans son épaule se faisait de plus en plus vive. Il grimaça.

— Croyez-moi si vous voulez, mais je ne l'aurais jamais assassinée. Elle posait des questions sur un secret oublié, auxquelles elle n'aurait jamais obtenu de réponses. Elle n'était pas dangereuse mais ils se sont affolés. Ils ont commis une erreur. Une faute même puisque vous êtes intervenu.

— Qui, *ils* ?

— Vous le savez maintenant : Blainvilliers, Chamillart...

Sa voix resta en suspens et La Garde en prit conscience.

— Quel est ce secret ?

— Je l'ignore, sinon qu'il concerne un homme au masque de fer. Qui était-il ? Pourquoi était-il emprisonné ? Je ne sais. Et je ne veux pas le savoir. Ceux qui l'ont su sont morts. Chamillart lui-même ne le sait pas.

— Qui le sait ?

— Sa Majesté, souffla-t-il.

— Rentrons, décida Trois-Sueurs en regardant Esquinette. Prends-lui ses armes et tout ce qu'il transporte.

Il ajouta à l'attention d'Alencé :

— Débrouillez-vous comme vous pourrez, Alencé. Je ne crois pas que les gens de ce village, après avoir entendu Formanoir se réjouir de violer leurs femmes, vont bien vous accueillir. Je vous fais grâce, mais ne croisez plus jamais mon chemin.

Il revint vers Chiapacan. Haguens et Formanoir étaient assis par terre. Accablés, choqués, ruisselants de sang de multiples blessures, mais dont aucune ne paraissait mortelle. Arpalin était mort, vidé de son sang. Un cheval hennissait encore faiblement.

La Garde s'approcha de Formanoir. Il sortit son épée. Formanoir se mit à pleurer et à trembler, ses larmes se mêlant au sang qui coulait de son front. Une balle lui avait arraché une partie du cuir chevelu.

— Pitié, murmura-t-il en fermant les yeux.

Trois-Sueurs lui cingla une joue avec sa lame, laissant une marque écarlate.

— J'aurais dû vous tuer pour Mlle Knaben, Formanoir. Je le ferai si je vous retrouve à Paris.

Dix minutes plus tard, ils galopaient sur la route de la capitale.

9

Alors même que Trois-Sueurs l'interrogeait, Joachim d'Alencé avait remarqué une charrette dans le moulin à huile, à quelques pas de là. Il était persuadé que Roque La Garde allait le tuer mais il ne pouvait s'empêcher d'échafauder un plan.

À peine Trois-Sueurs eut-il prit la route qu'il courut à Haguens.

— Il y a là une charrette, souffla-t-il. Il faut l'acheter, ainsi que les chevaux, et partir avant que les villageois ne sortent. Soit ils nous écharperont, soit ils nous remettront à leur prévôt, et je n'ai plus aucun papier pour nous justifier. Si nous restons, nous serons pendus.

Haguens n'arrivait pas à se relever. Il avait la jambe brisée. Formanoir restait prostré. Alencé s'approcha de Petit-Jacques, qui faisait partie des morts. Il saisit son épée et glissa le fourreau dans son habit, à la place du sien qu'avait pris Esquinette. Puis il ramassa un des fusils au sol, vérifia l'amorce et revint aider, difficilement à cause de la douleur de son épaule, la *Rose de Bordeau* à se lever. Appuyé sur le fusil et sur son chef, Haguens parvint à faire quelques pas. Ils se dirigèrent vers le moulin.

— Ne me laissez pas ! supplia Guillaume de Formanoir.

Alencé ne se retourna pas, aussi le neveu de Saint-Mars se mit debout.

Il les rejoignit en boitillant. Il se tenait le bas-ventre et souffrait le martyre.

Avec le silence, plusieurs personnes étaient sorties du moulin et les regardaient dans un mélange d'inquiétude et de haine. Alencé fit à l'un d'eux – le meunier d'après son habit – de son ton le plus autoritaire :

— J'achète votre charrette et un cheval. Aidez-nous !

— Il faut attendre le prévôt, répliqua l'homme en plissant les yeux. Il insista en montrant le carnage : Il y a tant de morts !

— Vous les ensevelirez. Je suis un policier.

Il fouilla sa poche, mais Esquinette lui avait tout pris. Même sa bourse, qui contenait plus de deux cents louis !

Mais Alencé prévoyait toujours de faire face à l'adversité. Il sortit son épée et coupa la doublure de son vêtement. Elle contenait dix louis d'or qu'il remit au meunier.

— Il y a là plus de deux cents livres. Largement le prix de votre cheval et de la charrette.

Le bonhomme accepta et empocha l'argent, finalement content de les voir partir. Pour le prix, il aida même les blessés à monter en voiture. Alencé prit la direction de Grasse.

Ils y arrivèrent dans la nuit. Joachim d'Alencé fit réveiller le lieutenant criminel et sut le convaincre. Un chirurgien vint enfin les soigner.

Il réduisit la fracture de Haguens, soigna l'épaule d'Alencé et retira plusieurs balles dans les cuisses et le bas-ventre de Formanoir. Mais ce dernier ne serait plus jamais un homme.

Le lendemain, une voiture confortable escortée par six soldats les emmena à Paris. Huit jours plus tard, ils entrèrent dans la ville en début de matinée, après avoir dormi dans une auberge à une lieue de la capitale. Alencé laissa Haguens chez lui, sa jambe serrée dans une attelle. Puis, il se rendit directement à l'hôtel de Chamillart avec Formanoir.

Blainvilliers les reçut aussitôt. Formanoir ne pouvait marcher qu'avec un laquais qui le soutenait aussi ; alors avant même d'avoir entendu leur récit, le commis devina qu'ils avaient échoué. Son ministre avait eu tort de demander à ce d'Alencé, trop vieux, de s'occuper de cette affaire. C'est lui qui allait désormais s'en charger.

Alencé raconta ce qui s'était passé, parla longuement de Roque La Garde en expliquant qui il était, puis annonça qu'il se retirait de l'affaire. Formanoir, défiguré, fit de même.

— Rendez-moi la lettre de M. Le Tellier, gronda Blainvilliers.

— Je ne l'ai plus, monsieur. Ce La Garde me l'a prise.

— Vous n'êtes décidément plus bon à rien ! le cingla le premier commis. M. le ministre sera très mécontent de vous.

Il les congédia avec mépris.

Chacun d'eux prit une chaise à porteurs pour rentrer chez lui. Ils se quittèrent sans un mot. Ils ne s'étaient d'ailleurs quasiment pas parlé durant tout le voyage.

Formanoir rentra à la Bastille. Il avait une jambe très abîmée et boiterait toute sa vie. Il avait le bas-ventre déchiqueté. Son visage était défiguré par une balle et le coup de lame de Trois-Sueurs. Il devait quitter Paris peu après.

Alencé rentra chez lui et retrouva Haguens. Son épaule bien bandée ne lui faisait plus mal.

Midi carillonnait. Sa décision était prise depuis longtemps.

Ce même jour, trois hommes étaient en vue de l'abbaye de Royaumont. Un peu plus tôt, un paysan leur avait indiqué la route du château de Mercy :

— Le château de M. le président ? avait-il demandé alors que Trois-Sueurs le questionnait.

— C'est ça ! avait répondu Trois-Sueurs au hasard.

— Vous tournez à l'abbaye, vous suivez la rivière et vous prendrez le chemin avant le second pont. Il conduit au château. Mais si vous venez de Paris, vous auriez fait plus vite en passant par Luzarches.

À l'abbaye, ils obliquèrent donc à droite, sur un petit chemin bien empierré qui longeait l'Ysieux.

Au bout d'une vingtaine de minutes, ayant passé un premier pont, ils en aperçurent un second qui franchissait la rivière. Un vieil homme pêchait. Trois-Sueurs arrêta sa monture pour l'examiner, puis il s'approcha de lui.

— Salut, compère, fit-il. Connais-tu un château de Mercy ?

Le vieillard le considéra les yeux mi-clos. C'était un homme étonnant, qui avait certainement plus de soixante-dix ans. Son visage était couvert d'une épaisse barbe blanche et ses cheveux flottaient au vent sur son dos. Trapu, large d'épaules, avec de longs bras entièrement velus de poils blancs, il était vêtu d'une chemise déchirée et d'un pantalon trop court, laissant voir des jambes tout aussi velues que ses bras. Trois-Sueurs eut l'impression d'avoir en face de lui une tarentule géante si âgée qu'elle était devenue monstrueuse. Les dents du pêcheur, longues et jaunes, accentuaient cette abominable ressemblance.

La vieille araignée géante ne répondit pas.

Trois-Sueurs remarqua alors le baudrier, posé sur une pierre, et sur lequel étaient attachés des étuis contenant quelques couteaux. Trois-Sueurs connaissait ces armes. Elles venaient de Corse, c'étaient des couteaux à lancer. Qui diable était cet homme ? Un tueur corse, ici, dans une campagne si calme ?

— Qui cherchez-vous ? demanda brusquement la tarentule avec un accent corse.

Trois-Sueurs hésita à répondre, mais il se dit qu'il n'avait rien à cacher puisqu'il ne savait rien.

— Deux hommes : Louis Fronsac et Gaston de Tilly.

— Ils sont morts et enterrés, ricana l'araignée.

Trois-Sueurs ne cacha pas son dépit.

— Pierre Fronsac et Aurore La Forêt, tu les connais ?

Le vieil arachnide ne répondit pas, mais une ombre avait traversé son regard.

— Y a-t-il une femme qui se prénomme Aurore dans ce château ? répéta Trois-Sueurs.

L'araignée géante l'observa longuement de ses yeux presque clos, puis elle opina lentement et murmura :

— Mme la marquise de Vivonne.

— Tu la connais donc, compère !

Nouveau hochement de tête.

— Pourrais-tu nous indiquer la route ?

La tarentule examina cette fois Chiapacan et Esquinette toujours à cheval. Leurs armes. Les fusils dans les étuis de la selle. L'épée à coquille de Trois-Sueurs.

— Je vais vous conduire, décida-t-il.

Il se leva avec une étonnante vivacité, ramassa son baudrier ainsi que le panier dans lequel se trouvaient quelques truites. Il saisit sa canne et se dirigea en clopinant vers le chemin bordé de mûriers sauvages et de bruyères touffues qui partait du pont.

Les trois hommes suivaient.

Au bout d'un moment, ils débouchèrent sur un grand plateau. Un beau manoir s'y dressait devant la forêt de Royaumont. Tout en pierre, en brique et au toit d'ardoise luisant au soleil couchant. Le bâtiment était récent et, plus loin vers la droite, on apercevait de grandes écuries. Quelques paysans ou jardiniers circulaient aux alentours.

Trois-Sueurs s'arrêta un instant et le vieux velu s'en rendit compte. Il se retourna.

— On nous a dit que le château appartenait au président, fit Trois-Sueurs.

— M. le marquis a été président de la cour des Aides, répondit leur guide.

Puis il reprit son chemin seul. Trois-Sueurs le laissa s'éloigner.

— Pourquoi attendons-nous ? demanda Esquinette à son cousin.

— Je veux qu'il les avertisse. Il nous faut gagner leur confiance *pour savoir*.

— Pourquoi ce président de la cour des Aides écouterait-il ce... cette sorte d'araignée ?

— Cette araignée a l'air de bien les connaître, cousin, sourit Trois-Sueurs. Et il n'est pas un simple pêcheur. Tu as remarqué ses couteaux ?

L'homme tarentule pénétra dans la grande cour du château. Les valets le saluèrent comme s'il était le maître. Il remit à l'un d'eux ses poissons et lui demanda où était la marquise.

— Dans la salle d'armes, monsieur.

— Allez chercher M. le marquis, ordonna-t-il. Qu'il nous rejoigne à la salle d'armes ! Trouvez aussi Cougourde.

La salle d'armes était au premier étage, dans l'aile de droite. Il grimpa l'escalier bien rapidement pour un homme de son âge. Entrant dans la salle, il resta un instant immobile à regarder l'assaut qui s'y déroulait.

Une femme, la cinquantaine épanouie, fort vigoureuse apparemment sous son ample robe. Les yeux vifs et clairs, la mâchoire énergique, le nez finement dessiné, elle virevoltait, un sabre à la main, autour d'un maître d'armes qui parait difficilement les coups. Soudain, elle aperçut l'homme tarentule et baissa sa garde.

— Touché, madame ! clama le maître d'armes d'une voix aigrelette.

— Ça ne compte pas, monsieur Cocardasse, déclara-t-elle en riant. J'ai été surprise. Que voulez-vous, Aragna ?

— Vous parler, madame, c'est important. J'ai demandé à M. le marquis de nous rejoindre.

— Monsieur Cocardasse, la leçon est terminée. Nous reprendrons demain puisque vous logez ici pour quelques jours.

Le maître d'armes salua et sortit.

— Que se passe-t-il ?

— Que se passe-t-il ? répéta une voix d'homme dans le dos d'Aragna.

C'était le marquis qui arrivait, un peu essoufflé car il s'était pressé.

Aragna ferma soigneusement la porte.

— Je pêchais quand j'ai vu arriver trois cavaliers au pont. Ils m'ont demandé où était le château de Mercy.

— Où sont-ils maintenant ? demanda Mme de Vivonne.

— Ils me suivaient, ils se sont arrêtés devant le château. Je crois qu'ils attendent qu'on vienne les chercher.

— C'est étonnant, reconnut le marquis dans une sorte d'embarras. Mais il n'est pas rare que nous ayons des visiteurs. Tu parais être inquiet, mon bon Aragna ?

— Ils étaient trois, monsieur. Celui qui les commandait... comment dire, j'ai connu ce genre d'homme. Un fier-à-bras trop hardi, qui n'a peur de rien. Il portait une lourde épée de bataille et savait s'en servir. Il avait aussi une carabine dans sa fonte de selle. Je n'en avais jamais vu de pareille. Son regard est prudent, perspicace, mais cependant pas cruel. Il m'est apparu aussi sûr de lui que pourrait l'être un prédateur qui sait que sa proie ne peut lui échapper.

« Il m'a dit rechercher quatre personnes. Il m'a donné ces noms : Louis Fronsac, Gaston de Tilly, Pierre Fronsac et Aurore La Forêt.

Pierre Fronsac ressentit un frisson glacial. Pour quelle raison songea-t-il aux horreurs qui s'étaient déroulées trente-cinq ans plus tôt ?

— Il a demandé après Aurore La Forêt ? demanda son épouse, interloquée. Qui se souvient de mon nom de jeune fille ?

— Ce sont les fantômes qui reviennent, madame, annonça sombrement Aragna.

Pierre opina lentement. Oui, c'était le passé qui resurgissait. Il n'en doutait pas.

— Je ne crois pas aux fantômes, déclara Aurore dans un sourire glacial. Le mieux est d'aller voir. Pierre, va chercher notre fils, François. Prenez quelques armes avec vous.

Ils sortirent. Dans la cour, le marquis et la marquise trouvèrent justement François, un solide gaillard d'une trentaine d'années. On l'avait prévenu qu'il se passait quelque chose d'anormal et les trois cavaliers qui attendaient, immobiles, à une centaine de toises faisaient plus que l'intriguer.

Un petit bonhomme nu-pieds, rond et grassouillet, dégringola de l'escalier. Tout en lui faisait penser à une poire ou, plus exactement, à un gros cornichon. Un cornichon qui aurait eu des jambes et des bras. Tout ridé aussi, un cornichon de soixante-dix ans.

Il se nommait Cougourde. Avec deux valets, il était allé chercher trois mousquets et quelques épées et pistolets dans l'artillerie. Il avait glissé à sa ceinture un pistolet à silex et un sabre de marine.

Ils sortirent de la cour. Pierre Fronsac était en tête, suivi de son épouse et de son fils. Cougourde et Aragna, ainsi que quelques valets les entouraient. Chacun tenait un pistolet. Les hommes avaient passé un baudrier à leur épaule. Ils firent quelques pas avant de s'arrêter.

Trois-Sueurs s'avança lentement vers eux, Chiapacan et Esquinette derrière lui.

À quatre toises du groupe, Trois-Sueurs ôta son tricorne et s'exprima ainsi :

— Je me nomme Roque La Garde, je suis accompagné de mon oncle Chiapacan et mon cousin Esquinette. Je suis au service de Mgr d'Orléans et je ne vous veux aucun mal.

Il se tut une seconde avant de préciser :

— Je ne sais pas vraiment qui vous êtes. Je suis venu jusqu'ici pour rencontrer M. Louis Fronsac ou M. de Tilly. Monsieur – il désigna Aragna – m'a dit qu'ils étaient morts. Je lui ai donné deux autres noms et il m'a déclaré qu'il s'agissait de M. le marquis et de madame.

— Je suis le marquis de Vivonne, fit Pierre Fronsac. Louis Fronsac était mon père, et Tilly son ami. Voici mon épouse et mon fils. Ce monsieur – il désigna la tarentule – se nomme Palamède Pescarie, mais nous l'appelons Aragna, c'est un vieux compagnon ainsi que monsieur – il désigna l'autre vieillard qui ressemblait à un cornichon – Honora Fossati.

— Votre épouse s'appelle Aurore ?

Qui était cette femme ? s'interrogea-t-il. Son teint hâlé n'était pas celui d'une dame de la cour. Elle faisait plus l'effet d'une bourgeoise de province. Il n'avait jamais observé un visage si volontaire chez une femme, et elle tenait une épée à la main !

— C'est en effet mon prénom, déclara Aurore d'un ton ironique. Je m'appelais Aurore La Forêt avant de devenir marquise de Vivonne, sourit-elle.

Elle ne se sentait pas inquiète. Aussitôt qu'elle avait vu La Garde, elle l'avait jugé. C'était un homme d'honneur. Peut-être même trop droit, trop rigoureux.

— Je vous propose de venir vous rafraîchir et

vous restaurer chez nous, suggéra-t-elle. Vous nous direz ensuite ce qui vous amène.

— J'en serai fort honoré, madame, accepta Trois-Sueurs en s'inclinant.

Dans la grande salle de réception qui occupait toute la partie centrale du château, on leur fit servir un copieux repas froid. Chiapacan et Esquinette s'y attablèrent avec appétit, car ils n'avaient rien avalé depuis Paris. Trois-Sueurs but un verre de vin et dévora une cuisse de volaille avant de déclarer :

— Monsieur le marquis, et vous madame, pourrais-je vous parler seul à seul un instant, pendant que mes compagnons terminent leur repas ?

Aurore opina et le conduisit dans un salon qui jouxtait la grande salle. La pièce était meublée d'un bureau en marqueterie, de fauteuils et de tabourets. Un grand miroir de bronze ornait un mur. Deux autres étaient tapissés et le troisième n'était qu'une grande bibliothèque.

Elle indiqua à son visiteur un fauteuil à accoudoirs dont les extrémités étaient sculptées comme des pattes de lion. Elle-même et son époux s'installèrent sur des fauteuils tapissés à haut dossier.

— Ainsi, vous êtes à Mgr d'Orléans ? demanda-t-elle.

— En effet madame, je suis chargé de lui acheter des tableaux, surtout à l'étranger. Durant ces deux dernières années pourtant, j'étais à l'état-major de M. de Villars, dans les Cévennes. Je dois vous préciser que je suis huguenot, madame, et que j'avais d'abord décidé de rejoindre mon peuple. C'est le duc qui m'a convaincu que j'aiderais mieux ma cause aux côtés de Villars.

Elle sourit, appréciant sa franchise. Peu de gens pouvaient encore se vanter d'être huguenot en France.

Mais son époux restait silencieux, maussade, visiblement inquiet et beaucoup plus méfiant qu'elle.

— Connaissez-vous Mme la princesse Palatine ? lui demanda La Garde.

— Je l'ai rencontrée une fois, répondit Pierre, je ne fréquente plus la cour. C'était au Palais-Royal.

— C'est une femme admirable. Sachant que je travaillais pour son fils, elle m'a demandé un service : trouver l'assassin d'une de ses dames de compagnie.

Aurore frissonna et devint brusquement attentive.

— Cette jeune femme, poursuivit Trois-Sueurs d'un ton égal, se nommait Mlle Knaben. Je la connaissais, et je l'avais aimée. On l'a tuée dans le charnier Saint-Paul parce qu'elle posait trop de questions.

— Trop de questions ? répéta machinalement Aurore.

— Un homme avait été enterré là, trois ans plus tôt. Un prisonnier de la Bastille. Personne ne savait qui il était ni même ne connaissait son visage, car il avait toujours porté un masque de fer.

Pierre ouvrit de grands yeux effarés. Il paraissait ne rien comprendre. Mais pas Aurore qui ne marqua aucune surprise. Trois-Sueurs comprit aussitôt à son regard impassible *qu'elle savait*.

— C'est la raison pour laquelle je suis ici, poursuivit-il. J'ai cherché les assassins de Mlle Knaben et j'ai trouvé vos noms sur un document.

Il leur tendit la lettre de Louvois.

Pierre la lut et pâlit légèrement. Il la tendit à son épouse.

— C'est le sceau du marquis de Louvois, déclara-t-il. Qui vous a remis ce papier ?

— Personne. Je l'ai pris sur un homme qui voulait me tuer. Mais c'est une longue histoire. Puis-je vous la narrer ?

Ils opinèrent.

Il raconta alors comment il avait interrogé le lieutenant du Junca, puis leur voyage à Sainte-Marguerite, au monastère, et enfin la découverte de la chemise du masque de fer, ainsi que le nom écrit dessus.

À ce nom, Pierre se leva, bouleversé.

— Dauger ? Croyez-vous qu'il s'agisse de Dauger de Cavoye ?

— Vous le connaissez, monsieur ?

— J'aurais aussi une longue histoire à vous raconter, monsieur. Mais pourquoi êtes-vous venu jusqu'ici ?

— Après avoir trouvé cette chemise, mes compagnons et moi avons dû nous défendre. Nous étions suivis depuis Paris par un adversaire redoutable ; il se nomme Joachim d'Alencé et il a fait carrière toute sa vie au service de M. de Louvois. C'était son maître espion. Bref, il y a eu bataille, il a perdu et c'est sur lui que j'ai trouvé ce document. Il possédait aussi un ordre de M. de Chamillart lui donnant toute autorité pour agir au nom du roi. La lettre de Louvois était scellée. Je pense qu'il n'avait le droit de l'ouvrir que s'il ne parvenait pas à nous retrouver. Alors, il se serait retourné contre vous. J'ignore pourquoi. Je suis seulement venu vous prévenir. Il n'a plus la lettre, il ne vous connaît pas et vous ne risquez donc rien. Mais vous devez savoir que, quelque part chez M. de Chamillart, on pourrait vous en vouloir, un jour.

Le silence se fit. Aurore et Pierre se regardèrent. Ils avaient tous deux compris que les terribles événements qu'ils avaient vécus en 1669 n'étaient pas terminés[1].

— Monsieur, déclara Pierre. Il y a de cela près de quarante ans, cette partie du château où nous nous trouvons a été brûlée par un régiment de dragons sur ordre de M. de Louvois.

1. Voir *Le Dernier secret de Richelieu*, dans la collection Le Masque Labyrinthe.

« Mon père possédait un étrange talent, celui de découvrir la vérité dans les affaires les plus embrouillées. On lui avait demandé d'enquêter sur un prisonnier de Pignerol et, à cause de ce qu'il avait découvert, on a brûlé ses biens. Nos gens – ma mère, même – ont été emprisonnés. C'est lors de cette période fort sombre que j'ai rencontré mon épouse. Son frère, au service du surintendant Fouquet, était à Pignerol, mais, pour avoir tenté de faire évader le surintendant, il avait été enfermé au château d'If, à Marseille. C'est en l'interrogeant que mon père découvrit cet effroyable secret qui attira sur nous la haine de Louvois et surtout celle du roi. Nous avions alors tout perdu et nous songions à nous enfuir en Hollande. Mais mon père, par je ne sais quel miracle, parvint à obtenir de formidables preuves et, en secret, il rencontra Sa Majesté.

« De quoi ont-ils parlé ? Je ne l'ai jamais su. Pour notre sécurité, mon père n'a jamais voulu nous divulguer ce secret. Mais au vu des documents qu'il possédait, le roi a cédé. Il a libéré nos gens et nous a rendu nos biens. Il a fait reconstruire notre château et nous a même offert un hôtel à Paris, où vit actuellement mon fils aîné.

« Sa Majesté ayant reconnu ses torts, je ne comprends pas les raisons pour laquelle cette affaire réapparaît maintenant.

La Garde se tourna vers Aurore qui prit la parole à son tour :

— Si le père de mon époux n'a jamais fait allusion à un prisonnier au masque de fer, mon frère, qui a été banni de France après avoir été gracié, m'en a parlé dans les jours qui ont suivi sa libération. Il m'a dit qu'il avait vu un tel prisonnier à Pignerol. Je suppose que ce masque de fer à l'origine de nos malheurs est le même que le vôtre.

— Certainement, mais vous avez parlé de M. de Cavoye…

L'interrogation s'adressait à Pierre qui répondit :

— Vous nous avez dit que ce prisonnier au masque de fer s'appelait, peut-être, Eustache Dauger. Or par deux fois, avec mon père, nous sommes allés à l'hôtel de M. Dauger de Cavoye. La première fois, pour châtier celui qui s'était attaqué à nos biens, un reître qui travaillait pour Louis de Cavoye. La seconde fois, mon père y a rencontré le roi. Il y a certainement un lien entre ce masque de fer et Cavoye.

— Seulement M. de Cavoye s'appelle Louis, remarqua Trois-Sueurs qui avait rencontré une fois celui que l'on surnommait *l'ami du roi*.

— C'est exact, mais il avait un frère nommé Eustache qui a disparu en 1669. Cela, je l'ai découvert tout seul.

À cet instant, on frappa à la porte. Sans attendre de réponse, Aragna entra, suivi d'Esquinette.

— Un homme vient de se présenter au château, monsieur le marquis, fit l'homme tarentule. Le compagnon de M. La Garde nous a dit de le faire saisir et de vous avertir.

— Qui est-ce ?

— Alencé, cousin, intervint Esquinette. Alencé, tout seul.

10

Joachim d'Alencé pénétra dans le salon. Il paraissait fatigué et terriblement vieilli bien qu'il soit venu en voiture ; une voiture louée à Saint-Fiacre. Esquinette et Aragna l'accompagnaient, ainsi que François Fronsac, le fils d'Aurore.

Trois-Sueurs, qui s'était levé, interrogea aussitôt l'espion, sans aucune aménité :

— Comment m'avez-vous trouvé, monsieur d'Alencé ?

L'espion de Louvois eut un sourire satisfait dans son visage ravagé.

— Ouvrir une lettre scellée, c'est mon métier, monsieur, vous devriez le savoir...

— Où sont vos amis ?

— Je suis seul. Je suis venu vous avertir, ainsi que madame et son époux. Je suppose qu'il s'agit de M. Fronsac et de Mme Aurore La Forêt ?

— Nous avertir de quoi, monsieur ? demanda Mme de Vivonne qui s'était levée.

— On croit, madame, que vous connaissez la vérité sur le masque de fer. Le roi, qui est le seul à connaître ce secret, a transmis à M. de Chamillart une lettre posthume du marquis de Louvois. Je suppose que le marquis était le gardien du secret et qu'il s'agissait d'instructions au cas où celui-ci risquerait de devenir public. Le ministre m'avait en effet demandé, si je ne retrouvais pas M. La Garde, d'en prendre connaissance, de trouver ceux qui y étaient nommés, de les faire parler... et surtout de les faire taire définitivement. J'ai décidé d'ouvrir – discrètement – cette lettre pour en connaître le contenu et l'ai fait avec d'autant plus d'intérêt qu'en l'examinant, j'ai constaté que le sceau en avait déjà été rompu.

« Je suis donc certain que Chamillart ou son commis Blainvilliers en avait déjà pris connaissance. Je suis arrivé hier à Paris avec l'un de mes hommes que M. Trois-Sueurs avait eu la bonté de ne pas tuer. M. Blainvilliers m'a déclaré que j'étais trop vieux et qu'il allait s'occuper lui-même de l'affaire. J'en ai déduit qu'il allait venir ici avec une troupe d'hommes de main et vous faire tous disparaître.

— C'est impossible, s'insurgea Trois-Sueurs en haussant les épaules. On ne peut s'attaquer ainsi au château d'un homme de qualité comme M. le marquis.

— Malheureusement, ça s'est déjà produit, intervint Pierre Fronsac, livide. Je ne peux prendre le risque de ne pas croire cet homme. Que devons-nous faire, selon vous ?

— S'il a raison, nous allons les attendre et nous battre, bien sûr, répliqua Trois-Sueurs. À moins que vous ne préfériez demander de l'aide au prévôt des maréchaux... Mais auparavant, nous devons tirer autre chose au clair. Pourquoi êtes-vous venu nous prévenir, monsieur d'Alencé ? Vous êtes pourtant au service de Blainvilliers.

— Non, monsieur. J'ai été toute ma vie au service de la famille Le Tellier, puis au service du roi. J'ai été espion pour lui, mais c'était pour la cause du royaume de France. J'ai souvent tué, mais je n'ai jamais assassiné une pauvre femme dans un cimetière parce qu'elle posait trop de questions. J'ignore quel est ce secret du masque de fer – sans doute un prisonnier de haut rang –, mais il est mort et rien ne justifie de tels crimes.

Il se tut un instant avant de baisser les yeux pour murmurer :

— Je vous l'ai dit, j'ai soixante-seize ans, j'ai peur de la mort et je souhaiterais finir ma vie plus honorablement que je ne l'ai vécue.

— Je pourrais vous croire, soupira Trois-Sueurs, mais alors dites-moi qui a tué Mlle Knaben...

— Blainvilliers a donné l'ordre. Il me l'a avoué. C'est le seul coupable.

— Qui est ce Blainvilliers ? demanda Aurore.

— C'est le premier commis de M. de Chamillart, répondit Alencé. Il est chargé des affaires d'État au département de la Guerre. Il a la main sur les affaires de basse police pouvant être, d'une façon ou d'une autre, liées aux Grands ou à la famille royale.

— M. d'Argenson accepte-t-il ça ? s'insurgea Pierre Fronsac.

— Blainvilliers complète M. d'Argenson. C'est son côté obscur. Il est entré au ministère sous les ordres du marquis de Louvois et sait beaucoup trop de choses pour que le lieutenant de police s'attaque à lui. Et Blainvilliers a le soutien du roi.

— Le connaissez-vous, monsieur La Garde ?

— Je l'ai rencontré. Il a plus de soixante ans, toujours vêtu de noir, brutal et sombre comme la mort. Au physique, c'est un mélange du marquis de Louvois et de M. Carlier[1].

— Quel genre d'homme peut faire assassiner une jeune femme parce qu'elle est trop curieuse ? s'interrogea Aurore à haute voix.

— Même si Blainvilliers a beaucoup d'affinités avec l'exécuteur des hautes œuvres, il n'assassine jamais lui-même. Pour ce qu'il croit être la raison d'État, il fait appel à quelques capitaines en rupture

1. Petit-fils de Jehan Guillaume, bourreau régent de la prévôté de Paris. Il sera remplacé en 1707 par Charles Sanson.

d'engagement. Ceux-là connaissent tous des drilles et des mercenaires prêts à tout pour une poignée d'écus. S'il a décidé de venir ici, il ne lui faudra pas longtemps pour réunir une troupe de truands.

— Vous-même êtes venu bien rapidement, observa la marquise de Vivonne avec suspicion.

— J'avais croisé MM. Fronsac et Tilly dans ma jeunesse madame, lorsque j'œuvrais pour la surintendance des postes. Je connaissais donc votre château.

Le silence se fit un instant, puis Trois-Sueurs déclara sombrement :

— J'espère que Blainvilliers va venir.

Moins d'une heure plus tard, le château était en état de siège. Tous les hommes valides avaient été armés et placés aux fenêtres. Les trente fusils et mousquets disponibles avaient été distribués, auxquels s'ajoutaient autant de pistolets. Femmes et enfants avaient été réunis, en sécurité, dans les caves.

Pierre Fronsac avait écarté l'idée d'avertir le prévôt de Senlis. D'abord, celui-ci ne les croirait certainement pas, ensuite, il arriverait sûrement trop tard.

Trois chemins conduisaient au château. Celui de l'abbaye de Royaumont, celui du village de Luzarches, qui passait par le pont, et celui qui traversait la forêt, derrière le château.

Trois groupes de deux éclaireurs s'installèrent donc le long de ces routes de façon telle qu'ils puissent voir ou entendre toute troupe arriver. Si c'était le cas, l'un des deux hommes rentrerait rapidement prévenir le marquis. Pierre avait juré que, cette fois, leur domaine ne serait pas pris par surprise.

Même si elle paraissait sincère, Trois-Sueurs craignait malgré tout que la confession d'Alencé ne cachât quelque piège, aussi l'espion de Louvois fut-il enfermé dans une chambre grillagée.

Dans le château, des tours de garde furent pris et quelques hommes se placèrent dans les greniers, d'où on pouvait surveiller assez loin. Le maître d'armes Cocardasse dirigeait ces hommes-là.

Chacun était pourtant inquiet. Certes, les défenseurs disposaient d'une douzaine d'hommes – en comptant Cougourde, Aragna et Cocardasse – capables de manier un fusil, mais la plupart ne les utilisaient que pour chasser. Avec Trois-Sueurs, son oncle et son cousin, et même en ajoutant Aurore, ils étaient moins d'une vingtaine de bons tireurs.

Dès lors pourraient-ils résister contre une cinquantaine d'agresseurs décidés à piller le château et à prendre les femmes ?

Le plan de Pierre était simple. Il fallait laisser entrer les attaquants dans la cour. Ensuite, tous ceux qui avaient été armés les fusilleraient des fenêtres. Tout dépendrait alors du succès de la première salve et de la réaction des assaillants.

Mais viendraient-ils ? Et quand ?

La nuit s'écoula sans alerte. Pourtant, le soleil n'était pas encore levé que l'un des éclaireurs arriva au galop. Une forte troupe s'approchait qui arrivait de Luzarches.

— Combien ? demanda Pierre.

— Je ne sais pas, M. le marquis, mais ils sont très nombreux. Plusieurs dizaines.

L'angoissante attente ne fut pas longue et les guetteurs aperçurent les premiers cavaliers dans l'aube naissante. Moins de cinquante mais plus de trente, jugea Trois-Sueurs avec inquiétude. Si c'étaient des hommes hardis, ils emporteraient la place.

Il s'était placé dans les écuries, à l'extérieur du manoir.

La stratégie de défense avait longuement été débattue. Les gens du château fusilleraient les attaquants entrant dans la cour mais, avec seulement trente fusils et mousquets, beaucoup ne seraient pas touchés, ou ne seraient que légèrement blessés. Il était possible qu'ils s'enfuient, mais il était encore plus probable qu'ils poursuivent leur pillage.

Trois-Sueurs avait donc prévu de s'installer dans les écuries, à l'extérieur du manoir, et dès que la fusillade commencerait, de s'approcher de la grille avec la carabine de La Reynie. En tirant sur la troupe déjà décimée, il pouvait encore mettre hors de combat dix à quinze hommes.

— Mais si certains des agresseurs restent à l'extérieur et vous aperçoivent, vous ferez une cible facile, avait remarqué Aurore.

L'objection était juste.

— Esquinette pourrait être avec moi pour me couvrir, avait proposé Trois-Sueurs après un instant de réflexion.

— Votre cousin est un des rares hommes qui sachent bien tirer. Il serait fort utile aux fenêtres, avait regretté Pierre Fronsac.

— C'est moi qui protégerai M. La Garde, avait alors décidé Aurore.

— Vous n'y pensez pas ! avait protesté son époux.

— Pierre, je pourrais rester à l'intérieur et fusiller ces marauds à bout portant, mais je ne suis pas certaine d'en être capable. Ce sera une boucherie et je déteste ça. Attendre dehors et appuyer M. La Garde, cela convient bien plus à mon tempérament.

— Mais madame, avait objecté Trois-Sueurs. S'ils vous voient...

— Je sais me défendre, monsieur, avait-elle ironisé.

— Mais ils seront armés, madame ! avait-il insisté plus sèchement.

— C'est ma décision, monsieur ! Mais si cela peut vous rassurer, je tire fort bien au pistolet. Quant à l'épée et au sabre, si nous avons le temps d'ici ce soir, je peux vous proposer un assaut en salle d'armes.

Trois-Sueurs avait fait la grimace. Cette femme allait surtout lui compliquer les choses !

Un peu avant le souper, alors qu'il vérifiait les armes de chacun, elle était venue le trouver. Elle était plus resplendissante que jamais dans une robe flottante multicolore, ses cheveux en chignon relevés sur la nuque.

— M. La Garde, avez-vous le temps pour un assaut amical ?

À contrecœur, il avait acquiescé en espérant la faire changer d'avis. Il avait quelquefois tiré l'épée avec des femmes au Palais-Royal où quelques-unes maniaient le fleuret avec dextérité, mais Mme de Vivonne, isolée dans son château de campagne, n'avait certainement aucune expérience de l'escrime. Il s'était senti désolé d'avoir à lui donner une leçon qui la fâcherait.

En salle d'armes, il lui avait tendu un des fleurets mouchetés accrochés dans une panoplie. Aurore avait alors secoué négativement la tête et choisi un sabre parmi les plus lourds.

— Je m'entraîne depuis deux ans, avait-elle expliqué. C'est une chance pour moi de pouvoir m'exercer avec un véritable duelliste.

Trois-Sueurs avait haussé les épaules et choisi une épée droite. Elle se fatiguerait encore plus vite, avait-il songé. Ils s'étaient salués et étaient tombés en garde devant leurs compagnons qui les avaient rejoints : l'époux d'Aurore, Aragna, Cougourde, Esquinette et

Chiapacan. Le maître d'armes, Cocardasse, était là lui aussi.

Elle avait attaqué soudainement avec un battement renversé du contre-tranchant qui avait surpris La Garde. Cette femme connaissait l'escrime ! Il avait reculé, rompu, puis pratiqué une rapide parade circulaire suivie d'un contre-point.

Elle avait paré et l'avait martelé d'une série de coups d'estoc et de taille d'une rare violence, ce qui l'avait forcé à nouveau à reculer.

Il avait alors contre-attaqué, cette fois sans lui laisser le temps de souffler. Puis, dans un rapide contre-dégagement, il avait pratiqué une demi-feinte et l'avait touchée à l'aine alors qu'elle tentait vainement un coup pour coup[1].

Elle s'était inclinée avec une grimace :

— Une revanche, monsieur ?

— Non, madame, mais je veux bien que vous veniez avec moi pour me protéger, avait-il souri.

Brusquement, les cavaliers chargèrent en hurlant.

Le château de Mercy était constitué d'un ancien bâtiment auquel on avait rattaché deux ailes perpendiculaires de part et d'autre du corps principal. Le quatrième côté de ce carré approximatif était constitué d'une grande grille avec un large portail. Celui-ci était resté ouvert pour laisser le passage aux assaillants. Une fois dans la cour, les agresseurs seraient donc comme dans une nasse où ils pourraient être facilement fusillés, avait prévu Pierre Fronsac.

La troupe pénétra dans la cour au galop. Les premiers sautaient déjà au sol, épée et pistolet aux poings, quand la fusillade éclata.

1. Lorsque les deux tireurs se touchent ensemble.

Ce fut un carnage. Les gens de Mercy tiraient des fenêtres et, dans un si faible espace, la plupart des balles firent mouche.

Mais si nombre de chevaux furent touchés, beaucoup des agresseurs ne furent que blessés ou légèrement atteints et les capitaines qui conduisaient la compagnie, même s'ils furent surpris, furent certains dès la fin de la salve qu'ils resteraient maîtres des lieux. Ceux qui leur avaient tiré dessus n'auraient pas le temps de recharger et de provoquer une seconde arquebusade avant que leurs hommes ne pénètrent dans les bâtiments.

La vingtaine d'hommes indemnes se précipita immédiatement vers l'escalier principal, dont la porte était close, pour tenter de l'enfoncer alors que quelques coups de pistolets se faisaient encore entendre.

Les écuries étaient à une centaine de toises du château. Trois-Sueurs avait remarqué qu'un homme était resté à l'écart. Celui-là était masqué mais, à son physique de colosse, il jugea que ce pouvait bien être Blainvilliers.

La Garde savait que, pour tirer avec la carabine de La Reynie, il devait rester immobile près d'une minute. Le commis de Chamillart pourrait alors facilement le prendre à revers. Si Blainvilliers avait un pistolet – et c'était probable – Trois-Sueurs savait qu'il serait tué. Mais il n'avait plus le temps d'hésiter, il lança sa monture vers l'entrée de la cour.

Arrivé devant la grille, il immobilisa sa jument, il épaula et tira avec la carabine.

Il avait beau être habitué, il fut épouvanté par les dommages de l'arme. Après les dix-huit coups, à peine une poignée d'hommes restait debout.

Ceux-là se regardèrent, soudainement désemparés.

— Rendez-vous et vous aurez la vie sauve ! cria Pierre de l'étage en abattant encore un homme d'un coup de pistolet.

Les assaillants jetèrent peu à peu leurs armes tandis que Trois-Sueurs se retournait pour faire face à Blainvilliers.

Le commis de Chamillart avait assisté au combat de loin. Quand il vit Trois-Sueurs partir des écuries, il l'interpréta comme un renfort tardif et inutile. Il ne bougea donc pas tout de suite. Il entendait ses hommes s'encourager au pillage et il jugea que la place allait être prise.

Sortant son sabre, il décida alors de s'approcher de cet imprudent qui se dirigeait vers la grille. Un seul coup de lame, jugea-t-il, abattrait cet importun. Il était inutile qu'il utilise le pistolet de sa fonte. Et en vérité, il aimait fort sabrer à mort.

À mi-chemin, il aperçut une autre monture, elle aussi partie des écuries, et qui se dirigeait vers lui au grand galop. Elle allait lui couper la route.

L'aube éclairait la scène et il lui apparut que le nouveau cavalier avait les traits fins d'une femme qui n'était plus dans sa première jeunesse. Une folle, jugea-t-il, car elle avait un sabre et un pistolet à la main.

C'était Aurore qui, ayant vu Blainvilliers arriver, se précipitait pour soutenir La Garde.

Ils se trouvèrent face à face. Le commis la prévint en levant son sabre :

— Madame, qu'espérez-vous ?

La lame d'Aurore frappa la sienne avec une telle violence qu'il faillit tomber de cheval. Sa bête fit un écart alors qu'Aurore tournait sa monture. Blainvilliers tenta alors de saisir son pistolet, mais Aurore lui fit signe, avec le sien, de n'en rien faire.

— C'est vous, monsieur, qui faites assassiner les femmes dans les cimetières ? jeta-t-elle à l'homme masqué.

— Qui êtes-vous ? gronda-t-il, bouffi de rage d'avoir sous-estimé une telle adversaire.

— Je suis celle qui vient venger Mlle Knaben.

Blainvilliers blêmit sous son masque de cuir, puis éperonna sa monture et tenta un coup de taille avec toute la force dont il était capable. Il allait couper cette insolente en deux !

Elle l'évita avec élégance et lui entailla la gorge d'un revers de pointe.

Déjà, Trois-Sueurs arrivait à son secours. Mais Blainvilliers avait glissé au sol, le regard vitreux. Sa gorge tranchée laissait fuir sa vie.

Aurore le regarda un instant se vider de son sang, puis elle frotta son pouce droit contre ses incisives en murmurant.

— *Ch'è tu brusgi à legne verde !*

— Comment avez-vous appris à vous battre ainsi ? fit Trois-Sueurs, interloqué.

— Mon époux vous racontera un jour, sourit-elle.

— Que lui avez-vous dit ? demanda-t-il encore en désignant Blainvilliers sur le sol.

— Brûle en enfer ! C'est du corse, monsieur.

11

— Je vous demande mon congé, fit Trois-Sueurs à Pierre alors que les gens du château transportaient les morts pour les enterrer dans une grande fosse à l'orée du bois que les sept agresseurs survivants avaient creusée. Ceux-là seraient ensuite autorisés à partir, avec les blessés, dans une carriole, à charge pour eux d'en faire ce qu'ils pouvaient.

Le marquis de Vivonne préviendrait ensuite le lieutenant du prévôt de Senlis. Ses explications seraient simples et véridiques : une bande armée avait attaqué le château et, avec ses gens, ils l'avaient décimée. Ils avaient laissé partir les rares survivants qui avaient emporté les blessés. Seul Blainvilliers serait oublié dans le récit.

— Qu'allez-vous faire ? demanda Pierre qui, le combat terminé, se sentait maintenant anxieux tant il s'interrogeait sur l'avenir : et si, après l'échec de cette troupe, le roi envoyait des dragons, comment devrait-il agir ?

— Je retourne au Palais-Royal, monsieur le marquis, répondit Trois-Sueurs. Je verrai monseigneur en arrivant et je lui dirai tout ce que je sais, c'est-à-dire pas grand-chose. Mais j'espère qu'il interviendra auprès du roi pour qu'on vous laisse tranquille ; sinon, je vous préviendrai. Je vais aussi tenter de savoir qui était Eustache Dauger, pourquoi il a été enfermé sa vie durant avec un masque de fer et s'il était parent avec Louis de Cavoye.

— Je vous accompagne au Palais-Royal, décida Aurore.

— Toi ? protesta Pierre. Mais pourquoi donc ? Qu'as-tu à faire à Paris ?

— Je ne t'ai rien caché pendant près de quarante ans, Pierre, lui dit-elle avec émotion en lui prenant les mains, et pourtant je ne t'ai jamais avoué que je connaissais la vérité sur Louis de Cavoye. Tout simplement parce que c'était la volonté de ton père.

À ces mots, Pierre parut désemparé.

— Un peu avant sa mort, reprit Aurore, ton père m'a parlé. Il m'a confié le secret du masque de fer. Il me le confiait pour nous défendre si un jour nous en avions besoin, m'a-t-il dit. Cette heure est venue.

— Quel est ce secret ? murmura Pierre.

Alors, elle le lui dévoila devant Trois-Sueurs[1].

Le duc d'Orléans les reçut en début d'après-midi. Il n'avait guère de temps, mais Trois-Sueurs avait beaucoup insisté. Dubois souhaitait être là aussi, mais La Garde s'y était opposé. L'humeur du duc était donc particulièrement désagréable et il ne cacha pas sa mauvaise disposition envers les visiteurs malgré la présence de la marquise de Vivonne.

— Je suis mécontent de vous, monsieur La Garde, déclara Orléans d'un ton sec. Vous avez disparu depuis plus de deux semaines ! J'avais besoin de vos services et vous revenez pour m'imposer votre présence comme si vous étiez le maître ici ! En outre, vous interdisez à l'abbé d'assister à cet entretien alors que vous êtes sous ses ordres ! Je vous trouve bien impudent !

1. Voir *Le Dernier secret de Richelieu*, dans la collection Le Masque Labyrinthe.

Il se tourna vers Aurore :

— Veuillez excuser mon courroux, madame, mais je suis réellement mécontent, d'autant que ma mère me demande chaque jour après M. La Garde.

— Monseigneur, répondit Roque, je puis quand vous le désirez quitter votre service. Êtes-vous prêt auparavant à écouter ce que j'ai fait pour vous et votre famille ? Ce que vous apprendra ensuite Mme de Vivonne vous fera comprendre pourquoi vous seul devez nous entendre.

Un peu surpris par tant de solennité, Orléans les fit asseoir et Trois-Sueurs commença son récit.

Très vite, le duc fut captivé. Que savait-il au juste sur le masque de fer ? Certainement plus que La Garde ne lui en disait, mais il ignorait le nom véritable du prisonnier et, quand Roque prononça les mots Eustache Dauger, le duc se leva pour cacher son trouble. Il fit quelques pas avant d'intervenir :

— Avez-vous cette chemise, monsieur ?

La Garde sortit un gros portefeuille de sa jaquette, l'ouvrit et en sortit le lambeau de tissu, puis la lettre de Louvois citant la famille Fronsac, et enfin l'ordre de Chamillart.

Il poursuivit en racontant le combat de Mougins et comment il avait pris sa revanche sur Alencé, ce qui amena – pour la première fois – un petit sourire satisfait sur le visage du duc.

Ensuite, il raconta les événements qui venaient de se dérouler à Mercy.

— Tout ceci est tout simplement incroyable, intervint Orléans. Mais dans ce récit, je ne comprends pas votre rôle, madame, précisa-t-il en se tournant vers Aurore.

— À mon tour, monseigneur, de vous raconter une longue histoire. Elle date de quarante ans. Mon frère dirigeait alors la petite armée de M. Fouquet. Il avait pris la place de Basile, le frère du surintendant.

— Le surintendant ?

— Oui, monseigneur. Mon frère s'occupait principalement du bon ordre des places fortes que M. Fouquet avait préparées si un jour le roi l'abandonnait. Moi, j'étais alors enfant et je vivais heureuse avec mes parents sur les terres occupées par les La Forêt depuis huit cents ans. Un jour, une troupe de reîtres attaqua notre château. Mon père me cacha dans nos caves. Je ne devais plus jamais revoir mes parents.

« Ma mère était une Castille, cousine de l'épouse de M. Fouquet, aussi le surintendant me prit chez lui. Pendant deux ans, M. et Mme Fouquet veillèrent sur moi comme mes propres parents. Ils avaient même décidé de me faire faire un beau mariage. Je refusai. J'avais au contraire décidé d'apprendre le métier des armes. Je n'avais pu défendre mes parents, mais j'avais juré que désormais, je saurais défendre la vie de ceux qui me sont chers.

« À seize ans, j'étais déjà grande et vigoureuse – elle sourit – et aucun maître d'armes ne parvenait à me toucher à l'épée. Mon frère me confiait même parfois quelques missions de confiance. Puis, le malheur est survenu. M. Fouquet a été arrêté, condamné et enfermé à Pignerol. Mon frère l'a suivi.

« Mme Fouquet n'avait plus que moi et ses enfants. Elle était désespérée et n'avait plus d'énergie. Je décidai de lui rendre ce qu'elle m'avait offert. J'avais compris que la ruine de Fouquet était définitive. Ses biens étaient confisqués et sa famille se faisait voler le peu qu'il lui restait par ses intendants, quand ce n'était pas par ses amis !

« Je décidai d'aller voir les obligés du surintendant, ses fermiers, ses débiteurs. Quand c'était nécessaire, je vérifiais leurs comptes avec l'aide d'un notaire proche de la famille. Je pus ainsi faire revenir à Mme Fouquet suffisamment d'argent pour financer le procès de son époux. Puis le surintendant fut définitivement condamné. Je résolus alors de le faire évader.

— J'ai entendu parler de cette évasion. C'était vous ? s'étonna Orléans, que l'histoire passionnait.

— C'était moi, avec l'aide du fils du surintendant. Mais elle a échoué, comme vous le savez. Mon frère a alors été condamné à la pendaison, comme un valet. Mais discrètement on l'a envoyé aux galères. Tout était de ma faute et je décidai de le sortir de là. Mais comment faire ?

— Il est impossible de s'évader des galères, remarqua La Garde. J'ai essayé !

Elle le considéra un instant, lui faisant comprendre que rien n'était impossible à ses yeux.

— J'allai voir le seul appui qui restait à M. Fouquet. Louis de Bourbon, le prince de Condé.

« Le prince m'écouta. Je n'appris que plus tard qu'il le fit uniquement par intérêt. Depuis quelques semaines, Louis de Bourbon cherchait à savoir qui était un nouveau prisonnier enfermé à Pignerol. Or, mon frère pouvait avoir rencontré ce prisonnier. Condé chargea donc le père de mon époux de faire évader mon frère et de le lui amener à Chantilly. C'est ainsi que je rencontrai Pierre, fit-elle à l'attention de Trois-Sueurs.

« Je dois maintenant vous donner les raisons pour lesquelles le duc agissait ainsi. C'est M. Fronsac, à qui le duc les avait confiées, qui me les a révélées : Condé était persuadé que notre roi n'était pas le fils de la reine.

— Quoi ? s'exclama Orléans. Cela n'a pas de sens !

— Selon lui, Anne d'Autriche était stérile et le dauphin aurait été le fils d'une favorite du roi.

— Vous plaisantez ! (Orléans était livide.) Et mon père[1] ?

1. Rappelons que le père du duc d'Orléans était Monsieur, le frère cadet de Louis XIV.

— C'était la théorie de Mgr de Condé, fit Aurore. Et je peux vous l'assurer, elle était fausse. Le roi et votre père sont bien des enfants de la reine Anne.

— Vous me rassurez ! sourit piteusement Orléans.

Trois-Sueurs remarqua alors l'étrange expression d'Aurore : un air impénétrable mais légèrement amer.

— Selon le prince de Condé, cet homme enfermé à Pignerol, qui est celui qui a toujours porté un masque de fer et qui a été enterré à la Bastille il y a trois ans, connaissait le secret de la naissance du roi. C'était la raison de sa détention.

— Je comprends en effet en quoi il s'agit d'une affaire d'État, fit Orléans. Mais pourquoi un masque de fer ?

— J'y viens, monseigneur. À Marseille où nous nous étions rendus, Louis Fronsac parvint à rencontrer mon frère enfermé au château d'If. Et ce que lui dit mon frère sur ce masque de fer ainsi que ce que lui avait dévoilé aussi son ami Charles de Baatz – M. d'Artagnan – lui firent comprendre que le prisonnier se nommait Eustache Dauger.

— Nous le savons aussi, remarqua Orléans, grâce à M. La Garde.

— Certes, concéda Aurore. Mais M. Fronsac avait aussi deviné qu'Eustache était le frère de Louis Dauger de Cavoye.

— Le Grand maréchal des logis du roi ?

— En effet.

— C'est inouï. Mais tout le monde l'ignore !

— C'est normal, ceux qui l'ont appris sont morts, monseigneur ! précisa-t-elle comme une évidence en écartant les mains.

« Louis Fronsac lui-même devait payer cher ce qu'il avait découvert. Alors qu'il était à Marseille avec moi – c'est là-bas que je rencontrai Cougourde et Aragna, indiqua-t-elle à l'attention de La Garde –

une troupe de dragons aux ordres de Louvois attaqua son château de Mercy, le brûla et conduisit sa famille et ses gens en prison. Les hommes devant partir aux galères et les femmes devant être vendues aux Amériques comme des catins.

— Mais pourquoi ? s'insurgea Orléans, horrifié.

— Pour la même raison qu'on a tué Mlle Knaben, monseigneur, dit sombrement Trois-Sueurs. À cause du *secret*.

— Mais quel est donc ce secret ? s'emporta Orléans en levant une main. Vous m'avez bien dit que le roi et mon père étaient bien les enfants de ma grand-mère, Anne d'Autriche ?

— C'est exact, monseigneur. Laissez-moi poursuivre et vous connaîtrez toute la vérité, fit Aurore. Un autre homme avait préparé la ruine du château de Mercy. C'était Louis de Cavoye. Le père de mon époux parvint à le confondre et à l'acculer. Il le força alors à faire venir le roi dans son hôtel de la rue des Saints-Pères.

« Entre temps, Louis Fronsac avait aussi obtenu de la nièce de Mgr de Richelieu, l'épouse du prince de Condé, la preuve dont il avait besoin.

— Claire-Clémence de Brézé ? Que vient-elle faire ici ?

— Louis de Bourbon avait été contraint de l'épouser contre un demi-million d'écus remis à son père par le cardinal. Cette femme, imposée, détestée, Richelieu savait qu'elle risquait, après sa mort, d'être répudiée. Comme il l'aimait beaucoup, il lui avait donné une assurance.

— Une assurance ?

— C'est cela, monseigneur. Une assurance, une protection ! Claire-Clémence de Brézé possédait un écrit irréfutable qui lui assurait de rester princesse de Condé quoi qu'il arrive.

— Je ne comprends plus rien, madame, fit Orléans en ressentant un glacial frisson... Vous m'avez dit... Expliquez-vous, je vous en prie.

— Je vais le faire, monseigneur. Sachez pourtant que c'est avec cet écrit que Louis Fronsac fit céder le roi. Il obtint ainsi sa sauvegarde, la libération de ses gens et la restitution de ses biens. Mais apparemment le marquis de Louvois n'avait rien oublié. C'est ce secret, monseigneur, que je vais maintenant vous révéler. En échange, je veux que vous protégiez ma famille et mes biens.

Orléans ne répondit pas tout de suite. Son père lui avait déjà parlé de ce masque de fer, quelques-uns de ses amis aussi. On murmurait qu'il s'était agi du duc de Beaufort, d'autres, plus rares, parlaient d'un frère du roi, voire d'un frère jumeau ! Mais chacun savait que ce n'étaient que des ragots, des bêtises.

Et pourtant, il y avait eu tous ces crimes, ainsi que la mort de la dame de compagnie de sa mère, alors même que le prisonnier au masque de fer était mort depuis trois ans ! Existait-il bien un secret tel que le roi en avait toujours peur ?

Si c'était le cas, pourrait-il protéger cette femme et sa famille contre un souverain qui le détestait ? Il savait bien que non.

Il soupira :

— Madame, je suis prêt à entendre votre secret et je veux bien vous protéger, mais je ne suis pas certain d'y parvenir. Aussi, je vous propose ceci. Dites-moi ce que vous savez et j'enverrai aussitôt un régiment de chevau-légers protéger vos biens et vos gens. Ensuite, j'irai voir mon oncle et je négocierai avec lui. Si c'est un échec, je vous fournirai toute l'assistance possible pour que vous puissiez quitter la France et vous installer aux Amériques où j'ai des amis. Je dispose dès à présent à Nantes d'un navire prêt à partir pour Boston. Cela vous convient-il ?

N'ayant guère le choix, Aurore opina et reprit la parole.

— Eustache Dauger est bien l'homme au masque de fer, monseigneur. Il a été enfermé à Pignerol sur ordre du roi en 1669 après avoir menacé Sa Majesté de révéler l'origine de sa naissance. Eustache et ses frères étaient les enfants de Marie de Lusignan, Mme de Cavoye, dont le mari, François de Cavoye, était le capitaine des gardes de Mgr Richelieu.

« En 1638, votre grand-mère, Anne, avait plusieurs fois perdu son fruit. Le roi ne l'approchait plus et beaucoup pensaient qu'elle ne serait jamais grosse. Alors, le cardinal lui fit cette proposition infâme : M. de Cavoye avait régulièrement des enfants. Il était particulièrement fertile. Qu'Anne d'Autriche accepte de le rencontrer entre deux draps après une visite du roi, et il lui ferait certainement un fils. Sinon, ce serait la répudiation.

« La reine, se sachant perdue, avait accepté.

Il y eut un terrible silence.

— Louis XIV est un Cavoye, monseigneur. Et Eustache le savait. D'ailleurs, il ressemblait tellement au roi qu'il fallait qu'on ignore son visage.

Orléans eut un regard à la fois incrédule et terrorisé.

— Vous vous gaussez, madame ! Votre histoire est un conte !

— Les preuves existent, monseigneur. En premier lieu, le roi lui-même sait qu'il n'est pas un Bourbon. Ensuite, il existe trois confessions écrites, par Anne d'Autriche, par M. de Cavoye et par le cardinal de Richelieu, toutes actuellement aux archives secrètes du Vatican. Ce sont elles que mon beau-père a présentées au roi. Puis, il y a l'inexplicable protection de votre grand-mère, lorsqu'elle était régente, sur la famille Cavoye. Les privilèges inouïs qu'elle lui avait accordés. Enfin, il y a les faits que nous venons de vous relater.

— Mais pourquoi Richelieu aurait-il agi ainsi ? protesta Orléans en haussant les épaules. Quel intérêt pour lui qu'Anne d'Autriche ait un dauphin ? Il pouvait la faire répudier et le roi aurait épousé une autre femme, alors qu'avec cette machination, il risquait de ruiner cette royauté qu'il avait tant défendue !

— C'était beaucoup plus simple, monseigneur. Richelieu avait besoin de disposer d'un moyen de pression pour assurer son avenir. Que Louis XIII meure ou qu'il le chasse de sa charge de ministre, avec une telle preuve, il restait intouchable. Ensuite, quand il a contraint Louis de Bourbon à épouser Claire-Clémence, il a décidé que ce secret serait une protection pour sa nièce adorée.

— Sa nièce ? répéta Orléans qui commençait à saisir tous les fils de l'infâme machination.

— Je vous l'ai dit. Claire-Clémence n'était pas acceptée par sa belle-famille. Richelieu lui a donc remis les trois confessions. Si elle se trouvait un jour dans une position intenable, elle devait présenter ces preuves au roi qui l'aurait alors protégée contre son époux. Ainsi, elle ne pourrait jamais être répudiée.

« Malheureusement pour elle, après avoir remis ces documents à M. Fronsac, elle ne disposait plus d'une telle assurance, et son époux l'a fait enfermer dans un couvent.

Le duc se tut. Philippe d'Orléans était d'une rare finesse et d'une prodigieuse intelligence. La démonstration qu'on venait de lui faire était bien plausible, même s'il n'était pas totalement convaincu.

Le silence tomba entre eux et se prolongea. Puis le duc demanda d'un ton distant :

— Et mon père, madame. De qui est-il le fils ?

C'était la question la plus importante pour lui. Si son père était un Bourbon, Orléans était le vrai roi de France ; sinon, il n'était qu'un bâtard des Cavoye !

Mais ni La Garde ni Aurore ne pouvait répondre à cette interrogation. Il le lut dans leurs yeux.

Un peu plus tard, Roque La Garde fut reçu seul par la princesse Palatine.

— Madame, lui dit-il. L'assassin de Mlle L'Enfant est mort.

— C'est vous qui l'avez tué, monsieur ?

— Non, madame. C'est la Justice.

Il n'en dit pas plus et elle resta un moment à l'observer.

— Vous ne voulez pas me raconter ce qui s'est passé, monsieur La Garde ?

— Non, madame. C'est préférable. Mais sachez que M. de Chamillart ne vous menacera plus. Ni personne.

Elle se mordilla un instant les lèvres. Elle brûlait de poser d'autres questions mais elle comprenait aussi qu'il valait mieux qu'elle ne le fasse pas. Finalement, elle murmura :

— Merci, monsieur.

12

Le mardi 22 juin 1706, à Marly, le roi, ayant donné le bonsoir à tout ce qui était dans son cabinet tous les soirs après le souper, rappela M. le duc d'Orléans qui sortait avec les autres, et le retint seul un gros quart d'heure[1].

— Vous avez demandé à me parler, Philippe, qu'avez-vous à me dire ? demanda froidement le souverain.

— D'abord, Sire, je souhaitais vous féliciter, pour les Véronèse.

Le roi sourit vaniteusement, avec une évidente méchanceté envers ce neveu qu'il détestait.

— Je savais que vous les vouliez aussi, Philippe. J'ai été plus rapide et plus adroit que vous.

— En effet, vous avez en M. d'Alencé un serviteur fidèle et zélé.

— Je le tiens de feu M. le marquis de Louvois, qui l'a recommandé à son fils, puis qui me l'a laissé, précisa Louis avec suffisance.

— J'ai moi aussi un fidèle serviteur, Sire. Il se nomme Roque La Garde.

— S'il est fidèle et droit, gardez-le, Philippe. Les serviteurs fidèles sont rares.

— M. La Garde a eu une altercation avec M. d'Alencé.

1. Les textes en italiques sont extraits des Mémoires de Saint-Simon, année 1706.

— Un duel ? À cause des Véronèse ? désapprouva le roi.

— Non, Sire. M. La Garde était à ce moment-là au service de ma mère. Vous l'ignorez sans doute, mais une de ses dames de compagnie a été assassinée, il y a quelques semaines. Elle avait demandé à M. La Garde de trouver l'assassin de cette pauvre fille.

Louis XIV pâlit légèrement mais parvint à répondre d'un ton faussement détaché.

— Ce n'était pas M. d'Alencé, en tout cas. Et je vous rappelle que c'est à M. d'Argenson que j'ai demandé de faire respecter la loi dans Paris.

— Je ne sais pas ce qu'a fait M. d'Argenson au sujet de ce crime, Sire, mais M. La Garde a poursuivi son enquête sur l'assassin jusqu'aux îles Sainte-Marguerite.

Cette fois, le visage du roi se figea.

— C'est là qu'il a croisé M. d'Alencé.

— Où voulez-vous en venir, Philippe ? s'enquit sèchement le souverain.

— M. d'Alencé était avec une bande de marauds. Il y a eu combat et La Garde a saisi deux lettres dans les papiers de M. d'Alencé qui le suivait depuis Paris. La première était de M. de Chamillart ; la seconde avait été cachetée par M. de Louvois, il y a trente ans.

Le roi ne put réprimer un tremblement et tenta de se forcer à faire quelques pas.

— M. La Garde a brisé le cachet et ouvert la seconde lettre, Sire, poursuivit Philippe d'Orléans d'un ton sec. Il y avait plusieurs noms inscrits à l'intérieur. Il a recherché ces personnes et en a retrouvé deux.

Le silence tomba entre eux. Orléans le rompit au bout d'une minute.

— Elles connaissaient le *secret*, Sire. Et elles me l'ont communiqué.

— Quel secret ? bredouilla le roi.

— M. La Garde et une dame qui connaissait le *secret* sont venus me trouver, Majesté. La Garde avait rapporté de Sainte-Marguerite une pièce de vêtement sur laquelle un prisonnier dont le visage avait été recouvert d'un masque de fer avait écrit son nom.

— Pas un mot de plus, Philippe ! gronda Louis XIV.

— Je connais moi aussi le secret, *mon oncle.*

C'était la première fois que Philippe d'Orléans nommait ainsi le roi.

Louis le considéra un moment alors que des larmes coulaient de ses yeux.

— Ils ne doivent pas savoir, Philippe ! Personne ne doit savoir ! implora-t-il d'une voix aiguë, méconnaissable.

— Mon oncle, je vous l'ai dit, La Garde est un fidèle parmi les fidèles. Je lui ai déjà confié ma vie, je peux lui confier mon honneur, et vous le vôtre. Quant à cette femme, je l'ai jugée et je connais bien les femmes, vous le savez ! Elle est la vertu même. Je vous en conjure, mon oncle, oubliez-les. Dites à Chamillart que l'affaire est close. Aller plus loin ferait malencontreusement éclater une vérité que nous souhaitons *tous deux* soustraire au monde. Tout le monde a oublié Eustache Dauger de Cavoye, même son frère.

Le roi fit quelques pas, agité et fébrile. Presque quarante ans s'étaient écoulés depuis qu'il s'était trouvé dans la même situation. Son frère Philippe n'avait jamais connu le dernier secret de Richelieu. Mais, son frère était-il vraiment son frère ? Et s'il était le véritable fils de Louis XIII ? Dans ce cas, Philippe serait le dernier des Bourbons, et lui, Louis, ne serait qu'un bâtard et un usurpateur.

Philippe d'Orléans parut comprendre le désarroi du vieil homme. Il s'agenouilla pour lui affirmer solennellement :

— Sire, vous êtes le roi et je suis votre sujet. Quoi qu'il arrive, je serai là pour défendre la couronne qui appartient à vos enfants et vos petits-enfants.

Alors le roi, qui avait longtemps douté de Philippe d'Orléans, comprit à quel point il s'était trompé. Il le prit par la main.

— Relevez-vous, Philippe. J'ai commis trop d'erreurs. J'ai maintenant besoin de vous. Vendôme est en train de perdre l'Italie. Acceptez-vous de prendre la tête de nos armées ?

Philippe ne put réprimer un bref mouvement de joie.

« Je vais annoncer à la cour que vous remplacerez Vendôme dès demain. Partez au plus tôt là-bas et rapportez-moi enfin des victoires. J'en ai besoin. La France en a besoin.

— Je vous le promets, mon oncle. J'emmènerai avec moi M. La Garde.

— Soit. Est-il officier chez vous ?

— Non, Sire. Je songeais à lui offrir un grade de major aux chevau-légers, malheureusement il est protestant et refuse de se convertir.

— Un protestant ? murmura le roi.

Il devina que c'était un avertissement de Dieu. Il venait d'être vaincu par un homme de cette religion qu'il avait voulu faire disparaître de France. Il ne devait plus lutter contre ce choix divin.

— C'est accepté, Philippe, murmura-t-il. Je signerai son brevet demain.

« Et Chamillart rappellera Alencé.

On ne fut pas longtemps dans l'ignorance. M. le duc d'Orléans, sortant d'avec le roi, passa dans le salon pour aller chez Madame (sa mère, la princesse Palatine), y revint un moment après, et y apprit qu'il allait commander l'armée d'Italie[1].

En 1715, après vingt-cinq ans de détention, Gabriel Mathurin fut libéré par le Régent sur la demande de Trois-Sueurs. Il avait soixante-quinze ans.

1. Saint-Simon, Mémoires, année 1706.

Remarque de l'auteur

Cette histoire repose sur une curieuse lettre de la princesse Palatine à sa cousine Sophie de Hanovre, lettre dont nous avons cependant modifié la date d'expédition. En voici un extrait :

Marly,
le 10 octobre 1711
... Un homme est resté de longues années à la Bastille et y est mort masqué. Il avait à ses côtés deux mousquetaires pour le tuer s'il ôtait son masque. Il a mangé et dormi masqué. Il fallait sans doute que ce fût ainsi, car on l'a d'ailleurs très bien traité, bien logé, et on lui a donné tout ce qu'il désirait. Il a communié masqué ; il était très dévot et lisait continuellement. On n'a jamais pu apprendre ce qu'il était...

Il semble qu'après que cette lettre eut été lue par le *cabinet noir*, la princesse Palatine ait été mise en garde, car elle écrivit à sa cousine douze jours plus tard :

Le 22 octobre
... Je viens d'apprendre quel était l'homme masqué qui est mort à la Bastille. S'il a porté un

masque, ce n'est pas par barbarie. C'était un mylord anglais qui avait été mêlé à l'affaire du duc de Berwick contre le roi Guillaume. Il est mort ainsi afin que ce roi ne pût jamais apprendre ce qu'il était devenu...

On le voit, quelqu'un avait demandé à la mère du duc d'Orléans de ne plus s'intéresser au masque de fer. Le dernier secret de Richelieu ne pouvait en aucun cas être divulgué !

Cartouche, capitaine général de la Grande Truanderie

Les principaux personnages

SIMON L'AUVERGNAT, *brigand,*

LOUIS DOMINIQUE BOURGUIGNON, *dit Cartouche, dit L'Enfant, brigand parisien,*

LOUISON BOURGUIGNON, *frère de Cartouche,*

GRACCHUS DU CHÂTELET, *lieutenant de Cartouche,*

FRANÇOIS COLAS, *surnommé l'Hirondelle, brigand de la bande de Cartouche,*

JEAN-BAPTISTE COLBERT DE TORCY, *surintendant des Postes, neveu de Jean-Baptiste Colbert,*

Mme DELAUNAY ET SA FILLE,

GUILLAUME DUBOIS, *cardinal, ministre de* Philippe d'Orléans,

CATHERINE CHARLOTTE DE GRAMONT, *maréchale et duchesse de Boufflers,*

CLAUDINE ALEXANDRINE GUÉRIN DE TENCIN, *maîtresse de Guillaume Dubois,*

PIERRE GUÉRIN DE TENCIN, *abbé,*

ROQUE LA GARDE, *dit Trois-Sueurs, ancien brigand de grand chemin,*

PIERRE LA GARDE, *dit* CHIAPACAN, *oncle de Trois-Sueurs,*

JEAN LA GARDE, *dit* ESQUINETTE, *fils de* Pierre La Garde,

FRANÇOIS L'ESPÉRANCE, *exempt au Châtelet, forçat en fuite,*

SIMON LOUET, *forçat évadé, ancien apothicaire,*

LA BELLE LAITIÈRE, *voleuse et maîtresse de Cartouche,*

Marie-Antoinette Néron, *voleuse et épouse de Cartouche,*
Anne Claire La Garde, *sœur du brigand Trois-Sueurs,*
Sans Rémission, Sans Quartier, L'Estocade, *brigands de la bande de Cartouche,*
Marc-Antoine Legrand, *dramaturge attitré de la Comédie-Française,*
Joachim d'Aligny, *prévôt des maréchaux de Saulieu,*
Pierre François Lafitau, *évêque de Sisteron,*
Charles de Nocé, *premier gentilhomme de la chambre, ami du Régent,*
Philippe d'Orléans, *régent de France,*
Jacques Pélissier, *sergent de gendarmerie, brigand de la bande de Cartouche,*
Nicolas Roze, *chevalier de Saint-Lazare,*
Marc-Pierre Voyer d'Argenson, *fils de Rhadamante, lieutenant de police de Paris,*
Jeanneton Vénus, *voleuse et maîtresse de Cartouche.*

1

La malle postale avait quitté Saulieu depuis plus d'une heure en direction d'Auxerre. À l'intérieur, un brusque cahot venait de tirer de son sommeil François L'Espérance, exempt au Grand-Châtelet.

On était le 28 avril 1721. C'était le début de l'après-midi et le temps fraîchissait depuis quelques jours.

Cela faisait déjà plus d'une semaine que l'exempt avait quitté Rome. Il serait à Paris dans deux jours. Machinalement, il entrouvrit les yeux pour vérifier que la précieuse sacoche à rabat en cuir rouge était toujours sur son siège, à côté de lui.

C'était le samedi 19 avril que l'abbé Pierre Guérin de Tencin, chargé des Affaires étrangères de la France auprès du Saint-Siège, lui avait confié la précieuse enveloppe cachetée qui se trouvait dans la sacoche. Il devait la remettre à Mgr Dubois, le ministre et l'ami du Régent.

N'arrivant plus à sommeiller, L'Espérance considéra rapidement les autres passagers de la malle partie à quatre heures du matin de Dijon. À sa gauche, un commerçant en grains, le visage poupin couperosé, empâté et soufflant sans cesse comme une forge. L'homme, imbu de son importance, lui avait raconté d'un ton compassé qu'il se rendait à Paris pour un jugement en appel sur une affaire de transport de grains qui risquait fort de le ruiner. Il était vêtu d'un habit de voyage en lainage et portait une perruque de crin sous son tricorne. Son domestique, un gringalet édenté au regard fourbe, voyageait sur le siège avant avec le cocher.

À côté du négociant, un jeune abbé au visage lisse et rose s'était endormi en lisant son bréviaire et poussait depuis force ronflements qui devaient sans doute le mettre en communication directe avec Dieu.

Le regard de François L'Espérance s'égara sur la jeune fille qui se trouvait en face du prêtre. Serrée dans son manteau en velours rose, elle laissa filtrer un sourire économe. À côté d'elle se tenait sa mère qu'il salua à son tour d'une inclinaison de tête. La quarantaine épanouie, des bagues à chaque doigt, un lourd collier de perles, celle-ci lui sourit, elle aussi. C'était un sourire bienveillant, engageant même. Ils avaient un peu conversé la veille, avant le départ de Lyon. La mère et la fille rejoignaient leur époux et père, M. Delaunay, un financier enrichi dans la Compagnie des Indes de M. Law. La jeune fille était venue à Lyon rencontrer un sien cousin qu'elle devait épouser, et la mère avait fait comprendre à François L'Espérance qu'elle le trouvait à son goût. En tout cas, plus que son vieil époux, un grigou qui ne pensait qu'à la finance et qui ne s'occupait plus d'elle.

Une bonne fortune à Auxerre, leur prochaine étape ? avait-il songé un instant avec appétit.

Mais très vite, il s'était morigéné. Certainement pas !

Sa mission était trop importante.

L'exempt se rappelait encore comment, un mois auparavant, il avait été convoqué par Marc-Pierre Voyer d'Argenson, le lieutenant de police de Paris, le fils de *Rhadamante*[1].

---

1. Surnom de Voyer d'Argenson, lieutenant de police de Paris à la fin du règne de Louis XIV.

Le jeune Voyer avait dans son bureau un abbé onctueux, qu'il lui avait présenté comme étant Pierre Guérin de Tencin.

En tant qu'exempt de police, François L'Espérance avait peu entendu parler de l'abbé, dont il savait seulement qu'il était un proche de Mgr Dubois. Par contre, L'Espérance n'ignorait rien des galanteries – véridiques ou rapportées – de sa sœur, Claudine Alexandrine Guérin de Tencin.

Mme de Tencin, religieuse défroquée, avait été la maîtresse du Régent avant de devenir celle de Guillaume Dubois, le prêtre le plus méprisé et détesté de Paris, devenu pourtant archevêque de Cambrai et quasiment Premier ministre de France.

— M. l'abbé part dans deux jours pour une importante mission à Rome, en compagnie du cardinal de Bissy, monsieur L'Espérance, avait expliqué Voyer d'Argenson de sa voix traînante. Vous n'ignorez pas que Clément XI vient de mourir...

L'Espérance avait hoché la tête. Comme tous les Parisiens, il avait appris la nouvelle la veille, le 28 mars. Le conclave allait s'ouvrir et la mission de l'abbé de Tencin était certainement liée à l'élection du nouveau pape.

— ... M. l'abbé bénéficiera d'une importante escorte militaire mais il souhaiterait disposer d'un homme de confiance à la fois pour assurer la sécurité de son voyage et pour rapporter en France quelques documents précieux qu'il ne pourra confier à une quelconque estafette. Ce sera peut-être une mission hasardeuse, car d'autres pourraient s'intéresser à ces papiers. C'est lui qui m'a suggéré un policier, à ses yeux plus capable qu'un militaire pour déjouer les traquenards d'éventuels adversaires, et j'ai aussitôt pensé à vous. Vous parlez l'italien, je crois ?

— En effet, monsieur le lieutenant de police.

— Il s'agit d'une mission diplomatique, en principe sans danger, intervint l'abbé d'une voix très douce, onctueuse. Mais en diplomatie, l'expérience m'a appris qu'on a quelquefois besoin de recourir aux armes pour assurer la primauté de son point de vue. Seulement, la force est inutile si elle n'est pas guidée par la détermination, l'habileté et surtout par la discrétion et la fidélité. M. Voyer d'Argenson m'a assuré que vous possédiez toutes ces qualités.

— Il s'agit d'une absence d'un mois ou deux, monsieur L'Espérance, prévint Voyer d'Argenson. Avec toutefois des gages quasiment multipliés par quatre et tous vos frais payés. Êtes-vous libre ?

L'exempt n'avait guère hésité. Il était arrivé du Limousin huit ans plus tôt, muni d'une lettre d'un ami de son père, lieutenant criminel de Limoges. Il savait lire et écrire et, reçu par le chevalier du Guet qui commandait la centaine d'archers de la capitale, il avait obtenu un office d'archer en utilisant toute la fortune qu'il possédait. Il recevait alors une solde de vingt sols par jour.

Puis, par une chance extraordinaire, il avait porté secours à un proche de *Rhadamante*, le lieutenant de police de Paris, qui lui avait proposé cet office d'exempt. Toutes ses économies y étaient passées et il avait même dû emprunter pour acheter la charge. Maintenant, il se savait apprécié de son lieutenant, ainsi que des commissaires-enquêteurs, mais il n'ignorait pas qu'il n'irait guère plus haut. Un office de commissaire-enquêteur ou même d'huissier était trop cher pour lui. Partir avec l'abbé de Tencin était donc une chance à saisir. Travailler avec un diplomate lui offrirait de nouvelles opportunités, et peut-être des revenus lui permettant de s'acheter un office de commissaire-enquêteur ou d'huissier au Châtelet.

— Je le suis, monsieur, et j'accepte de tout cœur, avait-il répondu.

— Eh bien, c'est dit ! M. l'abbé vous emmène dans son carrosse. Il vous expliquera en chemin ce qu'il attend de vous. Avez-vous des affaires en cours ?

— Rien que mon commissaire ne puisse confier à un autre exempt, monsieur. Je pense pouvoir transmettre tous mes dossiers demain.

— Ce serait parfait, avait opiné l'abbé toujours aussi onctueusement. Je pensais partir le 1er avril.

Mme Delaunay soupira pour tenter d'attirer l'attention de son voisin d'en face. Elle écarta légèrement la cape en velours de Damas qui la couvrait complètement pour dégager sa robe de drap violette ainsi que son corsage échancré bordé de dentelles qui laissait apercevoir des rondeurs charmantes.

Elle dissimula alors une grimace de dépit. Son beau voisin venait de fermer les yeux. Le crissement des roues cerclées de fer, le martèlement des sabots des chevaux, le gémissement des essieux et le balancement de la berline avaient fini par engourdir tous les passagers qui étaient tombés en léthargie.

Contrariée, elle regarda par la fenêtre.

Ils traversaient la sombre forêt du Morvan. Les huit chevaux de l'attelage peinaient en grimpant une forte côte sur un chemin raviné. La voiture était très lourdement chargée.

Quel ennui ! Elle songea de nouveau à son époux, pingre et vieilli, qui lui avait imposé ce voyage accablant et cette promiscuité dégoûtante. Pourtant, elle avait insisté pour disposer d'une voiture personnelle, ainsi que d'une escorte. Dame ! Les routes n'étaient guère sûres et son époux était tout de même bien riche !

— Allons, ma mie ! avait-il répondu, en haussant les épaules. Cela fait bien longtemps qu'aucune diligence n'a été attaquée par des brigands, surtout entre Lyon et Paris. Et un voyage en malle-poste est autrement plus rapide, plus confortable, et surtout plus économique, qu'en voiture particulière.

— Mais, Cartouche ? s'était-elle inquiétée.

Cartouche ! Le brigand mythique qui depuis trois ans mettait la ville de Paris en coupe réglée ! Même le lieutenant général de police paraissait impuissant ! Que ne racontait-on pas sur cet audacieux bandit ! Qu'il attaquait les hôtels particuliers et les vidait de tout ce qui avait de la valeur ! Que sa bande comptait plus d'un millier d'hommes, dont quantité de soldats, d'exempts du Châtelet et d'archers du guet ! Qu'il séduisait toutes les femmes qu'il rencontrait ! Une de ses amies lui avait même murmuré qu'il avait dérobé ses bijoux – et peut-être un peu plus ! – à la jolie Mme de Boufflers, la veuve d'un maréchal de France, alors qu'avec sa bande il avait pénétré de nuit dans son hôtel de la place Royale !

— Cartouche ne s'attaque pas aux diligences, ma mie, avait rétorqué son mari quand elle avait évoqué ce danger.

— Puis-je au moins avoir un laquais ou un valet de pied, ainsi que ma femme de chambre ? avait-elle insisté.

— Vous avez votre fille, cela suffira pour un si court voyage. Que feriez-vous d'un laquais ?

Elle, elle savait bien ce qu'elle aurait fait de Provence, leur vigoureux laquais de vingt ans !

Et maintenant, elle était la seule éveillée dans cette caisse de bois qui la secouait comme si elle n'était qu'un sac de grains.

En vérité, elle n'avait aucune inquiétude sur sa sécurité et celle de sa fille. Il y avait deux cochers ; un conduisait sur le siège avant en compagnie du valet de son voisin d'en face – un valet robuste même s'il était rabougri et affichait un air sournois – et le second était sur le cheval de tête. Un garde armé galopait devant la voiture et un courrier ouvrait la route devant eux pour préparer étapes et relais. En outre, une demi-heure plus tôt, ils avaient croisé la brigade de la maréchaussée qui surveillait le grand chemin et se dirigeait vers Saulieu. Cinq hommes en uniforme qui les avaient martialement salués.

Et puis, elle avait remarqué le pistolet dans la poche de la redingote de voyage de son compagnon. Cet homme solidement charpenté et armé la rassurait. Il saurait certainement la protéger et même la réconforter.

Son regard s'arrêta à nouveau sur lui. Il était juste en face d'elle et son pied s'égara contre le sien, le pressant un instant, mais il ne bougea pas. C'est qu'il était beau garçon, le bougre ! Elle avait cherché à en savoir plus sur lui, à Lyon, mais il était resté muet. Quel âge pouvait-il avoir ? Vingt-cinq ans, peut-être. Brun, la mâchoire carrée et énergique. Les yeux noirs comme du charbon. D'une musculature étonnante. Un bel homme ! Que faisait-il dans la vie ? Elle aurait bien aimé le savoir !

Elle se jura d'en apprendre plus sur lui, ce soir, à l'étape. Elle saurait bien trouver les arguments pour le faire parler.

Soudain, il y eut un craquement violent sur le toit, puis elle aperçut des cavaliers à côté de la malle. Elle reconnut l'habit bleu doublé de rouge et la veste rouge à boutons d'argent des gardes-françaises.

Un coup de feu les fit tous sursauter et elle remarqua dans un mouvement de frayeur que le garde le plus proche du coche était masqué. Qu'est-ce que cela signifiait ?

Tous les passagers étaient maintenant éveillés. Ils se regardaient avec inquiétude. La voiture allait toujours à vive allure. Il y eut un second coup de feu.

L'Espérance tira le pistolet de sa jaquette et tenta de distinguer ce qui se passait à l'avant du véhicule. De nombreux cavaliers entouraient la voiture ; certains étaient des gardes-françaises. Brusquement, la malle-poste tourna à droite en ralentissant fortement. Elle manqua même de verser.

Sa voisine d'en face fut violemment projetée contre lui et l'exempt lâcha son arme, qui tomba au sol. Puis la voiture freina dans un effroyable grincement. La fille de Mme Delaunay fut à son tour précipitée sur l'abbé.

L'Espérance tentait de s'écarter de sa voisine qui l'écrasait lorsqu'un nouveau coup éclata, puis, ce furent des cris, de nouveaux craquements sur le toit et tout un martèlement de sabots accompagnés de hennissements des chevaux affolés. Enfin la malle-poste s'arrêta.

Des brigands les attaquaient !

L'exempt tentait désespérément de récupérer son arme au sol alors que Mme Delaunay se serrait sur lui en hurlant de tous ses poumons. Brusquement, la porte de la voiture s'ouvrit :

— Charmant tableau, ricana une voix aigre. Sortez tous et dépêchez-vous !

La fille de Mme Delaunay était déjà revenue sur sa banquette. Livide et paralysée de terreur, elle aussi avait compris qu'il s'agissait d'une attaque de brigands et elle devinait le sort des filles qui tombaient entre les mains de ces gens-là. On entendit à nouveau tout un martèlement et des cliquetis sur le toit de la malle. Sans doute les marauds pillaient-ils déjà leurs bagages.

Repoussée fortement par L'Espérance, Mme Delaunay parvint à se rasseoir tout en glapissant de façon continue, ses hurlements étant accompagnés d'une sorte de halètement nerveux particulièrement éprouvant pour tous les passagers terrorisés.

— Toi, la vieille, arrête-toi, menaça le brigand qui était à la porte, ou alors je vais vraiment te faire carcailler ! Dehors, et vite !

Elle s'arrêta net, gardant la bouche ouverte tout en le dévisageant : une trogne épouvantable, édentée, avec un œil à moitié fermé, une cicatrice boursouflée sur la joue et une bouche en bec de lièvre.

D'un geste prompt, le bandit défiguré lui arracha son collier, lui éraflant légèrement le cou.

L'Espérance resta stupéfait. Il venait de reconnaître dans le brigand François Colas, surnommé l'Hirondelle à cause de son bec-de-lièvre. Il l'avait arrêté une fois, trois ans auparavant, alors qu'il volait un passant dans le cimetière des Innocents. L'Hirondelle avait échappé aux galères mais avait été banni de Paris après avoir été exposé au pilori, flétri de deux fleurs de lis et fouetté.

L'exempt tenta alors une nouvelle fois de récupérer discrètement son arme. Mais la seconde porte s'ouvrit et un sergent de la gendarmerie en uniforme apparut.

— L'Espérance, ne touche pas à ce pistolet ! N'oublie pas que tu es avec nous ! fit le nouveau venu dans un rire, un tromblon menaçant à la main.

Il était à cheval et avait introduit son bras armé dans la voiture.

Mme Delaunay considéra le sergent de la gendarmerie avec quelque espoir. Cet uniforme de gendarme la rassurait, certes, mais de nouvelles interrogations se bousculaient maintenant dans son esprit : qui était ce sergent ? Et ces gardes-françaises qui entouraient la voiture ? Ce ne seraient donc pas des bandits ? Mais mon collier, alors ? Et que voulait dire ce sergent en déclarant à mon voisin qu'ils étaient ensemble ?

L'Espérance, lui, était complètement suffoqué par la surprise. Après l'Hirondelle, Pélissier ! En effet, ce sergent de gendarmerie, il l'avait aussi connu à Paris.

Pélissier avait été chassé de la maréchaussée pour vols et violences, et on disait déjà avant son départ qu'il était devenu le bras droit de l'insaisissable Cartouche. Celui qui se faisait appeler le *Généralissime de la Truanderie* ! Que faisait-il là, si loin de la capitale ?

Aucun des passagers, paralysés par la peur et par la surprise, n'avait encore obtempéré. Le sergent attrapa alors le bras du prêtre et le tira avec violence vers l'extérieur. L'abbé fut précipité au sol dans un hurlement.

— Descendez, et vite, ordonna le sergent, ou c'est moi qui vous jette dehors !

L'Espérance se leva et sortit de la voiture alors que l'homme au bec-de-lièvre le gardait en joue. Il tendit la main à Mme Delaunay pour qu'elle descende à son tour. Celle-ci soupçonna alors inconsciemment que cet homme qui l'avait attirée était peut-être le complice de celui qui venait de lui arracher son collier, mais elle accepta bien volontiers la main protectrice. Sa fille la suivit, livide et frissonnante.

Le négociant était déjà sorti de l'autre côté.

Ils se trouvaient dans une sorte de petite clairière sombre à l'écart de la route. Trois ou quatre gardes-françaises entouraient la diligence et les gardaient en joue avec leurs fusils. Tous étaient masqués. Quatre autres hommes s'activaient à jeter les sacs et les malles du toit dont certaines s'étaient disloquées en tombant.

Les bagages éventrés étaient répandus partout. Le valet du négociant était au sol, couvert de sang. Mort, sans doute. L'un des cochers sur le siège restait paralysé par la peur. C'était le plus jeune, il n'avait pas vingt ans. Quant au second cocher, celui sur le cheval de tête, il ne paraissait nulle part.

On entendait des claquements, des cliquettements, des raclements et quelques hennissements de chevaux de l'autre côté de la diligence. Sans doute le reste de la bande chargeait-il le butin sur leurs montures. Combien étaient-ils ? s'interrogeait l'exempt. Certainement une grosse dizaine. Il y avait les gardes-françaises, plus les hommes qu'il avait aperçus sur le toit. Sans doute d'autres derrière la voiture, qu'il ne voyait pas. Sans oublier Pélissier et l'Hirondelle.

L'Espérance remarqua alors que les gardes-françaises à cheval ne portaient pas les culottes bleues aux guêtres rouges de leur uniforme réglementaire. Ce n'étaient donc que des déguisements ! Ils avaient dû voler ces habits, ou peut-être étaient-ils simplement des déserteurs.

— Donnez-moi vos bourses et vos bijoux ou je vous fais mettre nus comme Ève et Adam ! menaça le balafré au bec-de-lièvre.

Mme Delaunay perdit alors tout espoir. Elle ne comprenait rien, mais s'exécuta. En tremblant et gémissant, elle tenta de retirer ses bagues de ses doigts boudinés. Sa fille avait déjà ôté ses bijoux et tendait au bandit son réticule qui contenait quelques écus d'argent et louis d'or. L'abbé, tout contusionné, sortit aussi une petite bourse de sa soutane. Le négociant en grains fit de même avec une petite sacoche qu'il avait gardée par-devers lui.

L'Espérance tendit lui aussi sa bourse, qui contenait près de deux cents livres. Toute sa fortune. Il aperçut Pélissier qui était entré dans la voiture et qui ouvrait sacs, poches de cuir, besaces et sacoches restés sous les sièges pour en sortir les valeurs. Angoissé, il vit que le bandit se saisissait de son portefeuille en chagrin rouge à rabat qu'il avait laissé sur le siège.

— Il n'y a que des papiers sans valeur à l'intérieur ! protesta l'exempt en tentant de faire un pas vers la voiture.

D'un geste abrupt de son arme, L'Hirondelle l'empêcha d'aller plus avant.

— On te rendra tout lors du partage, le rassura Pélissier en sortant du coche, un sourire goguenard sur les lèvres.

Il tenait plusieurs papiers à la main ; des documents qu'il avait sortis de la sacoche de L'Espérance. Celui-ci devina alors brusquement qu'il ne s'agissait pas d'une simple attaque de diligence. Pélissier était là pour voler ses papiers ! Mais pourquoi tenait-il aussi à le faire passer pour un complice ?

Les quatre autres passagers avaient maintenant compris que ce sergent en uniforme était un brigand qui s'était déguisé pour abuser gardes et cochers, et s'approcher ainsi de la voiture. Et à la dernière remarque qu'il venait de faire, ils étaient tout autant convaincus que leur compagnon de voyage était de la bande. Ils dévisagèrent L'Espérance du coin de l'œil, dans un mélange de peur, de colère et de désir de vengeance.

— Simon l'Auvergnat a descendu tous les équipages du toit et ceux attachés derrière, Pélissier, fit une voix très jeune, derrière la voiture.

Pélissier avait remis les papiers à l'intérieur et glissé le portefeuille de L'Espérance dans une des poches de son uniforme. Il se retourna pour demander :

— Tu as trouvé l'or, Louison ?

Louison ? C'était le nom du frère de Cartouche ! songea L'Espérance. Ce serait donc bien la bande de ce brigand ?

— On a la caisse, oui. Le Breton l'a brisée, il y a bien l'argent mais on ne pourra pas tout prendre, il y en a trop. Ce sont des écus d'argent et ce sera trop lourd !

— Mettez ce que vous pouvez dans les sacoches des chevaux. On laissera ce qu'on peut pas emporter. Tant pis !

— Et merci du renseignement, L'Espérance, ajouta le sergent en saluant l'exempt tout en gardant tout le monde en joue avec un sang-froid imperturbable. Sans toi, on n'aurait jamais su que la malle-poste transportait une telle fortune !

L'Hirondelle avait fini de rassembler bijoux, bourses et portefeuilles qu'il avait glissés dans ses poches. Pélissier s'adressa à lui :

— Attache-les solidement dans le dos et fais-les allonger sur le ventre dans les fourrés. Dépêchons-nous ! Vous deux – il s'adressa aux gardes-françaises à cheval – venez l'aider au lieu de rester à rien faire !

Les gardes-françaises masqués se saisirent l'un de l'abbé, l'autre du négociant. Sans ménagement, ils leur garrottèrent les mains dans le dos avec une fine lanière de cuir. Pélissier surveillait l'opération, pistolet en main.

L'Hirondelle enlaça alors la fille de Mme Delaunay et glissa une main dans son corsage. La mère et la fille se mirent à hurler, complètement hystériques. L'Espérance tenta d'intervenir, mais Pélissier le repoussa d'un violent coup de pied :

— Laisse les femmes, L'Hirondelle ! On n'a pas le temps. Tu les attaches, et c'est tout. Avec l'argent, tu pourras t'en payer tant que tu veux au bordau ou même t'acheter la *Belle Laitière* !

Dans un grognement de réprobation, le bandit au bec-de-lièvre attrapa alors les bras de la jeune femme et les serra avec un cordon.

L'Espérance avait craint le pire. Pour la vertu des dames, bien sûr, mais plus encore pour leurs vies. Il savait que les hommes de Cartouche n'aimaient pas laisser de témoins derrière eux. Heureusement, songeait-il, si on les attachait, ce n'était pas pour les tuer après.

L'abbé, complètement garrotté, fut alors entraîné vers des fourrés où il fut jeté au sol sans ménagement. Le négociant subit le même sort. L'Hirondelle en avait terminé avec la fille et un des gardes-françaises l'emmena vers les fourrés. L'homme au bec-de-lièvre se tourna vers la mère avec un méchant sourire.

— Ne t'inquiète pas, L'Espérance, plaisanta Pélissier à mi-voix en s'adressant à l'exempt. On va aussi t'attacher, mais tu pourras te délivrer facilement et nous rejoindre. Tu te souviens du lieu du rendez-vous ?

Mme Delaunay entendit tout. Elle poussa alors un hurlement. L'Hirondelle venait de se permettre de dégoûtantes privautés en la ligotant.

Un des hommes, que L'Espérance n'avait pas vu, surgit :

— On a ficelé le cocher, chef.

— Mets-le avec les autres, Le Breton. Et toi, attache notre ami, mais pas trop serré. Il faut qu'il puisse nous rejoindre, ajouta-t-il plus bas.

Il fit un clin d'œil au garde-française qui revenait. Le signe n'échappa pas à Mme Delaunay qui ne parvenait plus à se protéger des mains que l'Hirondelle avait glissées sous sa robe.

Le nouveau venu se mit à rire et attrapa les poignets de L'Espérance pour les serrer avec une force inouïe dans une cordelette. L'exempt comprit qu'il ne parviendrait jamais à se détacher.

Mais pourquoi cette comédie ? Pourquoi le faire passer pour l'un des leurs ?

À son tour il fut conduit, avec Mme Delaunay, dans les buissons, et on les jeta l'un sur l'autre. Les gardes-françaises entreprirent alors de leur attacher les pieds.

Aucun des prisonniers n'osa plus bouger ou parler.

Au bout d'un moment, un bruit de galop se fit entendre. Mme Delaunay et sa fille se sentirent soulagées. Les bandits partaient, elles ne subiraient donc pas les outrages de toute la bande.

2

L'Espérance était coincé sur le ventre, entre une souche et Mme Delaunay ; il ne pouvait pas bouger. Il tentait de comprendre ce qui s'était passé. Pourquoi Pélissier avait-il volé ses papiers ? Comment savait-il qu'il transportait des documents importants ? Et pourquoi avait-il tenté de le faire passer pour un complice ? Qu'avait-il à gagner à mentir ainsi ?

Il ne comprenait rien.

Durant quelques minutes, ce fut le silence. Ils étaient tous sur le ventre, trop terrorisés pour bouger. Puis le postillon déclara :

— Ils sont partis. On n'est pas loin du grand chemin. Dès qu'on entendra une voiture, crions ensemble de toutes nos forces.

Il y eut quelques murmures d'approbation, puis chacun tenta de bouger, de ramper et de se retourner pour pouvoir mieux respirer.

— Où est le garde ? demanda alors L'Espérance.

— Je l'ai vu avec eux, bredouilla le jeune. C'était leur complice ! Ils ont aussi tué le père Matthieu ! Le courrier devant nous n'a rien dû entendre, car il était trop loin, et Matthieu a reçu une balle de ces bandits. Il est tombé et il est passé sous les chevaux. Il a dû se rompre le cou.

— Et mon valet ? interrogea le négociant.

— Le jeune qui a sauté sur le toit lui a coupé la gorge, répondit le cocher dans un gémissement.

Il y eut un long silence horrifié. Puis on entendit des galops au loin. Le bruit se rapprocha. On entendit le roulement d'une voiture, et le jeune cocher se mit à crier. Tous l'imitèrent.

Quand leur gorge leur fit trop mal, ils s'arrêtèrent. Le galop diminuait. On ne les avait pas entendus.

L'épisode se renouvela plusieurs fois. Ils avaient beau crier de toutes leurs forces, personne ne les entendait. Il commençait à faire plus frais. L'Espérance songea avec inquiétude que s'ils restaient là la nuit, les loups arriveraient. Et que certains d'entre eux seraient dévorés vivants !

— J'ai froid ! se plaignit la fille de Mme Delaunay, d'une voix éteinte.

— Je crois que j'ai réussi à relâcher mes liens, marmonna alors le cocher.

À force d'efforts, il parvint même à se retourner. L'Espérance l'observait du coin de l'œil.

Le jeune homme réussit finalement à s'asseoir. Il porta la lanière qui le garrottait à sa bouche et, au bout de longues minutes, il parvint à défaire le nœud avec ses dents.

Aussitôt, il s'accroupit près de la fille de Mme Delaunay et entreprit de la détacher. Elle le regardait avec adoration. Dès qu'il eut terminé, il s'occupa de la mère, qui lui murmura quelques mots. Pendant ce temps, la jeune fille défaisait les liens de l'abbé.

Enfin, ce fut le tour du négociant. L'Espérance demanda alors :

— Et moi ?

Le jeune cocher s'approcha de lui :

— Madame m'a dit que vous étiez avec eux. Je ne dois pas vous libérer.

— C'est stupide. Je suis exempt au Châtelet ! Le bandit qui m'a parlé a agi ainsi pour se moquer.

— Vous pouvez le prouver ? demanda l'abbé d'une voix dubitative.

— J'ai des papiers dans mon portefeuille, celui que Pélissier a fouillé. C'est un portefeuille en chagrin rouge, il a un rabat. Il a pris certains des papiers à l'intérieur, mais il a sans doute laissé ce qui ne l'intéressait pas. Il doit être près de la malle-poste.

L'abbé se rendit à la voiture alors que le négociant, Mme Delaunay et sa fille examinaient avec désespoir leurs bagages pillés. Le négociant s'aperçut soudain qu'une grande partie de son argent avait été abandonné par les brigands. Avidement, il rassembla rapidement ce qui restait – environ deux cent mille livres[1] – dans les deux coffres qu'il transportait et revint au bout de quelques instants devant L'Espérance. Les poings serrés, bouffi de rage, son regard affichait une haine si intense qu'il en était effrayant :

— C'est vous qui leur avez dit que je transportais cet argent ? Comment l'avez-vous su ?

— De quoi parlez-vous ? s'irrita L'Espérance en tentant de casser ses liens.

— Il y avait quatre cent mille livres dans un coffre que j'apportais à Paris ! Personne ne le savait ! Le brigand vous connaissait. Il a affirmé que vous lui aviez dit que je transportais une grosse somme, il a même parlé de partage ! cria le négociant.

— C'est vrai ! intervint Mme de Delaunay. Il vous connaissait.

— Je le connaissais aussi, se défendit L'Espérance en essayant de garder son calme. Je suis exempt au Châtelet et j'ai pourchassé cet homme, ainsi que son complice. Il se nomme Pélissier. C'est un ancien

1. À la fin du *Système* de Law, le louis d'or valait 46 livres et l'écu d'argent 16 livres. Il faudra attendre la réforme monétaire de 1726 pour rétablir le louis à 24 livres, et l'écu d'argent à 6 livres. Le louis d'or pesait en général 7,5 g et l'écu d'argent 30 g (bien qu'il y eût quantité d'autres pièces). La bande de Cartouche avait volé ce jour-là 180 000 livres – ceci d'après les pièces du procès – en écus d'argent de 16 livres soit 11 000 écus de 30 g, soit plus de 300 kg.

sergent des maréchaux et il est sûrement de la bande de Cartouche. Quant à Louison, à qui il a parlé, c'est sans doute le propre frère de Cartouche !

— Cartouche ! bredouilla l'abbé terrorisé. Il nous faut partir, et vite. S'ils reviennent, ils nous tueront !

Puis il ajouta :

— Il n'y a aucun portefeuille rouge dans la voiture ou autour.

— C'est bien ce que je dis, menaça le négociant avec malveillance tout en pointant un doigt sur L'Espérance. Vous les connaissez tous ! Vous êtes avec eux ! Vous serez pendu !

— Mon Dieu ! s'étouffa Mme Delaunay en se jetant dans les bras de sa fille. Notre compagnon de voyage était un *cartouchien* ! J'aurais pu subir le sort de Mme de Boufflers ! sanglota-t-elle dans une sorte de regret.

— Je peux prendre un cheval et partir à leur poursuite si vous me libérez, proposa l'exempt du Châtelet en ignorant leurs craintes et leurs colères.

— Certainement pas ! s'insurgea le négociant avec haine. Vous devrez d'abord vous expliquer avec le prévôt ! Ces bandits étaient vos amis !

— Je n'ai rien à expliquer ! répliqua rageusement L'Espérance. Ils ont volé des documents importants que je rapportais de Rome. Je dois les rattraper. Libérez-moi, au lieu de dire des sottises.

Pour le moment, il n'était ni inquiet ni effrayé, seulement contrarié de leur obstination. Il roula sur lui-même et parvint enfin à s'asseoir.

— Mon argent est autrement plus important ! Ils m'ont volé environ cent quatre-vingt mille livres ! s'égosilla le négociant. Je vous ferai rouer pour ça... Et aussi pour la mort de mon domestique, ajouta-t-il en pensant soudain à son valet.

— Ne bougez pas, intervint alors le cocher.

L'Espérance leva la tête. Le jeune homme tenait à la main l'arquebuse de son compagnon, qu'il était allé chercher derrière le siège de la malle.

— Je n'hésiterai pas à tirer sur vous ! poursuivit le garçon en amorçant le bassinet.

C'était une arme se chargeant par la culasse ; L'Espérance la considéra avec inquiétude. Une fois l'amorçage du bassinet prêt, le coup pouvait partir au moindre mouvement maladroit. Il se demanda si ce jeune cocher savait tirer. Sinon, il pouvait parfaitement le tuer en faisant une fausse manœuvre.

Puis il se dit qu'il allait arriver à s'expliquer. Il ne fallait plus qu'il s'oppose à eux. Il était inutile qu'il risque sottement sa vie. Il baissa donc les yeux et se tut.

— La brigade de la maréchaussée nous a croisés, il y a une heure. Ils étaient cinq. Essayons de les rejoindre avec la voiture, proposa Mme Delaunay en se serrant dans son manteau.

— C'est ce qu'il faut faire, en effet, approuva le cocher en gardant l'arme pointée sur L'Espérance. Les gendarmes sont certainement au relais de La Roche. En chemin, on retrouvera le père Matthieu. C'était un brave homme. Peut-être est-il encore vivant. Montez en voiture, on peut être à La Roche dans moins d'une demi-heure. Sinon, on retournera jusqu'à Saulieu. On y sera avant la nuit. M. l'abbé se mettra sur le siège avec moi et un passager pourra ainsi surveiller le prisonnier. On va le transporter à l'intérieur.

Il s'adressa au négociant en faisant un signe avec son arquebuse :

— Savez-vous utiliser ça ?

— Bien sûr, je chasse souvent sur mes terres, répliqua l'homme en reprenant son ton compassé. Passez-la-moi, je vais le surveiller. D'autant qu'il n'y a que lui pour nous conduire à mon or : le brigand n'a-t-il pas dit qu'il devait les rejoindre pour le partage ?

Mme Delaunay et sa fille inclinèrent la tête en signe d'adhésion.

Le cocher donna donc l'arquebuse au négociant, qui garda L'Espérance en joue. Ensuite il proposa :

— Monsieur l'abbé, aidez-moi à le transporter jusque dans la voiture. Pendant ce temps, les dames pourraient ranger les bagages éventrés.

— Vous êtes stupide, protesta L'Espérance en haussant les épaules, mais je ne chercherai pas à m'enfuir. Je suis un exempt du Châtelet, je vous l'ai dit et il me sera facile de m'expliquer avec la maréchaussée. Simplement, les brigands seront loin quand on partira à leur poursuite. Détachez-moi au moins les jambes et je monterai seul dans la malle. Je vous donne ma parole.

Le jeune homme considéra un moment le prisonnier. Il était très grand et solidement bâti. Il devait donc être très lourd. Il opina donc puis s'accroupit et défit les liens qui serraient les chevilles du prisonnier. Ensuite, il conduisit L'Espérance sur un siège. Le négociant s'installa en face, gardant l'arme braquée sur lui.

Les deux femmes et l'abbé avaient finalement rassemblé les bagages pillés. L'abbé et le postillon parvinrent à les rattacher sur le toit et à l'arrière.

— Pour le valet, que faisons-nous ? demanda l'abbé quand il eut terminé. Nous ne pouvons l'abandonner ainsi...

— On le laisse pour l'instant. On reviendra le chercher plus tard.

Il savait pourtant que les loups arriveraient avant eux, mais il fallait en premier lieu sauver les vivants.

Pourtant, pris d'un remords à abandonner le corps ainsi, il demanda aux deux femmes de l'aider et, ensemble, ils le transportèrent sur la lisière de la clairière. Là, le prêtre récita une brève prière.

Mme Delaunay et sa fille s'installèrent ensuite à côté du négociant, évitant de toucher L'Espérance, comme s'il pouvait être un danger pour elles.

La voiture démarra. Mme Delaunay ne quittait pas L'Espérance des yeux, lui jetant des regards amers. Peut-être de crainte, sans doute de honte, mais surtout de déception.

Ils regagnèrent la route. En chemin, deux cavaliers les rattrapèrent. Ils s'arrêtèrent un instant et l'abbé leur raconta le guet-apens. Les deux hommes poursuivirent leur chemin en promettant d'avertir le lieutenant criminel de Saulieu ou la maréchaussée, s'ils la rencontraient auparavant.

Un peu plus tard, ce fut un carrosse qui transportait un parlementaire. Il avait avec lui deux laquais et lui aussi promit d'avertir la maréchaussée d'Auxerre. Ils croisèrent ensuite quelques paysans à pied et un colporteur. Plus tard, ce fut un ânier suivi d'une dizaine de chèvres, puis de nouveau des cavaliers et enfin la voiture de poste qui circulait entre Auxerre et Saulieu. À chacun, l'abbé expliquait avec fierté qu'ils avaient été attaqués mais qu'ils avaient fait un prisonnier. Tous faisaient alors des commentaires tant sur Cartouche que sur l'insécurité toujours plus grande qui régnait désormais en France. Plusieurs proposèrent même de pendre le *cartouchien* toujours sous la surveillance du négociant. Si celui-ci n'avait pas encore l'espoir que L'Espérance pourrait le conduire à son or, ce dernier aurait certainement fini ses jours suspendu à la branche d'un chêne.

Au début, l'exempt du Châtelet avait à nouveau protesté de son innocence, puis, constatant l'inutilité de ses dénégations, il était resté silencieux. Il avait hâte de voir arriver la maréchaussée. Il lui serait alors facile de se défendre et de faire constater qui il était. Une simple lettre à M. Voyer d'Argenson le tirerait vite d'affaire.

Au détour du chemin, ils découvrirent la brigade qui venait à leur rencontre. Elle avait été prévenue par les cavaliers qui les avaient dépassés peu de temps auparavant.

Sous l'Ancien Régime, la police était assurée par les prévôts dans les petites villes et par les lieutenants criminels dans les bailliages. Mais dans les campagnes, depuis Philippe Auguste, le maintien de l'ordre dépendait des prévôts des maréchaux, une organisation militaire chargée à l'origine de sanctionner les crimes des soldats déserteurs.

Les prévôts étaient tenus d'arrêter les individus pris en flagrant délit et de les conduire devant le grand prévôt ou son lieutenant. Le jugement était alors rapide et généralement sans appel, contrairement à ceux des présidiaux et des parlements.

Mais les campagnes étaient si vastes que les malfaiteurs avaient, malgré cette justice expéditive, une quasi-certitude de l'impunité. Aussi, en mars 1720, un édit royal avait réorganisé la maréchaussée en brigades de cinq cavaliers réparties sur tout le territoire. Ces cavaliers, sous les ordres d'un exempt, n'étaient autres que les anciens archers de la maréchaussée. Ce terme d'archer provenait de leur ancienne manière de s'armer bien qu'arquebuses, piques ou fusils aient remplacé depuis longtemps les arcs et les flèches.

L'exempt qui dirigeait une brigade était chargé de procéder aux captures en cas de flagrant délit de grands crimes, tels que vols ou meurtres. Il pouvait procéder lui-même aux interrogatoires avant de porter l'affaire devant le prévôt ou un de ses lieutenants. Avec la réforme de 1720, les prévôts provinciaux avaient d'ailleurs reçu le titre de vice-bailli ou de vice-sénéchal. Ils étaient désormais assistés de lieutenants. Une fois qu'on leur avait amené les suspects, ils pouvaient les juger immédiatement et les condamner sans appel.

L'exempt et ses cavaliers entourèrent la voiture qui s'était arrêtée en les apercevant. Celui qui dirigeait la troupe écouta le bref récit du cocher agrémenté des commentaires de l'abbé, lequel leur précisa qu'un des passagers à l'intérieur était le complice de la bande de Cartouche.

Alors qu'un des soldats surveillait L'Espérance, toujours garrotté, le négociant sortit de la voiture et fit lui aussi le récit de l'attaque, mais en insistant sur le vol de ses cent quatre-vingt mille livres et la mort de son valet.

L'exempt de la maréchaussée expliqua à son tour que ceux qui les avaient prévenus avaient trouvé le corps du père Mathieu en chemin. Il avait donné des ordres pour qu'on le ramène à Saulieu.

Ensuite, il interrogea rapidement les deux femmes qui confirmèrent la complicité évidente de leur compagnon de voyage. Celui-ci se défendit vivement :

— Je ne suis pas un complice de Cartouche ! Je suis exempt au Grand-Châtelet ! M. le lieutenant général de police répondra de moi.

L'exempt qui commandait la brigade marqua sa perplexité en fronçant les sourcils. L'affaire paraissait se compliquer.

— Pouvez-vous prouver vos dires, monsieur ? demanda-t-il avec une politesse de pure forme.

— Les bandits m'ont pris mon passeport. Mais vous pouvez envoyer une lettre à M. d'Argenson. Il me connaît.

— Très bien. Mon lieutenant s'en chargera.

Il se tourna vers le négociant :

— J'ignore s'il dit vrai, mais s'il est officier du roi, il ne doit pas être traité comme un criminel – sauf cas de résistance. Je ne vais donc pas l'enchaîner, mais je le laisserai entravé. Vous allez remonter en voiture et je placerai un de mes hommes d'armes à côté de lui. Je vous escorterai jusqu'à Saulieu, où mon lieutenant vous interrogera et prendra vos dépositions.

— Mais nous arriverons encore plus tard à Paris ! se lamenta Mme Delaunay.

— En effet, mais votre interrogatoire aura lieu dès ce soir. Vous signerez les dépositions et vous pourrez partir demain matin. Ne vous plaignez pas, ajouta-t-il dans un sourire après que son regard eut glissé sur les rondeurs généreuses des deux femmes, votre sort aurait pu être pire !

Les généralités étaient les circonscriptions administratives de l'Ancien Régime. Appelées recettes générales lors de leur création par Henri II, elles n'étaient alors que des circonscriptions financières chargées de collecter la taille, les aides et la gabelle. Les généralités furent ensuite contrôlées par des maîtres de requêtes qui, au début du XVIIe siècle, devinrent des Intendants.

L'attaque de la bande de Cartouche avait eu lieu dans la généralité de Dijon. Celle-ci était découpée en quinze bailliages, les bailliages étant les circonscriptions de justice inférieures aux présidiaux.

C'est à Saulieu, l'un des bailliages de Bourgogne, que la maréchaussée conduisit les passagers de la malle-poste ainsi que L'Espérance, leur principal suspect. Les voyageurs furent logés au *Lion d'Or,* et L'Espérance enfermé dans une salle basse de l'hôtel de ville qui servait de prison. Il y avait là un braconnier avec qui il partagea la paille qui couvrait le sol.

Joachim d'Aligny était gentilhomme et prévôt des maréchaux de Saulieu. En réalité il n'était que lieutenant du grand prévôt de Bourgogne mais il portait depuis peu le titre de vice-bailli. Ce fut lui qui interrogea, le soir même, les passagers et le cocher survivant, en compagnie d'un greffier chargé de noter leurs dépositions.

Tous accablèrent L'Espérance, complice évident des voleurs qui le connaissaient bien.

Le prévôt était tenu d'interroger un accusé dans les vingt-quatre heures suivant sa capture. Il pouvait faire cet interrogatoire seul, et celui de L'Espérance eut lieu dès le lendemain matin, après le départ des voyageurs qui repartaient pour Paris.

Conformément à la procédure pénale, l'assistance d'un conseil était interdite pour l'accusé. Le prévôt, assisté de son greffier, questionna le prisonnier dans une petite pièce contiguë au cachot. Il lui remit d'abord un procès-verbal de capture, puis le décret d'*assigné pour être ouï*, par lequel il décidait de l'entendre sur les faits de l'information. Il lui précisa qu'il risquait un procès prévôtal en dernier ressort. La procédure étant assez formelle, le prévôt lui lut l'ordonnance détaillant les cas prévôtaux, et principalement celle concernant les vols et crimes de grand chemin :

— ... *Les prévôts de nos cousins les maréchaux de France, les lieutenants criminels de robe courte, les vice-baillis, vice-sénéchaux connaîtront en dernier ressort de tous crimes commis par vagabonds, gens sans aveu et sans domicile... et principalement tous crimes, délits, injures et offenses commis en quelque lieu et par quelque personne que ce fût, excepté dans l'enclos des villes où il y a des juges royaux...*

Quand il eut terminé, L'Espérance put enfin s'expliquer et dire qui il était. Son discours ne parut guère convaincre M. d'Aligny, tant et tant de rapines et de violences étant commises sur le grand chemin par des exempts de justice en rupture de ban ! Et surtout les témoignages des autres passagers contre le prévenu étaient accablants. Toutefois, par souci de bonne justice, il accepta du bout des lèvres d'envoyer une lettre au lieutenant général de police de Paris.

Dans l'immédiat, il décida que le prisonnier resterait dans son cachot.

Rentré chez lui, le lieutenant de la prévôté médita longuement sur les suites à donner à cette affaire. Il pouvait confier l'instruction au grand prévôt de Dijon qui la traiterait en faisant participer à l'audience des membres du présidial[1] ainsi que le procureur du roi. Dans ce cas le prisonnier serait transféré aux prisons du présidial.

L'avantage de cette procédure était qu'on ne pourrait rien lui reprocher. Mais l'action en justice serait plus longue, car le prévôt des maréchaux de Dijon devrait, après avoir jugé, faire reconnaître sa compétence en remettant les actes du procès au greffier du présidial, d'où ils seraient portés chez le procureur du roi. La compétence de son jugement serait ensuite approuvée par sept juges au moins.

Tout ceci prendrait du temps et on ferait payer à Joachim d'Aligny une partie des frais de justice ainsi que les frais de bouche du prisonnier, à charge pour lui de se faire rembourser par le prévenu. Or, il y avait eu flagrant délit et, en tant que vice-bailli, il était compétent pour juger ceux qu'il arrêtait dans les campagnes ou sur les grands chemins à condition de décréter avant le lieutenant criminel.

Il pouvait donc choisir un jugement rapide et sans appel en proposant simplement au bailli de la ville d'être présent et en se faisant simplement assister par un greffier.

1. Juridiction intermédiaire entre les bailliages et le parlement.

Par souci d'économie, il se prononça finalement pour cette procédure. Restait encore à écrire au lieutenant de police de Paris pour savoir qui était vraiment ce L'Espérance. Cela ferait certainement perdre du temps mais, si la lettre était pressante et partait le jour même, il pourrait avoir la réponse dans quatre ou cinq jours.

Il prépara donc soigneusement une lettre que son secrétaire emporta pour la remettre à la malle de poste venant de Lyon. Lorsque le secrétaire revint, il lui apporta aussi le courrier qui venait d'arriver de Paris. C'étaient principalement des copies d'avis et de décrets du ministère de la Guerre concernant la maréchaussée, mais il y avait aussi un arrêt de M. Voyer d'Argenson envoyé aux baillis et vice-baillis de la généralité de Dijon signalant qu'un ancien exempt du Châtelet nommé François L'Espérance était recherché pour son appartenance à la bande de Cartouche. L'arrêt était complété par un décret de *prise de corps*.

Dès qu'il eut parcouru le document, le lieutenant de la prévôté fit rechercher par son secrétaire la lettre qu'il avait déposée pour le passage de la malle de Lyon. Furieux d'avoir été trompé, il la détruisit et il se rendit chez le lieutenant criminel de la ville, Claude de Sayve, à qui il expliqua qu'il voulait un procès rapide de ce complice de Cartouche et qu'il souhaitait sa présence pour l'interrogatoire officiel qui précéderait le jugement.

En effet, si le prévôt et ses lieutenants étaient aussi magistrats en robe courte et juges criminels, ils devaient se faire assister par d'autres magistrats ou, à défaut, par des officiers gradués en droit, pour les interrogatoires préliminaires aux jugements.

C'était en général le lieutenant civil, ou le lieutenant criminel, qui faisait cet interrogatoire et qui présidait le tribunal, même si le prévôt ou son lieutenant avait voix délibérative. Le jugement était ensuite intitulé au nom du prévôt, et il devait être fait mention qu'il avait été rendu par le lieutenant de résidence ayant fait l'instruction.

M. d'Aligny présenta au lieutenant criminel les témoignages – accablants – contre L'Espérance, les explications de ce dernier, et enfin le décret de M. Voyer d'Argenson qu'il venait de recevoir. L'affaire paraissait limpide. M. de Sayve décida donc de diriger, avec l'assistance du procureur du roi, l'ultime interrogatoire du prisonnier.

Restait à décider si celui-ci subirait la question.

La question pouvait être infligée soit lors de l'interrogatoire préliminaire et de l'instruction, soit durant ou juste après le jugement. Dans les deux cas, le procès-verbal de torture était fait par un juge rapporteur, en présence du prévôt. On distinguait la question ordinaire de la question extraordinaire, selon l'intensité des tourments – le juge ayant toujours plein pouvoir pour s'arrêter à l'une ou pousser jusqu'à l'autre. Au niveau de l'instruction on utilisait la question préparatoire qui servait à arracher à un accusé l'aveu de son crime, ou encore la question préalable, qui était donnée aux condamnés pour les forcer à révéler leurs complices.

Aucune ordonnance royale ne contenait de prescriptions quant à la manière de donner la question. Les tourments infligés variaient avec les parlements. Les instruments les plus fréquents utilisés par les juges et prévôts des maréchaux étaient l'eau introduite de force, le vinaigre instillé par le gosier, la poix ardente appliquée sous les aisselles ou encore les doigts écrasés dans le chien d'une arquebuse. À Paris, on faisait uniquement boire de l'eau ou donner les brodequins[1]. M. de Sayve, lieutenant criminel de

1. La question à l'eau se donnait ainsi : l'accusé, ou le condamné, était étendu sur un banc et attaché par les bras et les jambes à des

Saulieu, n'était pas un partisan de la torture. Il expliquait que la question préparatoire avait pour résultat de faire souffrir à l'accusé une douleur certaine pour un fait incertain, et il précisait souvent : « Ou le délit est prouvé ou il ne l'est pas. S'il l'est, on n'a pas besoin d'autre peine que celle que la loi inflige, et l'aveu du coupable n'étant plus nécessaire, il rend inutile la question. S'il ne l'est pas, il est affreux de tourmenter celui que la loi regarde comme innocent. »

Or le délit ici était prouvé. Par ailleurs, le jugement interviendrait rapidement après l'interrogatoire et, si le prisonnier était condamné aux galères – ce qui serait certainement le cas car le ministre de la Guerre, M. Le Blanc, leur rappelait régulièrement par des instructions que l'on manquait de bras à cause de la peste – il serait important que ce L'Espérance soit en bonne santé pour supporter la chaîne jusqu'à Marseille. Ils décidèrent donc d'un commun accord de ne pas torturer le prisonnier, sauf s'il refusait de nommer ses complices.

Dès le matin du lendemain, l'huissier de la prévôté fit sortir L'Espérance de son cachot pour qu'il soit interrogé par le lieutenant du prévôt. Auparavant il lui remit un décret *d'ajournement personnel*, par lequel il était assigné à comparaître pour être interrogé, ainsi qu'un décret de *prise de corps* rédigé ainsi :

Vu le flagrant délit de crime sur le grand chemin de Saulieu à Auxerre, nous prévôt de Saulieu,

---

boucles ou anneaux de fer avec des cordes. Son corps dénudé étant ainsi étiré on lui faisait avaler une certaine quantité d'eau par le moyen d'une grosse corne qu'on lui mettait par le bout dans la bouche. Parfois, il s'étouffait et mourait. La question des brodequins se donnait en mettant les jambes de l'accusé, ou du condamné, dans des ais et des coins pour serrer les jambes entre les deux ais à coups de maillet ; le tout est bien serré et garrotté avec des cordes. Après quoi, on frappait un certain nombre de coups de maillet.

ordonnons que le nommé François L'Espérance sera pris au corps et conduit dans les prisons de Saulieu pour être ouï et interrogé sur les faits résultant des charges et informations.

À cette lecture, L'Espérance, qui avait toujours gardé la certitude de se disculper, comprit qu'il était perdu et que son procès allait avoir lieu sans qu'il puisse faire connaître la vérité. Il protesta mais l'huissier lui rappela que lorsque le meurtrier avait été pris dans l'action, ou qu'il avait été vu dans le lieu où un crime avait été commis, le jugement prévôtal était toujours rapide et en dernier ressort.

On le conduisit dans la même pièce où il avait été interrogé la veille. Le lieutenant criminel, le procureur du roi, et le lieutenant du prévôt l'attendaient, en compagnie d'un huissier et d'un greffier. Le lieutenant criminel lui signifia d'un ton morne les charges pesant contre lui et lui lut les dépositions des témoins. L'Espérance protesta à nouveau, expliquant qu'il était au service d'un important diplomate et chargé de porter des documents secrets à Mgr Dubois. Il fournit même quelques détails sur sa mission, détails qui provoquèrent une moue dubitative de la part du lieutenant criminel qui, comme beaucoup de Français, détestait Dubois, considéré unanimement comme un jouisseur et un dépravé.

L'Espérance expliqua aussi qu'il était parti pour Rome à la demande expresse du lieutenant général de police de Paris, M. d'Argenson.

Ceci fit venir un sourire incrédule aux lèvres de Joachim d'Aligny, qui lui lut alors l'arrêt et le décret de *prise de corps* de M. Voyer d'Argenson le mettant en cause nommément. L'Espérance en fut tellement stupéfait qu'il resta sans voix. Son silence fut immédiatement interprété par ses juges comme un aveu.

Le prisonnier fut alors sommé de nommer ses complices.

— S'ils étaient mes complices, m'auraient-ils attaché et livré comme ils l'ont fait ? protesta-t-il, accablé.

— Sans doute ne voulaient-ils pas partager avec vous, suggéra le prévôt. Si vous refusez de révéler leurs noms, il vous sera appliqué la question préalable.

L'Espérance se savait perdu. La question pouvait le laisser invalide, il le savait, l'ayant déjà fait subir à quantité de prisonniers. Il murmura :

— Il y avait Pélissier, il était sergent de gendarmerie. Il y avait aussi l'Hirondelle, Le Breton, sans doute Simon l'Auvergnat. Il y avait encore Louison, le frère de Louis Dominique Cartouche.

— Il s'agissait donc bien de la bande de ce brigand ?

— Oui, balbutia L'Espérance.

— Et l'argent, où est-il ?

— Je l'ignore. Sans doute sont-ils en train de le dépenser à Paris dans des cabarets avec des filles.

Cette confession suffisait au lieutenant criminel. Il ordonna que le prisonnier soit reconduit dans son cachot.

Le procès eut lieu l'après-midi même, hors de la présence de l'accusé et, bien sûr, sans avocat comme c'était la règle dans la procédure criminelle. Il fut rapide, la culpabilité de complicité de François L'Espérance ne faisant aucun doute.

Restait à décider de la peine.

Les voleurs de grand chemin étaient condamnés à expirer vifs sur la roue et c'était la punition que souhaitait Joachim d'Aligny. Le lieutenant criminel et le procureur préféraient les galères, comme le conseillait M. Le Blanc, d'autant que le prévenu n'était que complice. Après un bref débat fort courtois, ce fut ce dernier châtiment qui l'emporta. L'Espérance fut donc condamné à dix ans de galère, la marque au fer chaud des trois lettres GAL ne lui étant pas appliquée pour éviter une plaie pouvant s'infecter durant le long trajet à pied jusqu'à Marseille. Il serait marqué seulement à Marseille.

Le jugement fut signifié à l'exempt du Châtelet le soir même. Il était sans appel et la sentence immédiatement exécutoir.

3

François L'Espérance n'avait jamais été réellement inquiet durant tout le temps de son emprisonnement. Il savait que Voyer d'Argenson le ferait libérer dès qu'il apprendrait ce qui s'était passé. Par contre, l'exempt avait beau tourner et retourner dans sa tête les événements qui s'étaient produits, il était incapable de les comprendre. Que Cartouche et sa bande aient attaqué la diligence qui transportait quatre cent mille livres, il le comprenait. Mais qu'ils aient tenté de le faire passer pour leur complice restait pour lui incompréhensible. À la limite, il aurait admis qu'ils le tuent, quoiqu'il n'ait jamais été particulièrement chargé de la poursuite des hommes de Cartouche. Il n'y avait en vérité aucune justification pour que les Cartouchiens lui en veuillent plus qu'à d'autres policiers de Paris.

Et surtout, il y avait le vol de ses papiers. Pélissier savait-il qu'il transportait des documents importants depuis Rome ? Cela lui paraissait impossible. Et pourtant !

Certes, d'autres explications étaient plausibles : Pélissier le haïssait peut-être pour une raison qu'il ignorait et s'était vengé en le faisant condamner. Quant aux papiers volés, le bandit les avait gardés par erreur lorsqu'il avait pris son passeport pour qu'il ne puisse faire état de son identité.

Seulement, il y avait le décret accusateur de M. Voyer d'Argenson ! Voilà qui était vraiment inexplicable. Comment lui, L'Espérance, pouvait-il être recherché pour son appartenance à la bande de Cartouche alors qu'un mois plus tôt, Voyer d'Argenson, lui-même, lui avait proposé une mission de confiance ?

C'était impossible ! Il vivait un cauchemar ! Ou alors, il existait un effroyable complot contre lui ! Mais pourquoi ? Qui était derrière tout cela ?

Tout se mélangeait désormais dans sa tête. Le pauvre exempt finissait par ne plus savoir qui il était vraiment.

Sa brusque et terrible condamnation lui ôta en quelques heures toute énergie. Ce fut un homme brisé qui fut réveillé le lendemain matin, à quatre heures.

Munis d'une torche et d'une lanterne, trois hommes pénétrèrent dans sa cellule. Il y avait un huissier chargé de lui lire sa condamnation, un archer pour le conduire à pied jusqu'à Beaune, et un forgeron qui lui riva des fers au pied.

Il se laissa faire, n'écoutant rien, comme s'il vivait dans un rêve.

Une heure plus tard, il était sur la route, enchaîné derrière le cheval de l'archer, porteur des quelques hardes que le prévôt avait accepté de lui laisser. Tout ce qui avait de la valeur dans ses bagages devant être vendu pour payer les frais de justice et son gîte dans la prison de Saulieu !

L'archer qui le conduisait n'était pas mauvais bougre. Il fit de nombreuses haltes, lui remit le pain noir auquel il avait droit, et le laissa boire dans les relais et fermes qu'ils traversaient. Mais quand il parlait à son prisonnier, celui-ci ne répondait jamais. Le regard dans le vague, le condamné aux galères paraissait vide de tout sentiment, indifférent à tout.

Le prisonnier passa la nuit dans une cellule du château d'Arnay. Ils reprirent la route le lendemain dans le même silence. L'Espérance n'était plus qu'un animal domestique, aussi obéissant que le cheval de l'archer.

À Beaune, son geôlier le conduisit à la prison du bailliage après avoir remis les documents à un greffier. Il connaissait parfaitement la procédure, car ce n'était pas la première fois qu'il conduisait ainsi un captif. Celui-ci fut jeté dans une grande salle voûtée où se trouvaient déjà une dizaine de prisonniers.

Le greffier transmettrait les documents au lieutenant civil. Plusieurs fois par an, la grande chaîne venant de la tour Saint-Bernard – la prison des galériens à Paris – passait par Beaune, et L'Espérance y serait rattaché avec un groupe de condamnés à la même peine.

Ni pire ni meilleure que les autres prisons du royaume, la prison de Beaune était un lieu effroyable et malsain. Un séjour d'horreur et d'infection, prélude de l'enfer.

L'Espérance devait y rester un mois.

Comme dans beaucoup de geôles sous l'Ancien Régime, hommes et femmes y étaient enfermés ensemble, dans une salle commune sans latrines. Cette mixité était en principe interdite mais, de tout temps, les maîtres de la France ont fait des économies sur les prisons. Un intendant du roi avait d'ailleurs écrit à ce sujet au souverain pour protester contre cette effroyable mixité qu'il avait constatée :

« ... Les hommes et les femmes sont renfermés dans la même prison, et il en résulte toujours que celles qui n'étaient pas grosses quand elles ont été arrêtées le sont toujours quand elles arrivent au dépôt... »

Les premiers jours, L'Espérance resta prostré dans un coin de la grande salle. Comme tous les détenus, une chaîne lui liait les deux pieds, mais avec suffisamment de liberté pour qu'il puisse se déplacer d'une toise ou deux. Les autres prisonniers tentèrent de lui parler, il ne répondit à aucun. Certains lui cherchèrent noise, et même tentèrent de lui voler ses hardes et ses chaussures. Il les écarta à coups de poing et, après qu'il eut brisé une mâchoire et quelques bras, on le laissa tranquille.

Pourtant, L'Espérance perdait pied. Il cessa peu à peu de s'alimenter pour tomber dans une sorte de prostration. Son esprit se vida lentement des souvenirs de son ancienne existence.

Ses compagnons l'observaient comme des prédateurs. Ils avaient tous deviné que l'ancien exempt ne supporterait pas la chaîne et que, bientôt, ils pourraient le voler sans risque. Ils s'étaient déjà verbalement partagé ses vêtements.

À peu près dix jours après l'arrivée de L'Espérance, on amena un nouveau prisonnier.

C'était une prisonnière.

Plus très jeune et pas très belle, elle avait une bouche en bec de canard partiellement édentée et ses cheveux manquaient par places. C'était une mendiante qui avait été prise par le guet pour avoir volé des pommes. Elle devait être jugée dans les jours à venir, sans doute serait-elle ensuite flétrie au fer rouge et enfermée dans un couvent. À moins qu'on ne la vende en Louisiane. Mais qui voudrait d'elle ?

Découvrant les hommes qui l'examinaient comme un objet ou un animal, elle se recroquevilla contre la porte du cachot. Le geôlier partit en riant, lui souhaitant bien du plaisir.

Deux prisonniers plus audacieux que les autres s'approchèrent d'elle. Elle comprit quel allait être son sort et se mit à hurler.

Le cri fit sortir L'Espérance de sa torpeur. Il l'aperçut, déjà victime des brutes, et soudain le souvenir de son ancienne condition lui revint à l'esprit ; il était un exempt, chargé d'appliquer la loi et de défendre les opprimés.

Alors qu'un des hommes venait d'arracher le corsage de la femme, découvrant ses seins, et que l'autre l'avait couchée au sol, il se leva pour déclarer d'une voix effroyablement calme :

— Laissez-la !

— Toi, le muet, tu passeras après nous, ricana un des prisonniers.

L'Espérance s'approcha, les poings serrés. Les deux hommes ne s'occupaient pas de lui, l'un maintenait la femme qui se débattait sur le sol alors que l'autre avait baissé ses chausses.

L'exempt envoya un violent coup de genou dans le ventre de ce dernier. L'homme se plia en deux de douleur. L'Espérance abattit alors ses deux poings serrés en une masse sur la tête du second qui était couché sur la femme, lui faisant sortir le sang par le nez. D'un coup de pied, il l'écarta, lui brisant la mâchoire, puis il revint vers sa première victime qui gémissait et il lui brisa les deux bras.

Les autres prisonniers s'étaient approchés pour regarder. Il les considéra avec défi :

— Quelqu'un veut encore me contrarier ?

Personne ne bougea. Les deux hommes qu'il avait battus saignaient beaucoup et paraissaient être tombés dans l'inconscience.

Il se tourna vers la femme qui sanglotait :

— Venez avec moi, dit-il doucement. On vous laissera tranquille, désormais.

Le soir, quand on leur porta à manger, le porte-clefs découvrit l'un des hommes mort, l'autre inconscient. Les geôliers interrogèrent les prisonniers. Personne ne parla.

On emporta le mort et le blessé.

Un peu plus tard, un sergent vint à son tour, accompagné de deux archers et d'un homme en noir qui leur fut présenté comme le lieutenant criminel du bailliage. Il y avait aussi un greffier portant sa tablette et sa plume. Cette fois, un des détenus interrogés accusa L'Espérance. Le magistrat se tourna vers lui :

— Pourquoi avez-vous battu ces hommes ? L'un est mort. L'autre ne pourra repartir avec la chaîne. Vous savez certainement que vous risquez la potence.

— J'ai fait mon devoir, monsieur. Ils allaient abuser de cette femme. Ils ont mérité leur sort et je ne regrette rien.

Le magistrat le considéra avec intérêt. On lui parlait rarement sur ce ton.

— Quel est votre nom, mon ami ?

— L'Espérance. Je suis exempt au Grand-Châtelet.

Le magistrat eut une moue dubitative.

— Pourquoi êtes-vous là ?

— On m'a accusé à tort d'être complice de Cartouche dans une attaque de diligence.

Le lieutenant criminel se tourna vers la femme.

— Dit-il la vérité ?

— Oui. Ils ont voulu... Il m'a sauvée...

Elle bredouilla la suite dans un sanglot.

Le magistrat se retourna et fit quelques pas vers les autres détenus :

— Quelqu'un a vu ce qui s'est passé ?

Deux ou trois hochèrent la tête. L'un précisa même de mauvaise grâce :

— Il dit la vérité. Fallait pas embêter la fille !

Le lieutenant criminel soupira et s'enquit auprès d'un des porte-clefs :

— Pourquoi avez-vous mis cette femme avec ces hommes ?

— J'ai pas d'autre endroit, monsieur ! C'est la seule salle.

Le magistrat hésita. La chaîne repartait dans quelques jours. Il n'allait pas se compliquer la vie avec cette histoire. Autant que la fille reste sous la protection de cet ancien exempt. Pour ce qu'il en savait, elle serait jugée dans quelques jours et condamnée à la flagellation. Ce serait déjà une sévère punition et il n'y avait aucune raison qu'elle soit violée en plus. Quant à ce L'Espérance, visiblement fort comme un bœuf, c'était une recrue de choix pour les galères du roi. Le chef de chaîne avait déjà perdu deux hommes, il était inutile qu'il en fasse pendre un troisième. Après tout, ce genre d'incident arrivait parfois avec les forçats qui vivaient dans une aussi effroyable promiscuité.

— Très bien ! Monsieur L'Espérance, je vous confie cette femme. Qu'il ne lui arrive rien d'ici son jugement ! Mais s'il y a de nouvelles rixes, je ferai pendre tous les protagonistes.

La grande chaîne arriva le 25 mai. Elle comprenait soixante forçats.

La prisonnière avait quitté L'Espérance depuis plusieurs jours ; en pleurs, car c'était la première fois qu'un homme la protégeait.

L'incident avait transformé l'exempt. Il avait désormais accepté son sort mais il avait aussi décidé qu'il s'évaderait pour prévenir Mgr Dubois.

Le matin du départ, on fit mettre les dix nouveaux forçats en file dans la cour en les plaçant par couples. On les enchaîna ensuite par une longue et lourde chaîne aux soixante forçats qui venaient d'arriver de la tour Saint-Bernard. Le compagnon affecté à L'Espérance – il l'apprit plus tard dans la journée – était un curé qui avait engrossé plusieurs de ses paroissiennes à l'occasion de confessions. Dénoncé par l'une d'elles, jalouse des autres, il avait été condamné à dix ans de galère.

Ensuite on les fit asseoir par terre. Un médecin et un chirurgien vinrent les visiter pour vérifier qu'ils étaient aptes à la marche qu'ils allaient accomplir ; mais tous, même les infirmes et les estropiés, furent déclarés aptes. Vers midi, le procureur et le magistrat que L'Espérance avait vus dans sa prison se présentèrent en compagnie du capitaine de la chaîne. Ils étaient avec un greffier qui lut à chacun l'arrêt le condamnant.

Ensuite ce fut la remise solennelle des prisonniers au capitaine de chaîne. Cet homme, maigre, au visage dur et émacié, au nez busqué comme un oiseau de proie, était désormais leur seigneur et maître. Il avait sur eux droit de vie ou de mort, leur expliqua-t-il dans un bref discours. Ensuite, il les fit mettre nus pour vérifier qu'ils n'avaient pas d'armes. À cette occasion, les archers de la chaîne fouillèrent les vêtements et subtilisèrent tout ce qui avait de la valeur. Après quoi, on leur distribua deux livres de pain, une once de fromage et un demi setier de vin aigre.

Ils partirent aussitôt qu'ils eurent mangé.

La marche, quasiment sans pause, fut harassante. Le poids de la chaîne était terrible et les anneaux de fer meurtrissaient les pieds des condamnés.

Dès le lendemain, les étapes furent de douze heures, souvent sans boire. Le soir, ils étaient entassés dans des cachots pestilentiels, dormant sur de la paille pleine de vermine, sans air, à la merci de guichetiers généralement ivrognes et presque toujours cruels et voleurs. Les plus faibles tombèrent vite sous les coups de leurs gardiens ou des soldats qui accompagnaient la chaîne. Les plus malades étaient autorisés à voyager dans un chariot, mais auparavant ils étaient roués de coups avec des nerfs de bœuf pour s'assurer qu'ils ne feignaient pas.

Leur seule nourriture était le *pain du roi* avec un peu d'huile. Un pain dur et insuffisant.

À Lyon, on les entassa sur une grande embarcation pour descendre le Rhône. L'Espérance avait perdu son compagnon. Le curé qui aimait trop les femmes avait succombé à la fatigue et aux coups des gardiens deux jours après le départ. L'exempt était désormais en couple avec un conseiller du roi condamné pour banqueroute. Un homme d'une cinquantaine d'années, frêle et malade. Lui non plus n'arriverait pas à Marseille, songeait L'Espérance.

Ils débarquèrent à Avignon et l'effroyable supplice de la marche reprit. Le soleil était devenu écrasant. Le métal des chaînes brûlait la peau. Quand ils traversaient les villages, ils n'avaient droit à aucune compassion, bien au contraire ! Lorsqu'ils suppliaient pour avoir un peu d'eau, même croupie, les femmes leur criaient en riant :

— Marche ! Là où tu vas, tu ne manqueras pas d'eau !

Souvent, les enfants leur jetaient des pierres à la face pour s'amuser, les blessant parfois gravement.

À Saint-Rémy, ils dormirent dans une grange. Le compagnon de L'Espérance, brûlant de fièvre, ne put se lever le matin. Il fut transporté dans la charrette et roué de coups. Il mourut à midi. On attacha l'ancien exempt avec un colosse condamné pour avoir fait périr des animaux par maléfice et sortilège. L'homme était un bon vivant, un bon compagnon aussi, et ils s'entraidèrent jusqu'à la fin du voyage.

Ils arrivèrent à Marseille en juin.

Tout au long de leur périple, L'Espérance avait guetté une occasion d'évasion. Il n'y en eut aucune. Enchaîné jour et nuit, toute sa volonté se concentrait dans l'acte de survie. C'est donc avec soulagement qu'il passa la grande porte de l'Arsenal des galères.

On conduisit la chiourme sur une esplanade où on les laissa se reposer. Ils restèrent là à la disposition des officiers des galères qui n'étaient pas en mer. Ceux-ci venaient pour les examiner, les tâter, et repérer les meilleurs hommes pour la nage. Les forçats qui protestaient étaient roués de coups par les sous-argousins qui les surveillaient.

Déjà, on leur apprenait la dure discipline du bagne.

Après avoir été chichement nourris, le bureau des chiourmes – dit le 5e bureau – les prit en charge. Un écrivain des chiourmes contrôla la liste des condamnés en demandant au capitaine de la chaîne des explications sur les décès et en sollicitant quelques commentaires sur le comportement de chaque forçat durant le voyage.

Tous les documents d'entrée furent faits en trois exemplaires par des copistes, puis les détenus furent conduits sur la vieille *Réale*, une galère désaffectée où ils seraient enfermés avant d'être affectés sur une galère de mer. L'endroit puait un remugle d'excréments et de crasse.

La vieille *Réale* était à l'ancre à l'intérieur de l'Arsenal. Les détenus étaient donc à l'opposé des quais commerciaux installés sur la rive Saint-Jean, mais ils pouvaient en distinguer la fiévreuse activité. C'était d'ailleurs leur seule occupation.

Le port à l'eau turquoise était encombré de toutes sortes de navires ; des felouques, des tartanes, des polacres, des barques latines, des flûtes et des trois-mâts marchands. Beaucoup se serraient coque contre coque et l'on apercevait parfois les marins qui sautaient d'un pont à un autre. Quantités de pinasses, de chaloupes, de yoles ou de canots louvoyaient pour se frayer un passage, aborder les navires ou faire la navette d'une rive à l'autre.

Sur le quai nord, les forçats apercevaient une foule qui se bousculait et s'activait, au milieu d'un entassement de caisses, de ballots, de cages d'animaux ou de volatiles, de rouleaux de cordages, de coffres et de tonneaux.

Charrettes et chariots tentaient de se frayer un passage parmi les troupeaux de bœufs, de moutons et de chèvres bêlantes. Les conducteurs vociféraient et faisaient claquer leur fouet, les piétons les insultaient de la plus ignoble façon et les animaux beuglaient et mugissaient placidement.

Tout un vacarme de cris, de hurlements, de grincements, d'interjections, de glapissements braillés dans des jargons barbaresques ou orientaux qui parvenait aux galériens, fondu en une sorte de brouhaha tumultueux.

Les argousins les enchaînèrent pour la nuit sur les bancs de nage qu'on appelait le *talmar* après leur avoir distribué une soupe et du pain. Une fois encore, coups et brimades se succédèrent pour les récalcitrants et les plus faibles.

Le lendemain, les forçats furent conduits par groupes de cinq sur la *cornille*, une plate-forme à la proue, habituellement utilisée par l'infanterie de marine. L'écrivain des chiourmes vint prendre leur signalement physique et chacun déclina son identité. On leur affecta ensuite un numéro, puis on les remit entre les mains du *barberot*, un forçat coiffeur qui leur rasa entièrement le crâne.

Après quoi, on leur confisqua leurs hardes – qui furent vendues à un fripier – et on leur remit à la place deux chemises de toile, deux caleçons ayant la forme d'une jupe, une paire de chausses rouges et une épaisse casaque, rouge elle aussi, ainsi qu'un bonnet de la même couleur. Ils eurent enfin droit à une capote de grosse laine et de poils de bœuf avec un capuchon. Ce serait tout leur habillement pour les deux prochaines années.

Cette distribution terminée, on les ramena à leur banc où ils furent à nouveau enchaînés.

Plus tard, toujours par cinq, on les conduisit à la poupe, dans ce que l'on appelait le *carrosse*, ce petit espace réservé aux officiers. Là, sous la surveillance d'un argousin et de pertuisaniers, un greffier vint leur lire leur peine. L'Espérance découvrit alors que sa condamnation à dix ans avait été portée à vingt ans pour sa rixe dans la prison de Beaune.

Après quoi, ce fut le médecin qui contrôla leur aptitude. Ce médecin était accompagné d'un aide écrivain, un forçat d'environ quarante ans, doux et aimable, qui paraissait disposer d'une instruction supérieure.

L'Espérance revit ce même forçat le soir même. L'homme était parti avec le médecin, mais il le vit remonter seul à bord. Bien qu'ayant des chaînes qui lui entravaient les pieds, il disposait d'une certaine liberté et il s'installa à la poupe, non loin de L'Espérance.

La chaîne qui attachait les forçats au banc était suffisamment longue pour qu'ils puissent se déplacer d'environ cinq à six pas. Par exemple pour aller uriner ou déféquer dans l'eau. Alors qu'on leur distribuait leur pain du soir et leur ration de vin aigre, L'Espérance parvint à s'approcher de l'écrivain et à l'interroger :

— Je suis nouveau, dit-il. Comment se fait-il que tu puisses circuler librement ?

L'homme lui sourit aimablement :

— Je ne suis pas libre, compain. Comme tu le vois, j'ai toujours mes chaînes, mais je suis ici depuis dix ans bientôt. On a trouvé que j'étais trop vieux pour ramer et comme je suis apothicaire, on m'a donné cet emploi près du médecin. Je tiens aussi à jour les dossiers des forçats.

— Beaucoup de condamnés circulent ainsi librement ? s'étonna L'Espérance. Ce doit être facile de partir dans ces conditions !

L'apothicaire secoua négativement la tête avec un sourire sans joie :

— Tu vois ces pertuisaniers armés ? Ils ne nous quittent pas des yeux et si tu t'éloignes d'eux, ils te tueront sans état d'âme !

— Pourtant ces baraques, là-bas, sur l'autre rive, j'ai vu des forçats s'y rendre librement...

Cette fois l'apothicaire opina :

— Quand un galérien devient inapte à la nage, il est parfois autorisé à reprendre le métier qu'il avait avant d'être envoyé ici. C'est sur la rive nord que s'amarrent les galères quand elles sont au port, aussi c'est là qu'il y a le plus de trafic. Ceux qui sont autorisés à travailler s'y installent dans des cabanes. Il y a là des tailleurs, des cordonniers, des cordiers, des horlogers et même des chirurgiens. Quel métier avais-tu ?

— Exempt au Châtelet de Paris, répondit sombrement L'Espérance.

— Tu n'as aucune chance de te retrouver dans une telle cabane, sourit l'apothicaire. Comment es-tu arrivé ici ?

— J'étais en mission à Rome et on m'avait chargé de rapporter une enveloppe importante pour Mgr Dubois. Ma diligence a été attaquée par des bandits et j'ai été accusé de complicité. Puis, j'ai été condamné sans pouvoir me défendre.

— Curieuse histoire. Comment te nommes-tu ?

— L'Espérance, François L'Espérance. Et toi ?

— Pierre Louet, apothicaire à Alès, sourit l'autre en lui tendant la main. Moi, je suis huguenot. J'étais à une assemblée du Désert en 1712 et j'ai été pris.

En quelques jours, les deux hommes devinrent des amis. Louet obtint même que L'Espérance soit déplacé pour être enchaîné à côté de lui quand il n'allait pas à terre. Ils partageaient les rations de repas, qui étaient servis pour deux, et ils pouvaient aussi parler tranquillement sans que les autres ne les écoutent.

La vieille *Réale* était une sorte de ponton où étaient détenus une centaine de forçats. Longue d'une centaine de pieds, on pouvait y entasser près de sept cents personnes lorsqu'elle naviguait (contre 450 sur une galère ordinaire). La centaine de forçats qui l'occupait y était donc bien moins à l'étroit que sur une galère en activité. Malgré tout, l'espace était chichement compté. Chacun avait son coin, sa portion de banc, et ne pouvait s'en éloigner que d'une toise environ. Une dizaine de pertuisaniers les surveillaient sans faire de zèle, puisque les forçats ne pouvaient aller loin. Le rôle de leurs gardiens consistait surtout à éviter les rixes dues à la promiscuité et au vol de nourriture.

Plusieurs forçats âgés vivaient, comme Louet, dans une semi-liberté. Ils avaient une activité sur les quais, en général dans une des baraques. Certains gagnaient même pas mal d'argent. Il n'était pas rare que, la nuit tombée, et moyennant rétribution, l'un d'eux obtienne des gardiens qu'une radasse monte à bord le rejoindre. Elle arrivait en barque et les ébats avaient lieu sur le pont, au vu de chacun.

— Combien de temps va-t-on rester ici ? demanda L'Espérance à son compagnon au bout d'une semaine.

— Les galères rentrent en septembre. Votre chaîne n'était pas attendue si tôt, elle aurait dû attendre la chaîne d'automne mais quelqu'un devait être pressé de vous voir arriver ici. C'est un des mystères de cette administration. Mais ne te plains pas, j'ai vu qu'on ne t'avait pas encore marqué. Avant de partir sur les galères, on t'appliquera le fer rouge, comme du bétail. Regarde ce que j'ai encore sur l'épaule.

Les criminels condamnés aux galères étaient en effet flétris des trois lettres GAL. C'était un moyen de les retrouver facilement en cas d'évasion. Louet montra son dos. On voyait encore une vague marque dont on ne distinguait plus les lettres. Ç'aurait pu être une cicatrice.

— Ça fait mal ?

— Évidemment ! Mais le plus grave, c'est que tu ne peux plus espérer t'évader avec ça.

— On ne voit pourtant plus grand-chose sur ton dos.

— Dix ans ont passé et j'ai appliqué des onguents tout de suite après.

L'Espérance songea qu'il devait s'enfuir avant d'être flétri. D'ailleurs, une évasion serait plus facile de ce ponton. Mais comment couper sa chaîne ? Il n'avait rien. Pourtant, un des hommes qui allaient à terre devait pouvoir obtenir une scie. Il s'en ouvrit franchement à Louet.

L'autre resta longuement silencieux avant de répondre.

— Sais-tu ce qu'ils font aux galériens repris ?

— Non.

— On les attache sur le ventre et tous les galériens viennent leur donner un coup de corde de toutes leurs forces. Auparavant, le bourreau turc leur a coupé nez et oreilles. J'ai assisté à ces atrocités et j'ai soigné ces pauvres gens. La plupart sont morts dans des souffrances effroyables.

— Ça m'est égal, il faut que je parte !

— C'est impossible, L'Espérance. La police est partout. Il y a des argousins et des sous-argousins qui gardent les yeux bien ouverts, il y a les comites et les sous-comites qui connaissent tous les bagnards, et il y a l'infanterie des galères partout dans la ville et aux portes. Tu n'irais pas loin. En dix ans, il n'y a pas eu plus d'une dizaine d'évasions réussies.

« Regarde seulement comment tu es habillé, ton crâne rasé ! Tu seras repris même si tu arrives à sortir de la ville. Il y a une prime de soixante livres pour chaque forçat dénoncé, capturé ou tué ! Dans les campagnes, les paysans lâchent les chiens, c'est une fête pour eux de nous pourchasser et de nous trouver ! Pour réussir, il te faudrait un guide, des vêtements. Tu ne parles même pas la langue du pays ! Comment tu te nourriras ?

— J'y parviendrai, assura L'Espérance, malgré tout ébranlé.

Louet haussa les épaules, refusant de poursuivre la discussion, et ils restèrent fâchés le reste de la soirée.

Pourtant, le lendemain, ce fut l'apothicaire qui remit le sujet sur le tapis.

Ils partageaient le pain de deux livres que l'on remettait aux forçats pour la journée.

— Si tu t'évadais, tu m'emmènerais avec toi ?

L'Espérance s'arrêta de mastiquer pour considérer Louet avec un mélange de stupéfaction et d'intérêt.

— Tu m'as affirmé que c'était impossible.

— Je voulais connaître ta réaction. Je peux te le dire, maintenant, j'ai tout prévu pour une évasion. Seulement, j'avais peur de partir seul. Ça fait un an que j'essaie de trouver un compagnon en qui je puisse avoir confiance.

L'Espérance ressentit un grand frisson. Il hocha la tête lentement :

— Tu l'as trouvé. Et quoi qu'il arrive, tu peux avoir confiance en moi. Je ne te laisserai jamais tomber.

Le soir même, Louet lui montra la scie qu'il avait dissimulée sous leur banc et lui expliqua comment couper sa chaîne. Ensuite, il lui traça les grandes lignes de son plan.

Ils attendirent le samedi soir, Louet ayant observé que, durant la nuit du samedi au dimanche, la surveillance était relâchée. Ils scièrent chacun un anneau dans la journée, alors que les argousins étaient éloignés d'eux.

Vers trois heures du matin, ils se rendirent à l'avant du navire. La nuit étant particulièrement noire, il n'y avait aucune surveillance à cette heure-là. Les comites savaient que les hommes étaient enchaînés et ne pouvaient aller nulle part dans l'arsenal.

Le quai paraissait désert. Ils sautèrent du bateau sur la terre ferme, l'échelle de coupée ayant été enlevée.

Louet avait repéré depuis longtemps un appontement où se trouvaient toujours quelques canots pour traverser le port. Grimpant à bord de l'un d'eux, il montra à L'Espérance comment manier les rames en silence.

Arrivés sur la rive Saint-Jean, l'apothicaire entraîna son compagnon par un dédale de rues étroites et pentues, couvertes de détritus et d'excréments. Parfois, ils se heurtaient à des échelles permettant d'accéder à des terrasses sur les toits.

La chaleur restait lourde en ce mois d'août. Une puanteur écœurante, mélange d'odeur d'urine et de poisson frit, emplissait l'air.

Ils s'engagèrent dans un passage étroit, puis descendirent une volée de marches moussues. L'Espérance vit qu'ils se trouvaient près d'une église.

— Nous sommes arrivés, déclara Louet. Cette église est la Major.

Ils prirent une ruelle et il s'arrêta devant une porte. Louet sortit une clef, ouvrit la serrure et ils pénétrèrent à l'intérieur.

La porte refermée, Louet battit un briquet pour allumer une lampe à huile posée sur une table.

L'Espérance découvrit une pièce unique avec des rayonnages de livres poussiéreux sur tous les murs. L'endroit sentait le renfermé, l'humidité. Il aperçut quantité de toiles d'araignée. Visiblement, les lieux étaient abandonnés.

— Nous sommes dans la librairie d'un ami qui est mort durant la peste, l'année dernière. C'était notre *prédicant*, il se nommait Gréba. Il venait des Cévennes, comme moi, et il avait été condamné à trois ans de galère. Pendant son absence, sa famille avait été décimée par les dragons et il était resté ici à la fin de sa peine. Il aidait les galériens religionnaires. Il disposait ici de tout ce qui était nécessaire à une évasion. Avant de mourir, il m'a donné sa clef. Voilà pourquoi je suis prêt à la fuite.

— Qu'allons-nous faire ?

— Nous cacher ici pendant quelques jours. Il faut que les recherches se calment. Il y a de la nourriture dans la chambre de l'étage. Des biscuits et de l'eau. Je les ai apportés peu à peu, sans que l'on me voie.

4

Ils passèrent une longue semaine enfermés dans la maison de Gréba dans des conditions d'hygiène et de promiscuité effroyables. La chaleur était étouffante dans le petit logement du libraire. Le premier jour fut le plus pénible. Dans la matinée, ils entendirent plusieurs fois le canon signalant leur fuite.

— À partir de maintenant, la chasse à l'homme est ouverte, fit sombrement Louet. Il y a soixante livres pour notre capture, morts ou vifs. Dans les campagnes, chacun aura l'œil sur les étrangers pour avoir la récompense.

Dès le lendemain, L'Espérance ne tenait plus en place et il demanda à son compagnon :

— Partons cette nuit, j'en ai assez d'être enfermé ici !

Louet regarda le ciel par une fente dans un volet et répondit.

— Attendons encore.

Chaque jour, L'Espérance fit la même demande, et invariablement Louet répondait, après avoir regardé le ciel par la fente du volet : « Attendons encore. »

Ils étaient difficilement parvenus à ôter les anneaux de fer de leurs pieds. Les rivets avaient été sciés à l'aide de lames que Gréba avaient préparées des années plus tôt. Ils avaient aussi mis à contribution leur longue attente pour coudre des pantalons de pêcheur suffisamment longs pour qu'on ne remarque pas les marques calleuses des fers.

Un après-midi, le tonnerre gronda au loin. Puis le ciel s'assombrit. Un peu plus tard, un véritable déluge s'abattit sur la ville.

— Le moment est arrivé, nous partirons cette nuit vers quatre heures, décida l'apothicaire.

— Tu penses qu'avec ce déluge, la garde sera moins vigilante ?

— Oui. Et pour augmenter nos chances, nous passerons par la porte Paradis. Le bon sens voudrait que nous sortions par la porte Royale ou, mieux encore, par la porte de La Joliette. De là, on peut rapidement gagner le Rhône et les Cévennes. Mais c'est aussi à ces portes que la surveillance sera la plus forte, car les forçats évadés tentent toujours de passer par-là. Nous allons donc quitter la ville de l'autre côté. Là où on ne nous attend pas.

— Qu'y a-t-il de l'autre côté ?

— Rien ! Des bois et des fourrés jusqu'à la mer, et là des falaises et des rochers. Nous ne croiserons que des chevriers. Ensuite, nous gagnerons les bois et nous suivrons la côte par des sentiers. À cette époque, on trouvera des baies pour se nourrir. Si on peut, on volera une barque et on prendra la mer.

— Je te fais confiance, déclara L'Espérance. Je ne connais rien à ce pays.

Ils se rasèrent avec un peu d'eau qu'ils avaient conservée. Un chapeau, auquel était fixée une vieille perruque, dissimulerait leur crâne hérissé de cheveux drus. Leurs déguisements étaient loin d'être parfaits et Louet s'en rendait parfaitement compte.

Toute la soirée, la pauvre maison de Gréba trembla sous la tourmente. La pluie pénétra par la toiture et les volets, puis s'engouffra sous la porte. Ils s'installèrent au premier étage malgré les flots qui passaient entre les tuiles. La ville devait être entièrement noyée, songea Louet avec inquiétude.

Ils dormirent quelques heures malgré d'épouvantables cauchemars puis, au milieu de la nuit, descendirent dans la pièce du bas,

Avant de sortir, Louet fit une dernière recommandation à son compagnon :

— Surtout ne parle jamais. Je connais la langue des habitants, mais toi, on devinera vite que tu n'es ni pêcheur ni marseillais.

Ils quittèrent la maison alors que le jour n'était pas encore levé. D'ailleurs, se lèverait-il ? Le ciel était d'un noir d'encre et la pluie n'avait pas cessé. La furie des éléments qui s'étalait sous leurs yeux était incroyable : il n'y avait plus de rue, plus d'escaliers, rien que des torrents boueux emportant des paniers, des tonneaux, des planches et des cadavres d'animaux. Aucun être humain n'était dehors. C'était un déluge !

— J'ai jamais vu ça, murmura L'Espérance.

— C'est pourtant fréquent à Marseille à la fin du mois d'août, dit l'apothicaire. Et ça va être notre chance.

Ils descendirent vers le port et faillirent plusieurs fois se perdre dans l'obscurité, parfois emportés par des flots tumultueux. Heureusement, les fréquents éclairs leur permettaient de se situer. En chemin, Louet récupéra un filet de pêche accroché à un mur. Ils parvinrent finalement en haut des quais qu'ils longèrent prudemment, ayant peur de tomber dans le port. Ils s'étaient enfoncés leur chapeau le plus profondément sur le crâne. Leurs faux cheveux étaient collés sur leur nuque.

Arrivés près de l'Arsenal, la lumière provenant des lanternes de poupe des navires à quai et de celles installées autour de la porte des chantiers des galères leur permit d'appréhender un spectacle prodigieux et effrayant : la *Canebe*, ce grand boulevard ouvert par Louis XIV le long du quartier des cordiers et qui avait été empierré sur le ruisseau du Jarret, n'était plus qu'un fleuve de vingt toises de large qui se déversait en bruyantes cascades dans le port après avoir contourné le mur de l'Arsenal.

La tempête reprit alors avec encore plus de force et le tonnerre grondait de façon incessante. La foudre tomba sur une maison non loin. Le toit s'embrasa mais l'incendie fut aussitôt éteint par la pluie diluvienne.

— Nous ne pourrons jamais traverser ce fleuve, murmura Louet, découragé. Nous sommes perdus.

— Nous passerons, affirma L'Espérance, qui pour la première fois depuis longtemps se sentait libre.

Il prit le filet des mains de l'apothicaire et le lui attacha sous les aisselles. Ensuite, il noua l'autre extrémité autour de sa taille.

— Tiens-toi au filet, ordonna-t-il tandis qu'il s'engageait dans le torrent.

Très vite, l'eau leur arriva aux genoux, puis aux cuisses. Le courant était puissant et ils étaient bousculés par tout ce que le flot transportait. Des citrouilles provenant des jardins maraîchers et des étais de bois les heurtèrent avec violence. Un âne noyé faillit s'écraser sur eux. L'eau leur monta finalement à la taille et Louet aurait été emporté si L'Espérance n'était parvenu à le retenir avec le filet.

Ils continuèrent à avancer et, finalement, le niveau de l'eau baissa. Ils avaient traversé la *Canebe* !

Ils prirent rapidement le chemin du Paradis. Ils avaient froid. Par chance, ils n'avaient pas perdu leur chapeau qui dissimulait leur crâne tondu. Enfin, la porte Paradis fut en vue et ils s'y présentèrent alors même qu'elle ouvrait.

Personne ne sortait de la ville. Seules quelques rares voitures de maraîchers attendaient de l'autre côté pour entrer. La garde était réduite, mais dès qu'ils s'approchèrent, un dragon sortit d'une casemate :

Il les dévisagea en écartant l'eau qui lui dégoulinait sur le visage.

— Où allez-vous par ce temps ? demanda-il avec méfiance. Et d'où venez-vous ?

— On habite sur la butte aux moulins, expliqua Louet. Avec mon frère, on a eu du mal à traverser la *Canebe*. Notre barque est en bas de l'Huveaune, il faut qu'on la mette à terre avant que les flots ne l'emportent.

— Avec ce qui est tombé cette nuit, tu ne la retrouveras jamais, l'ami ! ironisa le dragon.

— Mais on en a besoin pour vivre, monsieur l'officier !

En les voyant ainsi, trempés, malheureux et angoissés, le visage décomposé et les cheveux épars et dégoulinants d'eau, le dragon eut pitié d'eux. Il ne leur demanda pas s'ils avaient leur passeport.

— Ça va, passez !

Ils sortirent de la ville pour disparaître dans l'obscurité.

Non seulement il faisait encore sombre, mais l'orage grondait toujours et une pluie battante les cinglait.

En contournant une colline rocheuse, ils rejoignirent un chemin plein de boue. Le jour se levait malgré tout et Louet tenta de se repérer.

— Je ne suis jamais venu ici. On m'a dit qu'il y avait là-bas une rivière qui se jetait dans la mer. L'Huveaune. Il va nous falloir la traverser, j'espère que ce sera possible.

L'Espérance regardait souvent en arrière. Au loin, il apercevait maintenant la colline dominant le port. Elle était surmontée de quelques chapelles, de tours de guet et de moulins. On pourrait certainement les apercevoir d'ici quelques heures, s'inquiétait-il.

La pluie devint moins drue. Ils étaient épuisés et gelés et se mirent pourtant à courir pour se réchauffer et s'éloigner le plus possible de Marseille. Le chemin qu'ils suivaient n'était que de la boue lorsque, brusquement, ils débouchèrent sur un fleuve torrentiel. C'était certainement l'Huveaune. Ils restèrent pétrifiés un long moment, fascinés par le grondement des flots et la violence du courant qui charriait toutes sortes d'épaves. Il y avait peut-être un passage à gué à cet endroit-là, mais il ne serait certainement pas accessible avant plusieurs jours.

— Que fait-on ? demanda Louet découragé.

— Y a-t-il un pont ?

— Je j'ignore, mais je ne crois pas. Cette rivière n'est qu'un ruisseau généralement à sec, à ce qu'on m'a rapporté.

— Alors, il faut traverser.

— Je vais me noyer ! gémit l'apothicaire en grelottant.

— On va s'attacher et attendre le passage d'une épave en bois ou d'une grosse branche. On s'agrippera et on descendra jusqu'à la mer en espérant gagner l'autre rive.

Louet se sentait si faible qu'il opina tant il était incapable de raisonner.

Ils s'attachèrent avec le filet comme ils l'avaient déjà fait et L'Espérance entra lentement dans le courant. L'eau était glacée. Il attendit un moment, puis vit arriver une large planche, provenant sans doute d'une grange noyée. Elle devrait leur permettre de flotter dans le courant. Il tira Louet, le contraignant à avancer à son tour et il parvint à attraper l'extrémité de la planche qui tourbillonnait. Ils furent alors entraînés avec une extrême violence.

Sans le filet qui le maintenait, Louet aurait coulé à pic, mais L'Espérance avait une force peu commune et il savait nager. D'une main, il s'agrippait à la planche et de l'autre il tirait son compagnon, le maintenant hors de l'eau.

Ils parvinrent au milieu du fleuve et la violence des flots se calma. Louet réussit à s'agripper à son tour au morceau de bois. Alors, L'Espérance lui montra comment manœuvrer.

La mer se rapprochait, mais aussi la rive d'en face. Soudainement, ils eurent pied et, moitié marchant, moitié nageant, ils parvinrent à la plage, sur l'autre rive de l'Huveaune !

Épuisés, ils s'écroulèrent sur les galets.

La chaleur les réveilla. Ils s'étaient endormis. La pluie avait cessé. Ils se dressèrent et, tels des naufragés, examinèrent les lieux. La plage se prolongeait sur quelques dizaines de toises avant de laisser place à des rochers. Au-delà, ce n'était que broussailles, rocailles et forêt sauvage.

— On va se cacher dans les bois, tâcher de trouver des baies à manger.

— Et après ?

— Là-bas - il désigna les rochers au bout de la plage - il y a un château. Tout au moins, c'est ce qu'on m'a dit, car je ne suis jamais venu ici. Cela s'appelle Montredon. Un homme y habite, il pourra nous aider.

— Nous aider ? Tu ne m'as jamais parlé de cet homme...

— Je sais, je ne t'ai pas tout dit, L'Espérance, mais en vérité je n'ai jamais pensé qu'on pourrait s'évader sans aide. C'est encore pire que ce que je croyais. Je suis trop épuisé et je n'irai pas plus loin. Sans toi, je me serais noyé. J'ai besoin d'aide, de repos, de nourriture. J'espère seulement ne pas me tromper sur celui qu'on va voir, car il pourrait aussi bien nous renvoyer aux galères.

— Je ne retournerai pas aux galères, affirma farouchement l'exempt. Je préfère me cacher dans les bois et suivre la côte comme tu l'avais prévu.

— Fais-le si tu veux. Moi, je suis à bout. C'est vraiment trop dur et je préfère encore croire en cet homme.

Il lui donna une accolade :

— Je te souhaite bonne chance, mon ami, mais fais attention à toi. Nous avons encore les marques des fers et les gens qui habitent par ici ne parlent presque pas français. En outre, il y a une prime pour nous reprendre. Mais je comprends que tu préfères tenter ta chance seul. Vas-y, je ne te retiens pas.

L'Espérance hésita. Il se rappelait avoir promis à son compagnon de ne jamais l'abandonner.

— Qui est cet homme que tu veux rencontrer ? demanda-t-il finalement.

— Je l'ai connu lors de la peste. Il était commissaire de quartier et il a demandé de l'aide aux galériens pour transporter les cadavres. J'y suis allé à la demande de Gréba. Nous étions nombreux et il nous a promis la liberté. Finalement, presque tous mes compagnons ont attrapé la maladie et sont morts. Pas moi.

— Et il ne t'a pas libéré des fers ?

— Non, mais ce n'est pas sa faute. Lorsque la maladie a été vaincue, il était épuisé, lui aussi. Il est rentré chez lui en rappelant à l'intendant des galères qu'on nous avait promis la liberté. La promesse n'a pas été tenue, on m'a juste envoyé sur la vieille *Réale* où je t'ai rencontré. C'était moins dur pour un homme de mon âge.

Tout cela n'inspirait aucune confiance à L'Espérance.

— Pourquoi nous aiderait-il ?

— Parce qu'il est juste.

Ils restèrent silencieux un moment. Le choix était difficile. Puis, Louet ajouta :

— Tu n'as pas seulement besoin de liberté, L'Espérance, tu as besoin qu'on t'aide pour être réhabilité. Cet homme peut le faire.

L'ancien exempt restait buté. Finalement, il demanda malgré tout :

— Comment s'appelle-t-il ?

— Roze, le chevalier Nicolas Roze[1].

Le château de Montredon avait été construit sous le règne de Louis XIII. Sa façade comprenait huit fenêtres et chacune des deux ailes latérales en portait quatre. Une tour d'angle complétait une des ailes.

On accédait au château par une allée d'une trentaine de toises. L'entrée était décorée par un fronton à l'antique.

Louet et L'Espérance s'étaient installés sur des rochers en lisière de la forêt et ils examinaient les lieux. Le paysage était magnifique. À droite, ils apercevaient les falaises qui bordaient Marseille, puis l'embouchure de l'Huveaune, les rocailles de la Pointe Rouge, et enfin des calanques. En face d'eux, plusieurs îles surgissaient des flots. Louet désigna à son compagnon l'île Jarre, qui servait à la quarantaine pour les bateaux pestiférés, et le château d'If, une redoutable prison.

La demeure de Roze se situait au-dessus de la Pointe Rouge. Un petit port – nommé le port de Roze – était aménagé dans une anse et servait de débarcadère. À quelque distance de la demeure se dressait une petite chapelle, comme plantée sur les rochers. Près d'elle on distinguait une plate-forme qui portait

1. Voir : *La Terrifiante agression*, dans *L'Obscure mort des ducs*, Le Masque.

un vieux canon, sans doute utilisé jadis pour prévenir de l'arrivée de Barbaresques.

Écrasés par le soleil maintenant haut dans le ciel, dissimulés entre les rocs brûlants, ils souffraient de la faim et de la soif.

— Qu'attendons-nous ? s'irrita une nouvelle fois L'Espérance dont la patience n'était pas la première qualité.

Louet soupira :

— Il faut qu'il sorte. Comment faire pour lui parler, sinon ? Nous ne pouvons aller au château et nous faire annoncer !

— Et s'il n'est pas là ? Nous perdons du temps, on doit être à notre poursuite.

Louet ne répondit pas. Il se sentait trop fatigué et désespéré pour polémiquer avec son compagnon.

Le château était pourtant habité. Ils avaient vu un jardinier s'activer et une charrette arriver de Marseille pour décharger des tonneaux. Mais personne qui ressemblât au chevalier Roze.

En fin d'après-midi, ils aperçurent un palefrenier sortir un joli cheval pommelé d'une écurie. La bête était sellée et le valet l'amena devant le perron du château. Quelqu'un allait sortir pour une promenade ou une visite.

Effectivement, un homme parut. Il était en chemise blanche et culotte et portait tricorne.

— C'est lui ?

— Je ne sais pas... Je crois... C'est sa silhouette, en tout cas.

— Que fait-on ?

— Il faut voir la direction qu'il va prendre. S'il va à Marseille, on tentera de le rattraper en passant par les rochers.

L'homme au tricorne monta sur sa bête et se dirigea vers un chemin qui longeait les plages. Il ne paraissait pas pressé.

— Je crois qu'il fait seulement une promenade, dit l'exempt. Descendons jusqu'à la mer, on ira au-devant de lui.

Le cœur battant à tout rompre, Louet acquiesça et le suivit. L'Espérance avait pris un gros morceau de bois avec lui et tenait une pierre dans son autre main. Quoi qu'il arrive, s'était-il juré, il ne se laisserait pas faire et ne serait pas repris.

Ils débouchèrent à l'extrémité de la plage. Louet avait toujours son filet à l'épaule et ils remontèrent vers le chemin sur lequel se trouvait Roze. Mais celui-ci s'éloignait d'eux de plus en plus vite. Louet se mit alors à courir et même à crier :

— Chevalier ! Chevalier !

Nicolas Roze se retourna.

Découvrant les deux pêcheurs, il s'interrogea car il n'apercevait aucune barque sur la grève. D'où venaient ces gens qui paraissaient le connaître ? Intrigué, mais nullement inquiet, il fit faire demi-tour à sa monture et descendit vers la plage.

Plus il s'approchait, plus Nicolas Roze trouvait étonnant l'aspect des deux pêcheurs sans bateau. Le filet que l'un d'eux tenait paraissait n'être qu'un morceau fort abîmé. L'autre avait à la main un bâton qu'il tenait comme une arme.

Qui étaient ces gens ? Il arrêta son cheval.

C'est alors qu'il reconnut Louet et il comprit qu'il avait affaire aux évadés que la maréchaussée lui avait signalés quelques jours auparavant !

Mais déjà, Louet, qui était suffisamment près, s'adressait à lui d'un ton implorant :

— Chevalier, me reconnaissez-vous ?

Roze opina lentement, le visage fermé.

— Je te reconnais, lâcha-t-il enfin. Tu es Louet, un galérien. Je suppose que ton compagnon est aussi galérien. C'est vous qui vous êtes évadés, il y a quelques jours.

— Oui, monsieur, avoua Louet. Mais vous m'aviez promis la liberté, l'année dernière.

Roze fronça les sourcils. En effet, songea-t-il, Louet aurait dû être libéré pour avoir aidé à transporter les corps des pestiférés, l'année précédente.

— Pourquoi ne t'a-t-on pas gracié comme je l'avais ordonné ? demanda-t-il dans une nuance de contrariété.

— L'intendant des galères a refusé, monsieur.

— Tu es un sot ! le rudoya-t-il. Tu aurais dû me faire prévenir ! Maintenant que tu t'es évadé, je ne peux plus rien pour toi. Tu sais ce que tu risques ?

— Oui, monsieur, l'essorillage[1] et l'estoupinade[2], mais nous devions prendre ce risque. Ce n'est pas pour être libres qu'on s'est évadés, monsieur, c'est pour mon compagnon. Il a besoin d'aide. De votre aide !

— Je ne peux vous donner aucune aide ! cria Roze d'une voix aiguë. Vous êtes des galériens évadés ! Je vais prévenir mes gens et on viendra vous chercher.

Sous sa rage, il dissimulait surtout sa crainte, son épouvante même, d'être mêlé à la fuite de ces criminels. Il fit faire demi-tour au cheval. Il savait trop ce qu'il risquait s'il les aidait : trois ans de galère et le nez coupé !

— Attendez ! hurla L'Espérance. Écoutez-moi, au moins !

Roze ressentait une coupable confusion d'avoir laissé la peur le dominer. Il eut honte de son attitude et il se retourna :

— Pourquoi ? Pourquoi t'écouterais-je ? cria-t-il, mais d'un ton plus calme.

1. La coupe des oreilles, parfois aussi du nez.

2. Chaque galérien donnait au condamné un coup de torchon mouillé de toutes ses forces. C'était un supplice généralement mortel. À la fin de la punition, le corps de la victime n'était plus qu'une plaie sanglante.

— Pour la promesse que vous avez faite à Louet et que vous n'avez pas tenue, chevalier ! répliqua insolemment L'Espérance. Vous lui devez bien ça, si vous êtes un homme d'honneur !

Le rouge monta au front de Roze. Ce n'était pas la réponse à laquelle il s'attendait. Il était chevalier de Saint-Lazare et il n'avait jamais failli à sa parole.

— Qui es-tu ? s'enquit-il, mal à l'aise.

— Je suis exempt au Grand-Châtelet et j'ai été condamné à tort.

— Les galériens disent tous ça ! ironisa Roze.

— J'ai été condamné à la suite d'un complot, monsieur. Je transportais des documents diplomatiques secrets pour Mgr Dubois ; j'arrivais de Rome. Il faut prévenir Mgr Dubois de ce qui s'est passé. Il n'y a que ça qui compte. Ma liberté et mon sort n'ont pas d'importance.

Nicolas Roze resta indécis. Quelle fable grotesque inventait ce fuyard ?

— C'est vrai, monsieur, insista Louet Il m'a raconté son histoire, il faut le croire. Il ne s'est évadé que pour prévenir Mgr Dubois.

— Que faisais-tu à Rome, l'ami ?

— J'ai été envoyé là-bas en mars par M. d'Argenson, le lieutenant général de police de Paris. Je servais de garde du corps et de courrier à M. l'abbé de Tencin. Je le jure ! Lui et Mgr Lafitau m'ont donné un pli confidentiel que je devais remettre directement à Mgr Dubois. On me l'a volé en chemin et j'ai été condamné comme complice des voleurs. Mais Mgr Dubois attend toujours ses papiers ! Je dois le prévenir ! Je vous en supplie !

Roze se sentit ébranlé par ce discours. Il connaissait Pierre François Lafitau. Il le savait à Rome, comme chargé d'affaires de la France auprès du pape. Par ailleurs, l'élection d'Innocent XIII avait eu lieu quelques mois plus tôt. Tout cela serait-il lié ?

Y avait-il quelque chose de vrai dans ce conte absurde ?

Il hésita avant de proposer :

— Il faut vous rendre, mon garçon. Je parlerai de tout cela à l'intendant des galères, je vous le promets.

— Vous avez déjà promis, lui rappela tristement Louet. Écoutez plutôt son histoire et aidez-nous !

Nicolas Roze jeta un regard circulaire autour de lui. Si on l'avait vu adresser la parole à ces galériens, et s'il ne les livrait pas, c'était la ruine et la prison. Mais après tout, se consola-il après une courte réflexion, n'était-il pas déjà ruiné ?

— Il y a une chapelle, près de mon château. Elle est construite sur une grotte qui sert de caveau pour ma famille. Allez-y et attendez-moi là-bas. Je viendrai ce soir, à la nuit tombée. Repartez d'où vous venez sans vous presser. Moi, je ferai pareil. On ne doit plus nous voir ensemble.

Louet opina et ils se séparèrent. Les deux évadés suivirent la plage jusqu'aux rochers, puis regagnèrent les bois en silence. Ils avaient toujours faim et soif. Ils avaient encore plus peur.

Une fois à l'abri dans les taillis, L'Espérance déclara :

— Je n'ai pas confiance en lui, il va nous livrer.

Pourtant, l'exempt se laissa convaincre par l'ancien apothicaire d'aller au rendez-vous. Armé de son morceau de bois, il suivit Louet jusqu'à la chapelle. Elle était fermée à clef mais pas l'entrée de la grotte qui conduisait au caveau. Ils s'assirent par terre et attendirent, torturés par la soif.

À la nuit tombée, juste après son dîner, Nicolas Roze prévint son valet de chambre qu'il allait sortir faire un tour. Il en profiterait pour se rendre à la chapelle familiale et prier pour ses parents.

Dans l'après-midi, il avait pris une de ses outres de chasse et l'avait emplie d'eau au puits de la cuisine après s'être débarrassé de la cuisinière en l'envoyant au clapier tuer un lapin pour le lendemain. Il avait aussi subtilisé quelques biscuits au froment, ainsi qu'un demi pain de seigle.

C'était tout ce qu'il pouvait prendre sans qu'on le remarque.

Il descendit aussi à sa cave – il était le seul à en avoir la clef – pour choisir deux flacons de vin, quelques saucisses de sanglier qui y séchaient et une dizaine de pommes qu'il enfourna dans une besace de toile.

Dans sa chambre, il attacha toute cette nourriture à sa taille et à ses épaules, puis se munit d'une grande pèlerine qui lui descendait jusqu'aux pieds. Il se coiffa ensuite de son tricorne et sortit sans se presser pour éviter de faire ballotter tous ses paquets. Il croisa une femme de chambre et la cuisinière qu'il salua. Dehors, il entendit le palefrenier parler dans l'écurie avec le garde-chasse et il pressa le pas vers la chapelle.

À la nuit tombée, L'Espérance avait quitté l'entrée de la grotte pour s'installer sur le chemin afin de surveiller tout visiteur qui arriverait. Il se dissimula dans les broussailles en entendant des pas et poussa finalement un soupir de soulagement en se rendant compte que Roze était seul.

Cet homme ne les avait donc pas trahis.

Roze le vit sortir de sa cachette mais son visage resta fermé et contrarié. Il le salua pourtant d'un hochement de tête.

Le chevalier ouvrit la porte de la chapelle. Louet était sorti à son tour de la grotte. Ils entrèrent ensemble dans l'édicule dont Roze verrouilla la porte.

— Je vous ai apporté à manger et à boire, soupira-t-il.

Il ouvrit sa pèlerine et détacha ses paquets. Il faisait sombre et on y voyait très mal. Il tendit l'outre à Louet qui devina immédiatement que c'était de l'eau. Enfin ! Il but une longue gorgée avant de la passer à L'Espérance.

— Il y a là du pain et des biscuits, dit Roze. Rassasiez-vous ! Et toi, raconte-moi ton histoire sans oublier aucun détail.

Tout en mastiquant les biscuits très durs, L'Espérance commença son récit.

— Ton affaire est incroyable, déclara Roze quand il eut terminé. Si tu dis la vérité, elle est même vraiment inquiétante. Tu as de rudes adversaires, mon garçon, à commencer par M. d'Argenson.

— Vous pensez que c'est lui le responsable ? demanda Louet avec inquiétude.

— L'un des responsables, certainement ! Il t'a choisi, affirma-t-il en désignant L'Espérance du doigt. Puis il t'a accusé. Seuls lui et l'abbé de Tencin savaient qui tu étais et quelle était ta mission. Mais c'est Tencin qui t'a chargé des lettres, il ne peut donc être coupable. Et un lieutenant de police est bien placé pour connaître un brigand comme Cartouche ou ses complices. Ça expliquerait aussi pourquoi ce bandit est insaisissable. Seulement, si le lieutenant de police de Paris est un *cartouchien*, c'est tout l'État qui est ébranlé !

« Tout cela, évidemment, si tu ne mens pas...

— Je dis la vérité, monsieur ! protesta L'Espérance. D'ailleurs, serais-je là à vous demander de l'aide si mon histoire était une fable ?

— C'est exact, et c'est ce qui me laisse à penser que tu es bien une victime. Malheureusement, je ne peux rien pour toi.

— Vous pouvez nous aider ! supplia Louet. Vous êtes riche, connu, respecté !

Roze baissa les yeux avant de secouer négativement la tête :

— Ne crois pas ça, Louet ! Je ne suis plus rien ! Je suis presque ruiné.

— Ruiné ?

— J'ai engagé tous mes biens pour lutter contre la peste. Plus de vingt mille livres que l'on ne m'a jamais remboursées. Pour moi aussi, les promesses de l'intendant n'ont pas été tenues ! fit-il avec aigreur.

Il se tourna vers l'exempt :

— Tes adversaires, L'Espérance, sont à Paris. Sans doute le lieutenant de police. D'autres au-dessus de lui, peut-être. Comment pourrais-je t'aider ? Je n'ai aucun crédit, qui m'écouterait ? Et vous êtes des galériens en fuite !

— J'irai donc seul à Paris, décida L'Espérance. Je verrai Argenson. Je verrai Dubois, je réclamerai justice !

Roze secoua à nouveau négativement la tête :

— Tu seras arrêté bien avant. Et si tu te présentes à M. d'Argenson, il te fera saisir et exécuter aussitôt. Tu n'arriveras jamais jusqu'à Mgr Dubois !

— Mais je suis innocent ! cria L'Espérance. Il se prit le visage entre les mains et se mit à sangloter de désespoir. N'y a-t-il aucun homme juste dans ce royaume ?

Le silence fut la seule réponse. Pourtant, finalement, Nicolas Roze déclara, profondément ému :

— Il y en a encore un. Il se nomme Roque La Garde. Je vais vous envoyer chez lui.

5

Nicolas Roze leur avait remis un peu d'argent et leur avait indiqué le chemin pour contourner Marseille par les bois. Il leur avait écrit une liste de villages à traverser où à éviter. En chemin, il leur suggéra d'acheter des chèvres à un chevrier afin de se faire passer pour des bergers ou des paysans conduisant leurs bêtes à un troupeau plus important.

Roze avait aussi accroché à leur ceinture deux vieilles paires de sabots qui leur éviterait de marcher pieds nus et il avait passé sous leurs vêtements deux chemises usées jusqu'à la corde et deux caleçons. Grâce à sa prévoyance, les évadés seraient vêtus presque correctement.

Ils partirent avant le lever du jour pour se diriger au levant, vers Aubagne.

Un chemin serpentait au milieu des bois et de la garrigue. Ils trouvèrent un troupeau de chèvres, comme Nicolas Roze le leur avait indiqué, et ils achetèrent facilement deux animaux au berger. Ils ne pouvaient en acheter plus sans se faire remarquer. Celles-là, expliquèrent-ils au pâtre, étaient pour leur maître, à Marseille.

Le chevrier leur vendit aussi du fromage et ils reprirent leur chemin. Le soir, ils dormirent à la belle étoile et se rassasièrent le matin en buvant le lait des deux bêtes.

Ils se dirigeaient vers Allauch. En chemin, ils rencontrèrent un autre berger et Louet se présenta seul pour acheter deux nouvelles chèvres. Ensuite, ce fut plus facile. Chaque fois qu'ils rencontraient des paysans, ils parvenaient à leur faire croire qu'ils étaient des bergers regroupant leurs chèvres égarées. Louet passait pour un des leurs, tant il parlait parfaitement la langue du pays. Diable ! Il était resté dix ans aux galères !

Ils atteignirent les environs d'Aix au bout de six jours. C'est qu'ils n'avançaient pas vite, évitant les villages et les hameaux quand ils le pouvaient.

Durant cette semaine, ils s'étaient uniquement nourris du lait des animaux, de baies et d'un lièvre que L'Espérance était parvenu à attraper à un collet et qu'ils avaient fait cuire en utilisant un briquet, dernier cadeau de Nicolas Roze.

Le plus dur restait à faire : trouver la maison de La Garde, et surtout le convaincre.

Ils marchaient désormais uniquement après le coucher du soleil et durant une partie de la nuit, s'abritant le jour là où ils pouvaient se cacher. Autour de la ville circulaient quantité de voitures, de chariots, de paysans ou de voyageurs à pied, à cheval ou à dos de mule. Il fallait qu'ils les évitent tous. Que l'un d'eux ait des soupçons et ils seraient repris, essorillés et battus à mort.

Ils traversèrent finalement sans difficultés le plateau situé au pied de la montagne Sainte-Victoire, mais ils étaient désormais épuisés par les efforts, la peur et les privations.

Arrivés sur le coteau qui dominait le nord de la ville, ils perdirent encore un jour à chercher la grande bastide que Roze leur avait décrite. C'est à ce moment-là qu'ils furent arrêtés par la maréchaussée, cinq gendarmes à cheval qui les avaient repérés de loin. Quand il les vit s'approcher, L'Espérance eut le sentiment que tout était fini pour eux.

Les militaires les entourèrent et le sergent d'armes s'adressa durement à eux :

— D'où venez-vous, vous autres ? On ne vous a jamais vus par ici.

Le temps qu'ils s'approchent, Louet avait imaginé un conte.

— On vient de Salon, monsieur l'officier. On conduit ces bêtes que notre maître a vendues.

D'un coup de botte, le sergent à cheval fit tomber le chapeau de Louet dont la perruque avait été perdue depuis longtemps. Son crâne était hérissé de courts cheveux : cet homme avait été tondu !

— À qui ? sourit perfidement le sous-officier qui commençait à s'amuser.

Louet marqua une hésitation, puis bredouilla :

— C'est pour un monsieur qui se nomme Roque La Garde, mais on n'a pas encore trouvé son domaine. On s'est perdus, je crois.

Le sergent ne cacha pas sa surprise, et encore plus son mécontentement. Ce n'était pas la réponse qu'il attendait. Il était tellement certain d'avoir trouvé les deux évadés des galères qui étaient recherchés depuis trois semaines ! Il avait même déjà décidé comment il dépenserait ses soixante livres avec les radasses de la rue *Bouèno-Carrièro* !

— Vous connaissez M. La Garde ? aboya-t-il avec malveillance.

— Un peu, répondit Louet, gauchement, en baissant la tête. Mais je ne me rappelle plus où est sa maison.

— Son château, plutôt, ricana l'un des soldats.

Le sergent ne paraissait pas convaincu. Il secoua la tête de droite à gauche en plissant les yeux :

— Vous ne ressemblez pas à des bergers ! Pourquoi il ne dit rien, lui ? s'enquit-il soudain en faisant tomber le chapeau de L'Espérance d'un autre coup de botte.

— Il est muet, monsieur l'officier.

Le sous-officier eut une moue agacée devant cet homme qui avait réponse à tout.

— Montrez vos épaules, décida-t-il.

Les marques seraient là et les confondraient, songeait le sergent.

Ils ôtèrent leur chemise et les soldats les examinèrent. Le muet n'avait aucune marque sur le dos, l'autre une vague trace blanchâtre. Se pourrait-il qu'ils disent vrai ?

— Hum, on va bien voir... On va vous conduire chez M. La Garde. Et si vous avez menti...

Le sergent fit attacher les chèvres et prit la tête de la petite troupe. Ils marchèrent ainsi en silence plus d'une heure pour arriver enfin à un mur d'enceinte qu'ils longèrent un moment jusqu'à un portail ouvert par où ils entrèrent.

Louet était étreint par l'angoisse. S'il rencontrait Roque La Garde, celui-ci le reconnaîtrait-il ? Il l'avait approché alors qu'il aidait Nicolas Roze durant la peste, mais il ne voyait pas comment cet homme de qualité pourrait se souvenir de lui, un forçat. Il ne lui avait presque pas parlé.

Et quand bien même il le reconnaîtrait, se disait-il, pourquoi chercherait-il à les sauver ? S'ils avaient pu lui parler avant d'être capturés, cela aurait été différent. Et si c'était un intendant, un métayer, qui les recevait ? Celui-ci s'étonnerait de l'arrivage de chèvres qui n'avaient jamais été achetées ! Le sergent les conduirait alors immédiatement à la prison d'Aix après les avoir battus.

Maintenant, tout était perdu, jugeait-il.

L'Espérance semblait aussi être tombé dans une sorte d'accablement. Il veillait seulement à ce que les chèvres ne souffrent pas de la précipitation de leur déplacement. Comme si plus rien n'avait d'importance pour lui, sinon ces animaux qui l'avaient aidé à survivre.

Ils suivirent une longue allée sablée bordée de buis parfaitement taillés. Au bout se dressait une belle bastide de pierre ocre avec un escalier à double volute.

Sur la pelouse, devant l'escalier, une femme d'une quarantaine d'années faisait la lecture à un enfant qui devait avoir dix ans. Elle se leva de sa chaise en voyant arriver la troupe hétéroclite de soldats, de chèvres et de chevriers. Elle portait une robe volante à plis en drap ocre et un chemisier à manches larges sous un tablier de toile. Sa tête était protégée du soleil par un grand chapeau de paille.

Le sergent arrêta son cheval et mit pied à terre en l'apercevant. Il ôta ensuite respectueusement son tricorne. Il connaissait Anne La Garde, la sœur du maître des lieux, et il savait à quel point son frère – un redoutable duelliste – était pointilleux sur les signes de respect envers elle.

— Madame, fit-il en s'inclinant, nous avons trouvé ces deux vagabonds en chemin. Ils racontent qu'ils viennent vous apporter ces chèvres que vous auriez achetées à Salon. Je pense qu'ils mentent et je voulais une confirmation de votre part.

Il ajouta, d'un ton de matamore, en lissant sa moustache :

— Je crois que ce sont les deux galériens qui se sont évadés de l'Arsenal, il y a trois semaines. Mais, n'ayez crainte, je m'occuperai de tout.

Anne resta impassible. Son regard balaya rapidement les deux hommes à l'air misérable. Ses yeux s'attachèrent un instant sur Louet. Cet homme avait une figure si désespérée, si résignée, mais surtout si réfléchie et si courageuse. Il n'était certainement pas un assassin, décida-t-elle.

D'où venaient-ils ? Pourquoi avaient-ils dit qu'ils amenaient leurs chèvres ici ?

Ces questions lui traversèrent l'esprit, puis elle pensa à son frère qui avait tenté de faire évader son cousin des galères, vingt ans plus tôt.

— Nous attendons en effet ces chèvres, mentit-elle d'un ton égal. Ces messieurs sont très en retard.

À ces mots, le visage du sergent s'affaissa :

— Vous... vous êtes certaine, madame ?

— Certaine, monsieur l'officier. D'ailleurs, voici mon frère Roque. Il vous confirmera mes dires.

Elle se tourna vers l'homme qui approchait. Ses longs cheveux noués en catogan étaient coiffés d'un tricorne gris comme ses yeux. Il portait des bottes de cavalier sur une culotte de toile blanche et arborait un justaucorps à parements vermillon et larges plis dissimulant des poches à revers. Il aurait pu être n'importe quel gentilhomme campagnard, pourtant quelque chose dans son attitude, dans son regard pénétrant, dans sa façon de marcher, diffusait la sourde impression qu'il était plutôt un coureur d'aventures audacieux et sans doute dangereux.

Évidemment, personne, à part Anne, ne savait que cet homme avait été durant des années le redouté brigand Trois-Sueurs. Celui qui faisait avoir les *trois sueurs* à ceux qui se mettaient en travers de sa route.

— Roque, ce sont les chèvres que nous attendions, poursuivit la jeune femme. Ces deux pauvres chevriers ont été pris pour des galériens évadés par M. l'officier. Elle pouffa, pour montrer à quel point elle trouvait cette affirmation ridicule. Tu peux lui confirmer que ce sont bien des chevriers et que nous avons acheté ces bêtes ?

Roque venait chercher son fils Samuel, que sa mère souhaitait avoir près d'elle. Il resta aussi impassible que sa sœur, prit la main de l'enfant et s'approcha lentement des deux chevriers. En les considérant, il n'eut aucun doute quant au fait qu'il s'agissait de galériens. C'est alors qu'il reconnut Louet.

— Mon ami… N'êtes-vous pas déjà venu conduire des chèvres ici ? Je vous reconnais… fit-il.

— Oui, monseigneur, mais je m'étais perdu. La maréchaussée a voulu nous accompagner. Vous savez, avec ces évasions du bagne…

— Ils ont eu grandement raison. Monsieur l'officier, vous prendrez bien un peu de vin frais de mes vignes avec vos hommes ? Pendant ce temps, je vais montrer à nos chevriers où installer les bêtes.

— Bien… bien sûr, monsieur La Garde, fit le sergent, brusquement penaud.

— Anne, conduis-les aux cuisines, et qu'on leur donne notre meilleur vin.

Anne sourit et les soldats encore à cheval mirent pied à terre, maintenant satisfaits de l'aubaine. Roque La Garde était riche et son vin des coteaux fort réputé. Ils se régalaient à l'avance de ce qu'on allait leur servir. Ils attachèrent les rênes à une barrière et suivirent la sœur de La Garde. Celui-ci resta seul avec son fils, Louet et L'Espérance. Il demanda alors à l'apothicaire :

— Louet ! Vous vous appelez Louet ! C'est vous qui vous êtes évadés ?

— Oui, monsieur, et mon compagnon se nomme L'Espérance. C'est M. Nicolas Roze qui nous envoie vers vous. L'Espérance a besoin de votre aide.

— Quel genre d'aide ? demanda La Garde d'un ton méfiant.

— Il faut prévenir Mgr Dubois, monsieur, supplia L'Espérance. Je transportais un pli important pour lui, on m'a injustement accusé et condamné aux galères, mais il faut prévenir Mgr Dubois ! Je vous en prie.

La Garde ne comprenait rien au discours affolé de cet homme jeune et vigoureux.

— Qui êtes-vous ? demanda-t-il.

— François L'Espérance. Je suis exempt au Grand-Châtelet et j'arrivais de Rome. Je transportais un courrier important de l'abbé de Tencin, le représentant du roi au Saint-Siège. Je vous en supplie, monsieur, il faut prévenir Mgr Dubois !

La Garde prit alors conscience que ces deux forçats n'étaient pas de simples évadés qui cherchaient à se cacher. Ils venaient pour autre chose. Si Roze les lui avait envoyés, c'est qu'il avait de bonnes raisons. Il prit Samuel par la main et leur proposa :

— Venez avec moi.

— Messieurs, mon épouse, Béatrice, fit Roque La Garde en la présentant, et ce tout petit, vous l'avez deviné, est mon fils Samuel. Vous connaissez déjà ma sœur Anne.

Ils se trouvaient tous les cinq dans un boudoir du premier étage. En chemin, La Garde avait demandé à un valet d'envoyer quelqu'un pour s'occuper des chèvres, de trouver son oncle, Pierre La Garde, pour qu'il le rejoigne, et de faire prévenir sa sœur qu'ils étaient dans le boudoir de son épouse.

Et surtout, avait-il insisté, que personne ne vienne les déranger.

Le boudoir était un grand salon à carrelage vernissé et aux meubles en noyer qui sentaient bon la cire. Les rideaux étaient en toile indienne. Béatrice, l'épouse de Roque, y lisait quand ils étaient entrés. La trentaine épanouie, elle était plus lumineuse que jamais dans une robe en taffetas turquoise dont le corsage à baleines, lacé par le devant, mettait en valeur sa poitrine.

Roque avait expliqué en quelques mots à son épouse ce qui venait de se passer. À peine avait-il terminé que Pierre La Garde – Chiapacan comme l'appelait Roque – entra à son tour. Gilet sans manches à poches profondes, culotte de cuir et chemise de toile rêche, visage buriné par l'âge et l'aventure, il arrivait des vignes situées derrière la maison.

Tous s'installèrent sur des chaises et des fauteuils après que Roque eut poussé le verrou de la porte.

Béatrice était à côté de son mari. L'ancien brigand déclara seulement à son oncle en désignant les visiteurs :

— Ces deux hommes viennent de s'évader de l'Arsenal des galères.

Chiapacan écarquilla les yeux, un air incrédule se peignit sur son visage :

— Comment avez-vous fait ?

Il se souvenait que, vingt ans plus tôt, il n'était pas parvenu à faire évader son fils !

— Ils vont nous le raconter, et nous dire aussi pourquoi ils sont venus jusqu'ici, mais j'aimerais d'abord qu'ils nous expliquent comment ils ont rencontré la maréchaussée, et ce qu'ils leur ont dit. Anne est avec les gendarmes aux cuisines et je veux être certain qu'ils ne se doutent de rien.

Louet avait presque terminé le récit de leur rencontre avec les gendarmes lorsqu'on frappa à la porte. Chiapacan alla ouvrir : c'était Anne qui avait laissé les soldats avec la cuisinière et l'intendant. Elle apportait une corbeille de fruits pour étancher la soif et la faim probables des deux évadés.

— Maintenant que nous sommes au complet, M. Louet va tout nous raconter sur son évasion, déclara Roque. Mais avant qu'il ne commence, je dois vous dire que je l'ai connu l'année dernière. Il était un des forçats qui nous ont aidés, avec Roze, à nettoyer les rues de Marseille des cadavres et à arrêter l'épidémie. Je me souviens aussi qu'il est huguenot – comme nous tous, sauf ma chère épouse –, qu'il était apothicaire avant d'être envoyé aux galères et qu'on lui avait promis la liberté ! Ce qui ne s'est visiblement pas fait.

Louet inclina plusieurs fois la tête en signe d'approbation. Ensuite il commença son récit que personne n'interrompit tant il était émouvant.

— Vous avez bien fait de venir ici, monsieur, dit Anne quand qu'il eut terminé. J'ai tout de suite compris, en vous voyant, qui vous étiez et que je devais vous sauver.

— Merci, madame, fit Louet les yeux pleins de larmes. Mais nous n'abuserons pas de votre hospitalité. Mon compagnon va vous expliquer pourquoi nous sommes là, et ensuite nous partirons. Notre présence est trop dangereuse pour votre famille.

Anne secoua négativement la tête en marquant son mécontentement :

— Monsieur Louet, vous resterez avec nous ! Vous n'avez plus de foyer et dès que vous aurez quitté cette maison, vous serez repris. Je n'accepterai certainement pas cela. Cette maison sera dorénavant votre refuge.

Si quelqu'un avait pu observer Béatrice à cet instant, il aurait remarqué le pli de perplexité qui marquait son front. Elle n'avait jamais observé une telle chaleur chez sa belle-sœur qui parlait rarement à des étrangers. Après ce qu'Anne avait souffert, Béatrice avait toujours cru que la sœur de son mari avait perdu toute passion et tout intérêt envers les hommes. Cette fougue était incompréhensible.

La Garde aussi était étonné, bien qu'il partageât l'opinion de sa sœur :

— C'est décidé, monsieur Louet, vous resterez ici, fit-il. D'ailleurs, nous avons besoin d'un apothicaire, et votre science sera certainement utile à mon fils Samuel qui souhaite devenir médecin.

« Maintenant, parlons de votre compagnon, puisque c'est la raison de votre arrivée chez nous.

(Il se tourna vers lui.) Vous vous appelez donc François L'Espérance, et vous voulez prévenir Mgr Dubois, que je connais en effet. Que lui voulez-vous exactement ?

— C'est une longue histoire, monsieur. Et très compliquée. D'ailleurs, je ne la comprends pas moi-même. Voulez-vous l'entendre ?

Sur un signe de Roque, l'exempt du Châtelet commença son récit.

Deux ou trois fois, La Garde ou son épouse interrompirent L'Espérance pour lui demander une précision. Quand le forçat en vint à son arrivée à Marseille, Roque lui fit comprendre d'un signe que l'Arsenal et les galères n'avaient pas de secrets pour lui.

— J'ai d'autres questions à vous poser, lui expliqua-t-il. D'abord, combien de temps a duré votre voyage pour Rome ?

— Environ deux semaines, monsieur. Nous avions une voiture confortable à six chevaux, une importante escorte et les relais étaient toujours prêts à l'étape. Nous roulions quinze heures par jour.

— Et durant ce long voyage, l'abbé de Tencin vous a-t-il parlé de sa mission, et de ce qu'il attendait de vous ?

— Il ne m'a rien dit de plus que ce que je vous ai raconté. Je voyageais en général sur le siège du cocher. Parfois, je partais en avant à cheval pour préparer l'étape et surveiller que rien n'était anormal sur le grand chemin.

— Et à Rome, qu'avez-vous fait ?

— Aussitôt arrivés, nous nous sommes rendus chez Mgr Lafitau, l'évêque de Sisteron chargé des Affaires étrangères de France auprès du Saint-Siège. Nous avons logé chez lui et, dès le lendemain, M. de Tencin m'a donné une enveloppe scellée. Je devais la remettre en main propre à Mgr Dubois qui était prévenu de mon retour et qui l'attendait. Je suis reparti le jour même, à cheval jusqu'en France, puis j'ai voyagé dans les voitures de poste. J'avais placé la lettre et mes documents personnels dans un portefeuille de cuir qui ne m'a jamais quitté jusqu'à ce que les *cartouchiens* me le volent.

— Et vous n'avez aucune idée du contenu de cette enveloppe ?

— Un peu, malgré tout. À Rome, on ne parlait que du conclave qui n'arrivait pas à choisir un successeur à Clément XI. J'ai pensé que ces documents étaient en rapport avec l'élection. Mais à Paris, chacun savait que Mgr Dubois souhaitait obtenir un chapeau de cardinal. Peut-être que ces papiers étaient aussi en rapport avec cette ambition.

Trois-Sueurs sourit en déclarant :

— On rapporte ici que le cardinal de Rohan se serait gaussé des démarches de Dubois en disant que c'était une tâche impossible *de transformer en écrevisse un vilain crapaud crotté* !

— C'est aussi ce qu'on disait à Paris, confirma L'Espérance en souriant pour la première fois.

— Vous savez certainement que notre nouveau Saint-Père a été élu le 8 mai sous le nom d'Innocent XIII. Il s'agit du cardinal Michel-Ange Conti.

— Je l'ai appris en effet, aux galères, répondit L'Espérance, avec amertume.

— Pouvez-vous m'en dire plus sur cet abbé du Tencin ? J'ai fort peu entendu parler de lui jusqu'à présent.

— Je ne sais que ce que l'on raconte, monsieur. Ce n'est pas forcément la vérité, hésita L'Espérance.

— Vos scrupules vous honorent, mon ami, mais dites-moi tout de même ce que vous savez.

— Mgr Dubois l'aurait connu par l'intermédiaire de sa sœur, Alexandrine. Il était alors vicaire général du diocèse de Sens. On le dit souple, fin et discret, peu embarrassé par sa conscience et d'un esprit excessivement hardi. Il ne serait rebuté par aucune difficulté. Son esprit serait particulièrement fertile en ressources et artifices et il posséderait l'art de cacher ce qu'il veut.

— Quel genre de prêtre est-il ? Penche-t-il vers les jésuites ou vers le jansénisme ?

L'Espérance eut une moue :

— Il penche vers lui-même, monsieur ! plaisanta-t-il. Puis-je vous raconter une histoire ?

La Garde opina.

— Il y a deux ou trois ans, Mgr Dubois recherchait un prêtre qui accepterait de convertir M. Law…

— M. Law était huguenot ? demanda Béatrice.

— Anglican, madame. Le Régent souhaitait qu'il devînt contrôleur général des Finances, mais cette nomination était impossible si Law n'était pas catholique. Or, sa conversion était difficile, quasiment irréalisable, car il vivait en état de péché avec une femme mariée. S'adresser à un prêtre dévot ou scrupuleux, c'était courir le risque d'un refus de sa part, et à l'inverse, il ne fallait pas imposer à M. Law des exigences trop contraignantes comme, par exemple, qu'il rompe avec sa maîtresse !

« L'abbé de Tencin a accepté cette mission délicate et a converti secrètement M. Law en acceptant qu'il continue à vivre avec sa pécheresse. Malgré tout, le scandale et le ridicule d'une telle conversion opérée par un tel prêtre ont beaucoup plus déshonoré l'abbé que ne l'avaient fait ses débauches et les diverses aventures auxquelles il avait été mêlé.

— Il y a des crimes plus graves que de mal convertir un agnostique, remarqua Trois-Sueurs, imperturbable.

— Peut-être, monsieur. Mais l'abbé avait déjà une mauvaise réputation. Il avait été impliqué dans des opérations suspectes avec M. Law et il avait été poursuivi à ce titre devant le parlement. Il y a eu aussi un procès en simonie contre lui. On lui reprochait d'avoir dérobé des bénéfices sur un prieuré. En vérité, l'abbé passe auprès de beaucoup pour un habile scélérat. Enfin, et surtout, il y a ses relations... troubles, sinon incestueuses, avec sa sœur.

— Il serait donc le frère de cette Mme de Tencin dont on murmure qu'elle est la maîtresse de Mgr Dubois ? demanda Trois-Sueurs.

— C'était une religieuse, pourtant, remarqua Béatrice qui connaissait l'histoire de Mme de Tencin, tant celle-ci était brocardée par les libelles contre le Régent qui arrivaient jusqu'à Aix.

— Elle l'est en effet, madame. On raconte tant et tant de choses sur elle ! C'est la fille d'un président du parlement de Grenoble. Son père l'a fait entrer très jeune chez les Augustines mais elle aurait, dit-on, transformé son couvent en un lieu de débauche. Le scandale aurait eu un tel retentissement qu'on l'en aurait chassée et qu'on lui aurait permis de s'installer à Paris. C'était il y a une dizaine d'années et elle est désormais chanoinesse.

— Comment a-t-elle connu Dubois ? demanda Béatrice.

— Je n'ose vous le dire, madame.

— N'hésitez plus, monsieur, je m'attends à tout ! répliqua Béatrice en riant.

— Soit ! Mme de Tencin est fort impudique et réputée pour sa grande liberté de mœurs. Elle se serait installée entièrement nue et épilée, couverte de céruse, sur un piédestal, à la place d'une statue qui décorait le vestibule du Palais-Royal. Quand le Régent est passé, elle l'aurait salué en s'inclinant. Interloqué, subjugué, puis flatté par l'hommage de cette déesse vivante, il l'aurait prise dans ses bras et l'aurait aussitôt conduite dans sa chambre !

Chiapacan se mit à rire de bon cœur sous le regard désapprobateur de sa nièce Anne qui avait suffisamment connu les vices des Grands pour les blâmer.

— Une fois lassé d'elle, il l'aurait cédée à Mgr Dubois qui l'a gardée depuis. En ce moment, elle serait plus que sa maîtresse, elle serait la confidente et la directrice de la plupart de ses desseins. Elle tient chez lui une véritable cour où elle distribue grâces et fortunes. Elle a ainsi fait connaître son frère à monseigneur qui n'a pas tardé à le goûter comme un homme fait exprès pour le seconder en toutes choses, surtout les plus viles.

Quel rapport pouvait-il y avoir entre cette amazone libertine et le vol de la malle-poste ? s'interrogeait Trois-Sueurs pendant que L'Espérance parlait.

Chiapacan, lui, souhaitait en savoir plus sur l'attaque de la diligence, une activité qu'il avait exercée avec brio durant quelques années.

— Parmi ceux qui ont attaqué la malle-poste, vous avez affirmé que vous en aviez reconnu certains.

— En effet, monsieur. Beaucoup étaient masqués mais pas tous. J'ai reconnu l'Hirondelle, Pélissier, Simon l'Auvergnat – tous de la bande de Cartouche –, ainsi que Louison, le propre frère de ce brigand.

— Il n'y a donc aucun doute que Cartouche soit le responsable de ce vol ? demanda Trois-Sueurs.

— À mes yeux, aucun, répondit L'Espérance.

— En province, nous lisons quantité de placets et de libelles sur ce fameux Cartouche. Est-il si redoutable qu'on le rapporte ? L'avez-vous connu ? demanda Béatrice.

— Je ne l'ai jamais vu, madame. D'ailleurs, peu de gens peuvent se vanter de l'avoir vu et d'être encore vivants. Il aurait vingt-cinq ans et il serait d'une audace incroyable. Sa bande comprendrait un millier d'hommes et de femmes. Toute la truanderie de Paris, dont il se proclame le capitaine général, est à ses ordres. Il a des espions, des domestiques ou des servantes, dans tous les hôtels de l'aristocratie. Même chez le Régent, dit-on. Il serait aussi d'une sauvagerie rare envers ceux qui le trahissent, mais bon et juste envers ses amis.

— Comment M. Voyer d'Argenson a-t-il pu prendre cet effarant décret vous accusant d'être dans sa bande ?

— M. Roze pense que d'Argenson serait le complice, sinon l'organisateur de l'attaque, intervint Louet.

— Le fils de *Rhadamante* ? J'en serais surpris ! Je l'ai un peu connu et je le vois mal en connivence avec des brigands, déclara Trois-Sueurs en plissant le front pour marquer sa perplexité.

— Pourtant, intervint Béatrice, il y a un point commun entre M. d'Argenson père et Mme de Tencin...

— Lequel, ma mie ?

— M. d'Argenson, m'avez-vous dit, avait pour maîtresse la mère supérieure d'un couvent. Et Mme de Tencin est religieuse.

— Vous avez raison ! Toute l'affaire tourne autour de ces quatre personnes : Mme de Tencin, Voyer d'Argenson, Cartouche et mon ami Dubois.

Il se tut et le silence se fit dans la pièce.

Trois-Sueurs méditait. Devait-il intervenir dans une telle embrouille ? Qu'avait-il à gagner à s'en mêler ? Il pouvait se contenter de protéger les deux évadés, de faire gagner la Hollande ou l'Italie à L'Espérance, et de laisser sans réponse cette énigme, qui ne le concernait pas.

D'un autre côté, le vol de ces papiers était sans doute une affaire d'État qui visait à gêner le régent, Philippe d'Orléans.

Or il devait fidélité à cet homme qu'il estimait par-dessus tout.

Il n'avait donc pas le choix : il devait intervenir.

— Vous aller partir pour Paris, mon ami, suggéra Béatrice qui avait déjà deviné la décision de son époux.

Il lui prit la main.

— En effet, ma mie. Je vais partir avec M. L'Espérance et nous allons tirer cela au clair.

— Je vais avec vous ? demanda Chiapacan, plein d'espoir.

— Non, je préfère te savoir ici, Pierre. Surtout si Louet reste aussi ici. Il y aura peut-être des décisions à prendre et Béatrice et ma sœur auront besoin de ton aide.

— Prends mon fils, au moins.

Trois-Sueurs réfléchit un instant. Il avait déjà échafaudé un plan, et effectivement Esquinette lui serait utile pour le réaliser.

— Tu peux le prévenir de venir ce soir avec son épouse ? Nous souperons ensemble et, s'il est d'accord, nous partirons pour Paris demain avec Boniface.

Boniface était le petit-fils de Jeanne, la nourrice de Roque La Garde et de sa sœur Anne.

On se souvient que, quelque vingt-cinq ans plus tôt, la ferme des parents de La Garde, près d'Oraison, avait été occupée et pillée par des dragons du roi. La famille La Garde était protestante. Celles et ceux qui avaient refusé de se convertir avaient payé de leur vie ou de leur liberté leur fidélité à leur religion. Roque lui-même avait été chassé de l'armée et à son retour en Provence, après avoir découvert le domaine de ses parents ruiné et sa sœur devenue l'esclave du capitaine La Flèche qui commandait les dragons, il avait appliqué sa justice.

Mais après avoir sauvé sa sœur, il l'avait à nouveau perdue alors qu'elle était tombée aux mains de la perverse Drouillade[1]. Avec l'aide de l'avocat Fabry, il avait pu à nouveau la sauver et elle était entrée comme gouvernante auprès du cousin de Forbin-Maynier, le châtelain de La Barben. C'est à cette époque qu'elle avait abandonné son premier prénom, Claire, pour Anne, son second prénom qui était celui de sa mère, comme si elle voulait oublier cette Claire qui avait tant été souillée.

Puis Roque était entré au service du duc d'Orléans et il ne s'était plus occupé de son domaine d'Oraison. Mais pas Anne. Elle avait parlé de leurs biens familiaux à Jean-Baptiste de Forbin-Maynier, qui, conseiller au parlement de Provence, avait fait le nécessaire pour qu'Anne et son frère rentrent en possession de leur héritage.

Plus tard, après que Roque eut épousé Béatrice, il avait pris à son service les enfants et les petits-enfants de ceux qui avaient fidèlement servi ses parents. Il était ainsi entouré uniquement de gens qui avaient sa confiance et qui lui étaient fidèles. L'un d'entre eux était justement Boniface, le petit-fils de sa nourrice. Un solide gaillard de quarante ans capable de soigner et de conduire n'importe quel attelage.

Esquinette et son épouse arrivèrent en voiture peu avant le dîner. Pierre, conduit par Boniface, était allé les chercher pendant qu'Anne était restée avec Louet qui lui avait raconté ses épreuves. Elle lui avait aussi confié les siennes ainsi que les sévices qu'elle avait subis tant des dragons que des parlementaires aixois dans le Refuge de la Charité.

1. Voir : *Les Effroyables débauches de la Drouillade*, dans *L'Obscure mort des ducs*, Le Masque.

Pendant ce temps, Chiapacan avait raconté à son fils les grandes lignes de l'affaire.

Trois-Sueurs s'isola avec Esquinette et son épouse dès leur arrivée. Esquinette était devenu un fourbisseur réputé et talentueux avec une riche clientèle. Sa femme, Jeanne, fille d'un tonnelier illettré, souhaitait devenir une bourgeoise respectable. Elle connaissait la jeunesse mouvementée de son époux et elle la désapprouvait, lui reprochant même parfois d'aimer plus son cousin qu'elle-même.

— Vous allez me le prendre pour combien de temps, cette fois ? demanda-t-elle à Roque sans dissimuler sa contrariété.

Roque la considéra avec tendresse. Il aimait son tempérament vif, souvent emporté. Brune et bouclée, avec des lèvres fines et un nez aquilin, son visage était tellement expressif qu'elle était incapable de dissimuler ses sentiments.

— C'est à lui de décider s'il souhaite venir, Jeanne, répondit-il. Je pourrais me débrouiller seul, mais ce serait plus difficile. Quant à notre absence, elle pourrait durer plusieurs semaines, quelques mois même.

Elle eut une moue de mécontentement.

— Je ne peux rien vous promettre, poursuivit-il avec douceur, mais si l'on résout cette affaire, je demanderai au Régent une récompense pour Esquinette.

Jeanne était d'origine modeste et Trois-Sueurs savait qu'elle voulait devenir une femme respectable dans cette société si policée.

— Quel genre de récompense ? s'enquit-elle après une hésitation.

— Un office d'anoblissement ? Un diamant ? Que préférez-vous, Jeanne ?

— Un diamant... proposa-t-elle les yeux brillants.

— C'est dit ! Et toi Esquinette, es-tu prêt à reprendre la route ?

— Bien sûr, cousin ! Il haussa les épaules. Mon père m'a dit que nous risquions d'affronter Cartouche. Celui qui se proclame le capitaine général de la grande truanderie ! Voila un homme que j'aimerais connaître. Crois-tu que nous le rencontrerons vraiment ?

— Peut-être.

Trois-Sueurs songeait qu'une rencontre avec ce redoutable chef de bande ne tournerait pas forcément en sa faveur, mais il ne le dit pas.

Esquinette n'avait pas ces inquiétudes. Repartir sur les routes avec son cousin l'enthousiasmait. Bien qu'il approchât de la quarantaine et que sa longue chevelure blonde nouée en catogan fût désormais parsemée de fils gris, il regrettait toujours secrètement son ancienne vie de truand aux côtés de son cousin. Il prit Jeanne par la taille pour la rassurer :

— Tu ne seras pas seule, ici. Il y a Anne et Béatrice qui t'aiment. Tu peux compter sur chacun dans cette maison. Et le père Gaspard me remplacera à l'atelier.

— Très bien ! Je ne peux pas t'en empêcher, de toute façon, soupira-t-elle, vaincue à la fois par sa tendresse et par le futur diamant.

— Quand partons-nous, mon oncle ?

— Demain. J'ai déjà préparé pistolets, épées et couteaux. As-tu apporté tes passe-partout ?

Esquinette opina, le regard brillant, tout excité à l'idée de retrouver Paris et l'aventure. Son épouse s'en rendit compte et son regard se voila.

— Jeanne, en notre absence, vous logerez ici si vous le souhaitez, lui proposa Trois-Sueurs pour la consoler.

Béatrice vint alors les chercher pour passer à table.

Ils partirent le lendemain matin, c'était le 2 septembre.

Le carrosse de La Garde était une petite voiture à quatre places tirée par six robustes chevaux. S'ils ne se ménageaient pas et se relayaient pour conduire, ils pourraient arriver à Paris en quatre ou cinq jours.

Durant le trajet, L'Espérance raconta plusieurs fois aux deux hommes ce qu'il savait sur Cartouche et sa bande. Il leur décrivit aussi à nouveau et fort longuement l'attaque de la diligence et les bandits qui y avaient participé.

6

Le Palais-Royal, qui abritait sous le règne de Louis XIV la maison d'Orléans et toute son administration, était devenu depuis le début de la Régence le siège du pouvoir, le Régent refusant de vivre dans l'immense palais de Versailles, trop loin des plaisirs de la ville.

La majorité du jeune roi approchant, les ministres travaillaient cependant de plus en plus à Versailles où se trouvait une grande partie des bureaux. Trois-Sueurs savait tout cela et il n'ignorait pas qu'il lui serait difficile de rencontrer rapidement Dubois puisque celui-ci était désormais cardinal et, dans les faits, premier des ministres du royaume, même si cette charge n'existait plus.

Les relations entre l'abbé libertin et l'ancien brigand avaient toujours été ambiguës. Trois-Sueurs appréciait Dubois pour son pragmatisme et sa tolérance, mais était révulsé par son impiété – son athéisme en fait – qui frôlait souvent le blasphème, ainsi que par sa paillardise inadmissible à ses yeux pour un homme d'Église. Dubois, lui, prisait l'habileté de Trois-Sueurs, mais se gaussait de sa rigueur huguenote qu'il jugeait surannée et absurde.

Tous deux avaient pourtant en commun – et ils le savaient l'un et l'autre – une extraordinaire aptitude à saisir les opportunités pour arriver à leurs fins, même si pour cela ils devaient négliger les règles qui régissaient la société. Ces règles n'étant cependant pas les mêmes pour les deux hommes, Dubois faisant l'impasse sur les principes moraux et La Garde ignorant systématiquement la loi. Mais après tout, n'était-il pas un brigand et l'abbé un libertin ?

Trois-Sueurs était persuadé que Dubois n'ignorait rien des documents que L'Espérance rapportait de Rome, et donc qu'il le recevrait rapidement s'il faisait état, à mots couverts, des raisons de sa venue à Paris. Il restait cependant à faire connaître au cardinal sa présence dans la capitale sans que d'autres – peut-être ceux-là qui s'étaient attaqués à L'Espérance – ne le sachent.

L'ancien exempt au Châtelet avait proposé qu'ils logent à l'auberge du *Cheval Vert*, dans la rue du même nom[1], non loin de la rue Saint-Jacques. L'Espérance connaissait l'hôtellerie, qui disposait d'une vaste écurie. Laisser leur voiture sur place leur éviterait les effroyables difficultés de circulation dans les étroites rues de Paris avec une voiture à six chevaux, avait-il expliqué.

Arrivés en fin d'après-midi, les voyageurs purent disposer de deux chambres au premier étage de l'auberge. Ils se répartirent les lits : Trois-Sueurs logerait avec Esquinette et L'Espérance avec Boniface.

Alors que ses compagnons s'occupaient de leur installation, Trois-Sueurs prépara immédiatement une lettre pour le cardinal Dubois.

Dans cette missive évasive, La Garde expliquait qu'il était à la recherche d'une lettre envoyée de Rome et qui lui était destinée ; une missive qui avait disparu en avril. Il précisait seulement qu'il était prêt à s'en entretenir avec Son Eminence et il donnait au cardinal l'adresse de son auberge, *Le Cheval Vert*.

Son courrier terminé, Trois-Sueurs se vêtit très simplement d'un justaucorps cannelle avec un

1. Rue des Irlandais.

tricorne assorti et se prépara pour se rendre au Palais-Royal. Avant de partir, il rappela à L'Espérance qu'il ne devait pas quitter l'auberge ; il était connu à Paris et il était important qu'on ignore son retour.

Au Palais-Royal, Trois-Sueurs laissa son cheval dans une écurie proche des jardins et se présenta aux services de la surintendance de la maison du duc d'Orléans, qui occupaient toujours une partie du rez-de-chaussée.

La surintendance du palais était chargée du logement de Philippe d'Orléans, de sa famille, de ses officiers et plus généralement de sa maison civile, militaire et religieuse. Une quantité de minuscules bureaux abritaient des commis chargés de l'administration de la richesse de la famille princière.

Passer par la surintendance était plus discret qu'utiliser les officiers ou les huissiers du palais. Trois-Sueurs connaissait suffisamment le fonctionnement des lieux pour savoir que les espions y étaient nombreux et que, s'il était reconnu, sa lettre serait certainement lue bien avant que Dubois l'ait entre les mains.

La Garde connaissait quelques officiers en qui il avait confiance. Il put rapidement approcher l'un d'eux à qui il avait rendu jadis un appréciable service et il lui confia sa missive en lui demandant de la remettre en main propre au cardinal Dubois. L'officier lui promit de le faire avant le lendemain soir, car il était certain de rencontrer le cardinal qui serait présent à un spectacle de l'Opéra.

Après le repas pris dans une de leurs chambres, les quatre hommes préparèrent leur séjour. Boniface serait chargé de rester à l'auberge et de veiller à ce qu'ils puissent partir précipitamment à tout moment. Esquinette, habillé comme un sacripant, irait traîner au village de Bercy, dont L'Espérance lui indiqua plusieurs cabarets que fréquentaient les hommes de Cartouche. Trois-Sueurs savait qu'il pouvait compter sur son cousin pour rapporter des informations utiles. L'Espérance, enfin, resterait à l'auberge, ainsi que La Garde, en attendant une réponse de Dubois. Si celle-ci ne venait pas, ils élaboreraient une autre stratégie.

Le lendemain en milieu d'après-midi, un carrosse aux armes d'Orléans pénétra dans la cour de l'auberge escorté par quatre chevau-légers. Celui qui les commandait demanda aussitôt après un nommé Roque La Garde.

Trois-Sueurs, qui avait entendu le carrosse entrer dans la cour, arriva aussitôt. L'officier, qui le connaissait – Roque ayant été major de son régiment –, lui transmit une demande verbale de Mgr Dubois : le véhicule devait le conduire immédiatement au Palais-Royal.

Trois-Sueurs était prêt et demanda à L'Espérance de l'accompagner, Esquinette étant parti depuis le matin pour quelques cabarets dont l'ancien exempt lui avait assuré qu'ils étaient fréquentés par des *cartouchiens*.

Une heure plus tard, en habit plissé et culotte de soie, chemises à manchettes brodées et tricorne à la main – celui de La Garde était galonné d'argent –, ils étaient tous deux introduits dans les appartements de Dubois, au premier étage de l'aile droite du palais.

Un maître d'hôtel les conduisit solennellement au grand salon d'apparat. Dubois, en costume écarlate de cardinal, le visage à la fois sévère et anxieux, les attendait, assis dans un grand fauteuil.

Trois-Sueurs ne fut guère surpris de découvrir dans un second fauteuil Philippe d'Orléans, le régent de France, qui lui fit un signe amical.

Habillé de soie turquoise, le visage couperosé et le corps empâté, Philippe formait un étrange contraste avec le maigre et blafard cardinal tout vêtu d'écarlate. Qui aurait pu penser que, dans deux ans, ces deux hommes, apparemment dans la force de l'âge, seraient l'un et l'autre au fond d'une tombe ?

La Garde les salua, puis, le maître d'hôtel les ayant laissés, il présenta son compagnon comme étant François L'Espérance, exempt au Châtelet. Ni Dubois ni le Régent ne marquèrent par une quelconque expression qu'ils en avaient jamais entendu parler.

— Monsieur La Garde, déclara alors le cardinal, votre arrivée subite a éveillé ma curiosité. Parlez-moi donc de cette lettre.

— Mon compagnon va vous en parler mieux que moi, répondit Trois-Sueurs. C'est à lui que M. l'abbé de Tencin avait confié ce document.

Dubois ne dissimula pas son trouble et, s'adressant à l'exempt, demanda assez sèchement :

— Avez-vous ces papiers ici, monsieur ?

— Non, monseigneur. On me les a volés.

— Volés ! Et qui donc ?

Le visage de Dubois était soudainement devenu blafard.

— Cartouche, monseigneur.

— Le brigand ! ironisa le Régent. Mais il est donc partout !

Il paraissait impassible, amusé même, mais La Garde avait remarqué la ride de mécontentement qui avait traversé le visage du prince.

— Monseigneur, intervint Trois-Sueurs, mon compagnon pourrait vous résumer ce qui s'est passé, si vous le souhaitez.

Philippe d'Orléans acquiesça d'un geste et L'Espérance commença son récit après avoir rapidement raconté sa vie de policier et comment Argenson l'avait désigné pour accompagner l'abbé de Tencin à Rome.

Il ne fut interrompu par le cardinal que lorsqu'il parla de l'arrêt de Voyer d'Argenson qui l'accusait d'être membre de la bande du *capitaine de la grande truanderie.*

— Comment M. le lieutenant de police pouvait-il vous faire rechercher comme brigand, alors même qu'il vous avait présenté comme un policier modèle un mois plus tôt ? martela-t-il.

— Je l'ignore, monseigneur.

— Cela n'a pas de sens ! marmonna alors Dubois pour marquer son incrédulité.

Le Régent avait écouté en silence. Les paupières mi-closes, il considérait Trois-Sueurs dont le visage restait impassible. Personne ne reprenant la parole, il demanda :

— Et vous, La Garde, qu'en pensez-vous ?

— M. d'Argenson pourrait être complice de Cartouche...

Le Régent haussa les épaules, en marquant cette fois sa contrariété.

— Ne soyez pas stupide ! Argenson m'est tout dévoué, comme l'était son père.

— Alors, il s'agit d'une conspiration, monseigneur.

Cette fois, Philippe d'Orléans inclina doucement la tête en signe d'adhésion. Ensuite, il s'adressa à l'exempt :

— Continuez, mon ami.

L'Espérance poursuivit, raconta avec émotion sa condamnation, la chaîne, son arrivée aux galères.

Il se tut alors un instant, hésitant à donner des détails sur son évasion, et en particulier sur son compagnon, Louet, ainsi que sur le chevalier Roze.

Trois-Sueurs lui vint en aide :

— L'Espérance s'est évadé, il y a moins d'un mois, monseigneur. Il s'est enfui du bagne, non pour retrouver sa liberté, mais pour venir vous informer de ce vol.

— Comment peut-on s'évader des galères ? murmura le Régent.

— Ce n'est pas la question, monseigneur. L'Espérance risquait sa vie en agissant ainsi. Il l'a fait par fidélité envers vous. Il ne vous donnera pas de détails sur son évasion, car il serait contraint de mettre en cause des amis, mais sachez qu'il est arrivé jusqu'à moi. Je l'ai écouté et j'ai décidé de l'aider. Et ainsi, peut-être, de revenir quelque temps à votre service.

Le silence se fit. Dubois et le Régent méditaient. Que pouvaient-ils dire à La Garde, et surtout à cet homme qui, après tout, avait été accusé par Argenson d'être un brigand de Cartouche ?

Trois-Sueurs comprit leur hésitation et leurs doutes.

— M. d'Argenson doit s'expliquer, dit-il au Régent. Je me chargerai de l'interroger. À cause de lui, L'Espérance a été injustement condamné aux galères. Savez-vous ce qu'il risquait en tentant une évasion ? Repris, on lui aurait coupé nez et oreilles, puis il aurait été battu à mort par les autres galériens, à coup de cordages. Il y a peu d'évasions du bagne tant le prix à payer, si l'on est repris, est effroyable. L'Espérance l'a pourtant fait. Il a agi ainsi car il jugeait que c'était son devoir de prévenir Mgr Dubois.

Celui-ci baissa les yeux.

— Mais vous-même, souhaitez-vous vraiment retrouver ces documents ? demanda alors Trois-Sueurs.

Dubois se passa un instant la langue sur les lèvres. Il savait que La Garde découvrirait tôt ou tard la vérité. Autant la lui avouer tout de suite, jugeait-il. Cependant, c'était à son maître de décider. Il glissa un bref regard interrogateur vers Philippe d'Orléans.

Celui-ci resta impassible, non par défiance envers l'ancien brigand, mais simplement par crainte de se l'aliéner car, s'il dévoilait la vérité, il savait que celle-ci allait fortement déplaire au huguenot rigide qu'était toujours Trois-Sueurs.

— Il s'agit de religion, mon ami, annonça-t-il enfin.

— Je m'en doutais un peu, monseigneur. Après tout, il s'agissait de documents venant de Rome et confiés par le chargé des Affaires étrangères de France auprès du Saint-Siège, ironisa Trois-Sueurs en s'inclinant.

Le Régent sourit légèrement mais resta silencieux. L'Espérance fit alors un pas en avant pour se placer à côté de Trois-Sueurs :

— Monseigneur, je souhaiterais me retirer, fit-il en s'inclinant. Je n'ai pas à en savoir plus.

Le Régent hocha de la tête pour approuver et l'exempt sortit de la pièce. Quand il fut parti, Philippe d'Orléans prit un ton badin :

— Vous veillerez, Dubois, à ce que M. L'Espérance reçoive, sur ma cassette, une charge de commissaire-enquêteur au Châtelet. Vous en informerez Argenson. Et puisque nous parlons de lui, vous demanderez à votre secrétaire qu'il prévienne M. d'Argenson de la visite de M. La Garde demain matin à la première heure. Notre ami saura s'expliquer avec lui. Mais maintenant que nous sommes entre nous, racontez donc toute l'affaire sans rien dissimuler.

Le cardinal prit un ton sentencieux :

— Tout a commencé il y plusieurs mois, La Garde, alors que Clément XI était au plus mal. Dans toutes les chancelleries d'Europe, on s'agitait à l'idée d'une prochaine élection. À Rome, notre chargé d'affaires, Mgr Lafitau, nous avait suggéré de soutenir celui qu'il jugeait le mieux placé pour devenir le prochain pape : Michel-Ange Conti.

Il s'éclaircit la voix.

— Connaissez-vous Lafitau ? Il est évêque de Sisteron.

Trois-Sueurs secoua négativement la tête.

— Pierre François Lafitau est un jésuite intrigant et trousseur de jupons, intervint le Régent dans un rire.

— Certainement ! approuva Dubois, impassible. Bien plus, même : c'est un grand paillard ! Mais pour moi, il est avant tout un diplomate d'une adresse diabolique, capable de toutes sortes de trahisons, mais aussi rompu à corrompre n'importe qui, que ce soit avec de l'argent, des filles ou autre chose. Quelles qu'aient été ses méthodes – que je préfère ignorer –, il a su convaincre, ou acculer, Conti.

— C'est-à-dire ? demanda Trois-Sueurs qui s'attendait à tout.

— Il lui a fait signer un double engagement, écrit en français et en italien. En contrepartie duquel nous le soutenions pour l'élection et Lafitau oubliait quelques-unes des faveurs qu'il lui avait consenties. Michel-Ange Conti a finalement été élu pape sous le nom d'Innocent XIII.

Il se tut un instant avant de poursuivre :

— C'est ce double engagement que Pierre Guérin de Tencin avait confié à M. L'Espérance pour qu'il me le remette.

— Je comprends, opina Trois-Sueurs. Une telle corruption avant un conclave est un crime de simonie, si je ne me trompe...

— C'est exact, concéda le Régent dans un sourire sans chaleur. Ces documents nous permettaient d'exercer une pression sur Innocent XIII durant tout son pontificat. Rendre publics ces engagements pouvait entraîner l'annulation de l'élection, et même la prison pour ce pauvre homme.

— Je suppose que cela dépend quand même des engagements qu'il avait pris, monseigneur... J'aimerais les connaître...

Le Régent soupira, la mine faussement désolée :

— Vous ne pouvez reprocher à Dubois de s'occuper aussi de ses propres affaires, comprenez-vous...

Trois-Sueurs considéra le cardinal, hautain et drapé dans sa pourpre. Comme indifférent à ce qui allait se dire à son sujet.

Philippe d'Orléans eut un petit rire gêné :

— Mon cher précepteur a commencé sa carrière comme apothicaire, vous ne l'ignorez pas. Un soir, il m'a même avoué que ce qu'il préférait, dans ce métier, c'était faire des lavements aux dames. On peut comprendre qu'il ait souhaité s'élever au-dessus d'une telle condition !

Il fit une pause avant de préciser, cette fois avec gravité :

— L'engagement de Conti comprenait une promesse d'obtention du chapeau de cardinal.

— Félicitations, monseigneur, persifla Trois-Sueurs en saluant Dubois. Mais cet engagement-ci a été tenu, à ce que je vois. Où est donc le problème ?

— En vérité, Innocent XIII ignore que nous avons perdu les documents, grinça Dubois avec un sourire malicieux.

— Je veux bien l'admettre, mais je suppose qu'il n'y avait pas seulement un engagement du futur pape à transformer un laveur de fondement féminin en cardinal, ironisa sèchement La Garde. Il me déplairait de savoir qu'un homme a été condamné aux galères pour cela !

— Non, répliqua le Régent avec un rire forcé. Le véritable engagement était tout autre : il concerne la bulle *Unigenitus*.

Il se tut un instant pour tenter d'être clair et impartial sur ce qu'il allait dire, car il savait que Trois-Sueurs pèserait chacun de ses mots. Il poursuivit avec gravité :

— Mon oncle a passé la plus grande partie de son règne à l'expurger de ce qu'il considérait comme deux hérésies : le protestantisme et le jansénisme.

« Vous n'ignorez rien, mon ami, de la façon dont il s'est débarrassé des protestants. Il a agi fort différemment avec le jansénisme. Après que les religieuses eurent été expulsées de Port-Royal, Louis a demandé au pape une condamnation de leur doctrine, ce fut la bulle *Vineam Domini*. En octobre 1709, les religieuses de Port-Royal qui avaient refusé de signer cette bulle furent dispersées par la police. Deux ans plus tard, l'abbaye fut rasée.

« Mais mon oncle voulait poursuivre jusque dans les consciences les germes de ce qu'il jugeait être une déviance sacrilège. Il lui fallait pour cela un ordre canonique, irréfutable. Il a cru bien faire en sollicitant lui-même auprès de Clément XI une déclaration de guerre, la bulle *Unigenitus*[1].

« En vérité, ce n'étaient pas seulement les cent onze propositions du père Pasquier Quesnel que le roi voulait condamner, c'était plutôt l'attitude janséniste, cette forme de contestation de la toute-puissance royale que Blaise Pascal avait présentée comme un comportement moral. Tout ceci révulsait mon oncle qui était persuadé de l'existence d'une cabale contre la royauté. Le jansénisme lui apparaissait à la fois hérétique et dangereux pour l'autorité de l'État.

« Seulement – et Louis ne l'avait pas prévu – Clément XI dans sa sentence a non seulement

1. Le pape Clément XI avait signé la bulle *Unigenitus* le 8 septembre 1713.

condamné les thèses augustiniennes sur la grâce, mais il a affirmé également la prééminence de Rome sur l'Église de France, ainsi que le droit de contrôle du Saint-Siège sur les rois !

« Cette bulle qui aurait dû mettre fin au jansénisme allait au contraire lui donner un nouvel élan en rapprochant jansénistes et gallicans. J'ai réussi, à grand-peine, à la faire enregistrer par le parlement en décembre 1720. À grand-peine car tout ce que le royaume compte de parlementaires gallicans s'est élevé autant contre ce texte que contre moi. L'Église de France elle-même est désormais profondément divisée. Le cardinal de Noailles a pris la tête des ecclésiastiques frondeurs contre la compagnie de Jésus qui défend *Unigenitus*. M. de Torcy, défenseur du gallicanisme, entraîne les parlementaires et les ministres hostiles à la bulle. Et moi, je tente de naviguer entre ces deux extrêmes comme un capitaine en pleine tempête ! Je ne veux pas d'une nouvelle guerre de religion, La Garde. Le roi sera bientôt majeur, ce sera à lui de prendre les décisions qui s'imposent.

Il se tut une seconde avant de préciser :

— Le document que rapportait votre ami L'Espérance contenait un engagement de la part de Conti : s'il devenait pape avec notre soutien, il garderait le silence sur *Unigenitus* durant toute la minorité du roi. J'ai besoin de cette promesse !

Trois-Sueurs comprenait maintenant l'importance de la perte de ces deux lettres.

— Qui savait que L'Espérance rapportait ces papiers ? demanda-t-il.

— Uniquement moi, Lafitau et l'abbé de Tencin, déclara Dubois avec assurance.

— Quelqu'un a pourtant prévenu Cartouche ! observa Trois-Sueurs.

Dubois prit un air dédaigneux devant l'insolence de La Garde.

— Je ne crois pas que si peu de personnes étaient informées, comme l'affirme Dubois, intervint le Régent au bout d'un instant. Quelles que soient les mesures qu'avait prises le cardinal pour cacher ses machinations, M. de Torcy en a découvert une partie, tout simplement par le secret de la poste.

Trois-Sueurs dressa l'oreille. Il savait que Colbert de Torcy, neveu du grand Colbert, avait été le secrétaire d'État aux Affaires étrangères du feu roi et qu'il était encore surintendant des Courses, Postes et Relais et membre du Conseil. Une charge qui permettait de connaître tous les secrets de la correspondance.

La surintendance des postes avait été créée en 1630 et organisée autour de deux services : la poste aux lettres, pour le courrier, et la poste aux chevaux, pour les voyageurs.

Très vite, le pouvoir royal avait compris l'importance de la poste aux lettres dans le domaine de l'information. Le surintendant des postes avait donc pour charge de lire les dépêches des ambassadeurs, et plus généralement de tous ceux dont le pouvoir se méfiait ou qu'il souhaiter surveiller. Il en faisait ensuite une synthèse lors du conseil royal.

C'est le marquis de Louvois qui, le premier, avait fait de la surintendance des postes un véritable service de renseignement dont l'espion Joachim d'Alencé avait été un temps l'un des dirigeants. Chez lui, une dizaine d'hommes, triés sur le volet et tous proches du ministre, lisait les correspondances privées et préparait des mémoires pour le ministre et pour le roi. Même le lieutenant général de police n'était pas aussi bien informé que le surintendant.

Claude Le Peletier, contrôleur général des Finances après la mort de Colbert, avait repris la surintendance des postes en 1671 en remplacement du marquis de Louvois. Ensuite, cette charge importante avait été attribuée à Jean-Baptiste Colbert de

Torcy, fils de Colbert de Croissy, qui était alors le secrétaire d'État aux Affaires étrangères.

Au début de la régence, Torcy avait perdu son secrétariat d'État, mais avait conservé la surintendance des Courses, Postes et Relais. Gros travailleur et habile diplomate, il dirigeait une petite équipe d'agents qui prenait connaissance de toutes les correspondances, diplomatiques ou non, jugées essentielles pour en faire ensuite un résumé au seul Régent.

— M. de Torcy est venu me voir pour me signaler que Dubois travaillait à Rome à l'obtention du chapeau de cardinal, poursuivit Philippe d'Orléans. Il jugeait qu'il était de son devoir de m'en parler et j'en suis resté fort embarrassé.

Pour détendre l'atmosphère, le Régent se mit à dialoguer la scène en imitant les protagonistes : « Cardinal ! lui ai-je rétorqué, ce petit faquin ! Vous vous moquez de moi ! Il n'oserait y avoir jamais songé ! »

Orléans éclata de rire en découvrant l'expression outrée de son ancien précepteur qu'il venait de traiter de faquin. Il poursuivit plus sérieusement :

— Mais Torcy est revenu à la charge. Il avait ouvert plusieurs courriers venant de Rome et il me détailla ce qu'il appelait une basse intrigue de Dubois. Pour éloigner ses doutes, je fis donc semblant de me mettre en colère :

« — Si ce petit impudent de Dubois se mettait cette folie dans la tête, je le ferais mettre dans un cul-de-basse-fosse ! lui déclarai-je.

Il pouffa devant le visage de son ancien précepteur.

— Seulement, après l'élection du nouveau pape, Torcy continua à venir m'importuner, alors même que nos précieux documents avaient disparu. Cependant, quand je fus avisé par le Saint-Siège que Dubois avait enfin reçu son chapeau, et qu'Innocent XIII ignorait donc la disparition des lettres, je ne pus plus cacher la vérité à Torcy. Un jour où il se présentait à moi pour me reparler de l'affaire, je le tirai dans un coin et lui dis :

« — À propos, monsieur, il faut écrire de ma part à Rome pour le chapeau de M. de Cambrai ; voyez à cela, il n'y a pas de temps à perdre[1].

« Le surintendant des postes est alors resté figé comme une statue, incapable d'ouvrir la bouche. C'est à cet instant qu'il a compris que mes menaces contre Dubois n'étaient que comédie. Tout ceci pour vous dire que Torcy pouvait savoir que M. L'Espérance transportait nos précieux papiers. Torcy, et peut-être d'autres.

— Je vois mal M. de Torcy traiter avec quelqu'un comme Cartouche, fit Dubois, dubitatif. Mais ce peut être effectivement un des hommes de son cabinet noir qui l'aura fait à son insu.

— Parlez-moi donc du marquis de Torcy, je l'ai peu connu, demanda Trois-Sueurs.

— Le neveu de Colbert a un peu moins de soixante ans. Il est janséniste de cœur et gallican farouche. C'est aussi un gros travailleur, comme l'était son oncle. On le juge homme d'esprit. Il est d'une probité absolue, bien que fort adroit, et il a une parfaite connaissance des chancelleries. De par sa charge, il connaît tout et tout le monde.

— Qui aurait intérêt à posséder ces papiers ? demanda Trois-Sueurs.

— Une chancellerie, bien sûr ! répliqua le Régent.

— Mais vous n'avez pas appris qu'une chancellerie les ait obtenus ?

— Non ! Ce qui ne veut rien dire, assura Dubois dans une grimace. Les négociations pour la vente des papiers sont peut-être encore en cours.

1. Tous ces dialogues sont rapportés par Saint-Simon.

— Et Cartouche, monseigneur ? Il semble fort craint à Paris...

— Cartouche est partout, La Garde ! s'emporta Orléans. C'est un démon ! Savez-vous qu'il a été arrêté en janvier et qu'il est pourtant parvenu à s'évader ?

— Je l'ignorais, monseigneur.

— Depuis, il n'en est que plus redoutable. M. d'Argenson estime sa bande à près de deux mille hommes, dont beaucoup appartiendraient à la police ou aux gardes-françaises ! Il sait tout, il a des espions partout, même ici, au palais.

Il laissa échapper un soupir.

— Je vais vous raconter une anecdote : vous savez que la mode est aux épées à la poignée d'argent ciselée sertie de pierreries. Ces épées sont très lourdes, aussi, pour en réduire le poids, il est d'usage de remplacer la lame d'acier – inutile puisqu'elles ne servent jamais – par une baguette de bois. Les *cartouchiens* ont donc pris l'habitude, devant les hôtels et les palais, de s'approcher de ceux qui portent de telles épées et d'en briser la seule poignée pour s'enfuir avec.

« On s'est donc mis à porter des épées toujours aussi ciselées, mais en fer doré ou argenté avec de fausses pierres. J'en avais moi-même une, faite exprès en Angleterre. Un des bandits de Cartouche, dans les jardins du palais, me l'a arrachée avant de détaler.

Le Régent se forçait à sourire, mais son regard lançait des éclairs. Il enrageait visiblement.

— Et alors, monseigneur ? sourit Trois-Sueurs qui trouvait l'histoire amusante.

— Le surlendemain, j'ai reçu un paquet : il contenait une lettre et ma poignée d'épée. Le billet disait à peu près ceci : « *Monseigneur, Le plus grand voleur de France ne devrait pas empêcher de vivre ses malheureux confrères.* »

— Le trait est piquant, compléta Dubois. Mais savez-vous qu'on trouve des pièces d'orfèvrerie aux armes d'Orléans chez tous les receleurs de Paris ? On a arrêté hier un garde du Palais-Royal chargé d'accompagner monseigneur jusqu'à son carrosse en l'éclairant avec des flambeaux de vermeil. Le pendard, qui travaillait pour Cartouche, n'avait rien trouvé de mieux que d'aller vendre nos flambeaux à une receleuse !

— Voila un homme qui me plaît, décida Trois-Sueurs dans un éclat de rire. Je sens que je vais devenir son ami !

— Que voulez-vous dire ? s'enquit sèchement Dubois.

— Si je deviens son ami, il me dira où sont vos papiers, monsieur l'abbé, expliqua La Garde en écartant les mains en signe d'évidence.

— Je vous rappelle que je suis cardinal, La Garde, et non abbé !

— Excusez-moi, Éminence, s'inclina Trois-Sueurs avec ironie.

— Vous voulez entrer dans sa bande ? Astucieux ! Mais comment allez-vous vous y prendre ? demanda le Régent.

— J'ai été un brigand, monseigneur. Je n'ai qu'à reprendre mon ancienne condition. C'est d'ailleurs le seul métier que je sache bien faire, répliqua Trois-Sueurs avec désinvolture. Redevenu voleur, tôt ou tard, ma route croisera celle de Cartouche.

— Et si l'on vous arrête, vous serez roué, remarqua aigrement Dubois.

— C'est un risque à prendre, répliqua froidement Trois-Sueurs. Mais vous êtes un homme d'Église, monseigneur, ce n'est pas à vous que je rappellerai cette proposition du père Quesnel : Le pécheur n'est libre que pour le mal[1].

— Je vous répondrai, monsieur l'insolent, sourit Dubois, que la volonté sans la grâce est impuissante à tout bien.

— Je n'ai aucune envie de vous voir roué, mon ami, intervint doucement le Régent que cette joute casuistique amusait. J'ai une meilleure solution. Vous souvenez-vous du comte de Nocé ?

Le lendemain matin, à la première heure, Trois-Sueurs et L'Espérance se présentaient à l'hôtel d'Argenson, situé dans une traverse de la rue de Valois, juste à côté du Palais-Royal. Esquinette ne les avait pas accompagnés, Trois-Sueurs préférant que d'Argenson ignore sa présence.

Marc-René de Voyer d'Argenson, surnommé *Rhadamante* et ancien lieutenant de police de Paris devenu contrôleur général des Finances, était mort l'année précédente. C'est son fils, Marc-Pierre, qui lui avait succédé dans la charge de lieutenant général de police.

Trois-Sueurs et L'Espérance étaient venus en fiacre. Le concierge les attendait et un laquais se précipita pour le conduire avec son compagnon auprès du maître d'hôtel.

Ce dernier les guida avec beaucoup de déférence vers le grand salon du premier étage.

Marc-Pierre Voyer d'Argenson dissimula une grimace en voyant entrer La Garde et se força à un sourire. La veille, un chevau-léger était venu lui apporter un pli du cardinal Dubois. Toute affaire cessante, il devait répondre aux questions du major La Garde, un officier de confiance du Régent.

1. C'était la proposition 38 de l'ouvrage condamné par la bulle *Unigenitus*.

Plus jeune, Voyer d'Argenson se rappelait avoir rencontré cet officier et avoir interrogé son père à son sujet, tant ce que l'on racontait sur lui l'avait déconcerté. Ce major paraissait fort réservé et pourtant il traînait une réputation d'aventurier effronté et de duelliste redoutable. Son père lui avait seulement dit qu'il était tout dévoué au duc d'Orléans, sans pour autant appartenir à sa bande de *roués*[1], bien au contraire puisqu'il était un huguenot rigide.

Huguenot ! Alors qu'il n'y en avait presque plus en France ! Et pourtant, major aux chevau-légers d'Orléans ! Voilà qui était au moins incongru !

Il n'avait jamais pu percer ce mystère.

Depuis quelques mois, Marc-Pierre Voyer d'Argenson, chancelier du duc d'Orléans, était redevenu lieutenant de police après avoir dû quitter cette charge durant les émeutes de la banqueroute de Law. Marc-Pierre, né en 1696, n'avait ni l'expérience ni le goût de son père pour la police. Depuis des mois, le brigand Cartouche le narguait et le peuple de Paris se moquait de lui. Il savait qu'il ne conservait sa charge que par le soutien et l'amitié du Régent.

Et aujourd'hui, à brûle-pourpoint, un fidèle de Philippe d'Orléans venait le trouver pour l'interroger. Que lui voulait cet homme ? Venait-il lui annoncer cette disgrâce qu'il craignait tant ?

La Garde s'avança et Voyer d'Argenson reconnut soudain L'Espérance derrière lui.

L'Espérance ! L'exempt qu'il avait envoyé à Rome avec l'abbé de Tencin et qu'il croyait mort !

— Monsieur La Garde, je vous attendais, balbutia-t-il plein de stupeur. Mais... j'ignorais que M. L'Espérance était avec vous.

1. Les favoris libertins du duc.

Il s'adressa à l'exempt avec inquiétude :

— Où étiez-vous, mon ami ? On vous a cherché partout ! On vous croyait mort !

— L'ignoriez-vous, Monsieur le lieutenant de police ? s'enquit ironiquement Trois-Sueurs. François L'Espérance était tout simplement aux galères où vous l'avez envoyé !

— Que dites-vous ! s'insurgea le lieutenant de police, courroucé et interloqué. Je n'ai jamais donné de tels ordres ! Je fais rechercher M. L'Espérance depuis des mois ! Tous mes services peuvent en témoigner !

— Soit ! L'Espérance va donc vous raconter ce qui lui est arrivé, annonça froidement La Garde en prenant d'autorité un fauteuil. Ensuite, vous vous expliquerez.

Argenson, dans un effort terrible, resta impassible et fit signe à l'exempt de parler. Celui-ci commença son récit.

Lorsque L'Espérance en vint à l'arrêt du lieutenant de police de Paris demandant la *prise de corps* d'un exempt du Châtelet nommé François L'Espérance, arrêt parvenu à la généralité de Dijon et qui l'accusait d'être membre de la bande de Cartouche, Argenson l'interrompit violemment :

— Il n'y a jamais eu un tel arrêt, monsieur !

— C'est pourtant celui qui m'a fait condamner, monsieur, répliqua l'exempt en haussant le ton.

— Alors, c'est un faux ! cria Argenson d'un ton aigu tout en se levant. Et je veux connaître la vérité !

Il se saisit d'une clochette sur la table et la fit tinter. Un secrétaire chenu entra aussitôt, il tenait un document à la main.

— Pierre, je veux sur-le-champ que deux gardes du corps partent pour Saulieu. Veuillez noter exactement ce que je vais ordonner...

Le secrétaire se rendit à un pupitre situé dans un coin de la pièce. Il y posa le papier qu'il tenait, sortit une feuille d'un tiroir ainsi qu'une plume et commença à écrire après avoir trempé la plume d'oie dans un encrier.

— Il s'agit d'un courrier pour M. de Sayve, lieutenant criminel de Saulieu, et pour M. Joachim d'Aligny, vice-bailli, prévôt des maréchaux.

La voix du lieutenant général de police était hachée par l'émotion.

— Ils remettront à mes envoyés le sac du procès de François L'Espérance ou une copie intégrale. Ils y joindront un arrêt qu'ils auraient reçu et que j'aurais signé, accusant François L'Espérance d'appartenir à la bande de Cartouche. Je veux que ces estafettes soient de retour d'ici trois jours. Faites le nécessaire !

— M. le lieutenant général, fit alors le secrétaire en tendant le papier qu'il avait à la main en entrant, il vient d'arriver ce pli de Mgr Dubois. On m'a précisé que je devais vous le remettre de toute urgence.

Voyer d'Argenson était tellement bouleversé qu'il saisit brusquement le papier, l'ouvrit et le lut devant ses visiteurs ; ce qu'il n'aurait jamais fait en d'autres circonstances.

Il dut être surpris car il relut la lettre une seconde fois, puis il leva les yeux vers son ancien exempt et déclara après avoir dégluti :

— Il s'agit d'une lettre de provision pour un office de commissaire-enquêteur. Cette charge vous est offerte par Mgr d'Orléans.

Le lieutenant de police resta un instant déconcerté. Il posa machinalement la lettre sur sa table, puis la reprit et la tendit finalement à L'Espérance. Cette fois, un sourire chaleureux s'afficha sur son visage.

— Je ferai le nécessaire dès aujourd'hui pour annuler votre condamnation. Je présenterai au secrétaire d'État à la Guerre une requête pour que soit enregistrée une lettre de rappel de galères qui mettra fin à l'exécution de votre peine, ainsi qu'une lettre de réhabilitation qui vous rétablira dans votre honneur et vos biens.

— Merci, monsieur, fit L'Espérance, mais je souhaite surtout savoir qui a organisé cette machination contre moi, et plus encore retrouver les documents qu'on m'a volés.

— Pour tout vous dire, monsieur le lieutenant de police, expliqua Trois-Sueurs, M. L'Espérance transportait depuis Rome un pli diplomatique important que les *cartouchiens* lui ont subtilisé. C'était certainement le but de l'attaque de la malle-poste. Il fallait en outre que L'Espérance soit condamné, afin que personne ne sache ce qu'était devenu ce précieux document.

— Ce pli était destiné au secrétaire d'État ? demanda Voyer d'Argenson mal à l'aise.

— Non, à Mgr d'Orléans. Je dois donc maintenant le retrouver et confondre le ou les coupables.

Un bref silence s'ensuivit. Argenson digérait ce qu'il venait d'apprendre. Il se trouvait en présence d'un complot – sans doute grave – dont il avait tout ignoré jusqu'à présent.

— Sachez, monsieur, que je ne suis pour rien dans cette affaire incompréhensible. Je vous accorderai toute l'aide qui est en mon pouvoir et je vous supplie de revenir ici dans trois ou quatre jours. Je pourrai, avec vous, voir ce qu'il en est de cet incroyable arrêt que j'aurais signé. Ce sera un début de piste.

Trois-Sueurs l'observait avec une certaine froideur. Croyait-il vraiment qu'il allait attendre quatre jours ?

— Parlez-moi de Cartouche, monsieur le lieutenant de police, proposa-t-il.

Voyer d'Argenson écarta les bras en signe d'impuissance :

— Sa bande est infiltrée partout, mais mes hommes le traquent sans répit. J'ai offert une prime de vingt-quatre mille livres pour sa capture, qui est affichée dans Paris. Chaque jour, le cri public rappelle, à tous les carrefours, qu'on le recherche. Tous les cabarets où il se rend sont surveillés. J'ai bon espoir de le capturer prochainement.

— Comment a-t-il pu devenir si puissant ?

— C'est un homme très adroit, bien qu'il ne soit que fils de tonnelier. Quand Law eut installé sa banque rue Quincampoix, cette rue est devenue pour lui et sa bande un pays de cocagne. Tant de gens s'y retrouvaient en portant dans leurs basques toute leur fortune ! Si un portefeuille était placé dans une poche extérieure, une main non gantée ou un petit bâton enduit de glu l'allait chercher. Et à l'intérieur des vestes, un coup de rasoir tranchait vite le velours ou la soie !

« Ce brigand a acquis ainsi une petite fortune qui lui a permis de soudoyer des domestiques, des Suisses ou des valets de banque. Il dispose maintenant de complices dans tous les milieux, surtout des aubergistes, des cabaretiers ou des receleurs, mais aussi, je dois l'avouer, des gens de police.

« Seulement, acheter le monde entier coûte cher ! Ses dépenses ont vite dépassé les gains de ses rapines, d'autant qu'il aime couvrir les femmes de cadeaux. Il a dû inventer de nouveaux moyens pour s'enrichir. Il a ainsi organisé, avec d'adroits faussaires, une fabrication à grande échelle de faux billets de banque. Puis, cette activité démasquée par mes services, il s'est surtout consacré au pillage d'hôtels et de maisons bourgeoises.

— On m'a rapporté que vous l'aviez pourtant arrêté.

— En effet, en janvier. À la fin de l'année dernière, Cartouche avait assassiné un de mes hommes qui était sur sa piste et toute ma police était décidée à lui faire payer ce crime. Un soir où il était seul, il s'est pris de querelle avec un officier à qui il venait de voler son épée de parade en argent. L'autre a appelé à l'aide et, par chance, il y avait suffisamment de policiers dans le quartier pour l'appréhender.

« On l'a conduit à la prison du Fort l'Évêque où il a donné un faux nom, mais le commissaire qui l'interrogeait l'a reconnu. Finalement, après plusieurs interrogatoires, Cartouche a reconnu les faits et l'assassinat de notre policier. En même temps, plusieurs de ses complices étaient eux aussi arrêtés. C'est à ce moment-là qu'on a découvert l'importance de sa bande !

« Seulement, comme on devait le transférer au palais à chaque interrogatoire, il a réussi à soudoyer quelque gardien et à se faire remettre une lime par un complice. Début mars, il est parvenu à ouvrir sa serrure. Il avait repéré les lieux durant les transferts et il s'est rendu aux cuisines de la prison. Là, il a enfilé une blouse et s'est chargé de bassines de détritus avant de se diriger vers la sortie. Les gardiens, croyant avoir affaire à un garçon de cuisine, l'ont laissé sortir sans rien lui demander !

Trois-Sueurs eut une moue admirative qui n'échappa pas à d'Argenson.

— Mais il ne restera pas longtemps libre, monsieur ! fulmina le lieutenant de police.

— Comment allez-vous vous y prendre pour le retrouver ?

— Je vous l'ai dit : il y a des mouches partout, tous les cabarets sont surveillés et une forte récompense est régulièrement rappelée par affiche et cri public. C'est désormais un homme traqué.

— Quel est l'endroit que vous surveillez le plus ?

— Son père était tonnelier à Bercy. Dans ce quartier, tout le long de la Seine, cabarets et ginguettes se succèdent. C'est là qu'il se cache. Nous surveillons en particulier le cabaret de la *Grande Pinte*. On l'y a vu plusieurs fois bien qu'on ignore comment il y entre et comment il en sort[1] !

Trois-Sueurs se leva :

— M. L'Espérance m'informera de la suite de votre enquête, monsieur le lieutenant de police.

1. Aux environs du 302 de la rue de Charenton. On sait depuis que Cartouche utilisait un passage à l'intérieur d'un puits dans l'arrière-cour !

7

Le comte de Nocé, un des *roués* du Régent, possédait une petite maison le long du chemin qui conduisait de l'abbaye Saint-Antoine-des-Champs au village de Charenton, non loin du hameau de Bercy[1]. C'est là qu'il amenait ses maîtresses pour des soupers fins.

Le long de la Seine, et tout autour du village et du port de Bercy, s'étalaient guinguettes et cabarets, tel celui de la *Grande Pinte*. Plus haut, sur les coteaux, se dressaient des châteaux fastueux, des rendez-vous de chasse et des maisons de campagne comme celle de Mme de Parabère, la maîtresse du Régent.

Enfin, le long des chemins aux noms évocateurs comme le Chemin Vert ou celui de Pique-Pusses, se succédaient des champs et des jardins maraîchers, de gracieuses maisonnettes et des hôtels bourgeois, des couvents et des abbayes, des prieurés et des églises.

Les gens de qualité vivaient plutôt sur les hauteurs tandis que la population laborieuse travaillait sur les quais ou dans les ateliers et manufactures de porcelaine ou de menuiserie. Tous se retrouvaient pourtant le soir dans les cabarets et les guinguettes au bord de la Seine.

C'est au sein de ce monde disparate que vivait et volait Cartouche.

1. Au 4 de la rue de Reuilly.

Ce soir-là, le carrosse du comte de Nocé sortit par la porte Saint-Antoine. Il était suivi par deux cavaliers entièrement vêtus de gris et que personne ne pouvait remarquer tant la circulation de chariots, charrettes, carrosses et gens à pied, à cheval ou à dos d'âne encombrait le chemin.

Non loin du couvent des filles de l'ordre de la Trinité – qu'on appelait les Mathurines – il y avait déjà moins de passage et les deux cavaliers s'approchèrent du carrosse qui roulait au pas derrière un couple de bœufs. À un moment, un ânier et sa bête coupèrent la route du carrosse qui s'arrêta. Prestement, l'un des deux cavaliers sauta sur le siège avant de la voiture en menaçant le cocher de son pistolet. Le second cavalier, après avoir attaché son cheval à l'arrière du carrosse, pénétra dans le véhicule.

À l'intérieur, le comte de Nocé se trouvait en compagnie d'une ravissante jeune femme, une ancienne maîtresse du Régent.

Celle-ci poussa un cri en voyant l'inconnu : un homme maigre, aux yeux gris, à l'expression impitoyable. Il avait à la main un pistolet fort menaçant.

— Monsieur le comte, votre bourse, vos bijoux et ceux de madame. Je suis très pressé.

Sa voix était douce, persuasive et particulièrement sinistre.

Livide, Nocé fouilla dans son gousset, sortit sa montre et sa bourse. Le brigand arracha alors le ruban de soie attaché au cou de la femme, lequel portait un joli diamant, ainsi qu'une broche sur son corsage.

Puis il leur déclara en grondant et roulant les yeux :

— Je me nomme Trois-Sueurs et je vous remercie. N'essayez pas de me suivre, je perce une pomme à cent mètres avec ce pistolet.

— Curieux nom pour un brigand, ironisa Nocé en faisant le bravache.

Trois-Sueurs s'arrêta un instant pour le dévisager :

— Si on se met au travers de mon chemin, je donne les trois sueurs, monsieur ; ce sont celles que l'on a juste avant de mourir.

Il salua la dame, sortit, sauta sur son cheval, fit signe à Esquinette d'en faire autant et les deux brigands piquèrent un galop pour rejoindre l'ânier qui n'était autre que l'exempt – ou plutôt, le commissaire-enquêteur – François L'Espérance !

— Mon ami, vous auriez pu me défendre un peu plus, reprocha la jeune femme à Nocé d'une voix encore éraillée par la peur. Cet homme aurait pu faire n'importe quoi de moi s'il l'avait désiré.

— C'était inutile, ma mie. Il était armé et je n'ai que cette épée de parade en argent avec une lame de bois !

— Mais pourquoi ne pas avoir demandé à vos deux laquais de vous accompagner, ce soir ? Quelle imprudence !

— J'avoue ne pas avoir songé être attaqué ici, expliqua Nocé à sa belle en dissimulant un sourire.

Le lendemain, chacun à la cour et au Palais-Royal savait qu'un nouveau brigand s'attaquait aux gens de qualité. On disait qu'il était pire que Cartouche ! Il se nommait Trois-Sueurs, son sobriquet était une allusion aux sueurs que l'on a avant de mourir.

Le surlendemain, la gazette Renaudot ne parlait que de ce pendard. Cartouche, y lisait-on, était un brave homme à côté de ce monstre !

Roque La Garde, en lisant l'article avec un certain plaisir, fut toutefois surpris par le récit qu'avait fait Nocé de l'attaque dont il avait été victime. Il ne parlait pas de la femme qui l'accompagnait. Sans doute devait-elle être mariée et ne désirait-elle pas que l'on sache qu'elle était en compagnie du libertin, conclut-il.

Deux jours plus tard, Trois-Sueurs et Esquinette se présentaient chez Mme Gribiche, une receleuse connue de la police, qui tenait boutique près du pont-Neuf. C'était, bien sûr, L'Espérance qui leur avait indiqué l'endroit.

Mme Gribiche (c'était son surnom, car personne ne connaissait son véritable nom) vendait des bijoux anciens. Elle en achetait aussi. Sa boutique était minuscule, au rez-de-chaussée d'une maison à colombages écrasée entre deux hôtels.

Trois-Sueurs et Esquinette lui présentèrent la montre de Nocé. La vieille femme l'examina longuement à l'aide d'une grosse loupe, puis, en plissant les yeux, elle leur déclara de sa bouche édentée :

— C'est du joli travail ! Je pourrais vous en donner cent livres mais je n'ai pas assez ici pour vous payer. Si ça vous convient, il vous faudra revenir dans une couple d'heures, le temps que j'aille avec mon valet chez un de mes amis chercher ce qu'il me faut.

Trois-Sueurs acquiesça, bien qu'il eût parfaitement deviné qu'il s'agissait d'un piège. Il remit la montre dans sa poche.

Ils revinrent donc plus tard. Examinant la rue avant d'entrer, ils ne remarquèrent rien d'anormal. À l'intérieur, Esquinette se plaça près de la porte.

Sitôt qu'elle les vit entrer, Mme Gribiche sonna une petite clochette. Un jeune homme imberbe, au visage enfantin et poupin, en habit tabac à boutons d'argent et culotte de soie claire, entra de l'arrière-boutique. Il était de petite taille, portait tricorne et avait un pistolet en main. Mme Gribiche disparut derrière lui.

Trois-Sueurs voulut sortir mais la porte était maintenant barrée par deux complices. L'un, velu, à l'expression farouche, était d'une taille colossale. L'autre, basané comme un bohémien, affichait une tête sournoise avec un nez de furet. Tous deux portaient un bâton. La Garde mit alors les mains en avant en signe de capitulation et attendit les explications.

— Lequel de vous est Trois-Sueurs ? s'enquit poliment le jeune homme.

— C'est moi. Et toi, qui es-tu ?

— Je suis le capitaine général, de la haute et basse truanderie, le généralissime de la canaille. Je me nomme Cartouche.

— Que veux-tu ?

— Tu n'ignores pas que je prends la moitié de tout ce qui est volé dans ma ville. Tu espérais me rouler ?

— Je l'ignorais, s'excusa Trois-Sueurs humblement. J'arrive du Midi.

En même temps, la tête basse, il avançait vers le brigand d'un pas pendant que Cartouche souriait de suffisance à ses deux comparses.

Brusquement, Trois-Sueurs lança son pied droit en direction du pistolet. L'arme vola et il se jeta sur le jeune homme qu'il fit tomber au sol. Au même instant, Esquinette avait sorti des deux grandes poches de son justaucorps à revers deux petits pistolets qu'il braquait sur la tête des deux hommes dans l'entrée.

Trois-Sueurs avait maintenant maîtrisé Cartouche, qu'il maintenait en lui tordant un bras.

— J'ai entendu le cri public, ce matin. On propose vingt-quatre mille livres pour ta capture, Cartouche.

— J'en vaux plus, tu devrais attendre, plaisanta le bandit dans une grimace de douleur.

— Je ne suis pas fait de ce pain-là, compain, dit alors La Garde en le lâchant.

Cartouche s'éloigna d'un pas en tenant son bras douloureux. Son visage trahissait ses interrogations et encore plus sa surprise et son intérêt.

— Que Mme Gribiche me paye et tu prendras ta part, Cartouche, dit Trois-Sueurs. Si c'est toi qui commandes ici, j'obéirai à tes lois. Tu peux ranger tes armes, Esquinette. Nous ne voulons de mal à personne.

Cartouche resta silencieux en considérant un long moment Trois-Sueurs. Finalement, ses yeux s'éclairèrent d'un sourire et il lui demanda :

— Tu connais le cabaret la *Grande Pinte* ?

— Je trouverai.

— C'est à Bercy, viens-y ce soir. Apporte la montre. Je te donnerai ta part et je te présenterai à ma bande.

Trois-Sueurs opina, puis se retourna vers Esquinette. Les deux pendards devant la porte s'écartèrent sans un mot et ils sortirent.

Le cabaretier de la *Grande Pinte* était un garde-française, comme c'était souvent le cas des cabaretiers de Paris. Quand il était en campagne, c'est sa femme qui tenait la guinguette et, comme beaucoup de tenanciers, il possédait aussi deux ou trois filles publiques pour l'usage de ses clients.

Le cabaret possédait une cour ombragée par de grands marronniers, juste devant la rivière. Les clients s'attablaient là, à regarder passer les barques jusqu'à l'île Louviers en mangeant des écrevisses grillées avec du vin blanc de Meudon.

Trois-Sueurs et Esquinette, après avoir laissé leurs chevaux, s'installèrent dehors eux aussi, côte à côte, à une table vide d'où ils pouvaient voir qui arrivait. Ils commandèrent un pichet de clairet de Saint-Cloud.

Une jeune femme, assise à la table d'à côté avec deux autres filles, se leva et vint s'installer à côté de Trois-Sueurs qui se serra contre Esquinette pour lui laisser de la place.

— On vient s'encanailler, mon chéri, lui dit-elle en plantant ses yeux bleus dans les siens.

Elle était rousse à la peau laiteuse. Ses rondeurs étaient généreuses et le profond décolleté de sa robe turquoise ne cachait pas grand-chose.

— Comment tu t'appelles ? ajouta-t-elle en lui prenant son verre et s'accoudant à la table.

— Et toi ? demanda Trois-Sueurs.

— Moi, c'est la *Belle Laitière*, se mit-elle à rire. À cause de ça. Elle souleva ses deux seins avec ses mains et les fit sortir de son corsage avec impudence.

C'est à ce moment-là que Cartouche apparut. Plus tard, Trois-Sueurs apprit qu'il utilisait un passage dans le puits de l'auberge pour entrer sans qu'on le vît. Le brigand était suivi des deux hommes qui étaient déjà avec lui chez la receleuse. Cette fois, Trois-Sueurs put les observer plus à loisir. Le colosse était assez jeune, alors que celui à face de furet avait la quarantaine passée. Ce dernier portait moustache comme un militaire. Ce devait être un déserteur. Ils avaient tous deux un pistolet glissé à leur ceinture.

Après avoir jeté un regard autour de lui, Cartouche s'assit à la table en face de Trois-Sueurs, Esquinette et la *Belle Laitière*. Les deux gardes du corps restèrent debout, leurs regards balayant sans cesse la cour.

— Je vois que tu as fait connaissance avec mon amie, fit Cartouche dans un rictus. Méfie-toi, c'est une anquilleuse[1].

---

1. Voleuse qui cache les objets volés sous sa robe.

La rousse, qui avait remis sa poitrine en place, sourit et se leva en se déhanchant pour déclarer à Trois-Sueurs :

— Si tu as besoin de moi, ou ton ami... Je reste par-là.

Elle retourna à sa table.

— Jolie fille ! remarqua sobrement Trois-Sueurs.

— Elle est à moi, prévint simplement Cartouche. Je la fais travailler rue de la Pute-y-Musse. Avec ses mamelles, elle attire les bourgeois dans les coins sombres, et Limousin et Bourguignon – il montra les pendards dans son dos – se chargent de les dépouiller. N'oublie jamais qu'elle est à moi ! répéta-t-il en levant une main.

Il éclata de rire et se servit du vin.

— D'où viens-tu, Trois-Sueurs ?

— Du Midi. Il fallait que je me fasse oublier quelque temps, ainsi qu'Esquinette qui est mon cousin.

— Qu'est-ce que vous savez faire tous les deux ?

— On attaquait les diligences et les malles-postes sur le grand trimar. Mais on sait aussi vider les maisons ; Esquinette est capable d'ouvrir n'importe quelle serrure.

Esquinette opina. Cartouche resta silencieux un instant.

— Ce soir, on rapine dans une maison du quartier, dit-il finalement. Tu viens avec nous ?

— D'accord.

— Tu as la montre ?

Trois-Sueurs la sortit de sa poche et Cartouche l'empocha.

— Le partage aura lieu aux *Trois Entonnoirs*, à la fin de la nuit. Tu auras ta part sur les bijoux et le vol de cette nuit, ça te va ?

— Ça me va, capitaine.

Cartouche se leva et lui dit dans un sourire amical :

— Sois là vers minuit ! Et ne t'approche pas de trop près de ma Laitière.

Il partit et la *Belle Laitière* revint s'asseoir, cette fois en compagnie des deux autres filles qui se mirent à la place de Cartouche.

— Elle, c'est la *Grande Sultane* et la brune, c'est la *Belle Hôtesse*, fit la Laitière. Alors tu t'appelles Trois-Sueurs ? Drôle de nom !

— Je fais connaître les trois sueurs à ceux que je n'aime pas.

Il fit signe à l'aubergiste de porter du vin et des gobelets pour les filles.

La *Grande Sultane* lui lança un clin d'œil vulgaire. C'était une femme d'une trentaine d'années au visage couvert de céruse pour dissimuler les traces de la petite vérole. Elle était, comme la *Belle Laitière*, abondamment dépoitraillée. Son amie, la *Belle Hôtesse*, était plus jeune et coiffée avec une certaine recherche. Ses formes étaient moins plantureuses, mais sa robe de soie était tachée et déchirée à plusieurs endroits. Son visage laissait surtout paraître sa fatigue ; une maladie languissante, peut-être.

— On t'avait jamais vu avant, s'étonna la *Grande Sultane*.

— J'arrive du Midi avec mon cousin, Esquinette.

La *Belle Hôtesse* prit la main d'Esquinette et lui déclara doucement :

— Je vais te dire ton avenir, beau jeune homme. Je suis un peu égyptienne.

— Comment se fait-il que tu sois déjà l'ami de Cartouche ? s'étonna la *Grande Sultane*. Il est traqué par la police et se méfie de tout le monde. En ce moment, tout va mal pour lui. Les cabaretiers lui refusent le logement, car leurs bouchons sont surveillés par des mouches. Certains soirs, il ne sait même pas où dormir et, depuis quelques mois, les vols ne lui rapportent presque plus. Aussi il se querelle pour un rien. Dès qu'il soupçonne quelqu'un de le trahir, il le menace de lui passer son épée au travers du ventre !

— J'ai entendu le cri public et les trompes annonçant sa recherche, et l'ordre du roi de le saisir, dit Trois-Sueurs.

— La police a même fait passer son portrait et décrit ses vêtements, poursuivit la *Grande Sultane*. Depuis, il a demandé à quelques-uns de ses derniers amis de s'habiller comme lui.

— Tout ça, c'est à cause de la récompense, expliqua la *Belle Laitière*. Cartouche est persuadé que tout le monde veut le vendre au lieutenant de police. Mais ce n'est pas vrai, il y a encore des gens qui l'aiment. Moi par exemple.

— Il n'a peut-être pas tort d'être prudent, remarqua Esquinette.

— C'est toi qui devrais te méfier avec lui, Esquinette ! Cartouche est vite violent, l'avertit la *Belle Hôtesse* en reprenant l'examen de sa main.

— Je ne l'ai pas trouvé violent, mais plutôt réfléchi, répondit le cousin de Trois-Sueurs. Il m'est même apparu comme un bon garçon.

— Ne crois pas ça ! reprit-elle aigrement. Tu peux pas connaître son autre lieutenant, Pierre d'Entragues du Plessis, car il a été arrêté récemment. Entragues a tué une fille, il y a quelques mois, parce qu'elle ne voulait pas lui obéir. Cartouche l'a aidé à la découper en quartiers et à jeter les morceaux dans la Seine ! Il n'a eu aucun scrupule à le faire alors qu'elle était notre amie, et même son amie, à lui aussi.

— Et pas plus tard qu'il y a une semaine, avec Gracchus, ils ont massacré un aubergiste qu'il suspectait de le trahir, renchérit la *Belle Laitière*.

— Merci de l'avertissement, mes belles, sourit Trois-Sueurs, impassible.

— C'est parce qu'on veut pas vous perdre ! soupira la *Belle Laitière* sur un ton mélancolique. Vous êtes pas comme les autres amis de *L'Enfant*.

Ils dînèrent ensemble et passèrent la soirée à parler et à rire. Trois-Sueurs leur laissa choisir les plats qu'elles désiraient et leur offrit du vin de Longjumeau à volonté. Elles mangeaient rarement à leur faim et, une fois grisées, elles devinrent intarissables. C'est ce soir-là qu'il apprit qu'un des surnoms de Cartouche était *L'Enfant*. La Garde en apprit aussi davantage sur la *Belle Laitière*. Elle-même avait vingt ans, elle était parfois nourrice et que c'est de cette première condition que venait son surnom, et non de ses plantureux appas.

À minuit, Cartouche vint les rejoindre et présenta ses compagnons à Trois-Sueurs et Esquinette. Outre les deux pendards, Limousin et Bourguignon, il y avait avec lui un élégant jeune homme en costume de soie qui portait ostensiblement une épée de parade. Cependant, malgré cet aspect raffiné, le visage raviné du nouveau venu trahissait la déchéance dans laquelle il était tombé.

— Mon premier lieutenant, Gracchus du Châtelet, qui est soldat aux gardes, déclara Cartouche, c'est le seul compagnon qui me reste fidèle en ce moment et je l'aime bien, malgré sa boursouflure et ses idées de grandeur.

Il lui frappa amicalement sur l'épaule avant de poursuivre en riant :

— Gracchus se dit gentilhomme et m'assure avoir ses entrées à la cour !

— Je suis non seulement gentilhomme, mais aussi homme d'honneur, répliqua sèchement le jeune homme.

— L'honneur, tu peux t'en passer comme je m'en passe, ricana Cartouche. Le talent de notre condition ne consiste qu'en deux choses : à prendre et à n'être point pris !

Gracchus ignora la pique et salua Trois-Sueurs et Esquinette d'une condescendante inclinaison de tête. Puis il les guida par des chemins vers le village de Bercy. Ils sautèrent une clôture et, après avoir traversé un jardin, ils s'approchèrent d'une grande maison silencieuse.

Devant l'un des volets, Limousin sortit une lourde pince d'un sac pour forcer l'ouverture.

— Pas de ça, murmura Esquinette en lui mettant la main sur l'épaule. Ça fait trop de bruit. Je vais ouvrir la porte avec mes outils.

Il s'approcha de la serrure, sortit un trousseau de crochets et trifouilla un moment. Un déclic se fit entendre quand la serrure se déclencha. Au moment où ils entraient, Cartouche tapa amicalement sur le dos d'Esquinette et lui murmura à l'oreille :

— Tu es un bon, toi !

Gracchus sortit plusieurs lanternes sourdes de son propre sac et les alluma les unes après les autres :

— La maison est déserte, mais il y aurait des coffrets pleins de bijoux quelque part. Que chacun visite une pièce.

Mais la maison était entièrement vide. Seul Cartouche trouva quelques gobelets et quatre cuillères d'argent.

Ils se retrouvèrent dans l'antichambre au bout d'une demi-heure.

— Tes renseignements ne valaient rien, Gracchus ! Une fois de plus, s'irrita Cartouche. Ça fait des mois qu'on trouve plus rien ! Je n'ai plus d'argent ! Personne ne veut plus me loger ! Tout le monde veut se débarrasser de moi !

Son ton montait et il mit la main sur le couteau qu'il portait dans sa veste. Trois-Sueurs intervint :

— On a l'argenterie, Cartouche, et Mme Gribiche va te donner ta part sur la montre. Demain, on préparera un meilleur coup !

— Tu es un ami, toi, fit Cartouche un peu calmé. Allons aux *Trois Entonnoirs*.

Les *Trois Entonnoirs*, entre Ménilmontant et Belle Ville était un des derniers cabarets qui toléraient la présence du brigand. Le patron était un garde-française qui assurait n'avoir peur de rien, et certainement pas de la police. Le bouchon était construit sur une de ces anciennes carrières de gypse si fréquentes dans cette partie des environs de Paris.

Les bandits se rendirent à pied jusqu'au cabaret. Ils y arrivèrent un peu avant le lever du soleil.

Une entrée des carrières débouchait dans les vignes et ils s'engagèrent dans l'excavation après avoir allumé des lanternes à bougie de suif. Ce passage discret conduisait à une grande caverne d'extraction du gypse, abandonnée depuis des années, et qui communiquait avec le bouchon. Cette salle servait désormais de cave au cabaretier et c'était là que se réunissaient les gens de Cartouche qui travaillaient dans le quartier Saint-Denis.

En entrant dans la vaste grotte éclairée par des lanternes et des bougies de suif, *L'Enfant* fit la grimace. Une trentaine de gueux et de véroleuses buvaient et chantaient en attendant leur chef ; trois mois plus tôt, ils étaient une centaine, songea-t-il avec dépit.

Il s'avança au milieu des misérables et le silence se fit. Un silence de crainte et non de respect, car Trois-Sueurs remarqua à quel point les visages étaient renfrognés. Il en déduisit que ceux qui étaient là n'étaient pas venus par fidélité mais par obligation. Il aperçut aussi Mme Gribiche avec une autre femme, toutes deux entourées de trois hommes à cou de taureau.

— Que chacun apporte, sur cette table, le butin de sa semaine, ordonna le capitaine général de la grande truanderie.

Quelques-uns s'avancèrent pour déposer devant lui de petits objets sans grande valeur : bijoux d'argent, montres de cuivre ou même flambeaux de fer. Cartouche fronça le front :

— Qui a travaillé rue Saint-Denis ?

Deux hommes firent un signe.

— Et vous n'avez rien rapporté ?

— La police est partout, *L'Enfant*. On a juste volé une bourse contenant des blancs.

— Et vous, qu'avez-vous pincé ? demanda-t-il à deux ranquilleuses.

— Un chapeau galonné d'argent et une boucle d'argent.

— Qui est-ce qui a trimé dans la rue des Noyers ?

Personne ne répondit. Il s'adressa à un jeune garçon maigre et maladif d'une dizaine d'années :

— Et toi, petit drôle, n'as-tu rien bouliné ?

— Juste de quoi manger, capitaine, fit le bambin.

— Les deux marquises, là-bas, videz donc vos poches ! ordonna alors Cartouche à deux garces qui se tenaient à l'écart.

Les véroleuses s'approchèrent de mauvaise grâce et posèrent une poignée de sols sur la table.

Il continua à questionner et chacun répondit par le récit de ses rapines, suivi parfois de l'exhibition des objets dérobés. Ensuite, Cartouche fit venir les receleuses, Mme Gribiche et sa compagne Mme de Friponnenville. Cette dernière n'avait plus de nez. Trois-Sueurs en conclut que le bourreau avait dû le lui couper à l'époque où Louis XIV avait donné de tels ordres pour réduire la prostitution.

Cartouche déposa à son tour la montre volée par Trois-Sueurs ainsi que les gobelets d'argent. Il y eut un murmure d'étonnement.

— Heureusement qu'il y a ici quelques voleurs de qualité, leur reprocha-t-il.

Les deux receleuses examinaient les objets, faisant des piles en isolant les monnaies d'argent et de cuivre.

Puis, un de leurs gardes du corps leur ayant passé un coffret, elles en sortirent quelques écus d'argent.

Cartouche s'approcha et commença le partage, prenant la moitié pour lui et mettant de côté la part de Trois-Sueurs.

La distribution terminée, chacun se remit à boire, d'autres s'installèrent dans des recoins avec les véroleuses.

Au matin, Trois-Sueurs et Esquinette vidèrent les lieux. S'assurant qu'ils n'étaient pas suivis, ils retournèrent à l'auberge du *Cheval Vert* retrouver L'Espérance.

8

Après avoir dormi de tout leur saoul, ils firent au nouveau commissaire-enquêteur un récit détaillé, en lui rappelant qu'il ne devait pas utiliser ces informations pour informer ses collègues policiers et tenter de capturer Cartouche. Trois-Sueurs voulait entrer plus avant dans les bonnes grâces du bandit afin d'obtenir de lui les précieux documents volés.

Les trois hommes préparèrent un plan qui affermirait la position de Trois-Sueurs auprès de *L'Enfant*. Esquinette se chargerait d'informer L'Espérance au fur et à mesure du déroulement de ce plan.

Dans les jours qui suivirent – on était à la fin du mois de septembre – Trois-Sueurs et son cousin revinrent plusieurs fois à la *Grande Pinte*, mais ne revirent pas Cartouche.

Par contre, la *Belle Laitière* était souvent là. Un jour, ils la virent même avec un garçonnet de deux ans qu'elle leur présenta comme étant son fils.

Lors d'un dîner, la jeune femme expliqua naïvement à Trois-Sueurs qu'elle voulait abandonner cette condition d'anquilleuse que lui avait imposée Cartouche et redevenir nourrice ; mais pour cela, il fallait qu'elle devienne grosse et Cartouche n'y parvenait pas.

Trois-Sueurs en déduisit que Cartouche et elle vivaient en couple, mais elle le démentit :

— Cartouche est marié avec Marie-Antoinette Néron. Et avant elle, il vivait avec la Grande Jeanneton. Tu ne dois pas encore les connaître. Moi, je ne suis qu'une passade pour les jours où il est seul et où il n'a pas confiance en elles !

Elle fit comprendre aussi à Trois-Sueurs qu'elle se mettrait volontiers en ménage avec lui sans que Cartouche ne s'y oppose, aussi dut-il lui expliquer avec gentillesse que ce n'était pas possible, car il était marié.

Cela ne la dérangeait pas, lui avoua-t-elle dans un fou rire. Pour couper court, il ajouta qu'il n'allait pas rester à Paris.

Elle lui avoua aussi que son rêve serait de devenir marchande. Elle avait vu un petit commerce de passementeries à vendre, rue Saint-Antoine et elle avait demandé à Cartouche de lui prêter l'argent, mais il lui avait ri au nez.

Ce même soir, ému malgré tout par sa détresse et sa déception, il lui remit le résultat de la vente de la montre de Nocé en espérant qu'elle ne boirait pas les quelques écus.

D'autres fois, la *Grande Sultane* et la *Belle Hôtesse* se joignaient à la jolie rousse. Trois-Sueurs apprit que ces deux femmes étaient plus des détrousseuses que des putains. Elles vidaient les goussets des passants et des badauds avec une habileté diabolique ou encore elles séduisaient les bourgeois et, leur ayant fait boire un breuvage somnifère, parvenaient à leur voler tous leurs biens et même leurs vêtements.

Trois-Sueurs leur posa plusieurs fois des questions sur les attaques de diligences et de malles-postes, faisant croire qu'il souhaitait en préparer une, mais ces femmes ignoraient tout du déroulement des embuscades qui avaient déjà eu lieu. Par contre, elles lui racontèrent les derniers coups de main de *L'Enfant* au Louvre et au Palais-Royal où, n'ayant pas réussi à emporter d'objets de valeur, il avait tout brisé derrière lui dans une effroyable crise de colère.

Il leur faisait de plus en plus peur, lui avouèrent-elles. Sa bande se défaisait et sa puissance se dissipait chaque jour un peu plus. C'était un homme traqué, qui voyait partout des traîtres prêts à le vendre, ce qui le rendait de plus en plus violent et furieux. Il n'hésitait plus à agresser même les cabaretiers qui, par peur, lui refusaient désormais l'entrée de leur auberge.

Pourtant, apprit Trois-Sueurs, Cartouche ne manquait pas d'argent. Depuis des années il s'accaparait une grande partie des vols de la truanderie de Paris qu'il cachait quelque part. Dans des valises, racontait-on, qu'il allait enterrer seul dans des bois. Une véritable fortune !

Trois-Sueurs et L'Espérance étaient aussi retournés chez d'Argenson.

Celui-ci avait reçu le sac du procès condamnant L'Espérance et l'original de l'arrêt envoyé aux lieutenants criminels et vice-baillis de la généralité de Dijon qu'il avait soi-disant signé, ainsi que le décret de prise de corps concernant L'Espérance.

C'était un faux, leur confirma-t-il et, comme il avait arrêté plusieurs faussaires au service de Cartouche, il les avait fait interroger à ce sujet. L'un d'eux avait reconnu avoir fabriqué ces documents qui avaient ensuite été expédiés aux bailliages de Bourgogne avec la complicité de gens des postes. Il avait aussi avoué avoir procédé ainsi sur ordre de Cartouche, mais sans en connaître les raisons.

Ainsi ce point-là, au moins, était partiellement éclairci.

Mais il n'en restait pas moins vrai que Cartouche avait certainement agi à la demande d'une tierce personne.

Laquelle ?

Au tout début d'octobre, Cartouche réapparut à la *Grande Pinte*, plus sombre que jamais. Il était seul et s'installa à la table de Trois-Sueurs et Esquinette dès qu'il les vit.

— Vous avez fait des affaires, les amis ? s'enquit-il d'un ton amer.

— Non, répliqua Trois-Sueurs, mais on en prépare une, près du Luxembourg. Un hôtel isolé dans lequel je sais que se trouve un coffret plein de bagues à diamant et de colliers. Je vais m'habiller en homme de qualité, me présenter au concierge et, pendant que le laquais ou le majordome ira m'annoncer, je m'éclipserai par l'escalier de service avec Esquinette déguisé en laquais pour aller dans la chambre qu'on nous a indiquée. On a fait ça plusieurs fois et ça marche à tous les coups. J'ai repéré les lieux toute cette semaine.

— Je vais aller avec vous, décida *L'Enfant*. J'ai besoin d'argent.

Trois-Sueurs eut une moue de contrariété.

— Il te faudra t'habiller en valet.

— Ça ne me gêne pas.

La Garde parut hésiter avant de décider :

— D'accord, on se retrouvera demain vers deux heures, dans les jardins du Luxembourg.

Le même jour, Esquinette prévint L'Espérance de se trouver dans les jardins avec quelques archers en uniforme. Il faudrait donner la chasse à *L'Enfant*, mais sans tenter de le rattraper.

Tout se passa comme prévu. À peine Cartouche avait-il rejoint un Trois-Sueurs en habit gris et épée au côté, suivi de son laquais, que des archers surgirent au bout d'une allée. La Garde avait tout préparé : désignant le guet à Cartouche en feignant d'être surpris, il l'entraîna avec lui pour se réfugier dans une masure dont il s'était procuré la clef. Par-derrière, ils gagnèrent un chemin creux et, à travers des vergers et des enclos, ils atteignirent la Bièvre, où ils purent se perdre dans les ruelles qui longeaient la rivière.

— On t'a encore trahi, *L'Enfant* ! accusa Trois-Sueurs dans une fausse colère quand ils furent à l'abri. Et à cause de toi, mon coup a raté !

— Je n'ai pourtant parlé à personne, fit Cartouche avec un effrayant éclair de haine. On a dû me suivre ! Mais je saurai qui veut ma peau ! Le seul en qui je garde ma confiance, je peux te le dire : c'est toi ! Tu m'as sauvé la vie, alors que tant d'autres veulent me vendre !

Après cet épisode, un nouveau partage des maigres gains de ce qui restait de la bande de Cartouche eut lieu aux *Amoureux de Montreuil*, un cabaret tenu par un ami du brigand. Trois-Sueurs s'y rendit, bien qu'il n'eût rien à proposer. Les truands étaient un peu plus nombreux que la dernière fois et il y avait des nouveaux qu'il ne connaissait pas.

Quand il arriva avec Esquinette, Cartouche se leva, s'avança vers lui et le prit à l'écart :

— Trois-Sueurs, je n'ai plus confiance qu'en toi et en Gracchus du Châtelet. Vous êtes les seuls amis qui me restent. Viens te mettre à ma table, ce soir, il y a ma femme, on s'est réconciliés. Tu ne la connais pas et tu verras comme elle est belle !

La *Belle Laitière* était à une autre table avec la *Grande Sultane* et la *Belle Hôtesse*. Esquinette abandonna son cousin pour s'installer avec elles.

À la table où Cartouche conduisit La Garde s'étaient installées deux jeunes femmes aux vêtements vulgaires et voyants. Cartouche laissa son ami avec elles et partit s'occuper du partage.

Les filles saluèrent La Garde comme si elles se trouvaient à la cour en présence d'un duc. Cartouche n'avait visiblement pas été avare de compliments sur son nouvel ami. L'une se présenta comme étant Jeanneton Vénus et l'autre Marie-Antoinette Néron. Trois-Sueurs savait déjà beaucoup de choses sur elles, que la *Belle Laitière* lui avait racontées.

Jeanneton Vénus était l'ancienne épouse de Cartouche et Marie-Antoinette Néron, l'épouse en titre. Jeanneton, une brune au visage triste et aux cheveux frisés, avait séduit Cartouche au tout début de ses exploits de voleur. On l'appelait alors La *Grande Jeanneton*. Déjà à seize ans, se faisant passer pour une bouquetière, elle était une garce réputée dans les jardins du Palais-Royal. À cette époque, les hommes de Cartouche chantaient dans les cabarets :

Depuis un an logeait, vers le Palais-Royal,
Une fille de bien qui se gouvernait mal.
Cartouche fréquentait cette tendre poulette,
Salope s'il en fut, d'ailleurs assez bien faite.
Œil fripon, petit nez retroussé, teint fleuri,
Friande d'un amant bien plus que d'un mari ;
Fourbe au dernier degré, mutine jusqu'à battre,
Son cœur fut captivé par ce jeune tendron
Que chacun appelait la Grande Jeanneton !

Cartouche, devenu son amant, l'avait initiée au brigandage. La pauvre fille aurait bien dû garder sa première condition, car elle avait été arrêtée l'année précédente et flétrie au fer après avoir subi la flagellation en place de Grève. C'est durant son emprisonnement que Cartouche avait changé d'épouse. Depuis Jeanneton Vénus exerçait ses talents en faisant les yeux doux aux cochers qui attendaient leur maître pendant que des complices pillaient leur carrosse.

Marie-Antoinette Néron avait remplacé Jeanneton dans le lit de Cartouche à la suite de circonstances extraordinaires. À peine sortie de l'enfance et déjà catin fort chère et réputée, elle avait été condamnée à la déportation en Louisiane. Quelques gardes du corps sous les ordres de Gracchus du Châtelet l'avaient fait évader du convoi, car Gracchus était son souteneur et son amant de cœur. Il l'avait présentée à *L'Enfant* qui avait été séduit par la fraîcheur de la jeune fille, qui venait d'avoir seize ans. Il se l'était appropriée au grand dam de Gracchus et l'avait même épousée dans un simulacre de cérémonie qui avait tourné à la beuverie.

On entendit soudain de violents éclats de voix. Trois-Sueurs prêta un instant attention à ceux qui criaient. C'étaient les hommes que Cartouche avait rejoints pour partager leurs gains. Sans doute y avait-il chicane et il demanda aux deux femmes qui étaient ces truands qui contestaient l'autorité de leur capitaine.

Marie-Antoinette lui désigna l'un d'eux, un colosse à la trogne écrasée entourée de cheveux filasses.

— Celui qui beugle se nomme Simon l'Auvergnat, c'est une brute d'une force surhumaine. Cartouche a souvent besoin de lui pour qu'il le soulève à bout de bras afin de passer par les étages dans les maisons à piller. L'Auvergnat n'est jamais content de sa part.

Simon l'Auvergnat ! Serait-ce celui dont L'Espérance lui avait parlé ? L'un de ceux qui étaient présents lors de l'attaque de la diligence ? C'était bien possible, mais il y avait certainement des dizaines de Simon venant d'Auvergne à Paris ! Il examina alors plus longuement les comparses du colosse.

— Je ne connais pas plus ses compains, fit-il en versant un verre de vin à Marie-Antoinette Néron.

— On les voit de moins en moins. Pourtant, avant ils ne faisaient rien sans ordre de Cartouche. Ils ont réalisé un gros coup sur le grand trimar, il y a quelques mois, précisa-t-elle. Ils ont attaqué la diligence de Lyon près de Saulieu, à la demande de

L'Enfant. Cartouche m'a même donné ce collier qui appartenait à une passagère !

— Et moi, cette bague, dit Jeanneton avec fierté, car elle ne voulait pas être en reste. Celui qui a la bouche tordue s'appelle François Colas ; on le surnomme l'Hirondelle. Son compagnon, c'est Jacques Pélissier, un sergent de gendarmerie méchant et sournois.

— Méfie-toi d'eux, Trois-Sueurs, dit Marie-Antoinette Néron, je sais qu'ils ont entendu parler de l'amitié que te porte *L'Enfant*. Ils vont lui demander de te soumettre à la Perfection.

— La Perfection ? s'enquit La Garde.

— C'est une vieille épreuve pour les gueux de Paris. Autrefois, ne pouvaient voler que ceux qui avaient réussi la Perfection devant les maîtres et le capitaine de la grande truanderie. Voici comment ça se passe : le postulant est conduit aux Saints-Innocents et on lui désigne un homme ou une femme à qui il doit voler sa bourse ou ses bijoux. Au moment où il agit, ses complices alertent la foule et le désignent à la vindicte : « Voila un fripon, un coupeur de bourse ! » Chacun se jette sur lui pour le battre et le capturer. Pendant le désordre et la bousculade qui s'ensuit, les gueux volent et vident les goussets à qui mieux mieux, puis tout le monde disparaît.

— Et qu'arrive-t-il au prétendant voleur ? s'inquiéta Trois-Sueurs.

— S'il n'est ni mort ni capturé, s'il parvient à s'enfuir avec le butin de son vol, alors il devient maître ! répliqua Jeanneton comme une évidence en haussant les épaules.

Trois-Sueurs comprit que le temps lui était de plus en plus compté. Il n'allait certainement pas se soumettre à cette épreuve ridicule ! Il allait donc suivre ces deux-là dès ce soir ; ensuite il les interrogerait et il les ferait disparaître.

Ayant enfin terminé le partage, Cartouche et Gracchus du Châtelet les rejoignirent avec un jeune garçon que le capitaine de la grande truanderie présenta comme son frère Louison. Tous et toutes se mirent à boire plus que de raison. Gracchus du Châtelet, d'une voix pâteuse, expliqua à nouveau à Trois-Sueurs qu'il était gentilhomme et qu'il connaissait tous les gens de qualité du Palais-Royal.

Tout en parlant ainsi, il jetait sans cesse de sombres regards à la fille Néron, enlacée par *L'Enfant*.

Plus tard dans la soirée, Roque vit Pélissier et l'Hirondelle s'approcher de leur table. Ils étaient suivis d'un Simon l'Auvergnat boudeur.

— On voulait pas te quitter fâchés, *L'Enfant*, s'excusa Pélissier. Tu sais que, quoi qu'il arrive, on sera toujours avec toi.

— J'y compte, murmura sombrement Cartouche en se servant du vin. J'y compte bien. Mais, si je suis pris, viendrez-vous me délivrer jusque sur la roue ?

— Je viendrai, moi, assura l'Auvergnat en roulant les épaules. Il tendit alors une main large comme une pelle à son capitaine, en signe de réconciliation.

— Moi aussi ! promit Gracchus.

— Et nous tous ! assura Pélissier d'une voix forte. Larrons et catins, cria-t-il à l'assistance, si notre capitaine est pris, jurons tous de le libérer !

Tous les pendards et les véroleuses présents se levèrent pour hurler en chœur :

— Nous te le jurons, Cartouche !

Après cette ovation, Cartouche parut rasséréné et il se leva lui aussi pour accoler Pélissier.

— Vous êtes mes amis, de vrais amis ! déclara-t-il à l'assistance.

Pélissier et l'Hirondelle le saluèrent et partirent ensemble. Voyant cela, Trois-Sueurs se leva pour se retirer à son tour, mais Cartouche le retint d'une main ferme. Il voulait qu'il soit avec lui pour fourliner quelques maisons vides sur les hauteurs du chemin de Charenton. Rendez-vous fut pris à la *Grande Pinte*, le lendemain.

Entre temps, Pélissier et l'Hirondelle avaient malheureusement disparu.

Les deux jours qui suivirent, Trois-Sueurs et Esquinette pillèrent donc plusieurs maisons et hôtels vides de leurs habitants.

Gracchus du Châtelet était avec eux, ainsi que ses trois hommes de main, *Sans Rémission*, *Sans Quartier* et *L'Estocade*. Trois sacripants capables de tuer père et mère pour un demi-écu.

Le premier jour, ils repartirent avec de la vaisselle d'argent trouvée dans les deux hôtels où ils avaient pénétré. Le lendemain, la *Belle Laitière* et Marie-Antoinette Néron les accompagnèrent car ils avaient besoin d'être nombreux pour dépouiller une grande maison de ses rideaux, tapis et petits meubles.

Esquinette apporta une aide appréciable, car aucune serrure ne lui résista.

Ensuite, grâce à l'argent échangé contre le butin auprès de Mme Gribiche, il y eut une longue journée de soûlerie et de débauches. Trois-Sueurs ne buvait guère et profitait de l'état de ses complices pour rassembler discrètement des renseignements sur Pélissier, l'Hirondelle et l'attaque de la diligence de Lyon.

Le soir, toujours ivres pour la plupart, certains des hommes de Cartouche devinrent plus familiers avec ce chef qu'ils craignaient de moins en moins. Gracchus du Châtelet interpella même *L'Enfant* en se gaussant de lui :

— Pourquoi toujours choisir des maisons vides à piller ? Ça rapportait plus de rançonner la place Royale ! Toi-même, *L'Enfant*, tu y avais trouvé une bonne fortune !

Tous éclatèrent de rire, alors que Cartouche se raidissait.

— Elle était comment, ta duchesse ? ricana *Sans Rémission*, un borgne aux petits yeux méchants qui arborait sa fleur de lys sur l'épaule comme une décoration.

L'Enfant se leva d'un bond pour se jeter sur le bandit avant que celui-ci n'ait pu réagir et il lui enfonça sa courte épée dans la poitrine.

— Je vous avais prévenu ! Personne ici n'a le droit de parler d'elle ! hurla-t-il avec un effrayant éclair de haine dans le regard.

Il remit l'épée encore sanglante dans son fourreau, saisit par la main Marie-Antoinette Néron, livide, et monta dans sa chambre, laissant ses compagnons terrorisés et abasourdis.

Plusieurs, brusquement dégrisés par le crime, s'éclipsèrent après lui.

Trois-Sueurs n'avait pas bougé. Ce n'est qu'après que Gracchus du Châtelet et ses hommes eurent emporté le corps du borgne pour le jeter dans la Seine que ses traits se détendirent et qu'il interrogea la *Belle Laitière*, laquelle était restée près de lui, pétrifiée de terreur. Ils étaient seuls à la même table. Esquinette consolait la *Grande Jeanneton* qui sanglotait.

— Qui est cette duchesse dont parlait *Sans Rémission* ?

— *L'Enfant* interdit d'en parler, répondit la *Laitière* d'une voix blanche.

— Mais à moi, tu peux me le dire, lui murmura-t-il à l'oreille. Je n'en parlerai à personne, je te le promets.

Elle eut une moue de satisfaction devant cette intimité nouvelle et elle vida d'un trait son verre de vin pour se donner du courage. Elle avait déjà beaucoup bu et dut s'appuyer sur l'épaule de Trois-Sueurs pour raconter :

— C'était l'année dernière. On nous avait assuré que l'appartement du marquis d'Argenson était vide.

— Le lieutenant de police ?

— Non, son frère, celui qui habite sur la place Royale[1]. *L'Enfant* avait envie d'un coup d'éclat contre lui. Il s'est introduit par une fenêtre avec une échelle de corde. Il y avait ce pauvre *Sans Rémission* et du Châtelet avec lui. Mais on avait dû les voir ou les entendre, et une compagnie d'exempts est arrivée. Ils ont pourtant réussi à passer dans la cour, avec l'échelle, et à entrer dans l'appartement de la duchesse de Boufflers en cassant un carreau[2]. Celle-ci venait de rentrer du théâtre, ou d'ailleurs, et se faisait servir son repas avant de se coucher. Cartouche l'a menacée de son pistolet pendant que *Sans Rémission* et du Châtelet enfermaient les domestiques et mettaient l'appartement à sac...

Sa tête vacilla et elle parut s'endormir.

— Et alors ? la secoua Trois-Sueurs.

Elle reprit le fil de l'histoire d'une voix pâteuse :

— Il a dit à la duchesse :

« — Pas un cri ! Pas un mot ! J'ai faim, j'ai soif et je n'aime pas être à table seul.

— Il lui a demandé poliment de s'asseoir près de lui. C'est lui qui me l'a raconté, sourit-elle. Le souper était préparé pour une seule personne et il l'a dévoré. La duchesse était terrorisée, forcément ! Pour la rassurer, il lui a dit que son champagne était mauvais et il lui a promis de lui envoyer dès le lendemain cent

1. René-Louis, marquis d'Argenson. Il habitait au 22 actuel de la place des Vosges. Il était l'aîné de Marc-Pierre.

2. La duchesse était la veuve de Louis-François de Boufflers, duc et maréchal de France, un des personnages les plus considérables du royaume. En 1704, le duc avait acheté cet appartement situé à l'actuel numéro 24 de la place des Vosges. La maréchale était bien plus jeune que son mari et lui avait donné deux fils. Le duc était mort en août 1711.

bouteilles d'un cru bien meilleur qu'il ferait voler par quelqu'un de sa bande chez M. Parys Duvernay, dont la cave était renommée. Quand il eut mangé, il lui a dit encore :

« — J'ai sommeil, madame. Je coucherai donc ici. Je prendrai votre lit et je dormirai à côté de vous, car je suis fatigué.

« Elle a dû s'exécuter et il l'a accommodée bien qu'elle ne fût pas aussi jeune que Jeanneton ou Vénus !

— Tu veux dire qu'il l'a...?

— Putiphardée[1], oui, approuva-t-elle avec insouciance. C'est bien notre sort à nous, les femmes, quand on tombe entre les mains d'un homme comme Cartouche !

« Ils ne sont rentrés que le matin, avec leur butin. Mais c'est depuis ce temps que *L'Enfant* a changé. À l'époque, il était marié avec Jeanneton. Il l'a abandonnée et, désespérée, elle s'est laissé prendre par la police. Il s'est alors mis en ménage avec Marie-Antoinette Néron qu'il avait fait libérer du convoi pour la Louisiane, mais ça ne changeait rien : il en tenait pour sa duchesse ! Il parlait même d'elle en dormant !

— Tu veux dire qu'il était mordu ?

— Complètement engueusé ! Il lui a même écrit plusieurs fois. Des lettres d'amour ! Il voulait la revoir !

— Écrit ? Mais comment ? Il ne sait ni lire ni écrire !

— Il envoyait ses lettres par la poste, bien sûr. C'est Mme Gribiche, la receleuse, qui les lui écrivait.

— Et elle lui a répondu ? s'étonna-t-il, profondément troublé par ce récit qui lui ouvrait des perspectives auxquelles il n'avait pas pensé.

---

1. Violée.

— Je ne sais pas, mais elle l'a revu, ça j'en suis sûre !

— Quand ? demanda encore Trois-Sueurs.

— C'était en février ou en mars, je ne sais plus. Je me souviens qu'il faisait froid. Le carrosse de la marquise était arrêté devant la *Grande Pinte*. Du Châtelet a voulu envoyer quelques hommes pour la voler, mais *L'Enfant* avait été prévenu. Il est arrivé, fou de rage contre du Châtelet, j'ai cru qu'il allait le tuer. Puis il s'est timidement présenté au carrosse, il est monté et il est resté un bon quart d'heure avec elle. Il m'a dit plus tard qu'il lui avait offert un diamant qu'il avait volé à la comtesse de Parabère. Il paraît que c'est le Régent qui le lui avait offert !

— Il l'a à nouveau embodée... ?

— Non, pas cette fois ; il avait même un air maussade en sortant. Comme s'il devait faire quelque chose à contrecœur ! Je me souviens qu'il a fait chercher Pélissier et l'Hirondelle qui étaient dans la salle du cabaret.

Sa tête vacilla à nouveau et elle s'écroula sur la table au moment où Gracchus du Châtelet rentrait. Son visage raviné était blême et parcouru de frémissements nerveux.

— Je te comprends pas, Trois-Sueurs, fit Cartouche alors qu'ils étaient dans une chambre de l'étage du cabaret *Le Pistolet*, rue de la Borne Haute[1], non loin de Belle Ville, à écluser quelques pichets de vin.

On était le 14 octobre 1721. Il était huit heures du matin. La veille, Cartouche, Trois-Sueurs et

1. À cette époque, le faubourg du Temple n'était qu'un chemin de terre, qui conduisait à la « Belle ville », un hameau entouré de jardins, de vergers et de potagers qu'on appelait aussi la Courtille (une courtille est un jardin). Le long de ce chemin se trouvaient quantité de guinguettes et de cabarets.

Esquinette avaient tenté de pénétrer dans une maison de campagne de Charenton, que Gracchus lui avait indiquée – il n'avait pu venir – mais ils étaient tombés dans un traquenard. On les attendait et ils avaient failli être pris.

Depuis, la police était sur les dents, et Cartouche avait décidé de se réfugier dans ce cabaret qui possédait une issue dans la cour, vers des carrières de gypse souterraines. La *Belle Laitière* les avait rejoints, Cartouche avait décidé de renouer avec elle, ayant perdu confiance en Marie-Antoinette Néron depuis que Gracchus lui avait soufflé que c'était peut-être elle qui le trahissait.

Le cabaret était vide. Le patron et sa femme, des fidèles de *L'Enfant*, faisaient le guet, en bas. Le bandit était chaque jour plus suspicieux. Il avait même communiqué un mot de passe à ses complices pour qu'ils puisent le rejoindre. Sans ce mot, en cas d'arrivée suspecte, le patron du cabaret pouvait les prévenir par une sonnette et ils s'enfuiraient par les toits.

Cartouche restait persuadé que ses hommes – ou ses femmes ! – cherchaient à le vendre. Dame ! Vingt-quatre mille livres, et l'amnistie promise, cela devait en tenter plus d'un !

Seuls Trois-Sueurs et Esquinette trouvaient désormais grâce à ses yeux, ainsi que ses trois gardes du corps et sa fidèle *Belle Laitière* qui, ce soir-là, recousait les culottes du brigand, puisque la Néron ne le faisait plus.

Elle venait d'abandonner sa couture pour servir du clairet aux hommes. Juste avant, elle avait ouvert la fenêtre afin d'aérer la pièce enfumée par la pipe de Cartouche.

— La *Belle Laitière* ne te plaît pas ? poursuivait Cartouche. Elle a pourtant tout ce qu'il faut ! Je te la laisserai aussitôt que j'aurai trouvé une autre épouse !

La jeune femme leva des yeux pleins d'amour sur Trois-Sueurs.

— J'ai tout ce qu'il me faut ailleurs, *L'Enfant*, répliqua Trois-Sueurs avec bienveillance.

— Alors laisse-la à Esquinette ! Elle veut se marier pour élever son momignard comme une bourgeoise ! Il aura qu'à lui acheter un commerce !

— Esquinette a aussi tout ce qu'il lui faut.

— Bon, dis-moi au moins ce qui te ferait plaisir. Je suis entouré de lâches, de traîtres ou d'imbéciles, et quelque chose me dit que tu es le seul à qui je peux faire confiance.

Trois-Sueurs attendait ce moment depuis des semaines. Il éprouvait pourtant un peu de honte, et un peu d'inquiétude, à avouer la vérité au brigand, à lui dire qu'il était entré dans sa bande uniquement pour retrouver les papiers de l'abbé de Tencin.

Car curieusement, La Garde s'était attaché au bandit. Certes, Cartouche était un homme sans pitié et d'une violence rare envers ses ennemis, mais il était aussi généreux et bienveillant avec ceux qu'il aimait. C'était surtout un voleur intrépide, déterminé et habile, plein de panache et de ressources, et en même temps singulièrement courtois et sentimental.

Comment Cartouche allait-il réagir s'il comprenait que Trois-Sueurs n'avait gagné son amitié que dans le but de reprendre ces documents ?

Il y avait six pistolets posés sur la table devant lui et les gardes du corps s'étaient installés sur une paillasse, dans l'antichambre, au travers de la porte.

— J'ai un ami qui a été condamné aux galères, *L'Enfant*, commença La Garde.

— Tu n'es pas le seul. Si tu savais combien j'ai de camarades aux galères ! répliqua le brigand avec insouciance.

— Je sais, mais mon ami a été condamné à tort. Il y a eu un coup monté contre lui... Et on t'a utilisé pour l'envoyer à la chiourme.

Le sourire chaleureux de Cartouche s'effaça lentement. Il plissa les yeux et son visage se figea. Son regard devint incisif et franchement cruel.

À l'entrée du cabaret, Gracchus du Châtelet se présenta avec une dizaine de compagnons, tous vêtus en habits bourgeois. Il donna le mot de reconnaissance à l'aubergiste, qui les laissa passer. Lui et ses amis grimpèrent quatre à quatre l'escalier.

Arrivé devant la chambre occupée par Cartouche, l'un des hommes passa devant lui et cria en donnant un violent coup de pied dans la porte :

— Au nom du roi, rendez-vous !

Il y eut une bousculade alors que la porte volait en éclats. Les soldats et les policiers en civil se ruèrent dans l'antichambre, se heurtant aux gardes de Cartouche qui s'étaient déjà dressés contre eux.

Cartouche saisit un pistolet et fit face aux assaillants.

À l'instant où retentissait le cri du policier, Trois-Sueurs comprit qu'il y avait eu trahison. Il vit la troupe s'engouffrer dans la chambre et maîtriser les gardes de Cartouche. Jugeant le combat inutile et perdu d'avance, il saisit la *Belle Laitière* par la taille et, aidé d'Esquinette, ils sautèrent tous trois par la fenêtre ouverte sur un toit en soupente.

Des balles les frôlèrent.

Glissant sur les tuiles, le cœur battant à tout rompre, ils passèrent sur la toiture d'une grange, puis sur un autre toit pour finalement sauter sur un tas de fumier. La nuit était noire, et par miracle ils ne s'étaient pas blessés.

Ils s'éloignèrent en détalant à travers des vignes, s'égratignant douloureusement au passage, puis, constatant qu'on ne les poursuivait pas, ils cachèrent la pauvre fille terrorisée et sanglotante dans un fossé.

Conscient qu'il sollicitait peut-être trop la chance, Trois-Sueurs murmura cependant à Esquinette :

— Je vais revenir au cabaret et tenter de comprendre ce qui s'est passé.

— Je vais avec toi, décida Esquinette. Il faut qu'on tente de sauver Cartouche, maintenant. Il allait t'écouter ; si les policiers ne sont pas trop nombreux et qu'on parvient à le délivrer, il nous en sera tellement reconnaissant qu'il nous rendra les lettres.

Trois-Sueurs opina en silence et ils abandonnèrent la *Belle Laitière* en lui recommandant de ne pas bouger.

Ils revinrent, par un sentier raide et escarpé, vers le village proche.

Le cabaret était cerné par une trentaine de soldats et d'hommes en habits bourgeois qui repoussaient les badauds sortant des autres tavernes proches et qui commençaient à s'approcher.

À la lumière d'un flambeau, Trois-Sueurs reconnut Gracchus du Châtelet parlant aimablement avec les soldats.

C'est donc lui qui venait de trahir Cartouche !

Puis la porte s'ouvrit et, dans une bousculade, des hommes garrottés apparurent, poussés par des archers. Trois-Sueurs reconnut l'aubergiste, puis Limousin, Champagne et le troisième garde du corps. Enfin, Cartouche fut précipité en avant d'une bourrade.

L'Enfant était étroitement attaché mais il se retourna pourtant, et d'un coup de pied violent, il fit sauter une dent de la mâchoire de celui qui l'avait maltraité.

Le petit peuple qui assistait à la scène approuva par des acclamations. Un instant, Trois-Sueurs crut qu'il allait y avoir émeute, mais le sergent et le commissaire qui commandaient la troupe donnèrent l'ordre de tirer si c'était nécessaire. Les gens se dispersèrent en protestant et Trois-Sueurs se retira dans l'ombre.

Deux voitures tirées par quatre chevaux arrivaient. Sans doute étaient-elles cachées non loin de là. La police avait tout préparé depuis longtemps, sans doute avec l'aide de Gracchus, se dit La Garde.

On fit monter les hommes, puis une femme fut amenée en dernier ; c'était l'épouse de l'aubergiste. La troupe se mit en marche derrière les véhicules. Il était neuf heures.

— Que fait-on ? demanda finalement Esquinette.

— Que peut-on faire ? Ils sont trop nombreux. C'est pas de chance, Cartouche allait enfin parler ! Mais puisqu'il s'est évadé une fois, il pourrait recommencer...

— Ça va pas être facile, cousin, prédit Esquinette.

Ils revinrent sur leurs pas.

Ayant retrouvé la *Belle Laitière*, ils la ramenèrent chez elle. Trois-Sueurs lui remit tout l'argent qu'il avait sur lui, en tout une dizaine d'écus et un louis d'or. Il était décidé à ne plus la revoir.

Mais c'est à ce moment-là qu'elle lui confia son secret.

9

En début d'après-midi de ce même jour du 14 octobre si funeste pour Cartouche, Trois-Sueurs et L'Espérance furent reçus par Marc-Pierre Voyer d'Argenson.

Tout Paris savait déjà que Cartouche avait été pris et était enfermé, sous bonne garde, dans les cachots du Grand-Châtelet.

Le lieutenant général de police confirma le fait à Roque La Garde et lui donna même quelques détails, ignorant que ses interlocuteurs étaient sur place au moment de l'arrestation.

— C'est un nommé Gracchus du Châtelet qui l'a dénoncé, expliqua-t-il. C'était un de ses lieutenants, un scélérat, mais il aura la récompense ainsi qu'une grâce royale, comme promis. Il a d'ailleurs rencontré M. Le Blanc, le ministre de la Guerre, à ce sujet. On dit même que le Régent aurait donné son accord. L'affaire a été confiée à Jean Courtade de Bernac, un sergent aux gardes-françaises, et à François Duval, un commissaire inspecteur du guet.

— Cartouche a-t-il été interrogé ?

— Oui, dès son arrestation par le procureur du roi et le lieutenant criminel, M. Lecompte. Il nie tout et affirme être un pauvre cabaretier nommé Jean Bourguignon ! Mais il n'échappera pas à son sort. Depuis ce matin, la police appréhende un peu partout ses présumés complices.

— Que devient Gracchus du Châtelet ?

— Il est gracié, je vous l'ai dit, mais tout de même emprisonné, car il sera interrogé jusqu'au procès de Cartouche, lequel sera rapide. D'ici un mois, ce brigand sera roué.

— Il me faut un droit de visite auprès de lui avant qu'on ne le roue. Après, j'aurai certainement des difficultés à lui faire avouer qui lui a demandé d'attaquer la diligence de Lyon !

— Hélas, cela ne dépend pas de moi, répondit Argenson en secouant la tête. M. Le Blanc a pris l'affaire en main. Il vous faudra donc lui demander une autorisation. Mais, je ne crois pas que ce serait judicieux... Voyez-vous, beaucoup murmuraient dans Paris que Cartouche n'était qu'une créature de Mgr d'Orléans. Un homme comme vous, proche du Régent, recevant un droit de visite, cela ferait jaser.

Trois-Sueurs n'avait pas pensé à ça, mais Voyer d'Argenson avait sans doute raison.

— Je suppose que beaucoup de gens souhaiteront le voir dans sa prison, demanda-t-il après un temps de réflexion. Au moins pour savoir à quoi ressemblait le féroce Cartouche !

— En effet, j'ai déjà reçu plusieurs demandes, mais je vous l'ai dit, c'est M. Le Blanc qui décidera.

— Essayez de me faire passer pour quelqu'un qui accompagnerait un visiteur autorisé à voir Cartouche. Son secrétaire, son valet, que sais-je ?

Argenson réfléchit un instant avant de répondre :

— Ce doit être possible. Je ferai tout ce que je peux. Êtes-vous toujours à votre auberge pour que je puisse vous prévenir ?

— Oui. Envoyez-moi un courrier. Encore un mot, parlez-moi de la maréchale de Boufflers...

— Marie-Charlotte de Gramont ? s'offusqua le lieutenant de police, en ouvrant de grands yeux. C'est une femme considérable, qui ne peut en aucune manière être liée à cette attaque de diligence ! Son époux, le maréchal, était très proche du roi. Elle est veuve et a beaucoup de mérite, car son époux lui a laissé une situation financière désastreuse. Elle dispose d'une petite pension pour élever ses enfants, malheureusement insuffisante pour le rang qu'elle doit tenir. Savez-vous qu'elle est voisine de mon frère sur la place Royale ?

— En effet. Croyez-vous que je pourrais la rencontrer ?

— Cela m'étonnerait. Elle ne reçoit personne.

Esquinette et Trois-Sueurs reprirent leur logement à l'auberge du *Cheval Vert* et passèrent la journée du lendemain à essayer de retrouver – en vain – la trace de Pélissier et de l'Hirondelle, leur seule piste dans l'immédiat.

— Le surlendemain, un page aux armes d'Orléans vint porter un pli adressé à Roque La Garde. C'était une invitation du Régent à une représentation d'*Iphigénie en Tauride,* à l'opéra du Palais-Royal. Roque comprit que le Régent voulait lui parler discrètement, ce qui serait facile dans sa loge ou dans la foule présente à la soirée. Il se fit friser les cheveux et s'y rendit dans son plus bel habit de soie.

C'était une incroyable cohue. Toute la cour se pressait dans la galerie qui permettait d'accéder au fastueux opéra reconstruit sur l'ancienne salle de théâtre de Richelieu. Quelques rares amateurs de musique venaient pour la reprise de l'opéra-ballet de l'Aixois André Campra ; beaucoup souhaitaient simplement approcher le Régent ou ses proches, mais la plupart n'étaient là que pour séduire les peu farouches chanteuses ou danseuses de l'opéra, ces *culs joufflus et vermeils*, comme les surnommaient les roués du Régent, ou au moins approcher quelque petite figurante.

Ces dernières étaient souvent de pauvres filles qui avaient fui leur foyer pour se réfugier[1] dans le théâtre où, *bras découverts et gorge à demi nue*, elles vivaient surtout de leurs charmes.

Trois-Sueurs, ayant salué quelques relations qui le reconnurent avec surprise – il avait officiellement quitté sa charge des années auparavant –, s'approcha du comte de Nocé, qui était en compagnie du Régent.

Le roué sourit aimablement en l'apercevant :

— J'ai beaucoup apprécié votre rôle, monsieur La Garde, lui dit-il en pouffant. Où avez-vous appris à faire le brigand ?

— C'est un rôle assez naturel chez moi, répondit La Garde, ce qui fit rire Philippe d'Orléans.

— Me rendrez-vous cependant ma montre ? s'inquiéta alors Nocé.

— Hélas, c'est impossible, monsieur le comte. Cartouche se l'est appropriée !

— Allons, Nocé ! C'était convenu lorsque je vous ai demandé ce service, et je crois bien vous avoir remboursé ! protesta Philippe joyeusement.

— C'est exact, monseigneur, soupira Nocé, mais je tenais beaucoup à ma montre.

Une jeune beauté s'approcha alors du Régent et il s'éloigna avec elle. Charles de Nocé en profita pour prendre La Garde par l'épaule et l'entraîner à l'écart :

— Mon ami, j'ai un service à vous demander. Il est possible que vous rencontriez ce soir, ou un autre jour, la jeune femme qui était avec moi lorsque vous étiez brigand. Seriez-vous assez bon pour faire comme si vous ne l'aviez jamais vue ? Elle agira de même avec vous.

---

1. L'Opéra avait privilège de droit d'asile pour les jeunes filles ou femmes qui désiraient s'affranchir de leur père ou époux. C'était aussi un refuge inviolable pour les filles galantes. Ce droit favorisait ainsi une prostitution de luxe.

— Je le ferai, monsieur. De toute façon, cette affaire doit rester secrète.

— C'est vrai. En fait, je n'avais pas envisagé d'avoir de la compagnie, ce soir-là, mais elle a tant et tant insisté pour m'accompagner que je n'ai pu faire autrement. On ne contrarie pas Mme de Tencin !

Roque La Garde digéra la réponse quelques secondes, avant de déclarer d'un ton égal :

— Je n'avais pas l'honneur de la connaître.

— Chut ! Vous la voyez ? Claudine Alexandrine est là-bas, en compagnie du cardinal Dubois. Cet ancien abbé est d'une jalousie incroyable, et s'il savait que je la lui ai empruntée pour quelques nuits, il serait capable de tout. Au moins de la chasser de la cour, ce qui serait dommage tant pour elle que pour moi.

Trois-Sueurs opina, puis s'éloigna à son tour, fort songeur.

Ainsi la sœur de l'abbé de Tencin, la maîtresse de Dubois, avait une liaison secrète avec le comte de Nocé...

Était-ce important ?

En attendant le début de la représentation, il méditait, tout en cherchant des yeux son ami Saint-Simon, qui aurait pu le renseigner, lorsque le Régent s'approcha de lui en compagnie du cardinal Dubois qui avait abandonné Mme de Tencin.

— Où en sont nos affaires, mon ami ? s'enquit aimablement Philippe.

— Elles avancent, monseigneur. Malheureusement pas aussi vite que je le souhaiterais.

— Mais maintenant que Cartouche est pris, il vous est inutile d'entrer dans sa bande, fit aigrement Dubois. Vous n'apprendrez plus rien !

— Depuis quinze jours, j'étais devenu son ami, l'abbé, rétorqua Trois-Sueurs. Je l'accompagnais partout pour voler et piller les maisons vides. J'étais d'ailleurs avec lui quand on l'a pris. Nous allions enfin parler de l'attaque de la diligence de Lyon ! Si la police était intervenue une heure plus tard, j'aurais sans doute terminé cette affaire.

Dubois et son maître se regardèrent avec stupéfaction. Ils connaissaient assez Roque La Garde pour savoir qu'il ne fanfaronnait jamais.

— Diable d'homme ! murmura le duc d'Orléans.

— Qu'allez-vous faire, maintenant ? s'enquit Dubois.

— J'ai besoin d'argent pour ce que j'envisage, monseigneur. Je ne suis pas venu à Paris avec une grosse somme.

— Je vous enverrai un billet de cinq mille livres sur ma banque, cela vous suffira-t-il ?

— Oui, monseigneur. Savez-vous si M. de Rouvroy[1] est ici ce soir ?

— Il n'est pas à Paris. Je viens de l'envoyer en Espagne comme ambassadeur.

C'était fâcheux, songea Trois-Sueurs. Qui pourrait le renseigner sur Mme de Tencin ?

— Dites-nous au moins ce que vous voulez faire ? demanda encore Dubois.

— Il ne vaut mieux pas, monseigneur, s'excusa Trois-Sueurs en le saluant. N'oubliez pas que je suis un brigand, moi aussi.

Quelques jours encore, Trois-Sueurs et Esquinette reprirent leurs habits de truands pour poursuivre la recherche de Pélissier et de ses amis. Mais tous les proches de Cartouche avaient disparu des cabarets et des guinguettes. Sans doute se terraient-ils, car la police multipliait les arrestations. Ils apprirent ainsi que l'épouse de Cartouche, Marie-Antoinette, avait été

1. Le duc de Saint-Simon.

appréhendée, ainsi que son père, avec une dizaine d'acolytes.

Le 20 octobre, un archer du guet vint porter un pli à Roque La Garde. C'était une lettre de Voyer d'Argenson lui demandant de venir le voir rapidement.

Se sentant – à tort – responsable de ce qui était arrivé à son exempt L'Espérance, Voyer d'Argenson s'était démené. Il venait d'apprendre que l'auteur attitré de la Comédie-Française, Marc-Antoine Legrand, le plus célèbre dramaturge du moment, avait obtenu la permission de rencontrer le brigand emprisonné. À la cour, on se disputait la faveur d'aller voir le fameux bandit enchaîné comme une bête fauve.

Legrand venait de terminer une comédie en trois actes, *Cartouche et les Voleurs*, qui était jouée au Théâtre Français depuis le 14 octobre. Il souhaitait questionner Cartouche pour ajouter à sa pièce quelques détails véridiques. Le Blanc avait donné son accord pour une visite de l'auteur accompagné de quelques comédiens, dont celui qui tiendrait le rôle du *Capitaine de la grande truanderie*. Ce dernier tenterait ainsi de ressembler, par ses attitudes et son langage, au véritable bandit.

Voyer d'Argenson, à qui Le Blanc avait transmis l'autorisation de visite de Legrand, avait tout simplement ajouté La Garde à la liste des acteurs accompagnant l'auteur. Ayant reçu Legrand la veille, il lui avait signalé qu'un de ses inspecteurs, se présentant comme un acteur, se joindrait à la visite. Quant à L'Espérance, en tant que commissaire-enquêteur, il pourrait venir avec La Garde.

Enfin, Voyer d'Argenson avait aussi fait prévenir le lieutenant criminel, M. Lecompte, de la venue de l'acteur La Garde, mais en lui signalant qu'il était en réalité une mouche à son service. La Garde devait être autorisé à passer quelques minutes seul avec le prisonnier.

La visite au Grand-Châtelet était prévue pour le lendemain en début d'après-midi.

Siège de la prévôté de Paris, le Grand-Châtelet était à l'origine une citadelle construite par Charles le Chauve pour protéger Paris. Philippe le Bel y avait installé une cour de justice criminelle et, depuis, c'est là qu'étaient enfermés les prisonniers arrêtés en flagrant délit qui attendaient leur jugement.

C'était une vétuste forteresse moyenâgeuse, dont la façade de pierres noires était flanquée de plusieurs tours de tailles inégales. On y pénétrait par une profonde voûte obscure qui traversait le bâtiment de part en part. À droite dans ce passage ouvrait une vaste cour où étaient rangés les voitures et les chevaux des visiteurs. De là, un grand escalier conduisait aux salles judiciaires. De l'autre côté de la cour, un guichet avec une grille fermait une entrée réservée aux hommes du guet et aux prisonniers.

Trois-Sueurs et L'Espérance laissèrent leur monture dans la cour pour se diriger vers le grand escalier afin d'accéder directement au bureau des huissiers.

En chemin, Trois-Sueurs jeta un regard vers les soupiraux. Cartouche était sans doute enchaîné derrière l'un d'eux.

— On ne l'a certainement pas mis dans un des cachots du troisième niveau, comme la *Chausse d'Hypocras* ou la *Fin d'Aise*, ces basses-fosses où les prisonniers vivent en partie dans l'eau et deviennent fous en quelques jours, fit L'Espérance. Avec sa notoriété, il doit être aussi bien soigné qu'un homme de qualité. On m'a rapporté que le Régent aurait même donné des ordres pour qu'on lui porte du vin de Beaune !

— On dit tant de choses, rétorqua Trois-Sueurs, philosophe.

Ils traversèrent le grand vestibule toujours sombre malgré les torches de suif qui l'éclairaient. Cette salle voûtée en ogive était gardée par des archers en uniforme bleu et quelques exempts qui surveillaient les portes massives et ferrées de gros clous. Certaines menaient aux prisons et aux cachots ; d'autres aux cours de justice criminelle, à partir d'une seconde galerie transversale.

L'Espérance, qui connaissait les lieux, guida rapidement Trois-Sueurs vers le bureau des écrous où se trouvaient un sergent à verges, deux porte-clefs et un greffier. Trois-Sueurs présenta son autorisation et L'Espérance ses papiers de commissaire. Le sergent les attendait et les prit en charge.

S'étant fait ouvrir une des portes ferrées, ils descendirent une douzaine de marches. L'escalier, lugubre et humide, était recouvert de moisissures. Ils aboutirent à un large corridor voûté.

— C'est là que se trouvent les cellules de ceux qui sont interrogés par le procureur du roi, expliqua le sergent. Plus bas, il n'y a que des cachots, parfois inondés par les égouts. Il n'est pas rare de trouver des prisonniers noyés dans les excréments, plaisanta-t-il.

Mal éclairés par une lanterne aux verres noircis, ils longèrent le corridor, légèrement en pente douce, au fond duquel partait un escalier qui les conduisit au premier sous-sol.

Ils passèrent une grille ouverte surveillée par deux guichetiers patibulaires. L'endroit exhalait la détresse et la peur.

Là, ils débouchèrent dans une large galerie ogivale soutenue par des colonnes et qui s'étendait sans que l'on puisse en distinguer l'extrémité. Quelques bougies dans des lanternes de fer éclairaient leur chemin. Les murs étaient profondément rongés par le salpêtre. La galerie devait être une des salles du tout premier châtelet de Charles le Chauve.

Ils passèrent plusieurs portes closes et s'arrêtèrent devant une qui était ouverte.

À une table, deux magistrats interrogeaient un prisonnier qui tournait le dos aux visiteurs. Deux archers attendaient dans un coin et un greffier prenait des notes à une autre table.

— Le magistrat de gauche est le lieutenant criminel, M. Lecompte, et l'autre est le procureur, M. Moreau, murmura L'Espérance à Trois-Sueurs.

— Je vois surtout que le prisonnier qu'ils interrogent est Bourguignon, le garde du corps de Cartouche ! souffla Trois-Sueurs avec inquiétude. Il ne faut pas qu'il me voie, il me reconnaîtrait !

— Que voulez-vous, vous autres ? interrogea justement le lieutenant criminel en les apercevant.

— Je suis un des acteurs de M. Legrand, fit Trois-Sueurs en modifiant le ton de sa voix. M. le commissaire m'a conduit jusqu'ici car j'étais en retard.

— Ah ! oui, monsieur La Garde, sans doute ? J'ai été informé par M. le lieutenant général de police. Vos amis sont déjà avec Cartouche. Monsieur le procureur, venez-vous avec moi ?

— J'arrive, fit l'autre magistrat. Vous pouvez ramener le prisonnier dans sa cellule, nous reprendrons cet interrogatoire demain, précisa-t-il à l'attention des soldats.

Trois-Sueurs revint dans la galerie et resta dans l'ombre pendant que le lieutenant criminel le rejoignait.

— Le cachot de Cartouche est celui-ci, dit-il en montrant la porte en face.

La salle voûtée dans laquelle ils pénétrèrent était assez vaste. Une haute et étroite fenêtre aux vitres couvertes de toiles d'araignée apportait une lumière blafarde de la cour extérieure. Le cachot était vide de mobilier, à l'exception d'un seau de fer pour les commodités et d'une cruche à eau ébréchée. Sur le mur du fond, une planche attachée par des chaînes servait de couchette. Cartouche, un pied enchaîné, était assis dessus. Autour de lui, plusieurs personnes, dont le célèbre dramaturge Legrand, questionnaient aimablement le prisonnier.

Trois-Sueurs remarqua aussi les deux gardes-françaises, près de la porte, ainsi qu'un porte-clefs et un archer en habit fleurdelisé.

Le visage de Cartouche se figea un bref instant quand il reconnut Trois-Sueurs, mais il parvint à poursuivre sa conversation avec ses visiteurs comme si de rien n'était.

Legrand avait aussi remarqué l'entrée des magistrats, il se tourna vers eux :

— Monsieur le procureur, fit-il d'un ton emphatique, notre ami se prête de bonne grâce à toutes les questions que je lui pose ! Il a même initié M. de Moligny, qui tiendra son rôle dans ma pièce *Cartouche et les Voleurs*, à la façon dont on vide les poches sans se faire prendre !

— Voyez-vous ça ? ironisa le procureur dans une grimace. Me montreras-tu tes tours, Cartouche ?

— Vous vous trompez, monsieur le procureur, je ne m'appelle pas Cartouche, le corrigea doctement *L'Enfant*. Mon nom est Bourguignon et je suis cabaretier. Mais il est vrai que j'ai connu Cartouche et qu'il m'a dévoilé quelques-uns de ses tours.

— Eh bien, montre-nous-les donc !

— Alors, approchez-vous, monsieur le procureur du roi, proposa le brigand en faisant un geste de la main. Je n'ai pas envie de me déplacer.

Il se leva pourtant, faisant tinter sa chaîne.

Le procureur s'approcha de lui lentement. Cartouche le frôla un instant, puis se recula.

— C'est tout ? demanda le procureur étonné.

— C'est tout ! répliqua Cartouche en lui tendant sa montre avec une inclination de tête.

L'autre devint écarlate et murmura en regardant les autres visiteurs :

— Comment a-t-il fait ça ?

— Voulez-vous que je vous apprenne, monsieur le procureur du roi ? suggéra le brigand d'un ton doucereux.

Le magistrat opina.

Commença alors une étrange séance où *L'Enfant* montra à l'assistance ébahie comment placer ses mains, puis comment bousculer un passant afin de lui vider poches et goussets.

— À vous, monsieur le procureur, proposa-t-il enfin. Essayez donc de prendre la bourse de M. Legrand !

Le procureur, amusé, s'approcha de l'auteur dramatique. Il le frôla et lui prit sa montre. Ce n'était qu'une comédie, mais le brigand le congratula.

— Tu es un bon diable, Cartouche ! s'écria le magistrat tout joyeux de sa réussite. Quel dommage que tu sois tombé dans le vol et la crapulerie !

— Ah ! Monsieur le procureur, je me disais de mon côté, à vous voir tant de dispositions : Quel dommage que vous soyez tombé dans la magistrature[1] !

Tous les assistants éclatèrent de rire à l'insolente réplique.

— J'en ai terminé, monsieur le procureur, déclara finalement Legrand, assez vexé de ne s'être rendu compte de rien quand le magistrat lui avait subtilisé sa montre.

— Nous allons vous raccompagner avec vos amis, déclara alors le lieutenant criminel. Je crois

1. Ce dialogue authentique a été rapporté par des témoins.

que votre acteur, M. La Garde, souhaite rester encore quelques minutes avec le prisonnier puisqu'il est arrivé en retard. Il ne risque rien, M. L'Espérance qui l'accompagne est commissaire-enquêteur, précisa-t-il à l'attention des gardes-françaises.

Legrand opina sans mot dire, comme si tout cela était naturel. Ils sortirent.

Trois-Sueurs avait suivi la démonstration de Cartouche avec amusement. Il se tourna vers L'Espérance et remarqua alors qu'il échangeait quelques mots à voix basse avec l'archer, sans doute un ancien camarade. Il lui fit signe de le rejoindre et ils s'approchèrent ensemble de Cartouche. Celui-ci était redevenu sérieux et attentif. Les soldats, l'exempt et le geôlier étaient restés à l'autre bout de la salle.

En parlant doucement, jugea La Garde, ils ne seraient pas entendus.

— Tu n'as jamais été un brigand, fit alors Cartouche à Trois-Sueurs en marquant sa répugnance envers lui. Tu m'as trompé, toi aussi ! Tu étais bien comme les autres !

— J'ai été un brigand, Cartouche, et je m'appelais bien Trois-Sueurs. Mais il est vrai que je suis rentré dans ta bande pour aider mon ami L'Espérance, qui est ici.

— Aider un commissaire de police ? ironisa *L'Enfant*. Tu me dégoûtes !

— Nous n'avons pas beaucoup de temps, *L'Enfant*. Je ne vais pas chercher à te mentir ou à te tromper. En avril dernier, Pélissier a attaqué la malle-poste de Lyon sur ta demande. L'Espérance était un des voyageurs et il transportait du courrier venant de Rome. Pélissier l'a compromis comme complice, puis un faux arrêt de M. Voyer d'Argenson est venu confirmer le fait. Tout avait été organisé à ta demande. L'Espérance a été condamné aux galères et s'est évadé en août. Je l'ai fait innocenter, mais je veux maintenant retrouver le courrier volé et savoir qui t'a demandé d'agir ainsi.

— Que ça ? cracha Cartouche.

— Que ça !

Le voleur resta silencieux un instant. Il devinait bien qu'il disposait enfin d'un système pour recouvrer la liberté.

— Je sais où sont les papiers de L'Espérance, dit-il finalement. Je n'ai même pas ouvert son portefeuille. Je te les donnerai si tu me fais sortir d'ici.

— C'est impossible, tu le sais.

— Je sais surtout beaucoup de choses : par exemple, qui m'a demandé d'attaquer la diligence… murmura le truand avec un air sournois.

— Tu reconnais donc avoir préparé cette entreprise ?

— Ça, oui ! Je vais même te dire comment ça s'est passé : Louison et Simon l'Auvergnat, avec quelques-uns de mes hommes, étaient à Lyon à ce moment-là. J'avais appris qu'un banquier se faisant passer pour un négociant en grains devait transporter une centaine de milliers de livres par la malle-poste. Mais on ignorait quand ce voyage aurait lieu. Ils attendaient donc là-bas en surveillant chaque jour la diligence. C'est alors qu'on est venu me trouver. On m'a proposé cinquante mille livres pour attaquer la malle de Lyon en avril, un jour où il y aurait comme passager un exempt du Châtelet nommé L'Espérance qui arriverait de Rome. Il fallait lui prendre le courrier qu'il transportait et, sans faire couler le sang, s'arranger pour qu'on le croie complice, le temps qu'on l'emprisonne quelques semaines afin qu'il ne puisse prévenir personne du vol pendant ce temps-là. Rien de bien méchant.

« J'ai demandé à Pélissier et l'Hirondelle de s'en occuper. Il se trouve que Pélissier connaissait L'Espérance. C'était donc encore plus facile. On a préparé un faux arrêt de Voyer d'Argenson, avec l'un des faussaires qui nous fabriquaient de faux billets à ordre pour les banques. Ça l'a amusé ! Ensuite Pélissier et l'Hirondelle sont partis pour Lyon. Par une extraordinaire coïncidence, L'Espérance a voyagé avec le banquier, qui transportait d'ailleurs bien plus d'argent que ce que l'on croyait.

Ainsi tout s'expliquait, songeait Trois-Sueurs à mesure que *L'Enfant* racontait son histoire tout en ignorant le visage livide et désemparé de L'Espérance. Ce dernier comprenait qu'il n'avait été qu'un jouet pour les brigands.

— Qu'as-tu fait des lettres ? demanda alors Trois-Sueurs.

— Je te l'ai dit, on m'a proposé cinquante mille livres pour les voler. Mais ce n'est pas cette récompense que je voulais. J'espérais autre chose que je n'ai pas eu. Alors, je les ai gardées, elles sont toujours à l'abri.

Il parut soudain malheureux, comme tiraillé par des sentiments contradictoires.

— Donne-moi le nom de celui qui t'a demandé cette félonie ?

— Ça, je ne suis pas sûr de pouvoir te le dire, Trois-Sueurs, fit Cartouche en secouant négativement la tête.

La Garde comprit sa détresse et n'insista pas. Tout se mettait peu à peu en place.

— D'accord, on va te faire évader, *L'Enfant*, décida-t-il calmement.

L'Espérance tressaillit.

La Garde lui exposa alors son plan à voix basse.

— Tu vas refaire le coup que tu viens de faire au lieutenant criminel. Dans ma poche se trouve une lime avec laquelle tu pourras couper ta chaîne. Pour la suite, tu attendras mes instructions. Si tu parviens à t'évader, je te retrouverai à la *Grande Pinte*.

Cartouche inclina la tête pour approuver.

— Montrez-moi encore comment vous volez une bourse, mon ami, déclara Trois-Sueurs à voix haute.

Les soldats regardèrent, intéressés. Cartouche s'approcha de La Garde et lui subtilisa facilement sa bourse et la lime. Il brandit alors la bourse avec fierté.

— Extraordinaire ! s'extasia La Garde en se tournant vers les soldats. Vous avez vu comme il est adroit ?

Il récupéra la bourse que lui tendait le brigand et ajouta à voix basse :

— Un dernier mot, *L'Enfant*, la *Belle Laitière* est grosse de tes œuvres.

Cartouche resta interdit.

— Elle est certaine que c'est de moi ? bredouilla-t-il au bout de quelques secondes.

— Certaine. Elle m'a assuré n'avoir connu personne d'autre que toi depuis trois mois.

— Je vais avoir un mion ! sourit béatement le brigand.

Puis son regard se durcit :

— Mais je ne le connaîtrai jamais… sauf si je sors d'ici. Fais-moi sortir, Trois-Sueurs. Tu es le seul à pouvoir le faire ! Je t'en prie !

10

Devant le Grand-Châtelet, L'Espérance laissa éclater sa colère. Jamais il ne collaborerait à une tentative d'évasion de Cartouche ! Ce serait une forfaiture ! Le brigand devait payer ses crimes. Trois-Sueurs lui expliqua qu'ils reparleraient de tout cela à l'auberge, et à l'abri des indiscrets.

Ils rentrèrent sans s'adresser la parole et ne reprirent la discussion qu'en présence d'Esquinette, qui les attendait.

— Nous n'avons pas le choix, expliqua alors Trois-Sueurs à l'ancien galérien. Les lettres sont plus importantes que la liberté de Cartouche. De toute façon, il n'a plus beaucoup d'amis ; si nous parvenons à le libérer et s'il a assez de jugeote, il quittera le pays. Sinon, il sera rapidement repris.

— Je ne peux le faire ! martela L'Espérance. Et encore moins maintenant que je suis commissaire-enquêteur.

— N'oublie pas que c'est le Régent qui t'a offert ce poste, et que ces documents sont autrement plus importants pour lui que tes états d'âme.

L'Espérance resta buté un moment, pour finalement déclarer :

— Quoi qu'il en soit, notre discussion est stérile. On ne peut pas s'évader du Grand-Châtelet. Tu es venu avec moi, tu as dû te rendre compte que c'est impossible. Comment Cartouche pourrait-il sortir de son cachot et gagner librement la rue ?

— Pour l'instant, je ne sais pas. Mais tu étais exempt au Châtelet. Il a bien dû y avoir des évasions. Il suffit d'en recommencer une qui a été un succès !

— Jamais ! À ma connaissance, la seule qui a réussi a eu lieu il y a cinquante ans, mais on ne pourra pas la refaire.

— Raconte-la, nous jugerons.

— C'était un ancien commissaire au Châtelet, il se nommait Gaston de Tilly. Il a fait sortir le fils de son ami en se présentant accompagné de complices habillés en exempts avec un faux ordre de libération. Ils ont réussi à se faire remettre le prisonnier et à partir avec lui[1].

— Pourquoi ne pas refaire ça ? demanda Esquinette, amusé.

— Pas avec Cartouche. Il est trop connu et trop bien gardé, reconnut Trois-Sueurs en secouant la tête.

Le silence s'installa. La Garde rassemblait ses souvenirs sur ce qu'il avait vu dans les souterrains ; en même temps, il se sentait troublé par ce nom de Gaston de Tilly. N'était-ce pas celui qu'il avait lu, quinze ans plus tôt, dans la lettre de Louvois qui concernait le masque de fer ? Il chassa finalement cette idée absurde pour se concentrer sur l'évasion de Cartouche. Il conclut finalement qu'il serait impossible de passer tous les corps de garde avec *L'Enfant*. Sauf à le grimer, mais comment y parvenir ?

C'est alors que L'Espérance proposa :

— Il y a peut-être une solution... Il y a six ans, la crue de la Seine a fait monter l'eau très haut. Je venais d'arriver du Limousin et j'étais archer au Châtelet à cette époque. Je me souviens qu'on avait fait évacuer la salle où se trouve Cartouche, car la pression de l'eau au-dessous avait soulevé une ou deux dalles du sol.

— Mais la Seine ne passe pas sous la prison, remarqua Trois-Sueurs.

1. Voir *Le Dernier secret de Richelieu*, coll. le Masque Labyrinthe.

— Non, il y a juste un conduit d'eau usée qui se jette dans la Seine. Simplement, l'eau de la rivière l'avait envahi et le trop-plein s'est déversé dans la salle. Après la crue, on a fait sceller les dalles, mais le conduit est toujours là et se jette toujours dans la Seine.

— Donc si on faisait savoir à Cartouche qu'il y a un passage sous une dalle, il lui suffirait de la desceller pour qu'il puisse s'enfuir après avoir coupé sa chaîne ?

— Oui, confirma L'Espérance à contrecœur.

— J'ai donné une lime à Cartouche, fit Trois-Sueurs. Il suffit de lui faire passer un message par un guichetier ou un geôlier.

— Je devrais pouvoir m'en charger, proposa Esquinette. Surtout avec l'argent que tu as reçu du Régent.

— Je peux même vous proposer un nom, grimaça L'Espérance : l'archer qui se trouvait dans le cachot et à qui j'ai parlé cet après-midi.

— Tu le connais ?

— Oui. Il se nomme Maliverny. Il trafique beaucoup avec les prisonniers et il est de toutes les combines au Châtelet. Pour une somme suffisante, il préviendra Cartouche qu'il y a un passage sous les pierres de dallage.

— Crois-tu que les soldats dorment dans sa cellule la nuit ?

— Certainement pas, aucun d'eux n'accepterait. Ils n'étaient là que parce qu'il y avait des visiteurs. Les prisonniers sont seuls la nuit, ou alors, parfois avec d'autres prisonniers. Où pourraient-ils aller ? Que pourraient-ils faire enchaînés dans leur cachot, avec des grilles fermées dans tous les corridors ?

La Garde hocha la tête de haut en bas :

— Comment Esquinette peut-il rencontrer ce Maliverny ?

— Il fréquente le cabaret des Vertus, rue Tirevit.

Le soir même, pour une centaine écus, Maliverny accepta de dire à Cartouche qu'une des dalles de sa chambre donnait sur un égout souterrain. Il ne promit rien d'autre.

Le brigand fut prévenu le lendemain. Mais le lieutenant criminel, qui n'arrivait pas à faire reconnaître au prétendu Bourguignon qu'il se nommait en vérité Cartouche, avait décidé de placer dans sa cellule un « mouton », c'est-à-dire un prisonnier chargé de le faire parler et qui ne serait libéré que s'il obtenait un résultat. Celui-ci se nommait Jean Le Maçon.

Le 23 octobre dans la nuit, après avoir limé un anneau à sa chaîne et obligé son compagnon à faire de même sous peine de lui faire subir un mauvais sort, Cartouche – aidé à contrecœur de Le Maçon – commença à desceller une dalle du sol après avoir repéré qu'elle sonnait creux.

Ils travaillèrent durant des heures en s'éclairant à l'aide de bougies de suif que Cartouche avait achetées aux geôliers avec l'argent que lui avaient remis ses visiteurs. Leur seul outil était la lime de Trois-Sueurs et un morceau d'anneau qu'il avait découpé.

La nuit touchait à sa fin quand la dalle fut entièrement dégagée.

Le trou ainsi pratiqué donnait sur un sombre passage. Cartouche plongea son regard dans les profondeurs, puis jeta quelques débris de pierre, enfin la pierre elle-même, qui firent entendre des flocs en tombant dans de l'eau. Sous la menace de la lime d'acier, il força alors son compagnon à descendre le premier. Ils avaient tous deux peur de se noyer, ne sachant pas nager.

Mais il n'y avait pas beaucoup d'eau et Le Maçon pouvait tenir debout en ayant de l'eau jusqu'aux genoux. Cartouche lui passa alors quelques bougies et descendit à son tour.

L'odeur était infecte. Le canal souterrain drainait sans doute quantité de déchets et d'excréments.

— Où allons-nous ? demanda Le Macon qui tremblait de peur et de froid dans l'eau glaciale.

— Par-là, c'est sûrement la Seine. Donc, on va dans l'autre sens, décida Cartouche.

Ils marchèrent un moment dans l'eau en silence. Parfois ils apercevaient de gros rats noirs en train de nager joyeusement dans l'eau nauséabonde.

Brusquement, ils découvrirent quelques marches prolongées par un passage qui s'étendait au-dessus du canal. Ils le suivirent. Quelques portes apparaissaient le long de ce chemin souterrain mais elles étaient toutes fermées.

Cartouche se rendait compte que le temps passait. On n'allait pas tarder à découvrir leur fuite. Il revint sur ses pas et examina plus longuement chaque porte avec la bougie. La plupart étaient rongées d'humidité. Finalement, il en repéra une particulièrement corrompue. Après quelques coups de pied, une latte céda. Il en dégagea une autre et ils pénétrèrent par le trou dans une cave.

Ils devaient se trouver chez un des commerçants qui bordaient la place du Châtelet. Sur les rayonnages de bois, des fruits étaient étalés à profusion. Des pommes, surtout. Ils distinguèrent un escalier qui montait et s'y engagèrent. En haut, il y avait une autre porte fermée, mais celle-ci paraissait solide. Cartouche tenta pourtant de l'enfoncer quand il entendit un chien aboyer de l'autre côté.

— Partons, murmura Le Maçon terrorisé. On va venir.

Cartouche savait qu'ils n'avaient plus le temps de rebrousser chemin. Il se mit à tambouriner.

— Dès qu'on ouvrira la porte, qui que ce soit, on leur sautera dessus et on les jettera en bas, décida-t-il. Celui qui ouvrira sera tellement surpris qu'il ne résistera pas !

Le chien aboyait de plus en plus furieusement. Il s'écoula plusieurs minutes, puis ils entendirent des bruits, la voix d'une femme, et enfin un verrou grinça ainsi qu'une clef dans la serrure. Le chien s'était tu.

— Tiens-toi prêt à bondir, ordonna le bandit. C'est une femme, elle ne résistera pas.

La porte s'ouvrit.

Devant eux se tenaient deux gardes-françaises et un homme. Tous trois les menaçaient d'un fusil. Une femme éclairait la scène de sa lanterne.

Le fruitier, averti par son chien, avait envoyé son épouse jusqu'au Châtelet et elle était revenue avec deux soldats.

Cartouche et Le Maçon furent aussitôt garrottés, tandis que la femme du fruitier courait chercher de l'aide. Quelques minutes plus tard, une dizaine d'archers avec un sergent à sa tête arrivaient.

L'Enfant fut ramené dans une autre cellule, au deuxième sous-sol, et solidement enchaîné par les pieds et les mains.

Les interrogatoires reprirent jusqu'au 31 octobre. À cette date, Cartouche et ses complices furent transférés à la Conciergerie pour la préparation de leur procès.

Les magistrats en charge du dossier, le ministre, le lieutenant de police, tous avaient été épouvantés par l'audace de cette nouvelle évasion. Il était évident que Cartouche avait toujours des complices en liberté, prêts à tout pour libérer leur chef. Il fut décidé que le procès aurait lieu le plus rapidement possible.

Les interrogatoires se succédèrent sans aucune interruption, mais Cartouche niait tout. Il s'appelait Bourguignon, assurait-il. Il ne connaissait personne parmi les gens qui l'accusaient. Il n'avait jamais volé ou tué.

Quant à ses complices présumés, arrêtés en même temps que lui ou dans les jours qui avaient suivi, ils restaient évasifs et leurs réponses étaient souvent contradictoires ou incohérentes.

Sous l'Ancien Régime, l'accusé ne pouvait avoir de défenseur ou de conseil durant les interrogatoires. L'accusation se faisait par témoignage, et surtout par confession directe des prévenus. La culpabilité ou l'innocence pouvait se décider par intime conviction des juges.

Or les témoignages des proches de Cartouche variaient au fil des questions posées. Ce n'étaient que des *preuves imparfaites,* car il s'agissait de gens sans foi ni loi, parfois même d'adversaires de Cartouche qui inventaient de faux crimes pour lui nuire. Qui plus est, les interrogatoires faisaient apparaître contradictions et invraisemblances, chacun accusant l'autre et se déclarant innocent.

Un aveu de Cartouche lui-même – la *probatio probatissima* (preuve privilégiée) – aurait été autrement plus satisfaisant pour une bonne justice que la conviction des magistrats.

Le procès du *Capitaine général de la grande truanderie* et de quarante de ses présumés complices débuta pourtant le 17 novembre.

Cartouche continua à tout nier avec une impressionnante tranquillité, même les faits les plus évidents. Il refusa même de reconnaître sa mère !

Parmi les coaccusés se trouvaient Bourguignon et Limousin, mais aussi d'autres détenus déjà emprisonnés ou arrêtés un peu plus tard, dont son épouse Marie-Antoinette Néron, son frère Louison, Antraigues du Plessis – celui qui avait découpé une femme en morceaux – ou encore Gracchus du Châtelet, qui bénéficierait après le procès d'une grâce royale.

Le mercredi 26, après cinq jours d'interrogatoire, cinq accusés, dont Louis Dominique Bourguignon, dit Cartouche, furent condamnés à avoir *jambes, cuisses, bras et reins rompus sur la roue en place de Grève*. Deux autres à être uniquement pendus.

Un *retentum* prévoyait toutefois que les condamnés seraient étranglés auparavant, sauf Limousin qui recevrait *trois coups vif*.

Cependant, pour obtenir une ultime confirmation du bien-fondé du jugement, le lieutenant criminel avait demandé que les coupables subissent la question ordinaire et extraordinaire à l'aide des brodequins, une méthode de plus en plus rare dans la prévôté de Paris où l'on se contentait souvent de *présenter l'accusé à la question* en misant sur la terreur qu'éprouverait le prévenu devant les instruments de torture !

Étrange système judiciaire où l'on condamnait d'abord et où l'on espérait ensuite obtenir confirmation de la culpabilité par la torture !

Le procès-verbal de question du brigand réalisé le 27 novembre, juste avant son exécution, fit état, à chaque coin, que le condamné niait connaître ses coaccusés, niait avoir tué ou volé, et niait même être le fameux Cartouche !

Au huitième coin, il déclara même :

— On me fait mourir ! Je suis innocent !

Cet ultime interrogatoire était donc un échec pour les magistrats. Mais ce revers ne pouvait arrêter le cours de la justice, et les condamnés furent conduits en place de Grève le matin du 28 novembre 1721.

Pour une exécution d'une telle ampleur – plusieurs roués et des pendaisons –, la foule était encore plus nombreuse que d'habitude. Toutes les fenêtres et les toitures entourant la place avaient été louées depuis plusieurs jours.

Malgré ses plaies aux jambes provoquées par les coins, Cartouche monta fièrement au supplice. Arrivé devant la roue, il examina un long moment la foule silencieuse, cherchant des yeux ses amis qui avaient juré de ne jamais l'abandonner.

Son regard croisa enfin ceux de Trois-Sueurs, d'Esquinette et de la *Belle Laitière* qui avaient réussi à se placer au premier rang. Ils étaient ses seuls amis à être présents, mais ils étaient aussi totalement impuissants face aux centaines de soldats entourant l'échafaud.

Une dernière fois, un magistrat l'interrogea comme c'était l'usage, puis il lui apprit que Gracchus avait été gracié. Le brigand resta silencieux un instant, cherchant encore dans la foule un mouvement en sa faveur.

Finalement, il déclara à voix haute :

— Il est vrai que je m'appelle Cartouche. Je vais parler…

L'exécution fut aussitôt suspendue et on conduisit *L'Enfant* dans l'Hôtel de Ville, en face de l'échafaud.

Là, il reconnut tous les faits qui lui étaient reprochés depuis des semaines et, durant trois heures, il dénonça tous les complices, hommes ou femmes, qui l'avaient abandonné. Quand il eut terminé, il signa sa déposition d'une croix.

Seuls Trois-Sueurs, Esquinette et la *Belle Laitière*, la mère de son enfant, échappèrent à ses dénonciations.

Devant une telle quantité d'informations, procureurs et magistrats procédèrent aussitôt à des confrontations avec les autres prisonniers – qui nièrent pour la plupart – et lancèrent des dizaines d'arrestations dans Paris.

On ramena aussi Cartouche sur la roue, où Charles Sanson, l'exécuteur de la haute justice, l'étrangla avec une corde avant de lui briser les membres.

Trois-Sueurs, impuissant et silencieux, assista jusqu'au bout à l'effroyable supplice, se demandant s'il connaîtrait jamais la vérité sur le vol de l'enveloppe de l'abbé de Tencin. À côté de lui, la *Belle Laitière* sanglotait.

— C'était l'homme le plus intrépide et le plus habile que j'aie connu, conclut Trois-Sueurs quand tout fut terminé.

— Croyez-vous que Dieu l'ait accueilli dans son paradis ? gémit alors la jeune femme.

— Ou Cartouche avait la grâce divine, et il n'a pu commettre les crimes dont on l'a accusé ; ou il ne l'avait pas, et il ne pouvait s'empêcher de les commettre. Dans les deux cas, il ne méritait aucun reproche, si j'en crois le principe de la grâce invincible du père Quesnel, lui répondit Trois-Sueurs, qui avait parfaitement maîtrisé les subtilités du jansénisme.

Elle sécha ses larmes en approuvant du chef.

— Les juges sont bien cruels d'avoir ainsi condamné un homme à qui Dieu ne peut rien reprocher !

— Cartouche n'était pas un mauvais homme, mais il ne pouvait combattre la passion qui le poussait au brigandage, conclut Roque La Garde.

Ce n'est que sur le chemin du retour que L'Espérance apprit à Trois-Sueurs qu'il s'était procuré la liste des personnes ayant visité Cartouche à la Conciergerie. Parmi celles-ci, il y avait la maréchale de Boufflers, qui lui avait même laissé une vingtaine de livres pour ses dépenses.

11

Marie-Charlotte de Gramont, fille du comte de Guiche, Antoine de Gramont, avait épousé le maréchal Louis-François de Boufflers, un homme beaucoup plus âgé qu'elle, qui lui avait donné deux fils avant de mourir en 1711.

Trois-Sueurs n'avait plus aucune piste à suivre. Avec les révélations de Cartouche, l'Hirondelle et Pélissier devaient être en fuite, sinon déjà arrêtés et emprisonnés comme l'avaient été Louison et Simon l'Auvergnat.

La duchesse de Boufflers restait la seule personne qu'il pouvait encore questionner. Mais le recevrait-elle ?

En habit à boutons d'argent, culotte de soie noire et veste galonnée, il se présenta chez elle, place Royale, dès le lendemain de l'exécution de *L'Enfant*.

Ayant expliqué au majordome qu'il souhaitait un entretien avec la maréchale, celui-ci lui répondit qu'il allait transmettre sa demande, mais qu'il doutait fort que sa maîtresse accepte.

Roque La Garde lui remit alors une lettre cachetée de cire.

Quelques minutes plus tard, Marie-Charlotte de Gramont le reçut dans le petit salon du premier étage. C'était une femme d'une quarantaine d'années, encore fort belle, mais au visage extrêmement triste.

Elle le salua froidement :

— Qui êtes-vous, monsieur, pour m'écrire ceci ?

Elle tenait la lettre à la main.

— Peu importe, madame. Vous n'avez aucune crainte à avoir de moi, je n'appartiens pas à la police, ni à personne. Je souhaite seulement que vous m'écoutiez.

— Je suppose que je suis contrainte, fit-elle aigrement.

Trois-Sueurs ignora la pique et commença :

— En avril dernier, le brigand Cartouche, qui a été roué hier, a donné l'ordre à ses acolytes d'attaquer la diligence de Lyon vers Saulieu. Ses brigands ont volé deux cent mille livres, mais ce n'était pas le but de l'attaque. Ils en voulaient à un courrier que transportait un envoyé de notre ambassade de Rome. Ce courrier était destiné au Régent. Sa valeur est inestimable et je suis chargé de le retrouver.

— J'ignore de quoi vous parlez, monsieur, déclara-t-elle avec dédain.

— Comme vous voulez, madame, je vais donc poursuivre... Le brigand Cartouche est venu ici même il y a quelques mois.

Elle pâlit légèrement mais resta silencieuse.

— Avec sa bande, il a pillé votre maison où il a ensuite passé la nuit. Dans les semaines qui ont suivi, il vous a écrit et vous l'avez finalement revu à Bercy, non loin de la *Grande Pinte*, au début du mois d'avril.

Ils étaient restés debout, comme des adversaires. Mais, en entendant ces mots, Mme de Boufflers se sentit vaciller. Elle s'affaissa à l'instant où Trois-Sueurs se précipitait pour la rattraper dans ses bras. Il y avait un sofa dans le salon et il la fit s'asseoir.

Peu à peu, elle reprit ses sens.

— Madame, supplia-t-il, je ne suis pas votre adversaire. Ce que je sais et ce que je vous demande restera ignoré de tous. Cartouche est mort. Je ne veux que retrouver cette précieuse lettre !

Elle reprit un peu de vigueur et s'excusa de son malaise.

— Je vais donc vous dire la vérité, monsieur, car en vérité je ne suis qu'une pauvre femme frappée par le malheur.

» En effet, Cartouche et sa bande sont entrés par effraction, un soir, chez moi. Je revenais d'une soirée dans le Marais où il avait été justement beaucoup parlé de ce brigand. J'en avais la tête tout échauffée. J'allais me mettre au lit lorsque les vitres de ma chambre volèrent en éclats et Cartouche bondit à l'intérieur en compagnie de deux autres scélérats. Il était poursuivi par la police et n'avait trouvé que ce moyen pour se mettre à l'abri. Il m'a menacé de ses pistolets.

« — Pas un cri, pas un mot, madame.

« Les deux complices sont passés dans mon boudoir et, de là, dans ce salon puis dans la chambre de mon fils, qui dormait. Par pitié pour moi, ils ne le réveillèrent pas. Ma femme de chambre était montée se coucher dans sa chambre sous les combles et échappa ainsi à leur violence. Par contre, ils trouvèrent mon maître d'hôtel qui dispose d'une chambre sur le palier et l'enfermèrent après l'avoir ligoté. Ils se sont ensuite emparés de mes bijoux, de ma vaisselle et de tous les objets de valeur qu'il y avait. Puis ils se sont endormis sur le tapis.

« Pendant ce temps, Cartouche était resté seul avec moi. Comme tous les soirs où je sors, on avait laissé sur une table un repas froid et du champagne. Il m'a déclaré :

« — Madame, j'ai faim, j'ai soif et j'ai sommeil. Je souperai et coucherai ici. Je prendrai ce lit et dormirai bien, car je suis fatigué. Je vous demande cela bien gentiment, mais un pistolet à la main.

« Puis il m'a dit qu'il n'aimait pas être seul à table et il m'a priée de me placer contre lui, après avoir posé ses armes près de mon assiette. Il a trouvé le champagne mauvais et a promis de m'en envoyer dès le lendemain cent bouteilles d'un cru meilleur qu'il ferait voler chez M. Parys Duvernay.

« Sur ce point, il a d'ailleurs tenu parole.

Elle se tut alors, ne souhaitant pas poursuivre.

— Il a donc passé la nuit dans votre chambre, remarqua Trois-Sueurs d'un ton neutre.

Il la vit se hérisser.

— Oui, monsieur. Je suis veuve et je n'avais personne pour me défendre. Il m'a forcée à coucher avec lui dans les draps.

Son visage restait figé au souvenir de cette effroyable nuit.

Trois-Sueurs rompit le silence :

— Il vous a écrit ensuite, madame.

— En effet, je vois que vous savez tout ! Dans ses lettres, il s'excusait et me disait qu'il avait honte de s'être conduit ainsi. Qu'il était prêt à abandonner sa vie de criminel pour me revoir. Qu'il voulait aussi me rendre mes bijoux ! Je n'ai pas répondu, bien sûr. Cependant, le vol qu'il avait commis m'avait terriblement affectée financièrement. Mon mari m'a laissé sans ressources. Je dispose d'une petite pension et je dois mener pourtant grande vie à la cour, pour mon fils. Je vis donc d'expédients, et les bijoux qu'il avait emportés, et qui venaient de ma famille, représentaient pour moi plusieurs années de ressources à venir.

— Pourtant, vous l'avez revu. Pour quelle raison si ce n'était pour les bijoux ?

— Je l'ai revu, en effet, murmura-t-elle.

Elle se tut un instant avant de lâcher :

« Uniquement pour lui transmettre un message.

— Lui proposer d'attaquer la diligence de Lyon et de voler une lettre à un exempt qui se nommait L'Espérance, c'est cela ?

— À peu près, monsieur.

— Il devait vous remettre cette lettre, après l'avoir volée, je suppose.

— C'est exact. Il devait me prévenir qu'il l'avait, et je lui aurais donné cinquante mille livres en échange. Mais il ne s'est jamais manifesté.

— Et vous n'avez rien tenté ?

— Rien. Cet homme me révulse après ce qu'il m'a fait.

— Pourquoi avoir accepté de le rencontrer alors, et de lui demander ce service ?

— Mais... je n'avais pas le choix, monsieur ! répondit-elle d'un ton aigu. Celui qui me l'a demandé possédait certaines des lettres de Cartouche. Des lettres que je n'avais jamais reçues ! Des lettres effroyables où il racontait avec un luxe de détails répugnants la nuit passée ici et ce qu'il m'avait fait !

— C'était M. de Torcy, n'est-ce pas ?

— Décidément, vous savez tout ! fit-elle aigrement. Au début de cette année, M. de Torcy s'est présenté chez moi. Il m'a expliqué qu'en tant que responsable des postes, il avait eu en main des lettres étonnantes du brigand Cartouche et il se demandait s'il devait les communiquer à M. d'Argenson. Toute la police était à la poursuite du bandit et, selon le contenu de ces missives, le bandit paraissait tellement épris de moi que ce serait un moyen de lui tendre un piège.

« D'abord, je niai, mais Cartouche avait donné tant et tant de détails dans sa lettre sur ce qu'il appelait sa nuit d'amour avec moi que je m'effondrai en larmes, suppliant M. de Torcy de n'en rien faire pour sauver ma réputation et celle de mes enfants. C'est alors qu'il me proposa un marché.

« Il m'expliqua qu'il désirait récupérer un important document diplomatique qui serait transporté depuis Rome dans une malle-poste. Ce document était actuellement entre les mains d'ennemis de notre pays, mais, pour éviter un grave incident diplomatique, il fallait que l'on ignore dans quelles conditions il tomberait entre ses mains. Il avait alors songé à des brigands qui attaqueraient la malle-poste – sans effusion de sang – pour voler ce pli. Il cherchait un intercesseur pour contacter Cartouche, et c'est à moi qu'il avait pensé.

« Il me promettait, quoi qu'il advienne, de me rendre mes lettres sitôt que j'aurais transmis cette commission à Cartouche. La demande m'est apparue honorable et j'ai accepté. J'ai seulement servi de mandataire auprès de ce brigand qui devait ensuite me faire parvenir ces fameux documents pour lesquels je lui aurais remis les cinquante mille livres que m'avait laissées Torcy.

« Seulement, pour des raisons que j'ignore, Cartouche ne s'est plus manifesté, conclut-elle.

— M. de Torcy aurait pu vous demander de retourner le voir et de lui demander des explications...

— J'aurais refusé, et il le savait. M. de Torcy est malgré tout un homme d'honneur. Il m'avait uniquement demandé de transmettre cette requête et rien d'autre. D'ailleurs, il m'avait laissé les lettres compromettantes aussitôt que j'avais accepté. Cependant, vous avez raison, il est revenu me voir au début du mois de mai, fort préoccupé de ne pas avoir les papiers qu'il attendait. Je lui ai dit que je ne pouvais plus rien pour lui et depuis, je n'ai plus eu de nouvelles ni de lui ni de Cartouche.

— Mais vous êtes allée voir ce brigand en prison, remarqua Trois-Sueurs.

— C'est encore vrai. Uniquement par pitié, et certainement pas par amour. Je lui ai laissé un peu d'argent pour adoucir sa captivité.

— Et il ne vous a rien dit ?

— Rien ! affirma-t-elle en détournant les yeux.

Trois-Sueurs repartit à la fois satisfait et embarrassé. Mme de Boufflers lui avait confirmé ce qu'il savait et ce qu'il avait déduit, mais elle ne lui avait pas dit toute la vérité. Ainsi, elle n'avait pas évoqué le diamant du Régent, offert à Mme de Parabère, que Cartouche avait glissé à son doigt le jour où elle l'avait rencontré devant la *Grande Pinte*.

Si elle lui avait caché ça, elle lui avait peut-être caché aussi autre chose.

12

Certes, l'enveloppe restait introuvable, mais au moins Trois-Sueurs savait qui était l'instigateur de l'opération. Torcy, écarté des Affaires étrangères et opposé à la bulle *Unigenitus,* avait eu connaissance de la simonie de Conti et avait décidé d'en tirer profit, certainement pas pour lui-même, compte tenu de ce que l'on savait sur cet homme intègre, mais plutôt pour les causes janséniste et gallicane auxquelles il croyait. Les promesses du nouveau pape deviendraient une arme formidable pour écarter Dubois, revenir au pouvoir à la majorité du roi et changer la politique étrangère et intérieure du royaume.

Mais apparemment il ne les avait pas obtenues.

Restait à savoir comment Torcy avait eu connaissance de la félonie de Conti et des raisons du voyage à Rome de l'abbé du Tencin, ainsi que du retour de L'Espérance.

Si Mme de Tencin était réellement l'instigatrice des intrigues de Dubois et la confidente de son frère, elle avait forcément eu connaissance de la mission de l'abbé de Tencin. C'était certainement celle qui en savait le plus sur cette entreprise, et Trois-Sueurs songeait que s'il arrivait à la convaincre, elle pourrait le renseigner.

Mais La Garde savait aussi qu'il ne pouvait faire de faux pas. Alexandrine de Tencin était quelqu'un de considérable par son influence sur Dubois et, peut-être encore, sur le Régent. Considérable non par ses aptitudes et ses pratiques libertines, pourtant appréciées des deux hommes, mais par sa vive intelligence, ses connaissances politiques et son exceptionnel esprit d'analyse.

D'abord, il demanda à L'Espérance d'obtenir son adresse et, pour mieux se préparer, de trouver tout ce qu'il pourrait apprendre sur elle.

Pour le nouveau commissaire-enquêteur, ce fut un jeu d'enfant de consulter les dossiers de la police sur la nonne libertine. Trois-Sueurs apprit ainsi que les amants ne lui avaient pas manqué depuis son arrivée à Paris ; elle avait même mis au monde, en 1717, un enfant qu'elle avait aussitôt abandonné[1]. Devenue maîtresse de Dubois, elle lui avait fait connaître son frère, avec qui elle menait à cette époque une vie de débauchée. Le précepteur du Régent avait apprécié l'abbé autant que sa sœur, tous deux gens habiles, libertins et sans scrupule. Le genre de comportement qu'il appréciait particulièrement, tant chez les hommes que chez les femmes.

Mais depuis quelques années, Alexandrine s'était rangée. Celle dont on disait *qu'elle faisait tout, excepté pénitence*, tenait désormais un salon réputé, sorte de cour littéraire où elle distribuait grâces et fortune, encore que pour la police, cette assemblée était surtout un rendez-vous d'espions et d'intrigants.

Trois-Sueurs se présenta dans son hôtel, rue de Lille[2], en se faisant annoncer comme un ami du comte de Nocé.

L'hôtel, disposant d'une cour intérieure, était petit, mais fort luxueux, meublé avec goût et recherche. On accédait aux appartements de la nonne par un escalier

1. Le futur encyclopédiste et mathématicien d'Alembert.
2. Au numéro 75 actuel. Il fut ensuite l'hôtel de la princesse de Lamballe.

de quelques marches, le rez-de-chaussée étant légèrement surélevé. Trois-Sueurs savait aussi que Mme de Tencin était riche grâce à ses opérations d'agiotage à l'époque de Law et aux conseils qu'elle donnait à ses amants, Dubois et le Régent.

Un laquais le fit pénétrer dans le salon décoré de stucs marbrés. Dans des niches, des statues de marbre l'examinaient de leurs yeux de pierre et, sur les frontons des portes, des amours dénudés jouaient avec des guirlandes.

Alexandrine de Tencin se tenait devant la porte-fenêtre qui donnait sur le jardin. Elle était habillée d'une robe plissée très simple, de couleur turquoise, avec au cou un petit ruban auquel était suspendu un diamant. Le même que celui qu'il lui avait déjà volé quand elle était avec Nocé.

L'ancienne nonne le reçut avec un sourire interrogateur jusqu'à l'instant où, examinant son visage, elle le reconnut et se figea sans pour autant perdre son sang-froid :

— Qui êtes-vous, monsieur ? Qu'espérez-vous voler ici ? Je crains que vous ayez commis une erreur de jugement : il y a dans cet hôtel suffisamment de valets armés pour vous empêcher de fuir !

Trois-Sueurs s'inclina dans un sourire :

— Je ne suis pas celui que vous croyez, madame, et pour preuve de ma bonne foi, je vous rends ceci.

Il lui tendit alors son ruban et le diamant ainsi que la broche, bijoux qu'il avait conservés pardevers lui, ne les ayant pas donnés à Cartouche.

Elle se saisit des objets, les examina d'un regard sûr, puis elle le considéra d'un regard calculateur.

— C'était donc une mise en scène ?

— En effet, madame.

— Dans quel but ? demanda-t-elle, visiblement interloquée qu'une telle intrigue ait pu se développer sans qu'elle le sache.

Il murmura :

— En ce moment même se déroule une manœuvre contre vous, madame.

— Moi ? tressaillit-elle.

— Je ne dispose pas de tous les éléments, mais ceux qui ont préparé cette intrigue souhaitent vous nuire en faisant éclater publiquement votre liaison avec M. de Nocé.

Elle resta silencieuse, mais La Garde décela clairement l'inquiétude dans ses yeux.

— L'ayant su, reprit-il, j'ai pris sur moi qu'on ignore votre présence dans la voiture de M. le comte alors que je simulais ce vol.

— Qui êtes-vous ? Pour qui travaillez-vous, monsieur ? fit-elle en secouant la tête. Je ne comprends rien à ce que vous racontez.

— Sachez seulement que je ne travaille ni contre vous ni contre votre frère.

— Que voulez-vous ? De l'argent ?

Il resta impénétrable.

— Autre chose ? sourit-elle. Moi, peut-être ?

Elle eut un mouvement effronté.

Il marqua à son tour un sourire avant d'écarter les bras, paumes des mains en avant :

— Je veux bien vous dévoiler mes cartes, madame. Sachez d'abord que je ne suis ni policier, ni juge, ni bourreau. Je veux seulement retrouver une enveloppe que votre frère a envoyée de Rome à Mgr Dubois et qui a disparu.

— Vous êtes au cardinal ? s'enquit-elle en blêmissant.

Si cet homme était un sbire de Dubois, et puisqu'il savait que Nocé l'emmenait dans sa petite maison de Charenton, cela pouvait signifier que Guillaume Dubois connaissait son infidélité ! Et si c'était le cas, ce serait effroyable pour elle.

— Ni au cardinal ni à personne d'autre, madame, je viens de vous le dire. Seule l'enveloppe et son contenu m'intéresse. Ce que vous faites avec le comte de Nocé ne me regarde pas, et je n'ai pas de maître à qui le rapporter.

— Je ne peux pas croire en votre sincérité, monsieur, persifla-t-elle. Si vous connaissez l'existence de ces lettres, et si vous n'êtes pas au cardinal, c'est que vous appartenez à un de ses adversaires ou, pire, à un ennemi du royaume.

— Vous êtes prudente, madame, et je vous comprends. Mais, réfléchissez, je pourrais vous contraindre à me répondre en vous menaçant de dévoiler au cardinal votre inconduite.

— Dénoncer n'est pas prouver, monsieur, sourit-elle, le regard glacial.

C'était décidément une femme plus adroite et plus calculatrice qu'il ne l'avait jugé, se dit La Garde.

Il n'avait en vérité aucun moyen de la faire parler tant qu'elle n'aurait pas confiance en lui. Ou peur de lui. Il se tut un instant, comme pour lui faire croire qu'il hésitait, avant de lui demander :

— À votre avis, qui a pu faire accepter à M. de Nocé la mise en scène autour de ma fausse agression ?

Elle fronça le front, puis son visage s'affaissa, laissant apparaître de la surprise, et finalement de la perplexité :

— Monseigneur… Philippe ?

Il fit un geste de la tête.

— Vous êtes à Philippe d'Orléans ? s'enquit-elle.

— Depuis vingt ans, madame.

Elle parut soulagée.

— Que voulez-vous savoir, monsieur ?

— Qui connaît votre liaison avec M. de Nocé ?

— Personne ! répliqua-t-elle sèchement, jugeant inutile de nier devant cet homme qui savait tant de choses. Même Mgr le Régent l'ignore.

— En êtes-vous certaine, madame ?

Elle se mordillait les lèvres pour dissimuler sa fébrilité.

— Vous aurait-on demandé quelque service, en vous promettant de ne pas faire éclater le scandale ? Quelqu'un qui aurait eu des preuves de votre liaison ?

Elle baissa les yeux en exhalant un soupir.

— Oui, monsieur.

— Qui ?

— M. de Torcy.

Alors, Trois-Sueurs sut qu'il avait entièrement démêlé l'écheveau.

— Racontez-moi exactement ce qu'il vous a demandé.

— Sachez, monsieur, que je n'avais pas le choix, commença-t-elle, comme pour se justifier. Tout a commencé l'année dernière. Mgr Dubois, mon frère et moi avons reçu ici même Mgr Lafitau, l'évêque de Sisteron, qui représente les intérêts de la France au Saint-Siège. Lafitau faisait le siège du cardinal de Conti pour obtenir de lui un engagement écrit. En échange, les cardinaux français auraient voté pour lui lors du prochain conclave dont nous savions tous qu'il ne tarderait pas. Mais Michel-Ange Conti était prudent et ne voulait rien mettre par écrit. Nous avons donc proposé à M. Lafitau plusieurs moyens de pression sur le cardinal. Par exemple une aide financière, soi-disant pour remettre à neuf ses appartements romains délabrés, ou encore lui offrir une courtisane hors de prix. Nos conseils ont dû porter leurs fruits puisqu'il est parvenu cet hiver à obtenir deux promesses…

— Le chapeau pour Mgr Dubois, et une autre au sujet de la bulle *Unigenitus*, compléta Trois-Sueurs.

— En effet. Ces deux documents, réunis dans le même pli, ne pouvaient voyager par la poste. Lafitau les a donc conservés par-devers lui. Lorsque mon frère est parti pour Rome, il était accompagné d'un homme de confiance chargé de rapporter les deux promesses à monseigneur. Mais cet homme a disparu.

— Je sais tout cela, madame, fit Trois-Sueurs avec impatience.

— Je tiens à ce que vous disposiez de tous les éléments, monsieur, ironisa-t-elle. Il se trouve que Lafitau a envoyé plusieurs lettres non chiffrées, persuadé qu'elles ne seraient pas lues par les services de M. de Torcy puisqu'elles étaient adressées à Mgr Dubois. Il se trompait. Torcy lisait tout. Heureusement, il n'y avait dans ces lettres qu'une partie de ce que je viens de vous dire.

« J'avais noué alors une relation avec M. de Nocé. Je suis jeune, et Dubois est devenu assommant, précisa-t-elle avec un sourire effronté. Il se lève à cinq heures et travaille jusqu'à la nuit. Il est devenu une sorte de moine et me demande d'être sa nonne ! J'ai déjà tenu ce rôle dans un couvent et je n'ai aucune envie de recommencer. M. de Nocé est autrement plus amusant ! Il se trouve que je lui ai écrit quelques petits quatrains et récits qu'on pourrait considérer comme libertins, persuadée que personne ne pouvait s'attacher à la correspondance de cet homme qui ne vit que pour le plaisir et qui ne s'intéresse en rien aux affaires politiques. J'avais tort.

« Cet hiver, je rencontrai M. de Torcy au Palais-Royal et il me déclara à peu près ceci :

« — Madame, je sais que Mgr Dubois brigue un chapeau de cardinal. Je tiens à ce que vous sachiez que je ferai tout pour qu'il ne l'obtienne pas.

« Je le pris de haut, mais il ne se démonta pas et poursuivit :

« — Vous êtes à l'origine de cette intrigue. Je sais parfaitement qu'il existe une promesse écrite de Mgr de Conti à ce sujet. Votre frère est parti à Rome pour la chercher. Je veux savoir ce qui est prévu à ce sujet.

« Alors que j'allais le chasser, il me mit à la main la copie de la correspondance que j'avais envoyée à Charles de Nocé.

« — Vous avez le choix, madame. Tout me dire et rester la maîtresse publique de Mgr Dubois, ou refuser et, par la publication de cette lettre, vous serez chassée de la cour. Dans le premier cas, vous conserverez votre pouvoir ; votre intrigue aura seulement échoué. Dans le second vous ne serez plus rien.

« Avais-je vraiment le choix ? demanda-t-elle à Trois-Sueurs comme pour le prendre à témoin. Je lui racontai donc ce que mon frère et moi avions prévu, ainsi que le nom de l'exempt qui ramènerait la lettre de Rome, puisque je le connaissais.

— Il vous a donc rendu votre missive ?

— Non. Il s'y est engagé seulement après qu'il aurait récupéré la promesse de Lafitau. Je crois qu'il n'avait pas confiance en moi, grimaça-t-elle malicieusement.

« Ce n'est que fin juillet qu'il me l'a remise, m'expliquant qu'il n'avait pas réussi à mettre la main sur les documents de Lafitau et que Dubois avait donc gagné la partie, puisqu'il venait d'obtenir la barrette de cardinal. J'étais surprise qu'il respecte ainsi sa parole, mais il est vrai que Jean-Baptiste Colbert de Torcy est connu pour être un homme d'honneur, ironisa-t-elle.

— Donc, selon ses dires, il n'aurait pas obtenu les lettres de Conti ?

— C'est ce qu'il affirme, et ce doit être vrai, car s'il les avait eues, mon pauvre Guillaume n'aurait jamais été cardinal !

Trois-Sueurs opina lentement. Cartouche aurait donc conservé les lettres comme le pensait Mme de

Boufflers ? Dans ce cas, il aurait emporté son secret dans la tombe…

— À votre avis, qui les a ?

— Je l'ignore, monsieur. Mais je serais prête à payer le prix fort pour le savoir, fit-elle avec un regard engageant.

13

En 1665, Jean-Baptiste Colbert, au faîte de sa puissance, avait acheté au coin de la rue des Petits-Champs et de la rue Vivien-de-Saint-Marc – devenue la rue Vivienne – un magnifique hôtel, ainsi que l'immeuble qui lui était mitoyen[1]. Les hôtels contigus de la même rue Vivien-de-Saint-Marc furent ensuite acquis par le clan Colbert, c'est-à-dire son neveu, l'archevêque de Rouen et son frère Colbert de Croissy.

C'est dans ce dernier hôtel que vivait le fils de Colbert de Croissy, le marquis de Torcy[2], avec son épouse, la très belle Anne Larcher.

L'Espérance ayant confirmé la présence du surintendant des Courses, Postes et Relais chez lui, La Garde lui fit porter, par un coursier, une lettre afin qu'il le reçoive, le lendemain en début d'après-midi, *au sujet d'un courrier égaré en avril et provenant de Rome*.

À l'heure dite, L'Espérance, Esquinette et Trois-Sueurs pénétrèrent dans la grande cour intérieure de l'hôtel, un carré fermé sur les quatre côtés et bordé de pilastres. Le premier étage du bâtiment était surmonté d'une mezzanine, elle aussi à pilastres.

Un intendant en livrée rouge attendait devant un majestueux et élégant escalier intérieur au plafond

1. Démolis depuis. Ces deux hôtels étaient à l'emplacement de la galerie Vivienne.

2. Au 16 de la rue Vivienne.

orné. La Garde se présenta, et lui et ses compagnons furent conduits dans la bibliothèque de l'ancien secrétaire d'État aux Affaires étrangères.

Jean-Baptiste Colbert de Torcy était vêtu d'un habit à l'ancienne et portait une de ces lourdes perruques de cour que la plupart des gens de qualité avaient abandonnées pour des perruques plus courtes, parfois simplement en aile de pigeon. Il était debout devant un mur recouvert d'ouvrages reliés de cuir.

Malgré sa surprise devant l'arrivée de trois hommes alors qu'il n'attendait que La Garde, il les fit fort courtoisement asseoir dans des fauteuils tapissés et leur fit servir du vin de ses terres de Sablet.

Il ne paraissait guère curieux de connaître les raisons de leur visite.

— Monsieur La Garde, déclara-t-il quand le domestique se fut retiré, je sais qui vous êtes et sans doute qui vous envoie. J'avais plusieurs fois entendu parler de vous par MM. Chamillart et d'Alencé quand j'étais au ministère. À l'époque, vous étiez au service de Mgr d'Orléans, puis vous avez disparu. Mais je sais cependant par M. de Saint-Simon qui vous admire beaucoup et qui est mon ami que vous avez effectué quelques missions secrètes pour Mgr le Régent.

Il poursuivit d'un ton las :

— À mon poste, je me dois de tout savoir. Et lorsque j'ai reçu votre lettre hier, j'ai immédiatement compris que vous repreniez du service.

— Vous avez raison, monsieur. Je ne vous ai pas présenté mon cousin, Jean, qui travaille avec moi, et M. L'Espérance, commissaire-enquêteur au Châtelet.

Il observa Torcy, qui avait légèrement pâli à ce nom, et reprit.

— Je peux vous résumer rapidement l'affaire qui m'amène, car vous en connaissez tous les éléments :

le pape actuel, Innocent XIII, a signé, avant son élection, deux lettres fort compromettantes qui pourraient le faire accuser de simonie. Ces lettres ont été envoyées en France en avril par M. l'abbé de Tencin. Un exempt du Châtelet les transportait : M. L'Espérance, ici présent. Vous avez appris tout ceci par la sœur de l'abbé et vous avez exigé de Mme de Boufflers, dont vous connaissiez les malheurs, de demander au brigand Cartouche d'attaquer la malle-poste dans laquelle se trouvait M. L'Espérance, porteur des missives, de voler ces lettres et de faire mettre à l'écart cet homme pour qu'il ne puisse prévenir votre adversaire, l'abbé Dubois.

Torcy resta impassible un long moment, méditant sur le comportement qu'il devait adopter devant cette accusation.

Nier tout ? Pourquoi pas ? Ceux qu'il avait manipulés ne témoigneraient pas contre lui, il le savait. Ce serait avouer trop de turpitudes ou de déshonneur et il avait suffisamment de soutiens à la cour pour savoir aussi que si l'on faisait éclater le scandale des lettres volées, Dubois n'en sortirait pas sans accroc.

Mais devait-il avoir honte de ce qu'il avait fait ? Certainement pas ! L'abbé Dubois n'avait intrigué que pour obtenir le chapeau. Certes, le Régent avait, lui, œuvré pour que la bulle *Unigenitus* ne trouble pas la fin de sa régence, mais ce n'était qu'un motif égoïste. Lui, Torcy, avec de tels documents, il aurait pu manœuvrer le pape à sa guise pour la grandeur du royaume.

Apparemment, ce sbire de Philippe savait tout. Il décida de ne pas s'humilier à nier. Son oncle ne l'aurait jamais fait.

Et puis, de toute façon, il était déjà trop tard.

Ayant pris sa décision, il s'exprima ainsi, d'un ton posé et grave :

— Parmi les courriers de la poste qui me furent transmis par mes commis cet hiver se trouvaient des missives de Lafitau à Dubois qui m'intriguèrent et m'inquiétèrent. J'en parlai au Régent. Il apparaissait que M. de Cambrai[1] intriguait pour obtenir le chapeau, et plus encore. Monseigneur nia tout mais je compris assez rapidement qu'il me jouait une comédie et je cherchai alors à en savoir plus sur ce que complotait notre représentant au Saint-Siège.

« J'appris dans un autre courrier que l'abbé de Tencin allait partir à Rome sitôt la mort du pape. Et que dès son arrivée, lui et Lafitau feraient parvenir par un messager qu'on devait lui envoyer de Paris les *deux précieux documents* qui feraient de leur possesseur le maître du Saint-Siège.

« À ce moment-là, j'ignorais de quoi il s'agissait exactement, sinon que ces lettres étaient importantes et que l'une d'entre elles concernait le chapeau de Dubois. Je décidai de m'emparer de ces *précieux documents*, non pour moi-même, mais pour éviter que Dubois en fasse un mauvais usage. Mais il me fallait en savoir plus. Je n'ignorais rien des relations étroites – pour ne pas dire plus – qui existaient entre Mme de Tencin et son frère. Or, j'avais prise sur elle. Non seulement elle avait cocufié Mgr Dubois avec Charles de Nocé, mais elle lui avait écrit une lettre dans laquelle elle y décrivait leurs bacchanales. En tant qu'intendant des postes, j'avais saisi et lu ce pli dégoûtant, mais je n'avais pas osé le remettre au Régent, qui lui aussi avait éprouvé beaucoup d'affection pour cette catin.

« Je la rencontrai donc et je lui proposai de lui rendre cette lettre compromettante qui pouvait la faire enfermer à nouveau dans un couvent. Cependant,

1. Dubois était évêque de Cambrai.

elle se méprit sur mes motivations et me proposa gracieusement ses faveurs.

« — Ce n'est point cela que je désire, madame. Je veux seulement savoir quels sont les documents si précieux que Mgr Lafitau et votre frère doivent envoyer de Rome à Mgr Dubois, lui expliquai-je.

« Mme de Tencin a beaucoup de défauts, mais je sais reconnaître ses qualités. J'ai rarement connu une femme aussi calculatrice et aussi rapide à saisir les opportunités qui passent. Elle sait quand elle a perdu la partie et, comme elle est totalement dépourvue de scrupule, elle n'hésitera jamais à abandonner ses amis pour faire gagner sa propre cause. Elle a ri à ma demande et m'a répondu avec une certaine insolence :

« — Ce n'est que cela ? En tant que membre du Conseil, j'aurais juré que vous le saviez !

« Elle m'a alors tout raconté sur les promesses écrites de Mgr de Conti. J'ai compris immédiatement quel usage un homme habile pouvait faire de tels papiers !

« — J'en connaissais une partie, ai-je menti quand elle eut terminé, Mais je voulais de vous une confirmation. Votre frère rapportera lui-même ces lettres, bien sûr ? Je veux savoir quand, et ne tentez pas de me tromper !

« C'est alors qu'elle m'a parlé de M. L'Espérance.

« Est-ce bien vous ? demanda-t-il en s'adressant au commissaire.

— C'est moi, monsieur, fit celui-ci, le visage de marbre.

— Hum... je suppose que vous m'en voulez, et avec juste raison. On vous croyait mort. Vous n'étiez pas commissaire, à ce moment-là, n'est-ce pas ?

— En effet.

— Je décidai qu'il me fallait ces lettres, poursuivit Torcy. Autant pour priver Dubois de la barrette de cardinal que pour l'empêcher de conduire une politique étrangère néfaste à notre pays car, avec cette promesse, le pape ne serait plus qu'un jouet entre ces mains diaboliques.

— Sans compter qu'à la majorité du roi, vous pouviez fort bien revenir aux affaires et, avec ces documents, vous auriez disposé d'un pouvoir sur Rome qu'aucun ministre n'avait jamais eu, ironisa La Garde.

— En effet, opina fort sérieusement Torcy.

Il poursuivit :

— Je me renseignai sur vous, monsieur L'Espérance. Vous étiez déjà parti pour Rome mais je tentai de savoir s'il me serait possible de vous soudoyer. Hélas, vous aviez une solide réputation d'intégrité, et je vous en félicite. Je me trouvais donc dans une impasse : comment obtenir ces papiers que vous alliez rapporter ? Heureusement, la lecture de la correspondance privée est une source inépuisable d'informations et de solutions. Les gens confient à la plume des mots qu'ils n'oseraient jamais prononcer, même dans le secret du boudoir ! J'avais saisi par deux fois une lettre de Cartouche à Mme de Boufflers. D'étonnantes lettres d'amour et de licence du brigand auprès de celle qu'il avait prise de force. Vous connaissez l'histoire ?

— Je la connais.

— Après l'avoir séduite, Cartouche s'était amouraché d'elle. En tout cas, ses courriers étaient ceux d'un homme amoureux. J'en avais informé M. le lieutenant de police qui, depuis, faisait surveiller l'hôtel de Boufflers, mais le brigand avait dû se rendre compte de la présence des mouches et ne s'était jamais montré.

« Il me vint alors l'idée d'utiliser ce sinistre voleur. Lui pourrait facilement arrêter la diligence transportant l'envoyé de Dubois au retour de Rome et lui prendre ces papiers. Puisque Mme de Boufflers avait ses faveurs, elle pourrait lui transmettre ma requête. Je me rendis donc auprès d'elle.

« Elle protesta avec arrogance qu'elle ne connaissait pas le brigand mais les lettres qu'il lui avait envoyées contenaient trop de détails indécents pour qu'elle nie longtemps. Je lui remettrais ces lettres, lui promis-je, si elle contactait pour moi le bandit.

« Elle en accepta l'idée, mais ne savait comment la réaliser. Je lui proposai donc de laisser son carrosse plusieurs fois arrêté devant le cabaret de la *Grande Pinte* dont d'Argenson m'avait affirmé qu'il était un des refuges du bandit. Cartouche fut prévenu du manège. Il se présenta à elle et resta quelques minutes dans le carrosse. Elle lui expliqua alors ce qu'elle attendait de lui et, simplement par passion, il accepta de voler les papiers transportés par L'Espérance.

— Il en profita aussi pour voler cent quatre-vingt mille livres, précisa Trois-Sueurs.

— Vous ne pouvez condamner un voleur parce qu'il ne peut se retenir de voler. C'est dans sa nature ! ironisa Torcy.

— Ses hommes ont aussi tué le cocher et un valet, ajouta L'Espérance sèchement.

— Je l'ignorais. J'appris seulement que la bande de Cartouche avait attaqué la malle-poste de Lyon, qu'il y avait eu mort d'homme, mais rien d'autre. Malheureusement, Cartouche ne s'est jamais manifesté pour me remettre ces lettres. Le brigand n'a jamais revu Mme de Boufflers, sinon, paraît-il, dans son cachot.

Le marquis de Torcy se tut. Trois-Sueurs réfléchissait. Cartouche lui avait proposé dans sa prison d'échanger les papiers contre sa liberté. À ce moment-là, il savait donc où ils étaient, et il était sans doute le seul à le savoir. Mais Mme de Boufflers était ensuite parvenue à le voir à la Conciergerie. Que lui avait-il dit ?

Torcy reprit la parole. Son ton était moins assuré :

— Qu'allez-vous faire, monsieur ?

— Rapporter ce que vous avez fait au Régent. Vous avez tenté de lui imposer une autre politique que celle qu'il a décidée pour le royaume. Ce sera à lui de juger.

— J'ai démissionné de ma charge il y a une semaine, annonça Torcy[1]. Dès que j'ai appris la condamnation à mort de Cartouche. J'ai compris alors que j'avais perdu la partie et causé trop de torts. Je verserai bien sûr une pension aux familles de ce cocher et du valet. Et vous, M. L'Espérance, avez-vous souffert de ma conduite ?

— Oui, monsieur. J'ai été condamné, comme complice, à quinze ans de galères. J'ai subi la chaîne, dont je me suis évadé. Sans M. La Garde, je serais encore là-bas.

Torcy resta silencieux. Puis il soupira :

— Je n'ai pas voulu cela. Je réparerai, je vous le promets. Je n'ai pas d'excuses, mais j'ai agi avant tout pour la France, pour la grandeur de ce royaume. Comprenez-vous ?

Pour Trois-Sueurs et ses compagnons, c'était un étonnant paradoxe. Torcy avait utilisé des moyens bien moins qu'honorables pour une cause que, finalement, ils ne désapprouvaient pas. Même L'Espérance ! Oui, le marquis de Torcy était certainement un homme honorable et intègre.

Alors, les trois hommes hochèrent du chef.

Les rafles dans les bas quartiers de la grande truanderie se poursuivaient. Cartouche était mort

1. Le 21 novembre 1721, Torcy avait perdu la surintendance des postes au profit du cardinal Dubois.

depuis moins d'une semaine et, chaque jour, des dizaines de ses anciens complices étaient appréhendés. Soumis à la question préalable, ils parlaient d'abondance, ce qui entraînait de nouvelles prises de corps. Ce zèle inquiétait Trois-Sueurs. Si Marie-Antoinette Néron était déjà emprisonnée, ainsi que la *Grande Sultane*, personne, jusqu'à présent, n'avait dénoncé la *Belle Laitière*. Mais ce n'était qu'un répit. Tôt ou tard, sous la torture, quelqu'un la mettrait en cause et elle finirait sur la potence.

En même temps, la police ayant appris de Cartouche, lors de son interrogatoire à l'Hôtel de Ville, qu'il avait dissimulé son butin dans des valises enterrées au bois de Boulogne, des fouilles furent entreprises.

Après plusieurs jours de travail des terrassiers, on retrouva effectivement plusieurs valises. Le lieutenant de police et les magistrats instructeurs se rendirent sur place pour assister à leur ouverture.

Avait-on trouvé le trésor de Cartouche ? s'interrogeaient les policiers.

Mais si les valises contenaient effectivement quelques bijoux et un peu d'argent, elles étaient surtout pleines des hardes qui servaient au brigand à se déguiser.

Ce fut L'Espérance qui rapporta ce fait à Trois-Sueurs, le lendemain de leur entrevue avec le marquis de Torcy.

Une idée se mit à trotter dans la tête de Roque La Garde. Les maîtresses de Cartouche lui avaient bien assuré que *L'Enfant* disposait d'une fortune dissimulée quelque part. Les lettres de Conti pourraient bien se trouver avec. Pourquoi pas dans des valises ? Mais où pouvait-il les avoir cachées ?

Il pouvait les avoir enterrées dans un bois, comme celles qu'on avait trouvées dans le bois de Boulogne, mais il pouvait aussi les avoir dissimulées dans une cave, ou une carrière. Qui pouvait le savoir ?

Et si Mme de Boufflers ne lui avait pas tout dit ? Si, pour se faire pardonner, Cartouche lui avait confié la cachette de son trésor ? Après tout, il lui avait offert le diamant de Mme de Parabère et elle ne le lui avait pas avoué. Elle avait donc déjà, au moins une fois, accepté un cadeau du bandit.

Il décida d'aller la voir à nouveau.

Lorsqu'il se présenta avec L'Espérance et Esquinette, le majordome de la maréchale parut désolé :

— Mme de Boufflers est partie hier, monsieur, pour son château de Fontainebleau.

Trois-Sueurs ignorait qu'elle eût un château là-bas.

— Il appartenait à M. le maréchal ; c'est à Fontainebleau qu'il est mort, il y a dix ans, expliqua le domestique. Mais il est presque à l'abandon car son entretien coûte une fortune et Mme la duchesse ne s'y rendait jamais.

— Comment se fait-il qu'elle y soit allée si soudainement, en cette saison ?

Il faisait en effet très froid en ce début du mois de décembre et le temps était à la neige.

— Elle ne me l'a pas dit, monsieur, mais son fils est resté ici avec les domestiques. Elle n'a emmené que sa femme de chambre, un laquais et son cocher. Je crois qu'elle souhaitait trier des papiers qui se trouvaient là-bas.

Là-bas ? Avec ce froid ? Dans un château glacial ? Cela n'avait aucun sens. Sauf si…

— Le château est-il loin de la forêt ?

— Non, monsieur, il est juste en lisière.

La forêt de Fontainebleau… le bois de Boulogne… Trois-Sueurs eut brusquement la conviction que la duchesse savait où se trouvaient les valises de Cartouche et qu'elle était allée les chercher.

Ils partirent au galop pour Fontainebleau.

Ils y arrivèrent dans l'après-midi, un ânier leur indiqua où se trouvait le château de Boufflers. C'était une petite construction datant du siècle précédent, en brique rouge et ardoise, située le long d'un chemin de terre bordé de vieilles maisons à colombage. Un porche avec une grille ouvrait sur une cour. Ils entrèrent. Un palefrenier sortit d'une écurie, l'air interrogateur. Le carrosse de la duchesse stationnait dans la cour.

Ignorant le garçon d'écurie, les trois hommes pénétrèrent, après avoir grimpé les marches du perron, dans une entrée déserte et glaciale. L'Espérance prit la porte de droite, Esquinette celle de gauche, alors que Trois-Sueurs grimpait quatre à quatre le grand escalier. En haut, il aperçut un laquais qui, ayant entendu du bruit, sortait d'une pièce, le visage marqué par la surprise devant ce visiteur inattendu :

— Où est la maréchale ? demanda Trois-Sueurs.

— Qui êtes-vous, monsieur ?

La Garde le prit par le col et lui répéta :

— Où est-elle, ou je te jette en bas !

— Là ! glapit le domestique en désignant une porte.

Trois-Sueurs ouvrit la porte et pénétra dans un salon.

La duchesse se retourna. D'abord stupéfaite, puis terrifiée.

Au sol, six grosses valises étaient ouvertes avec des hardes éparpillées tout autour. On avait entassé sur une table plusieurs sacs de cuir dont l'un était entrebâillé et laissait voir son contenu de pistoles et d'écus.

— Ainsi, madame, vous saviez où était le trésor de Cartouche ! lui reprocha sévèrement Trois-Sueurs.

Elle ne chercha pas à nier et bredouilla dans une sorte de murmure :

— Je suis allée le voir en prison pour qu'il me rende mes bijoux, mais il ne m'a rien dit, sinon qu'il les avait toujours. Que ses amis le délivreraient et qu'il me les rendrait alors, si j'étais gentille avec lui !

Elle se mit à pleurer.

— Je l'ai supplié et je crois qu'il a eu honte. Il m'a dit que tout était encore dans des valises qu'il n'avait pas eu le temps d'enterrer. Mais que s'il venait à mourir, là où il les avait cachées, je n'avais pas à m'inquiéter, tout me reviendrait. Puis le geôlier m'a demandé de partir. Je l'avais payé et il ne m'avait accordé que quelques minutes. J'ai laissé quatre écus à Cartouche pour adoucir sa captivité.

L'Espérance et Esquinette entrèrent à cet instant. Trois-Sueurs les présenta :

— Mon cousin, Jean, et M. L'Espérance, commissaire-enquêteur au Châtelet, madame. C'est M. L'Espérance qui se trouvait dans la diligence que la bande de Cartouche a attaquée. Il a été condamné aux galères pour cela et heureusement il est parvenu à s'évader et à se faire innocenter. Je veux savoir comment vous avez su que les valises étaient ici.

— Comme vous, je suppose, répondit-elle d'un ton abattu. Hier, mon majordome m'a rapporté qu'on avait retrouvé dans le bois de Boulogne des valises de Cartouche contenant une partie de son butin. Ainsi, il les enterrait dans les bois ! Alors, j'ai songé à ce qu'il m'avait dit. Que tout me reviendrait ! J'ai pensé à la forêt de Fontainebleau, puis à mon château abandonné et inhabité.

« Se pourrait-il qu'il les ait portées ici dans le but de les enterrer plus tard dans la forêt ? J'ai voulu en avoir le cœur net et je suis partie aussitôt. Le château n'est pas grand, je l'ai fouillé et je les ai trouvées dans le grenier. Un endroit où personne n'allait. Il avait dû y venir, il y a quelques semaines.

Je les ai descendues ce matin, discrètement. J'étais en train d'en examiner le contenu.

Trois-Sueurs opina en signe de compréhension.

— Permettez-nous de vous aider, madame. Mais auparavant, allez dire à vos domestiques de nous laisser tranquilles.

Elle acquiesça et ils firent rapidement l'inventaire des bagages. Dans la troisième valise, L'Espérance aperçut son portefeuille en chagrin à rabat. Il y avait encore son passeport à l'intérieur, quelques documents personnels et une enveloppe dont on n'avait même pas brisé le cachet de cire rouge aux armes de France pour en lire le contenu.

La Garde le fit. À l'intérieur se trouvaient les promesses de Michel-Ange Conti. Le soulagement l'envahit.

Esquinette, lui, comptait l'argent. Il y avait environ cinq cent mille livres en louis, écus et pistoles[1]. Dans une autre valise se trouvaient les bijoux de Mme de Boufflers et quantité d'objets en or ou en d'argent. Une valise était entièrement emplie de papiers de la Compagnie d'Occident et de la Compagnie des Indes de M. Law. Des billets de mille à dix mille livres qui ne valaient plus rien depuis la banqueroute !

Quand l'inventaire fut terminé, tous considérèrent La Garde. C'était à lui de prendre une décision.

Il interrogea d'abord L'Espérance :

— Combien d'argent avais-tu quand ils t'ont volé ?

— Deux cents livres.

Trois-Sueurs les compta en écus d'argent et les lui remit. Il ajouta quatre poignées de louis d'or, pour quelques milliers de livres.

1. Le louis d'or d'un peu plus de 7 grammes valait à cette époque une quarantaine de livres. La pistole en valait une vingtaine et l'écu d'argent près d'une quinzaine.

— Ça, c'est pour t'indemniser de ton temps de galérien. Qu'en pensez-vous, madame ?

Elle hocha la tête pour approuver.

Il prit ensuite une grosse douzaine de poignées de louis et en fit un petit tas :

— Ça, ce sera pour Louet.

Il expliqua à la maréchale :

— M. L'Espérance n'a pu s'évader qu'avec l'aide d'un huguenot condamné aux galères depuis dix ans. Il faut l'aider à refaire sa vie, qu'en pensez-vous, madame ?

Elle hocha à nouveau du chef pour approuver. Cette fois avec un discret sourire.

Il prit ensuite une nouvelle poignée de louis d'or qu'il plaça à côté de l'autre.

— Ça, c'est pour mon cousin qui a laissé sa femme plusieurs semaines pour m'accompagner et m'aider.

Il leva un regard vers la maréchale qui acquiesça, maintenant avec un grand sourire.

— Moi, madame, je n'ai besoin de rien. Mais il y a encore quelqu'un.

Elle eut un regard interrogateur.

— Cartouche laisse un enfant à une pauvre femme. Si on la prend, elle sera pendue et l'enfant commencera bien mal sa vie.

Il fit un nouveau petit tas de louis avant de déclarer :

— Avec ça, elle pourra quitter la France et acheter un commerce quelque part.

La maréchale approuva encore.

— Le reste, suggéra Trois-Sueurs en écartant les mains, n'est plus à personne. Vous le garderez donc, madame. Vous en avez payé le prix.

Il la salua en s'inclinant. Elle s'inclina à son tour légèrement avant de déclarer :

— Vous êtes un gentilhomme, monsieur, mais je ne garderai pas tout. Une partie ira à des œuvres et aux familles des *cartouchiens*. Maintenant, parlez-moi de cette femme, la maîtresse de Cartouche...

— Elle se nomme la *Belle Laitière*. Sans doute a-t-elle un autre nom, mais je l'ignore. Elle a déjà un fils et elle était nourrice avant que Cartouche en fasse une anquilleuse.

— Si elle le souhaite, je la prendrai à mon service, le temps que la police l'oublie. Personne ne s'attaquera à elle si elle est chez moi.

14

Le 4 décembre, Trois-Sueurs et Esquinette furent reçus par le Régent seul, dans ses appartements. L'ancien brigand lui remit les deux lettres de Michel-Ange Conti que Philippe d'Orléans rangea aussitôt dans une armoire de fer.

— Me raconterez-vous comment vous avez fait, La Garde ?

— Quelqu'un a cru bien faire, monseigneur, en obtenant de Cartouche qu'il vole ces documents pour lui. Celui qui a agi ainsi ne l'a pas fait pour lui-même, mais pour la politique à laquelle il croit.

Il resta silencieux un instant et ajouta :

— À sa place, j'aurais peut-être agi comme lui.

Philippe considéra longuement La Garde, comme pour scruter son esprit, puis lui dit dans un soupir :

— Il y a une dizaine de jours, M. de Torcy m'a rendu sa charge de surintendant des postes. Il m'a expliqué qu'il souhaitait se retirer dans son domaine de Sablet. J'ai accepté.

Trois-Sueurs resta impassible. Tout s'était dit dans le regard qu'ils avaient échangé.

— Qu'allez-vous faire, maintenant, mon ami ?

— Rentrer chez moi, monseigneur. Mon épouse et mon fils m'attendent depuis quelques mois.

Le Régent fit quelques pas vers une desserte sur laquelle se trouvait un coffret marqueté d'ivoire. Il l'ouvrit et dit à Trois-Sueurs :

— Je n'ai pas l'honneur de connaître votre épouse, La Garde, mais M. de Rouvroy m'a assuré qu'elle était fort belle. Vous connaissez ses goûts, choisissez pour elle ce qui lui plaira.

La Garde s'avança. Le coffret était empli de colliers, de bagues et de boucles d'oreilles. Sans doute les petits cadeaux que Philippe d'Orléans prévoyait pour ses maîtresses. Trois-Sueurs désigna un collier de perles bleutées. Le régent le prit et le lui tendit.

— Êtes-vous marié, monsieur ? demanda-t-il ensuite à Esquinette.

Jean La Garde opina dans un sourire.

— Alors, choisissez aussi ce qui plaira à votre dame !

Esquinette s'approcha à son tour et jeta son dévolu sur une bague tape-à-l'œil avec un gros diamant qui brillait de mille feux.

— Monseigneur, ajouta encore Trois-Sueurs. L'Espérance s'est évadé du bagne avec l'aide d'un protestant condamné à vie pour avoir assisté à un prêche.

— Vous n'ignorez pas, La Garde, que j'ai demandé que ce genre de condamnation cesse.

— Je le sais, monseigneur. Je sais aussi que vous souhaitez que l'abolition de l'Édit de Nantes soit cassée. Mais que d'autres y sont opposés.

— Dubois pense en effet que cela mettrait le royaume à feu et à sang. Je laisse donc cette épine à mon neveu !

— Cet homme, monseigneur, ce huguenot, je le cache chez moi. Pouvez-vous le gracier ?

— Je le ferai. J'en parlerai à M. d'Aguesseau[1]. Il vous fera parvenir une lettre de rappel de galères et de rémission.

Les deux Provençaux saluèrent profondément Philippe d'Orléans, puis se retirèrent.

1. Henri-François d'Aguesseau, garde des Sceaux.

Le lendemain, Trois-Sueurs apprit, en se rendant chez le garde des Sceaux, que Nocé, le favori du Régent qui avait pris quelques libertés avec Mme de Tencin, était exilé à Blois. Apparemment, Dubois avait aussi découvert la vérité, mais avait décidé de punir le séducteur, et non la maîtresse. Il faut dire que le Régent, pour calmer sa colère, lui avait attribué la charge de Torcy en échange d'un pardon pour les frasques d'Alexandrine.

Ils ne rentrèrent en Provence que trois jours plus tard.

D'abord, Trois-Sueurs et Esquinette eurent un peu de difficultés à retrouver la *Belle Laitière* qui se cachait chez sa mère. Ils lui firent part de la proposition de Mme de Boufflers, puis la conduisirent chez la maréchale. Comme convenu, celle-ci prit la jeune femme à son service, sous un nom d'emprunt. Trois-Sueurs l'emmena ensuite auprès d'un notaire chez qui il laissa en dépôt les quelque trente mille livres qu'il lui avait mises de côté dans le trésor de Cartouche.

À l'occasion de leur visite à la maréchale, La Garde lui demanda aussi l'adresse de sa modiste.

Mme de Boufflers fit mieux que la lui donner, elle lui proposa de l'accompagner le lendemain. Là, dans la petite boutique de la couturière, et avec l'aide de la maréchale, ils choisirent plusieurs robes parmi ce qui était à la mode à la cour : une pour Béatrice, une pour Jeanne et une pour Anne.

Un peu plus tard, La Garde acheta une petite épée à poignée d'argent et un ouvrage de botanique pour son fils.

Durant ces deux derniers jours, ils ne virent que peu L'Espérance, apparemment fort occupé par sa nouvelle charge de commissaire-enquêteur. Ce n'est que la veille de leur départ, Boniface ayant tout préparé pour quitter la capitale le lendemain aux aurores, que L'Espérance déclara abruptement à Trois-Sueurs :

— Je ne resterai pas à Paris, monsieur La Garde.

— Mais, votre charge...

— J'ai rencontré ce matin M. d'Argenson. Il a accepté de s'occuper de la vendre. Il me fera parvenir l'argent. M. de Torcy m'a envoyé hier une lettre de change de vingt mille livres pour me dédommager. Ici, c'est la chasse aux *cartouchiens*. Hommes, femmes et même enfants sont arrêtés chaque jour. C'est une véritable folie. Il suffit d'avoir, une fois, croisé Jean Dominique Bourguignon pour être suspect et subir la question préalable. Dans les semaines qui viennent, des dizaines de gens seront flétris, fouettés, condamnés aux galères, pendus et roués. Maintenant que j'ai connu la prison et les galères, je ne peux plus supporter ça.

« Si vous m'acceptez dans votre voiture, je rentrerais volontiers à Aix où je m'établirai. Avec Louet et vous, c'est le seul endroit où j'ai désormais des amis.

Trois-Sueurs accepta évidemment et, malgré le mauvais temps, ils partirent le lendemain à l'aube.

Leur retour fut particulièrement agité. Une pluie incessante, puis la neige à partir de Lyon. Ils n'arrivèrent à Aix que le soir de Noël.

La veille de leur arrivée, trop impatient, Esquinette avait pris un cheval pour galoper jusqu'au domaine de son cousin, afin de prévenir de leur arrivée. Ils trouvèrent donc toute leur famille réunie pour la nuit de la Nativité.

Esquinette avait apporté à sa femme sa bague et sa robe, que celle-ci avait eu le temps d'ajuster à son corps. C'est donc vêtue comme à la cour du Régent et couverte de bijoux qu'elle se rendit à table pour le souper de Noël.

Samuel préféra le livre de botanique à l'épée et Trois-Sueurs découvrit comme son fils avait changé en son absence.

— Il ne quitte plus Louet, lui expliqua Béatrice. Celui-ci l'emmène chaque jour herboriser dans la campagne. Je crois que notre fils sera médecin ou apothicaire !

Trois-Sueurs nota aussi, durant le souper, que sa sœur couvait des yeux l'ancien galérien. Ce fut encore Béatrice qui lui avoua :

— Ta sœur n'ose pas t'en parler. Elle souhaite épouser Louet, mais elle a peur que tu t'y opposes. Ce pauvre Louet est toujours un galérien en fuite !

Le jour de Noël, La Garde et Béatrice réunirent donc Louet et Anne. Trois-Sueurs remit sa grâce au galérien ainsi que quelque trente mille livres.

Celui-ci, en pleurs, demanda à La Garde la main de sa sœur qui lui fut accordée.

Le mariage fut célébré au printemps, Louet ayant auparavant accepté de se convertir et acheté une apothicairerie rue des Anciens Bagners.

L'Espérance obtint à la même époque la charge de commissaire de la ville qui venait de se libérer.

Ce fut lui qui tint La Garde informé des terribles événements qui se déroulaient à Paris.

Car L'Espérance s'était trompé. Ce ne devait pas être des dizaines de malheureux qui seraient arrêtés et condamnés durant les semaines suivant la mort de *L'Enfant*, mais des centaines d'hommes et de femmes, et la répression dura deux ans !

Paris avait tellement eu peur de Cartouche que ses magistrats avaient décidé de purifier totalement la capitale.

Il y eut, en tout, deux mille hommes, femmes et enfants arrêtés et questionnés.

Chaque semaine, six à sept exécutions avaient lieu sur la place de Grève. Trois cent soixante personnes, dont cent trente-cinq femmes dont les crimes n'étaient pas avérés, furent conduites à la potence. On pendit même la nuit, à la lumière des flambeaux !

Jamais il n'y avait eu autant d'exécutions depuis l'affaire des poisons.

Ceux qui n'étaient pas condamnés à mort furent au moins flagellés, exposés au pilori ou flétris au fer rouge. La plupart des hommes furent envoyés à vie aux galères et beaucoup de femmes furent vendues en Louisiane.

En juin 1722, Entragues du Plessis fut rompu avec une vingtaine de complices. L'épouse de Cartouche, Marie-Antoinette Néron, fut pendue en juillet de la même année après avoir subi la question.

Ce même mois, ce fut la *Grande Jeanneton* qui subit la torture. Au quatrième coin, les jambes entièrement brisées, *cette tendre poulette, Salope s'il en fut, d'ailleurs assez bien faite*, dénonça sous la douleur plus de cinquante nouveaux *cartouchiens* dont la plupart ne l'étaient même pas ! Elle fut pendue le 24 juillet.

Toujours en été, Louison, le frère de Cartouche, fut suspendu à l'aide de cordes par les aisselles et en mourut. Il avait seize ans. En janvier 1723, l'Hirondelle fut roué ; Pélissier avait été pendu le 17 juillet 1722.

Simon l'Auvergnat ne fut condamné qu'à neuf ans de galère.

Remarque de l'auteur

Le titre de Capitaine général de la grande truanderie est celui que s'était donné Cartouche. Nous avons suivi d'assez près les dernières semaines de la vie du brigand, ainsi que son évasion du Grand-Châtelet, telles qu'elles sont racontées dans plusieurs mémoires d'époque. Nous avons cependant modifié certains témoignages qui paraissaient incohérents ou invraisemblables, en particulier le fait que Cartouche se serait évadé sans aucune aide, en ayant envoyé les soldats qui le gardaient boire au cabaret pendant qu'il grattait le sol avec sa chaîne !

Vous retrouverez Simon Louet et François L'Espérance dans une autre aventure de Trois-Sueurs : *La Devineresse*.

Vous pouvez joindre l'auteur :
aillon@laposte.net
www.grand-chatelet.net

Bibliographie

WAENOD A., *Cartouche*, Ed. Lugdunum, 1944,

QUESNEL P. , *Apologie de Cartouche*, 1733,

ZYSBERG A., *Les Galériens*, Le Seuil, 1987,

STURGILL C., *L'Organisation et l'administration de la maréchaussée et de la justice prévôtale dans la France des Bourbons*, Service historique des armées, 1981,

ABBIATECI A., *Crimes et criminalité en France*, Armand Colin, 1971,

ESMEIN A., *Histoire de la procédure criminelle en France*, 1882,

POTET R. L., *Nicolas Roze, essai de biographie critique*, Institut historique de Provence,

SAINT-SIMON, *Mémoires*, La Pléiade, Gallimard, 1985,

LEBIGRE A., *La Justice du Roi*, Albin Michel, 1988,

HENRY G., *Cartouche, le brigand de la Régence*, Tallandier, 2001,

DELEUSE R., *Cartouche, prince des voleurs*, 1999,

CARTOUCHE L.D., *Histoire de la vie et du procès du fameux L.D. Cartouche, 1723*,

FERRAND A.F., LIGOU D., *L'Intendance de Bourgogne à la fin du XVIIe siècle, Edition critique du mémoire pour l'instruction du duc de Bourgogne*, éditions du CTHS, 1984,

HILLAIRET J., *Connaissance du vieux Paris*, CFL, 1956.

Remerciements

Toute ma gratitude envers Béatrice Augé et Philippe Ferrand qui ont accepté si volontiers de relire et de corriger ce manuscrit. Ce sont des lecteurs de la première heure dont l'amitié ne m'a jamais fait défaut.

J'éprouve aussi une profonde reconnaissance envers Isabelle Laffont, pour la confiance qu'elle m'a accordée, et plus généralement envers toute l'équipe des éditions Jean-Claude Lattès.

Enfin, je dois remercier mon épouse, ma mère et ma fille cadette, toujours premières lectrices, elles restent les plus sévères juges des premières versions de mes ouvrages.

Table des matières

DANS LA COLLECTION MASQUE POCHE

John Buchan, *Les trente-neuf marches* (n° 1)
Louis Forest, *On vole des enfants à Paris* (n° 2)
Philip Kerr, *Chambres froides* (n° 3)
Mrs Henry Wood, *Les mystères d'East Lynne* (n° 4)
Boileau-Narcejac, *Le secret d'Eunerville – Arsène Lupin* (n° 5)
Fred Vargas, *Les jeux de l'amour et de la mort* (n° 6)
Taiping Shangdi, *Le cheval parti en fumée* (n° 7)
Ruth Rendell, *Un démon sous mes yeux* (n° 8)
Alan Watt, *Carmen (Nevada)* (n° 9)
Frédéric Lenormand, *Meurtre dans le boudoir* (n° 10)
Boileau-Narcejac, *La poudrière – Arsène Lupin* (n° 11)
John Connor, *Infiltrée* (n° 12)
Jeffrey Cohen, *Un témoin qui a du chien* (n° 13)
Barbara Abel, *L'instinct maternel* (n° 14)
S.A. Steeman, *L'assassin habite au 21* (n° 15)
A. Bauer et R. Dachez, *Les mystères de Channel Row* (n° 16)
Cyrille Legendre, *Quitte ou double* (n° 17)
Charles Exbrayat, *Vous souvenez-vous de Paco ?* (n° 18)
Émile Gaboriau, *L'affaire Lerouge* (n° 19)
Danielle Thiéry, *Le sang du bourreau* (n° 20)
Dorothy L. Sayers, *Lord Peter et l'inconnu* (n° 21)
Jean d'Aillon, *Le captif au masque de fer* (n° 22)
Neal Shusterman, *Les fragmentés* (n° 23)
Gilles Bornais, *Les nuits rouges de Nerwood* (n° 24)
Rex Stout, *Fer-de-Lance* (n° 25)
PRIX DU ROMAN D'AVENTURES 2013 (n° 26)

Composition réalisée par PCA – 44400 Rezé

Imprimé en France par CPI Bussière
à Saint-Amand-Montrond (Cher)
en mai 2016
N° d'édition : 04 - N° d'impression : 2023605.
Dépôt légal : mai 2016.